万卷楼
国学经典
修订版

汲取先贤智慧

铺就成功阶梯

万卷楼

万卷楼国学经典 修订版

李太白集

[唐] 李白 著

夏华 等 编译

王文君 修订

北方联合出版传媒（集团）股份有限公司
万卷出版有限责任公司
2023年·沈阳

图书在版编目（CIP）数据

李太白集 / (唐) 李白著；夏华等编译；王文君修
订. — 沈阳：万卷出版有限责任公司，2023.5
（万卷楼国学经典：修订版）
ISBN 978-7-5470-6194-7

Ⅰ.①李… Ⅱ.①李… ②夏… ③王… Ⅲ.①唐诗 —
诗集 Ⅳ.①I222.742

中国国家版本馆CIP数据核字（2023）第035374号

出 品 人：王维良
出版发行：北方联合出版传媒（集团）股份有限公司
　　　　　万卷出版有限责任公司
　　　　　（地址：沈阳市和平区十一纬路 29 号 邮编：110003）
印 刷 者：辽宁新华印务有限公司
经 销 者：全国新华书店
幅面尺寸：170mm×240mm
字　　数：430 千字
印　　张：21.5
出版时间：2023 年 5 月第 1 版
印刷时间：2023 年 5 月第 1 次印刷
责任编辑：邢茜文
装帧设计：徐春迎
责任校对：张　莹
ISBN 978-7-5470-6194-7
定　　价：58.00 元
联系电话：024-23284090
邮购热线：024-23284050

出版说明

　　"读万卷书，行万里路"这是中国古人"修身"的两条基本途径。晋代著名史学家陈寿给自己的书斋命名为"万卷楼"，此后，历代以"万卷楼"命名的书斋，由宋至清有数十家：宋代有方略、石待旦等；元代有陈杰、汪惟正等；明代有项笃寿、杨仪、范钦等；清代有孙承泽、黄彭年等。可见，"读万卷书"的理想在中国传统知识分子中是何等的根深蒂固。

　　读"万卷书"不仅是古人的理想，当我们懂得了读书的意义，都会自然而然地产生强烈的"博览群书"的愿望。然而，人类历史悠久，书籍浩如汪洋大海，时代发展到今天，科技与经济的发展更使得人类的精神领域空前丰富，获取信息与知识的途径不断增加。"万卷书"早已不再是一个象征性的概念，如何从这"万卷"之中，找到最值得细细品读的作品，已经成为人们必须解决的问题。

　　爱因斯坦曾说过："在阅读的书中找出可以把自己引到深处的东西，把其他一切统统抛掉。"这正是在阐述读书时选择的重要性。而他所说的把我们"引到深处的东西"无疑就是我们所需要深度阅读的作品，也就是我们常说的经典作品。

　　卡尔维诺对经典作出的定义之一是：经典就是我们正在重读的。的确，在对经典作品反反复复的品味中，人们思想得到了升华，从浅薄走向思考，最后走到通达。我们都曾有这样的感触，面对海量的书籍和信息，一方面，人们在向着功利性浅阅读大张其道，另一方面，我们的精神深处又在不断地呼唤能够滋养自己内心的深度阅读。因此，经典的价值不仅没有因为浅阅读时代的到来而有所损失，反而更显示出其珍贵来。

　　在惜字如金的中国传统典籍当中，从来不乏这种需要反复品味的经典。从先秦诸子到历代的经史子集，这些经典为一代代的中国人提供了取之不尽的精神滋养，为中华文化的传承和发展建立了基础。我们把这种包蕴中国文化的学问称为国学。国学的范围非常广泛，它包含了文学、历史、哲学、艺术、语言、音韵等在内的一系列内容。

　　包罗万象的国学经典为我们提供了广泛的教育。阅读国学经典，也就是在与我们的"先圣先贤"对话和交流，一步步地挺进我们的历史和传统。这个过程可以让我们领会先贤的旨趣，把握他们的神髓，形成恢宏的历史意识，可以让我们通晓文义、熟习经史、通彻学问，让我们成为博学之士。另一方面，国学经典所代表的传统学问，更是具有极为厚重的伦理色彩。阅读国学经典的过程，不仅是增进知识的过程，而且是一个熏陶气质、改善性情、提高涵养的过程，这个过程在潜移默化中培养着行谊谨厚、品行端方、敦品励行的谦谦君子。

　　当然，随着时代的发展，国学早已不再是人们追求事功的唯一法典，我们也不赞成对国学的功能无限夸大。但毫无疑问，阅读国学经典，必能促进我们对真、善、美的崇敬之心，唤起我们对伟大、深邃、美好事物的敏感和惊奇，同时也让我们了解到先贤们在探寻知识过程中思考的重大课题和运用的基本原则。这些作品体现着我们民族精神的精髓，如《周易》所阐述的"自强不息"的君子人格，《论语》所强调的"和而不同"的包容精神，《诗经》所培养的温柔敦厚的情感，《道德经》所闪耀的思辨智慧，等等，它们共同构筑了中华民族传统的精神范式。品读先贤留下的经典，恰如与他们进行一次次心灵的直接触碰，进而去审视我们自己的内心，见贤思齐，激浊扬清。

正是基于对国学经典的这种认识，我们精选了这套《万卷楼国学经典》系列丛书，以期引导步履匆匆的现代人走近国学经典、了解国学经典。在选编过程中，我们希望能够体现这样一些特点。

首先，我们希望这套丛书能够最具代表性。在选目中，我们注重于最经典、最根源的作品，在有限的时间内，把那些最具影响力，最应该知道的作品提交给读者。四书五经、先秦诸子、唐诗宋词等这些具有符号意义的作品无疑是最应该为我们所熟知的，因此，丛书所选的 30 种作品都是这些经典中的经典。

其次，我们希望能够做出好读的经典。在面对国学作品时，佶屈的文言和生僻的字词常让普通读者望而却步。所以，我们试图用简洁易懂的形式呈现经典，使读者可随时随地以自己的时间、自己的速度来进入阅读。因此，我们为原著精心添加了注音、注释和译文，使读者能够真正地"无障碍阅读"。同时，我们还邀请北京大学、南京大学、复旦大学等知名学府的古代文学方面专家对丛书进行了整体修订，对原文字句及标点进行核准，适当增删注释条目、校订注释内容，对白话翻译做进一步校订疏通，使图书内容臻于完善，整体品质得到了大幅度提升。作为一名读者，也许你会常常感慨，以前没有花更多的时间去读更多的经典，如今没有机会或能力来细读，但实际上，读经典什么时间开始都不算晚，"万卷楼"就是一个极好的途径。重读或是初读这些经典，一样可以塑造我们未来的生活。

第三，我们希望呈现一套富有美感的读物。对于经典而言，内容的意义永远排在第一位，但同时，我们也希望有精彩的形式与内容相匹配，因而，我们在编辑过程中选取了大量的古代优秀版画作为本书的插图，对图片的说明也做了精心设计。此外，图书的编排、版式等细节设计都凝聚了我们大量的思索。我们希望这套经典不只是精神的食粮，拥有文本意义上的价值，更能带来无限美感，成为诗意的渊薮。

"经典作品是这样一些书，我们越是道听途说，以为我们懂了，当我们实际读它们，我们就越是觉得它们独特、意想不到和新颖。"卡尔维诺经典的评论让人击节叹赏，我们也希望这套丛书能够彰显经典的价值，使读者在细细品读中真正融化经典，真正做到"开茅塞、除鄙见、得新知、增学问、广识见"。同时，经典又是可以被享受的。当我们走进经典之时，不能只作为被动的接受者，也可用个人自我的方式进入经典，做精神的逍遥之游，对经典作品进行贴近个体生命的诠释和阅读，在现实社会之中营造自由的人生意境和精神家园，获取一种诗意盎然的人生。

怎样阅读本书

原文：根据权威版本，精心核校，确保准确性，对生僻字反复注音，使读者无障碍阅读。

注释：准确、简明，极具启发性。

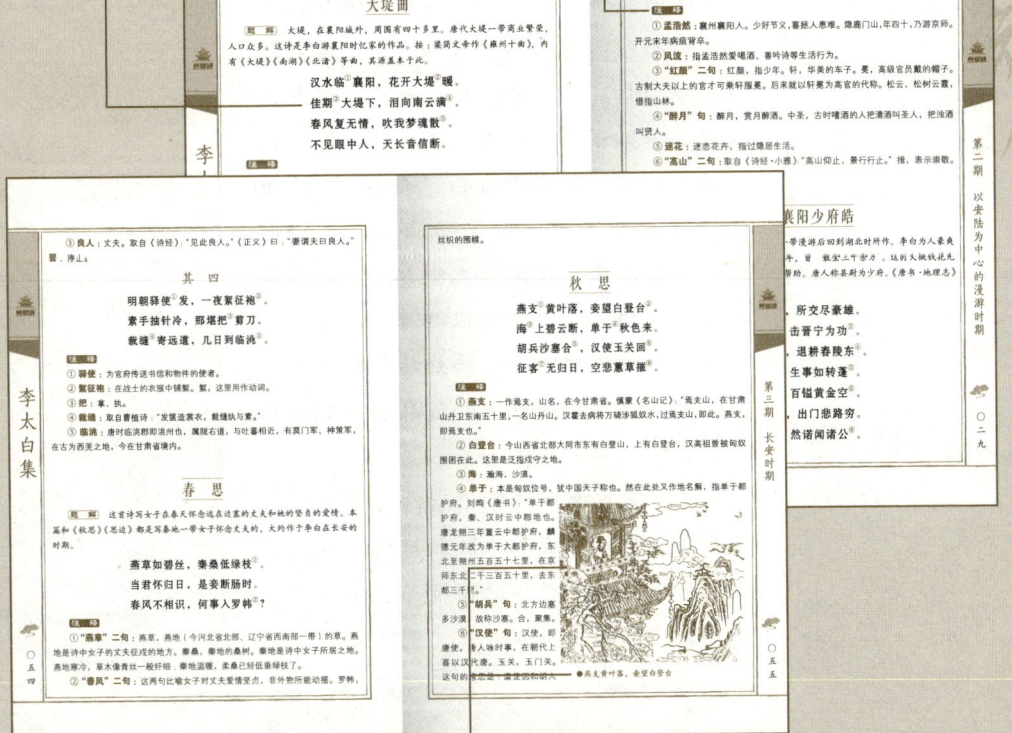

插图：精选历代精品古版画，美妙传神，增强美感。

图注：以图释义，扩展阅读，丰富全书知识含量。

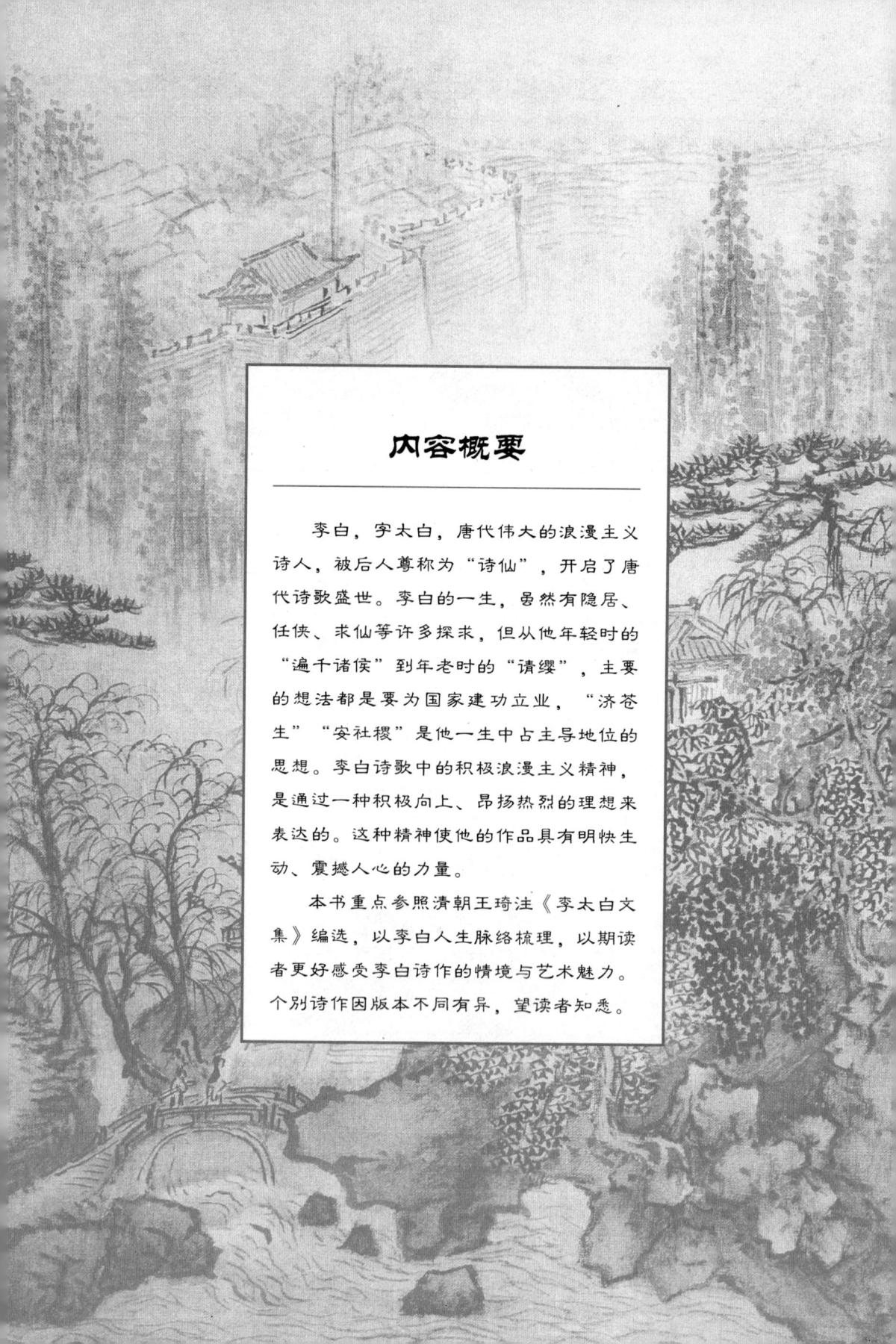

内容概要

　　李白，字太白，唐代伟大的浪漫主义诗人，被后人尊称为"诗仙"，开启了唐代诗歌盛世。李白的一生，虽然有隐居、任侠、求仙等许多探求，但从他年轻时的"遍干诸侯"到年老时的"请缨"，主要的想法都是要为国家建功立业，"济苍生""安社稷"是他一生中占主导地位的思想。李白诗歌中的积极浪漫主义精神，是通过一种积极向上、昂扬热烈的理想来表达的。这种精神使他的作品具有明快生动、震撼人心的力量。

　　本书重点参照清朝王琦注《李太白文集》编选，以李白人生脉络梳理，以期读者更好感受李白诗作的情境与艺术魅力。个别诗作因版本不同有异，望读者知悉。

目录

第一期　蜀中时期
（七〇五—七二六）

第二期　以安陆为中心的漫游时期
（七二六—七四二）

第三期　长安时期
（七四二—七四四）

第四期　以东鲁、梁园为中心的漫游时期
（七四四—七五五）

第五期 安史之乱时期
（七五五—七六二）

第六期　年代不可考部分

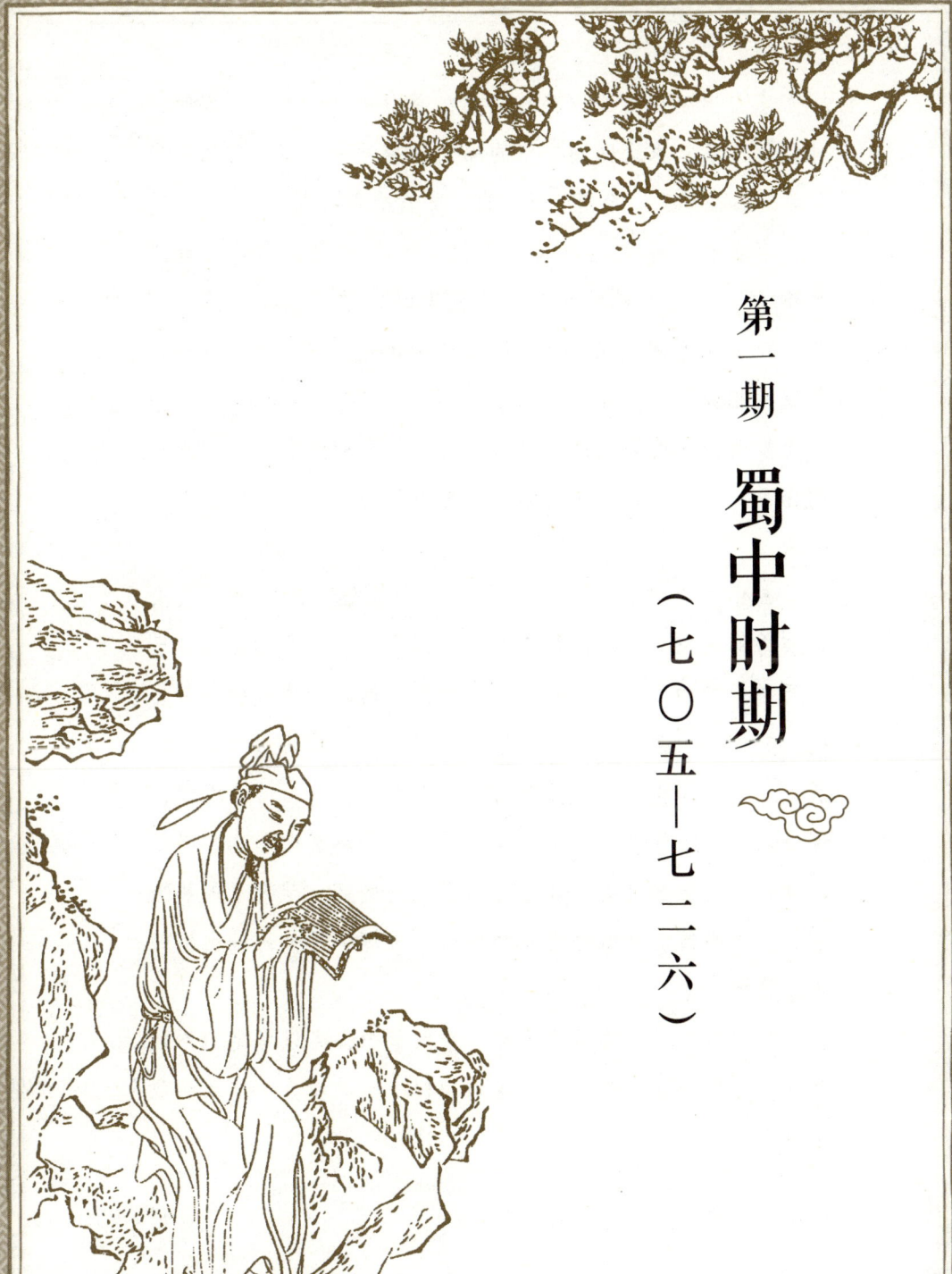

第一期

蜀中时期

（七〇五—七二六）

李白出生在西域的碎叶城（在今中亚细亚），五岁时，他跟随父亲全家迁回到蜀中的绵州昌隆县（今四川省江油市一带）。在那里，李白度过了自己的青少年时期。

　　李白在少年时期就接触了很多文化典籍，自称"五六岁诵六甲，十岁观百家"。可见当时他学习涉猎的范围相当广泛。十五岁能文，文章写得非常出色（"十五观奇书，作赋凌相如"），并且开始学习剑术（"十五好剑术"）。二十岁时，当时著名的文章大家苏颋到蜀中做官，看到李白的作品，大加赞赏，认为如果能好好努力，将来一定能大有作为。

　　蜀中的自然环境非常优美，有奇险雄伟的山川，又有恬淡秀丽的原野，这使得李白大开眼界，他很小的时候就已游历了蜀地的不少名胜古迹。还受到了盛行于唐代的道教影响，交往道士甚多，同时还结识了以喜谈纵横之术为名的赵蕤，并在一起生活过一段时间，李白具有的"申管晏之谈，谋帝王之术"的政治抱负，显然是受到了赵蕤的影响。广泛的学习、游历和社会交往，开阔了他的胸怀，孕育了他热情奔放、不受传统束缚的思想和性格，也埋下了他游仙出世的消极思想根源。

　　李白这一时期的诗作流传下来的很少，可以考定的不到十首。这些诗篇虽然还没有达到独树一帜的境界，但已显现出诗人的才华。

访戴天山道士不遇

题　解　《绵州图经》云："戴天山，在县北五十里，有大明寺，开元中，李白读书于此寺。又名大康山，即杜甫所谓'康山读书处'也。"《一统志》载："大匡山，绵州彰明县北三十里，一名康山，亦名戴天山。"

犬吠水声中①，桃花带露浓。

树深时见鹿，溪午不闻钟②。

野竹分青霭，飞泉挂碧峰③。

无人知所去，愁倚两三松。

注　释

① **"犬吠"句**：指山中犬吠与泉水声相杂在一起。

② **"树深"二句**：写道士居处静谧幽深，时见野鹿，午时听不到钟磬声，说明道士外出，点题"不遇"。

③ **青霭、飞泉**：分别取自王筠诗"日坂散朱雾，天隅敛青霭"和陆机诗"飞泉漱鸣玉"。

登锦城散花楼

题　解　《华阳国志》云："成都夷里桥南岸道西有城，故锦官也，命曰锦里。"《成都记》："府城亦呼为锦官城，以江山明丽，错杂如锦也。散花楼，在摩诃池上，蜀王秀所建。"

日照锦城头，朝光散花楼①。

金窗夹绣户，珠箔悬银钩②。

飞梯绿云中③，极目④散我忧。

暮雨向三峡⑤，春江绕双流⑥。

今来一登望，如上九天游。

注　释

① **"朝光"句**：早晨阳光照射散花楼。

② **珠箔**：珠帘。**银钩**：银制的帘钩。

③ **"飞梯"句**：登上高梯，四下绿树围绕，好像身处在绿云之间。

④ **极目**：尽目力所及向远处眺望。

⑤ **三峡**：《太平寰宇记》："三峡谓西峡、巫峡、归峡。俗云：'巴东三峡巫峡长，清猿三声泪沾裳。'即禹所疏以导江也。绝峻万仞，瞥见阳光，不分云雨。"

⑥ **双流**：左思《蜀都赋》："带二江之双流。"刘渊林注："蜀守李冰，凿离堆，穿两江，为人开田，百姓享其利。"《水经注》："成都县有二江，双流郡下，故扬子云《蜀都赋》曰'两江珥其前'者是也。"《风俗通》曰："秦昭王使李冰为蜀守，开成都两江，溉田万顷。"《元和郡县志》："成都府双流县，北至府四十里，本汉广都县也。隋仁寿元年，避炀帝讳改为双流，因县在二江之间，仍取《蜀都赋》云'带二江之双流'为名也，皇朝因之。"

●今来一登望，如上九天游

白头吟二首

其　一

题　解　《西京杂记》："司马相如将聘茂陵人女为妾，卓文君作《白头吟》

以自绝，相如乃止。词曰：'皑如山上雪，皎若云间月。闻君有两意，故来相诀绝。今日斗酒会，明日沟水头。蹀躞御沟上，沟水东西流，凄凄重凄凄，嫁娶不须啼。愿得一心人，白头不相离。'"

锦水①东北流，波荡双鸳鸯②。

雄巢汉官树，雌弄秦草芳。

宁同万死碎绮翼，不忍云间两分张③。

此时阿娇④正娇妒，独坐长门愁日暮。

但愿君恩顾妾深，岂惜黄金买词赋。

相如作赋得黄金，丈夫好新多异心⑤。

一朝将聘茂陵女，文君因赠《白头吟》。

东流不作西归水⑥，落花辞条羞故林。

兔丝故无情，随风任倾倒⑦。

谁使女萝枝，而来强萦抱？

两草犹一心，人心不如草。

莫卷龙须席⑧，从他生网丝。

且留琥珀枕⑨，或有梦来时。

覆水再收岂满杯，弃妾已去难重回⑩。

古来得意不相负，只今惟见青陵台。

注　释

① **锦水**：即锦江。《一统志》载："二江，一名汶江，一名流江，经成都府城南七里。蜀守李冰既凿离堆，又开二渠，一渠由永康过新繁入成都，谓之外江。一渠由永康过郫入成都，谓之内江。蜀人以此水濯锦鲜明，故又名锦江。"

② **鸳鸯**：水鸟名。

③ **分张**：《魏书》："在南百口，生死分张。"分张，犹分离也。

● 陈阿娇

④ **阿娇**：汉武帝陈皇后的小字。

⑤ **"丈夫"句**：傅玄《苦相篇》："玉颜随年变，丈夫多好新。"

⑥ **"东流"句**：《子夜歌》："不见东流水，何时复归西。"

⑦ **"兔丝"二句**：《尔雅》："女萝、兔丝，其实二物也。然皆附木上。"《广雅》云："女萝，松萝也。菟丘，菟丝也。则是两物。"陆玑亦云："今兔丝蔓连草上生，黄赤如金，药中兔丝子是也。非松萝，松萝自蔓松上，生枝正青，与兔丝殊异。以予考之，诚然。今女萝正青而细长无杂蔓，故《山鬼》章云'被薜荔兮带女萝'，萝青而长如带也，何与兔丝事？然两者皆附木，或当有时相蔓。"古乐府云："南山幂幂兔丝花，北陵青青女萝树。由来花叶同一心，今日枝条分两处。"《博物志》："魏文帝所记诸物相似乱者，女萝寄生兔丝，兔丝寄生木上，根不着地。然则女萝有寄生兔丝上者。《释草》'女萝兔丝'，或亦此义耳。"

⑧ **"莫卷"句**：《长乐佳》古辞："玉枕龙须席，郎眠何处床。"胡三省《通鉴注》："龙须席，以龙须草织成，今淮上安庆府居人多能织龙须席。"

⑨ **琥珀枕**：《西京杂记》："赵飞燕女弟遗飞燕琥珀枕。"《广雅》曰："琥珀，珠也。生地中，其上及旁不生草，浅者四五尺，深者八九尺，大如斛，削去皮成琥珀，初时如桃胶，凝坚乃成，其方人以为枕，出博南县。"

⑩ **"覆水"二句**：《后汉书》："覆水不收，宜深思之。"《搜神记》曰："宋康王以韩凭妻美而夺之，使凭筑青陵台，然后杀之，其妻请临丧，遂投身而死。王命分埋台左右。期年，各生一梓树，及大，树枝条相交，有二鸟哀鸣其上，因号之曰相思树。"《太平寰宇记》："河南道济州郓城县有青陵台。"《郡国志》云："宋王纳韩凭之妻，使凭运土筑青陵台，至今台迹依约。"《一统志》："青陵台，在开封府封丘县界。宋康王欲夺其舍人韩凭之妻，乃筑台望之，凭妻作诗曰：'南山有鸟，北山张罗。鸟自高飞，罗当奈何。'遂自缢死。"

其　二

题解　萧士赟曰："按此篇出入前篇，语意多同，或谓初本云。"

锦水东流碧，波荡双鸳鸯。

雄巢汉宫树，雌弄秦草芳。

相如去蜀谒武帝，赤车驷马①生辉光。

一朝再览《大人》作②，万乘忽欲凌云翔。

闻道阿娇失恩宠，千金买赋要君王。

相如不忆贫贱日，位高金多聘私室③。

茂陵姝子皆见求，文君欢爱从此毕。

泪如双泉水，行堕紫罗襟。

五起④鸡三唱，清晨《白头吟》。

长吁不整绿云鬓，仰诉青天哀怨深。

城崩杞梁妻⑤，谁道土无心。

东流不作西归水，落花辞枝羞故林。

头上玉燕钗⑥，是妾嫁时物。

赠君表相思，罗袖幸时拂。

莫卷龙须席，从他生网丝。

且留琥珀枕，还有梦来时。

鹔鹴裘⑦在锦屏上，自君一挂无由披。

妾有秦楼镜，照心胜照井⑧。

愿持照新人，双对可怜影。

覆水却收不满杯，相如还谢文君回。

古来得意不相负，只今惟有青陵台。

注　释

① **赤车驷马**：出自《华阳国志》："司马相如初入长安，题市门曰：'不乘赤车驷马，不过汝下也。'"

② **《大人》作**：出自《史记》："司马相如见上好仙道，因曰：'上林之事，未足美也，尚有靡者。臣尝为《大人赋》未就，请具而奏之。'相如以为列仙之传，居山泽间，形容甚臞，此非帝王之仙意也，乃遂就《大人赋》。相如既奏大人之颂，天子大悦，飘飘有凌云之气，似游天地之间意。"

③ **"位高"句**：出自《史记》："苏秦笑谓其嫂曰：'何前倨而后恭也？'嫂曰：'见季子位高金多也。'"

④ **五起**：出自《太平御览》："尸子曰：孝己一夕五起，视亲衣之厚薄、枕之高下。此用其字，以言寝不安席之意。旧注解作五更而起者，恐非是。"

⑤ **杞梁妻**：据《古今注》记载："《杞梁妻》，杞植妻妹明月所作也。杞植战死，妻叹曰：'上则无父，中则无夫，下则无子。生人之苦，至矣。'乃抗声长哭，杞都城感之而颓，遂投水而死。其妹悲其姐之贞操，乃为作歌，名曰《杞梁妻》焉。"梁，植字也。《论衡》："传书言，杞梁之妻向城而哭，城为之崩。言杞梁从军不还，其妻痛之，向城而哭，至诚悲痛，精气动城，故城为之崩也。夫言向城而哭者，实也。城为之崩者，虚也。城，土也，无心腹之藏，安能为悲哭感动而崩？"太白"土无心"句，似借其言而反之。用古若此，左右逢源，非圣于诗者不能。

⑥ **玉燕钗**：据《述异记》："汉武帝元鼎元年，起招灵阁，有神女留一玉钗与帝，帝以赐赵婕妤。至昭帝元凤中，宫人见此钗光莹甚异，共谋欲碎之。明视钗匣，惟见白燕直升天去，后宫人作玉钗，因名玉燕钗。"

⑦ **鹔鹴裘**：据《西京杂记》记载：司马相如初与卓文君还成都，居贫愁懑，以所著鹔鹴裘就市人杨昌贳酒，与文君为欢。

⑧ **"妾有"二句**：据《西京杂记》记载："咸阳宫有方镜，广四尺，高五尺九寸，表里有明，人直来照之，影则倒见。以手扪心而来，则见肠胃五脏，历然无碍。人有疾病在内，掩心而照之，则知病之所在。又，女子有邪心，则胆张心动。始皇常以照宫人，胆张心动者则杀之。汤僧济诗：'昔日娼家女，摘花露井边。摘花还自插，照井还自怜。'"

登峨眉山

题 解 《四川通志》："峨眉山，去嘉州峨眉县百里，自白水寺登山，初二十里有石磴可陟，又二十里多无路，以木为梯，行三二里方踏实地。又二十里有雷洞，始到光相寺，则峨眉绝顶也。其上树木禽鸟，多与平地异，天气尤不同。九月初已下雪，居者皆绵衣絮袄，山上水煮饭不熟，饭食皆从白水寺造上。"

蜀国多仙山，

峨眉邈难匹。

周流试登览，

绝怪安可悉。

青冥①倚天开，

彩错疑画出。

泠然②紫霞赏，

果得锦囊术③。

云间吟琼箫，石上弄宝瑟④。

平生有微尚⑤，欢笑自此毕⑥。

烟容如在颜，尘累⑦忽相失。

倘逢骑羊子⑧，携手⑨凌白日。

●骑羊子

注 释

① **青冥**：青而暗昧之状。《楚辞》中曰："据青冥而摅虹兮。"盖谓天为青冥也。太白借用其字，别指山峰而言，与《楚辞》殊异。

② **泠然**：江淹诗："泠然空中赏。"李周翰注："泠然，轻举貌。"

③ **锦囊术**：即指成仙之术。

④ **宝瑟**：沈约诗："象筵鸣宝瑟。"《周礼乐器图》："雅瑟饰以宝玉者，曰宝瑟。"

⑤ **微尚**：微小的愿望，指隐居求仙。

⑥ **自此毕**：颜延年诗："嘉运既我从，欣愿自此毕。"

⑦ **尘累**：《南史》："阮孝绪曰：'庶保促生以免尘累。'"

⑧ **骑羊子**：《列仙传》："葛由者，羌人也。周成王时，好刻木羊卖之。一旦骑羊入西蜀，蜀中王侯贵人追之上绥山。山在峨眉山西南，高无极也。随之者不复还，皆得仙道。"

⑨ **携手**：陈子昂诗："携手登白日，远游戏赤城。"

峨眉山月歌

题解 这是李白二十六岁离开蜀地时的作品。他另有《峨眉山月歌送蜀僧晏入中京》为晚年的作品，可以参考。

峨眉山月半轮秋，影入平羌①江水流。

夜发清溪②向三峡，思君不见下渝州③。

●夜发清溪向三峡，思君不见下渝州

注释

① **平羌**：即今青衣江。源出四川省雅安市芦山县，流至乐山市入岷江。在峨眉山东。

② **清溪**：即清溪驿，在四川省乐山市犍为县，峨眉山附近。

③ **"思君"句**：君，指峨眉山月。下渝州，到渝州去。渝州，今重庆一带。这两句是说从清溪到渝州旅途上，因月亮被两岸的高山挡住，不能见到，所以思念。一说，君是指住在峨眉山的友人。

第二期
以安陆为中心的漫游时期
（七二六—七四二）

李太白集

开元十四年（726）李白二十六岁时，便"仗剑去国"，开始了在祖国东部地区的漫游生活。所谓漫游，是唐代读书人增加阅历，广泛结交，以邀取名誉、达到仕进目的的手段。与李白同时代的杜甫，在青年时代也有一段"壮游"时期。

李白出三峡后，最初游历了现在湖北省的江陵、武昌，湖南省的长沙、岳阳等地，泛舟于洞庭湖。然后东游，足迹踏遍今江苏的南京、扬州，浙江的绍兴等地。以后又北上，到达现在的河南省方城、临汝等地。此后不久，李白又到了湖北安陆，与曾在高宗时做过宰相的许围师的孙女结婚，并在那里定居约十年之久。在这期间，除了部分时间住在安陆外，他还到过今湖北襄阳、河南洛阳、山西太原一带游历。李白三十五岁后，把家搬到了今山东济宁县一带，仍继续往来南北。

唐玄宗年间，玄宗醉心追求长生，因此提倡道教，遍访名山隐士。天宝元年（742），李白到浙江嵊山跟道士吴筠一起做隐士，同年，吴筠得到唐玄宗赏识，应召赴长安。李白因为吴筠的推荐，也被召入长安，开始了生活的另一阶段。

这时期，李白的诗歌艺术已经臻于成熟，成为当时极负盛名的诗人。他的诗歌吸收了楚辞和乐府民歌的优点，感情热烈，想象丰富，形式自由奔放，语言清新活泼，在吸收以上优点的基础上形成了独创的风格。由于李白思想的复杂性，作品中也常常掺杂歌咏纵酒享乐的颓废生活和超尘出世的虚无思想，这虽然是支流，但是也必须指出。

渡荆门送别

题解 《通典》载："荆门山，后汉岑彭破田戎于此。公孙述又遣将任满拒吴汉作浮桥处。在今峡州宜都县西北五十里。"《水经》云："江水束楚荆门、虎牙之间。荆门山在南，上合下开若门。虎牙山在北，石壁危江，间有白文类牙，故以为名。荆门、虎牙二山，即楚之西塞。"

渡远荆门[①]外，来从楚国[②]游。

山随平野尽[③]，江入大荒[④]流。

月下飞天镜[⑤]，云生结海楼[⑥]。

仍怜故乡水，万里送行舟。

注释

① **荆门**：山名，在今湖北省宜都市西北、长江南岸，与北岸虎牙山相对，形势险要。杨齐贤曰："蜀之诸山至此不复见矣。"

② **楚国**：今湖北一带，春秋战国时期属于楚国。

③ **"山随"句**：自荆门以东，地势平坦。

④ **大荒**：广阔无际的原野。

⑤ **"月下"句**：月亮映入江水，好像镜子从天空飞下。

⑥ **海楼**：即海市蜃楼。

秋下荆门

题解 本诗《敦煌残卷本唐诗选》题作《初下荆门》，当是李白初次离开荆门时的作品。

霜落荆门江树空[①]，布帆无恙[②]挂秋风。

此行不为鲈鱼鲙[③]，自爱名山入剡中[④]。

① **江树空**：江边树木经秋霜而叶子枯落。

② **布帆无恙**：《晋书》载："顾恺之为殷仲堪参军。仲堪在荆州，恺之尝因假还，仲堪特以布帆借之。至破冢，遭风，船败。恺之与仲堪笺曰：'地名破冢，直破冢而出，行人安稳，布帆无恙。'"

③ **鲈鱼鲙**：《世说新语》曰："张季鹰辟齐王东曹掾，在洛，见秋风起，因思吴中菰菜羹、鲈鱼鲙，曰：'人生贵得适意尔，何能羁宦数千里以要名爵。'遂命驾便归。俄而齐王败，时人皆谓为见机。"

④ **剡中**：《广博物志》："剡中多名山，可以避灾，故汉、晋以来，多隐逸之士。沃州天姥，是其处。"

江上寄巴东故人

[题 解] 唐时巴东郡，即归州也，隶山南东道。这首诗大概是李白刚到湖北汉水流域时寄给蜀地老朋友的作品。

汉水①波浪远，巫山②云雨飞。

东风吹客梦，西落此中时③。

觉后思白帝④，佳人与我违⑤。

瞿塘饶贾客，音信莫令希⑥。

① **汉水**：源出陕西省宁强县北嶓冢山，东南流至湖北省武汉市汉阳区入长江。

② **巫山**：山名，在今重庆、湖北、湖南交界。以上二句用汉水、巫山分指自己和友人所在之地。

③ **"东风"二句**：客，指李白自己。此中，指巴东郡。意思是说睡梦中东风把自己向西吹向巴东郡。

④ **白帝**：白帝城，在今重庆市奉节县东，公孙述据蜀，自称白帝，更号鱼复曰白帝城。唐时白帝城也在巴东郡内。

⑤ **"佳人"句**：佳人，指巴东故人。违，分别。

李太白集

⑥ **"瞿塘"二句**：瞿塘峡，在重庆市奉节县东南，是长江三峡之一。饶，多。最后两句意谓瞿塘峡一带沿着长江来往的商贾很多，希望不断托他们捎信来。

杨叛儿

题 解 《通典》载："《杨叛儿》，本童谣也。齐隆昌时，女巫之子曰杨，少随母入内，及长，为太后所宠。童谣云：'杨婆儿，共戏来。'而歌语讹，遂成杨叛儿。"

> 君歌《杨叛儿》，妾劝新丰酒①。
> 何许最关人②？乌啼白门③柳。
> 乌啼隐杨花，君醉留妾家。
> 博山炉中沉香火，双烟一气凌紫霞④。

注 释

① **新丰酒**：指美酒。新丰，地名，在今陕西省西安市临潼区东。汉高祖建都长安，因他父亲思念故乡，就把丰、沛部分居民搬到这里，唤作新丰。古诗中常言新丰酒美。梁元帝诗："试酌新丰酒，遥劝阳台人。"

② **"何许"句**：何许，犹何处。这句是说何处最使人关情。

③ **白门**：《宋书》载："宣阳门，民间谓之白门。"六朝时都城建康城（今南京）的西门，后来就以此作为建康的代称。这里借指诗中男女欢会的地方。

④ **"博山"二句**：古《杨叛曲》："暂出白门前，杨柳可藏乌。欢作沉水香，侬作博山炉。"《晋东宫旧事》曰："太子服用，则有博山香炉，一云炉象海中博山，下有盘贮汤，使润气蒸香，以象海之回环，此器世多有之，形制大小不一。"《南方草木状》："交趾有蜜香树，干似柜柳，其花白而繁，其叶如橘。欲取香，伐之，经年，其根干枝节各有别色也，木心与节坚黑沉水者为沉香。"《南州异物志》曰："沉水香，出日南。欲取当先斫坏树，着地积久，外自朽烂。其心至坚者，置水则沉，名曰沉香。"诗中女子以博山炉自喻，以沉香比喻对方，用以隐喻爱情的融洽。

长干行二首

其　一

题解　刘逵《吴都赋注》："建业南五里有山冈，其间平地，吏民杂居，号长干。中有大长干、小长干，皆相连。大长干在越城东，小长干在越城西，地有长短，故号大、小长干。"《韩诗》曰："考槃在干。地下而广曰干。"《方舆胜览》："建康府有长干里，去上元县五里。李白《长干行》所谓'同居长干里'，乃秣陵县东里巷，江东谓山垄之间曰'干'。"

妾发初覆额①，折花门前剧②。

郎骑竹马来，绕床弄青梅③。

同居长干里，两小无嫌猜。

十四为君妇，羞颜未尝开。

低头向暗壁，千唤不一回。

十五始展眉，愿同尘与灰。

常存抱柱信④，岂上望夫台⑤。

十六君远行，瞿塘⑥滟滪堆。

五月不可触⑦，猿声天上哀⑧。

门前迟行迹，一一生绿苔⑨。

苔深不能扫，落叶秋风早。

八月胡蝶来，双飞西园草。

感此伤妾心，坐⑩愁红颜老。

早晚下三巴⑪，预将书报家。

相迎不道远，直至长风沙⑫。

注释

① **"妾发"句**：古代小孩不束发，这里指童年时期。妾，妇女的自称。

② **剧**：游戏。

③ **"郎骑"二句**：骑竹马，弄青梅，都是叙述幼儿时期儿女嬉戏的情事。

④ **抱柱信**：故事见《庄子·盗跖》，大意是说一个名叫尾生的男子，与一个女子约会在桥下，尾生先到，忽然涨水，尾生抱着桥柱不愿离开，免得失信于女子，结果被水淹死。后人因称守信约为抱柱信。

⑤ **望夫台**：相传古代有人久出不归，他的妻子在此台上眺望，因而得名。今用以抒发女子思念丈夫的真挚之情。《苏栾城集》："望夫台，在忠州南数十里。"

⑥ **瞿塘**：《南史》载："巴东有淫预石，高出水二十余丈，及秋水至，才如见焉。次有瞿塘大滩，行旅忌之。淫预石，即滟滪堆也。"《一统志》："瞿塘，在夔州府城东，旧名西陵峡，乃三峡之门，两崖对峙，中贯一江，滟滪堆当其口。"《太平寰宇记》："滟滪堆，周回二十丈，在夔州西南二百步蜀江中心，瞿塘峡口。冬水浅，屹然露百馀尺，夏水涨，没数十丈。其状如马，舟人不敢进。"《蜀外纪》："瞿塘，即峡内江水深沉处。滟滪，乃一石笋树两峡之中，若青螺盘于波中，宝剑插于镜面。"

⑦ **不可触**：谚曰："滟滪大如马，瞿塘不可下。滟滪大如鳖，瞿塘行舟绝。滟滪大如龟，瞿塘不可窥。滟滪大如袱，瞿塘不可触。"又曰犹豫，言舟子取途，不决水脉，故犹豫也。

⑧ **"猿声"句**：三峡多猿，啼声哀切。古时有歌谣云："巴东三峡巫峡长，猿鸣三声泪沾裳。"以上四句写丈夫西去巴蜀，江行艰险，表现了女子对丈夫安危的深切关怀。

⑨ **"门前"二句**：迟，等待，一作"旧"。等待人的足迹上又生绿苔，表示时间之长。李白《自代内赠》诗云："别来门前草，秋巷春转碧。扫尽更还生，萋萋满行迹。"

⑩ **坐**：因为。鲍照诗："安能行叹复坐愁。"

⑪ **三巴**：指巴郡、巴东、巴西三郡。《华阳国志》："汉献帝初平元年，征东中郎将安汉赵颖建议分巴为三郡，颖欲得巴旧名，故白益州牧刘璋以垫江以上为巴郡。江南庞羲为太守，

●八月胡蝶来，双飞西园草

治安汉。以江州至临江为永宁郡，朐忍至鱼复为固陵郡，巴遂分矣。建安六年，鱼复蹇胤白璋争巴名，璋乃改永宁为巴郡，以固陵为巴东，徙庞羲为巴西太守，是为三巴。"

⑫**长风沙**：地名，在今安徽安庆市东。

其 二

忆妾深闺里，烟尘不曾识。

嫁与长干人，沙头候风色。

五月南风兴，思君下巴陵①。

八月西风起，想君发扬子②。

去来悲如何，见少别离多。

湘潭③几日到？妾梦越风波。

昨夜狂风度，吹折江头树。

淼淼暗无边，行人在何处？

好乘浮云骢④，佳期兰渚⑤东。

鸳鸯绿蒲上，翡翠⑥锦屏中。

自怜十五余，颜色桃花红。

那作商人妇，愁水复愁风。

注 释

① **巴陵**：唐时巴陵郡本巴州也，武德六年，更名岳州，属江南西道。

② **扬子**：《图经》载："扬子江在真州扬子县左，与镇江分界。"《江南志》："扬子江发源岷山，合湘、汉、豫章诸水，绕江宁府城之西南，经西北至镇江，始名为扬子江，东流入海。"

③ **湘潭**：《元和郡县志》："潭州有湘潭县，东北至州一百四里。"

④ **浮云骢**：《西京杂记》载："文帝有良马九匹，皆天下之骏马也，一名浮云。"庾抱诗："枥上浮云骢，本出吴门中。"

李太白集

⑤ **佳期兰渚**：《楚辞》："与佳期兮夕张。"曹植诗："朝发鸾台，夕宿兰渚。"

⑥ **翡翠**：《说文》："翡，赤羽雀也。""翠，青羽雀也。出郁林。"《禽经注》："翡翠，状如鸥鹬而色正碧，鲜缛可爱。饮喙于澄澜回渊之测，尤惜其羽，日濯于水中。"《异物志》："翠鸟，形如燕，赤而雄曰翡，青而雌曰翠，其羽可以饰帷帐。"

●长干行

横江词六首

题解　《太平寰宇记》：横江浦，在和州历阳县东南二十六里。孙策自寿春欲经略江东，扬州刺史刘繇遣将樊能、于糜屯横江，孙策破之于此。对江南岸之采石，往来济渡处，隋将韩擒虎平陈，自采石济，亦此处也。

其　一

人道横江好，侬①道横江恶。

一风三日吹倒山，白浪高于瓦官阁②。

注释

① **侬**：胡三省《通鉴注》："吴人率自称曰侬。"

② **瓦官阁**：《幽怪录》载："上元县有瓦棺寺，寺上有阁，倚山瞰江，万里在目，亦江湖之极境，游人弭棹，莫不登眺。"《江南通志》："升元阁，在江宁城外，一名瓦官阁，即瓦官寺也。阁乃梁朝所建，高二百四十尺，南唐时犹存，今在城之西南角。杨、吴未城时，正与越台相近，长干之西北也。唐以前江水逼石头，李白诗'白浪高于瓦官阁'，以此。"

其 二

海潮南去过寻阳①，牛渚②由来险马当。

横江欲渡风波恶，一水牵愁万里长。

注 释

① **寻阳**：唐时江南西道有九江郡，即江州也，治浔阳县。天宝元年改名浔阳郡，乾元初复为江州，今为江西九江市。江水经其中，下至扬州入海。

② **牛渚**：《方舆胜览》载："牛渚山，在太平州当涂县北三十里。山下有矶，古津渡也，与和州横江渡相对，隋师伐陈，贺若弼从此北渡。六朝以来，为屯戍之地。"陆放翁《入蜀记》："采石，一名牛渚，与和州对岸，江面比瓜州为狭，故隋韩擒虎平陈，及本朝曹彬下江南，皆自此渡。然微风辄浪作，不可行。刘宾客云'芦苇晚风起，秋江鳞甲生'，王文公云'一风微吹万舟阻'，皆谓此矶也。"《太平府志》："牛渚矶，屹然立江流之冲，水势湍急，大为舟楫之害。"《元和郡县志》："马当山，在江州彭泽县东北一百里，横入大江，甚为险绝，往来多覆溺之惧。"《九江记》曰："马当山，高八十丈，周回四里，在古彭泽县北一百二十里。其山横枕大江，山象马形，回风急击，波浪涌沸，舟船上下多怀忧恐，山际立马当山庙以祀之。"

其 三

横江西望阻西秦①，汉水东连扬子津②。

白浪如山那可渡，狂风愁杀峭帆人③。

注 释

① **"横江"句**：西秦，今陕西省一带，唐都长安的所在。该句是说西行的旅途为风浪所阻。

② **"汉水"句**："汉水东连"，一作"楚水东流"。扬子津，在今江苏省扬州市江都区南长江边上，是古代重要的渡口。

③ **峭帆人**：指船夫。峭帆，高大的帆。

其 四

海神来过恶风回，浪打天门①石壁开。

浙江八月何如此②，涛似连山喷雪来。

注 释

① **天门**：天门山，在安徽省当涂县西南三十里，又名蛾眉山，夹大江对峙，东曰博望，西曰梁山。两江隔江对峙，好像门户，故总称天门山。

② **"浙江"句**：浙江潮，每年夏历八月最猛烈。何如此，比起此处的波涛来怎样。《水经注》："钱塘县东有定、已诸山，皆西临浙江，水流于两山之间，江川急浚，兼涛水昼夜再来，来应时刻，常以月晦及望尤大，至二月、八月最高，峨峨二丈有余。"木华《海赋》："波如连山。"

其 五

横江馆前津吏迎①，向余东指海云生②。
郎今欲渡缘何事，如此风波不可行③。

注 释

① **"横江馆"句**：横江馆，又名采石驿，设在横江浦对岸采石矶。津吏，掌管渡口事务的官吏。按《唐书·百官志》："津尉，掌舟梁之事。永徽后，废津尉置津吏，上关八人，中关六人，下关四人，无津者不置。"

② **海云生**：海上云起，表示风浪将更险恶。

③ **"郎今"二句**：这两句是津吏对作者说的话。郎，古时对青年男子的称呼。缘，因为。风波，取自梁简文帝诗："采菱渡头拟黄河，郎今欲渡畏风波。"

其 六

月晕①天风雾不开，海鲸东蹙百川回②。
惊波一起三山③动，公无渡河④归去来。

注 释

① **月晕**：日晕主雨，月晕主风。

② **"海鲸"句**：形容横江一带风浪险恶，好像鲸鱼在东海驱迫水波，把东流的水赶回来。木华《海赋》："鱼则横海之鲸，突扤孤游，噏波则洪涟踧踖，吹涝则百川倒流。"

③ **三山**：在今江苏南京市西南，有三山相连接，故名。山谦之《丹阳记》："江

宁县北十二里，滨江，有三山相接，即名为三山，旧时津济道也。"《永乐一统志》："三山，在应天府西南五十七里，下临大江，三峰排列，故名。"

④ **公无渡河**：《古乐府》有《公无渡河》曲。其本事据《乐府诗集》引《古今注》载，朝鲜一"白首狂夫"，清晨渡急流淹死。他的妻子追阻不及，也投河自杀。自杀前唱哀歌："公无渡河，公竟渡河。堕河而死，将奈公何！"

淮南卧病书怀，寄蜀中赵征君蕤

题解 这首诗大概是李白在开元十六年卧病淮南时的作品，淮南，这里指今江苏扬州一带。唐代淮南道治所在今天的扬州，故这里以淮南称扬州。赵蕤，字太宾，梓州盐亭（今四川省绵阳市盐亭县）人。学问广博，著有《长短经》十卷。

> 吴会一浮云，飘如远行客①。
>
> 功业莫从就②，岁光③屡奔迫。
>
> 良图俄弃捐④，衰疾乃绵剧⑤。
>
> 古琴藏虚匣，长剑挂空壁⑥。
>
> 楚怀奏钟仪，越吟比庄舄⑦。
>
> 国门⑧遥天外，乡路远山隔。
>
> 朝忆相如台，夜梦子云宅⑨。
>
> 旅情初结缉⑩，秋气方寂历⑪。
>
> 风入松下清，露出草间白。
>
> 故人不可见，幽梦谁与适⑫。
>
> 寄书西飞鸿，赠尔慰离析⑬。

注释

① **"吴会"二句**：吴会，指吴郡和会稽郡，今江苏东南部、浙江省北部一带地方。浮云，比喻游子，这里指作者自己。李白这时从江南客游江北，所以这样说。

② **"功业"句**：无从追求取得的意思。

③ **岁光**：岁月光阴。

④ **"良图"句**：良图，指政治抱负。俄，很快。弃捐，抛弃。

⑤ **绵剧**：疾病沉重。

⑥ **"古琴"二句**：以琴、剑的不用比喻自己的不得志。

⑦ **"楚怀"二句**：楚怀，对楚国的怀念。钟仪，春秋时期楚国的乐师，被晋国俘虏后，戴着楚国的帽子，奏楚国的曲调，表示不忘故土。事见《左传·成公九年》。此句一作"楚冠怀锺仪"。庄舄，春秋时越国人，在楚国做大官。后来他病在床上，口中还作越声。事见《史记·张仪列传》。这两句用古人事迹表示自己怀念故乡。

⑧ **国门**：指蜀地。

⑨ **"朝忆"二句**：相如台，指司马相如的琴台。子云宅，是指扬雄的住处。故址均在今四川成都市。他们都是汉代著名的作家。

⑩ **结缗**：纠缠郁结。

⑪ **寂历**：凋疏的样子。

⑫ **"故人"二句**：一作"故人不在此，而我谁与适"。谁与适，和谁相适。适，善、乐。

⑬ **离析**：分离。

●吴会一浮云，飘如远行客

襄阳歌

落日欲没岘山①西，倒着接䍦②花下迷。

襄阳小儿齐拍手，拦街争唱《白铜鞮》③。

傍人借问笑何事，笑杀山公醉似泥。

鸬鹚杓，鹦鹉杯④。

百年三万六千日，一日须倾三百杯⑤。

遥看汉水鸭头绿⑥，恰似葡萄初酦醅⑦。

此江若变作春酒，垒麹便筑糟丘台⑧。

千金骏马换小妾，笑坐雕鞍歌《落梅》。

车旁侧挂一壶酒，凤笙龙管行相催⑨。

咸阳市中叹黄犬，何如月下倾金罍⑩。

君不见晋朝羊公一片石⑪，龟头剥落生莓苔。

泪亦不能为之堕，心亦不能为之哀。

清风朗月不用一钱买，玉山自倒⑫非人推。

舒州杓⑬，力士铛⑭，李白与尔同死生。

襄王云雨⑮今安在？江水东流猿夜声。

⑨ **"千金"四句**：这四句写携妓载酒，弦歌作乐的生活。骏马换妾，是用魏曹彰的典故。据《独异志》载，曹彰因看中别人的一匹骏马，曾用自己的一个美妾交换。这种行为在封建社会上层阶级中被认为是风流的韵事。《落梅》，即《梅花落》，乐府曲名。凤笙，笙形像凤。龙管，指笛。相传笛声像龙鸣，故称为龙管。

●千金骏马换小妾，笑坐雕鞍歌《落梅》

⑩ **"咸阳"二句**：咸阳，秦京城，故城在今西安市东。李斯，上蔡人，辅佐秦始皇统一中国，位至宰相，后因赵高谗言，被秦二世杀于咸阳市，临刑时他对儿子说："我想和你再牵了黄狗，走出上蔡东门去捕兔，已经不可能了。"罍，酒器。这两句是说与其像李斯一样惨遭杀身之祸，还不如当一个酒肉之徒。

⑪ **"君不见"句**：羊公，指羊祜，西晋名将，武帝时镇守襄阳。 片石，指堕落碑。《晋书·羊祜传》载，羊祜喜爱山水，在襄阳时常游岘山，喝酒吟诗，整天不倦。常对人说："自有宇宙，便有此山，由来贤达登此眺望，如我与卿者多矣，皆湮没无闻，使人悲伤。"羊祜死后，襄阳人在岘山建碑纪念他，看到碑的人往往流泪追念，因此叫作堕泪碑。

⑫ **玉山自倒**：晋嵇康风度很好，人家说他平时如孤松独立，醉后如玉山将倒。后世因此常以玉山自倒形容人的醉态。

⑬ **舒州杓**：舒州出产的杓。唐代舒州以盛产酒器著名。

⑭ **力士铛**：唐代豫章郡出产的一种瓷制温酒器。铛，三足温酒器。

⑮ **襄王云雨**：宋玉《高唐赋》《神女赋》中说，楚怀王游于高唐，曾梦见一神女，自称巫山之女，临去时说："妾在巫山之阳，高丘之阻。旦为行云，暮为行雨，朝朝暮暮，阳台之下。"后来怀王子襄王复游高唐，宋玉为他陈说怀王会神女的事，其夜襄王也梦见神女。后人常把这故事归于襄王。

大堤曲

题解 大堤，在襄阳城外，周围有四十多里。唐代大堤一带商业繁荣，人口众多。这诗是李白游襄阳时忆家的作品。按：梁简文帝作《雍州十曲》，内有《大堤》《南湖》《北渚》等曲，其源盖本于此。

汉水临^①襄阳，花开大堤^②暖。

佳期^③大堤下，泪向南云满^④。

春风复无情，吹我梦魂散^⑤。

不见眼中人，天长音信断。

注 释

① 临：流经的意思。

② **大堤**：《湖广志》载："大堤东临汉江，西自万山，经澶溪、土门、白龙池、东津渡，绕城北老龙堤，复至万山之麓，周围四十余里。"

③ **佳期**：指春天美好的时日。

④ **"泪向"句**：远望南天云彩，热泪盈眶。据《寄远》其五，设想爱人在巫山，巫山在襄阳南，故云"南云"。

⑤ **"春风"二句**：这两句说春风无情吹破幽梦，使人不能长在梦中会见爱人。

赠孟浩然^①

题解 本篇赞美孟浩然不愿居官，醉酒隐居的性格和生活，表现了诗人思想中傲岸出世的一面。孟浩然于开元二十三年自长安归隐襄阳，开元二十八年死去。本篇应作于孟浩然归隐后。

吾爱孟夫子，风流^②天下闻。

红颜弃轩冕，白首卧松云^③。

醉月频中圣^④，迷花^⑤不事君。

李太白集

高山安可仰，徒此揖清芬⑥。

注 释

① **孟浩然**：襄州襄阳人。少好节义，喜拯人患难。隐鹿门山，年四十，乃游京师。开元末年病疽背卒。

② **风流**：指孟浩然爱喝酒、善吟诗等生活行为。

③ **"红颜"二句**：红颜，指少年。轩，华美的车子。冕，高级官员戴的帽子。古制大夫以上的官才可乘轩服冕。后来就以轩冕为高官的代称。松云，松树云霞，借指山林。

④ **"醉月"句**：醉月，赏月醉酒。中圣，古时嗜酒的人把清酒叫圣人，把浊酒叫贤人。

⑤ **迷花**：迷恋花卉，指过隐居生活。

⑥ **"高山"二句**：取自《诗经·小雅》："高山仰止，景行行止。"揖，表示崇敬。清芬，指高洁的品格。

赠从兄襄阳少府皓

题 解 这首诗是李白在吴越一带漫游后回到湖北时所作。李白为人豪爽放诞，轻财好施，东游扬州时不到一年，曾"散金三十余万"。这时大概钱花光了，生活困难，所以向堂兄李皓请求帮助。唐人称县尉为少府。《唐书·地理志》载："山南东道襄州有襄阳县。"

结发①未识事，所交尽豪雄。

却秦不受赏，击晋宁为功②。

小节③岂足言，退耕春陵东④。

归来无产业，生事如转蓬⑤。

一朝乌裘敝，百镒黄金空⑥。

弹剑⑦徒激昂，出门悲路穷。

吾兄青云士，然诺闻诸公⑧。

所以陈片言，片言贵情通^⑨。

棣华傥不接，甘与秋草同^⑩。

注　释

①　**结发**：指男子初冠时。古代男子年二十束发，表示到了成年。《汉书·李广传》："结发与匈奴战。"颜师古注："言始胜冠，即在战阵也。"

②　**"却秦"二句**：源自战国时鲁仲连的故事。鲁仲连是齐国人，以任侠仗义著称。有次他周游赵国，正巧碰到秦国军队围困赵国都城邯郸。赵国向魏国求救。魏王派客将军新垣衍到赵国，要求赵国尊秦昭王为帝，以求罢兵。鲁仲连用尊秦为帝的后患说服了新垣衍，秦将为之退兵五十里。恰逢魏国信陵君出兵救赵，遂解邯郸之围。事后赵国平原君要封鲁仲连官爵，鲁仲连辞让不接受，于是请鲁仲连喝酒，席间以千金为赠。鲁仲连说："所贵于天下之士者，为人排患、释难、解纷乱而无取也；既有取者，是商贾之事也，而连不忍为之也。"遂辞别而去，终身不再见平原君。宁为功，不居功的意思。

③　**小节**：无关大体的行为。《晋书》："阮浑少慕通达，不修小节。"

④　**"退耕"句**：《元和郡县志》载："春陵故城，在随州枣阳县东南三十五里。"李白在这时期曾有一段时间从胡紫阳学道，寄家随州，随县在枣阳东南，故称退耕春陵。

⑤　**"生事"句**：生事，生计、生活。蓬，蓬草，茎高尺余，叶如柳，花如球，遇风常被连根拔起，随风旋转，形容生活不安定。曹植诗："吁嗟此转蓬，居世何独然。"杨齐贤曰："蓬花，北土有之，团栾如球。风起则随地而转，不能自止。"

⑥　**"一朝"二句**：乌裘，黑色的皮衣。镒，古时以二十四两为一镒。《战国策·秦策》载："苏秦说秦王，书十上而说不行，黑貂之裘敝，黄金百斤尽。"这两句用苏秦的故事。

⑦　**弹剑**：《战国策·齐策》记载，战国时冯谖在孟尝君门下做食客，屡次弹剑作歌，慨叹生活的不如意。

⑧　**"吾兄"二句**：青云士，高士。然诺，应许。古时重信义的人重然诺，答应人家的事一定要办到。闻诸公，闻于诸公。这两句是赞美李皓的重然诺为大家所知道。

⑨　**陈片言**：陈述简短的话。**情通**：彼此的情感能相通。

⑩　**"棣华"二句**：棣华，喻兄弟。《诗经·小雅·常棣》："常棣之华，鄂不韡韡，凡今之人，莫如兄弟。"用这个比喻兄弟的情谊。意思是说倘使李皓不能接济自己，

那自己将甘心像秋草一般枯萎。

黄鹤楼送孟浩然之广陵

[题解] 这首诗是李白在黄鹤楼送孟浩然到广陵去的作品，表现了对孟浩然深厚的情谊。杨齐贤曰："黄鹤楼以黄鹤山而名，在鄂州。"《通典》："广陵郡，今之扬州。"

　故人西辞①黄鹤楼，烟花三月下扬州②。

　孤帆远影碧山尽，唯见长江天际流③。

[注释]

① **西辞**：从西方离开。黄鹤楼在广陵的西方。

② **"烟花"句**：烟花，指春天的景物。下扬州，到扬州去。下，指顺着长江水东下。

③ **"孤帆"二句**：陆放翁《入蜀记》："太白登黄鹤楼送孟浩然诗云'征帆远映碧山尽，唯见长江天际流'，盖帆樯映远山尤可观，非江行久不能知也。"

江夏行

[题解] 这首诗是李白游江夏(今湖北武昌)时所作。主题与《长干行》相同，都写商人的妻子忆念丈夫远离的哀愁。《长干行》中的丈夫，从南京到长江上游四川一带去经商；本篇中的丈夫，则从江夏到长江下游扬州一带去经商。诗中的扬州，是当时重要的商业都市之一。从本诗的描写，可以看出唐代商业繁荣的一个侧面。唐时，鄂州也称作江夏郡，有江夏县，隶属江南西道即今天的武汉市江夏区。

　忆昔娇小姿，春心亦自持①。

　为言嫁夫婿，得免长相思。

　谁知嫁商贾，令人却愁苦。

自从为夫妻，何曾在乡土。

去年下扬州，相送黄鹤楼。

眼看帆去远，心逐江水流②。

只言期一载③，谁谓历三秋。

使妾肠欲断，恨君情悠悠。

东家西舍同时发，北去南来不逾月。

未知行李④游何方，作个音书能断绝⑤。

适来往南浦⑥，欲问西江⑦船。

正见当垆女⑧，红妆二八年。

一种为人妻，独自多悲凄。

对镜便垂泪，逢人只欲啼。

不如轻薄儿⑨，且暮长追随。

悔作商人妇，青春长别离⑩。

如今正好同欢乐，君去容华⑪谁得知。

注释

① **持**：控制的意思。

② **江水流**：取自《莫愁乐》古辞："闻欢下扬州，相送楚山头。探手抱腰看，江水断不流。"

③ **期一载**：以一年为期。

④ **行李**：琦按：杜氏《左传注》："行李，行人也。"后人多据之，而訾以行装为行李者为非是。方密之云："使人行，必有装，郑当时之治行，孟子之治任是已。则以行李为随行之物何不可耶？"

⑤ **"作个"句**：写封书信也没处投递。

⑥ **南浦**：《太平寰宇记》载："南浦，在鄂州江夏县南三里。《离骚》云：'送美人兮南浦。'其源出京首山，西入大江，秋冬涸竭，春夏泛涨，商旅往来皆于浦停泊。以其在郭之南，故曰南浦。"

⑦ **西江**：指今江苏南京市以西到江西省一带的长江。

⑧ **当垆女**：卖酒的女子。垆，用土垒成，四边隆起，一面稍高，以置酒坛。《古乐府》："胡姬年十五，春日独当垆。"

⑨ **轻薄儿**：取自沈约《三月三日率尔成章诗》："洛阳繁华子，长安轻薄儿。"

⑩ **长别离**：取自江淹《古别离》："君在天一涯，妾身长别离。"

⑪ **容华**：年轻美好的容貌。

江上吟

第二期 以安陆为中心的漫游时期

题 解 这首诗也是李白游江夏时所作。诗人认为，楚王的豪华奢侈不能长在，只有屈原的光辉词赋，可以永垂不朽。表现了他藐视统治者及权势富贵的孤傲精神。但诗中也赞美携妓饮酒、纵情享乐的生活，则表现了他思想庸俗的一面。

木兰之枻沙棠舟①，玉箫金管坐两头②。

美酒樽中置千斛③，载妓随波任去留④。

仙人有待乘黄鹤⑤，海客无心随白鸥⑥。

屈平词赋悬日月⑦，楚王台榭空山丘。

兴酣落笔摇五岳，诗成笑傲凌沧洲⑧。

功名富贵若长在，汉水亦应西北流⑨。

注 释

① **"木兰"句**：刘逵《蜀都赋注》："木兰，大树也。叶似长生，冬夏荣。常以冬花，其实如小柿，甘美，南人以为梅，其皮可食。"《韵会》载："枻，楫也，一曰柂。"《述异记》："汉成帝与赵飞燕游太液池，以沙棠木为舟，其木出昆仑山，食其实，入水不溺。"

② **玉箫金管**：指吹箫笛等乐器的人。**坐两头**：列坐在船的两头的意思。沈约《秋白纻》："金管玉柱响洞房。"

③ **千斛**：形容船中置酒的多。《穆天子传》："献酒千斛。"《吴书》："郑泉博学，有奇志，而性嗜酒。其闲居，每曰：'愿得美酒满五百斛船，以四时甘脆置两头，

反覆没饮之，惫即住而啖肴膳。酒有斗升减，随即益之，不亦快乎？'太白诗意盖出于此。"

④ **任去留**：郭璞《山海经赞》："安得沙棠，制为龙舟，聊以逍遥，任波去留。"

⑤ **"仙人"句**：采用黄鹤楼的传说。《南齐志》云："仙人子安乘黄鹤过此。"《一统志》："黄鹤楼，在武昌府城西黄鹤矶上，世传仙人子安乘黄鹤过此。"又云："费文祎登仙，驾黄鹤返憩于此。唐阎伯理作记，以文祎为信。或者又引《述异记》，谓驾鹤之宾是荀叔伟，后人误作费文祎。今按《述异记》：'荀瑰，字叔伟，尝东游，憩江夏黄鹤楼上，望西南有物飘然降自霄汉，俄顷已至，乃驾鹤之宾也。鹤止户侧，仙者就席，羽衣虹裳。宾主欢对，已而辞去，跨鹤腾空而灭。是言叔伟于此遇驾鹤之仙，非谓驾鹤之仙即叔伟也。又或以与蜀汉之大将军费祎字文伟者，其姓字相同，遂驳其既为降人郭循所害，何以又能登仙驾黄鹤返憩此楼？夫古今同姓名者甚多，安得谓此二人即是一人？以此相难，更属孟浪。'"

⑥ **白鸥**：采用《列子·黄帝》的一则寓言："海上之人有好鸥鸟者，每旦之海上，从鸥鸟游，鸥鸟之至者百住而不止。"形容作者在舟上的愉快心情："飘飘欲仙，等待骑鹤上天，心胸旷达，毫无机诈之念。"

⑦ **"屈平"句**：屈平即屈原。《离骚经序》载："屈原之文，弘博丽雅，为辞赋宗。后世莫不斟酌其英华，则象其从容。自宋玉、唐勒、景差之徒，汉兴，枚乘、司马相如、刘向、扬雄，骋极文辞，好而悲之，自谓不能及也。"刘歆《答扬雄书》："是悬诸日月，不刊之书也。楚王台榭，若章华台、阳云台之类，皆楚君所尝游憩者。"郑康成《礼记注》："阑谓之台，有木者谓之榭，是榭乃台上有屋者也。"

⑧ **"兴酣"二句**：五岳指中国最有名的五座大山，这里指群山。凌，凌驾的意思。沧洲，泛指江海之地。这两句是说，兴酣之后，执笔赋诗，可以摇撼山岳，凌驾江海。

⑨ **"汉水"句**：汉水发源于陕西省，东流入湖北，至汉阳入长江，这里指事情的不可能。

●屈原

春夜洛城闻笛

题 解 本篇大约是李白在开元二十二年游洛阳时所作。洛城即洛阳。

谁家玉笛暗飞声，散入春风满洛城。

此夜曲中闻折柳①，何人不起故园情②。

注 释

① **折柳**：汉横吹曲名，内容多叙离愁别绪。

② **故园情**：怀念故乡的情感。

太原早秋

题 解 本篇是开元二十三年李白与元演同游太原时所作。太原郡，即并州也，唐时隶河东道。这年夏季他到太原，写这诗时已经是秋天了，诗中表现了思念家乡、渴望回去的感情。

岁落众芳歇①，时当大火流②。

霜威出塞早，云色渡河秋③。

梦绕边城月，心飞故国④楼。

思归若汾水⑤，无日不悠悠⑥。

注 释

① **"岁落"句**：岁落，一年光阴已经过去其半。众芳歇，花草凋落。

② **大火流**：大火，星名，即二十八宿的心宿。夏历五月的黄昏，出现于南方，方向最正而位置最高，六月以后，就偏西而下行。张衡《定情歌》："大火流兮草虫鸣。"《图书编》："大火，心星也。以六月之昏，加于地之南，至七月之昏，则下而西流矣。"

③ **"霜威"二句**：塞，关塞。河指黄河。这二句意思是说西北地区秋天来得早。

④ **故国**：指故乡。

⑤ **汾水**：《唐六典注》："汾水出忻州，历太原、汾、晋、绛、蒲五州，入河。"《太平寰宇记》："汾水，出静乐县北管涔山，东流入太原郡界。"

⑥ **悠悠**：水流悠长的样子。这里以汾水的悠长形容自己忧思之长。

五月东鲁行，答汶上翁

[题解] 这首诗是李白初到东鲁时所作。诗人自比鲁仲连，表示决心直道而行，不苟且求荣，以高度的自负回答了汶上翁的轻视。东鲁，唐鲁郡即兖州，州治在今山东兖州。汶上，地名，今山东汶上县。

五月梅始黄，蚕凋桑柘空①。

鲁人重织作，机杼鸣帘栊②。

顾余不及仕，学剑来山东③。

举鞭访前途④，获笑⑤汶上翁。

下愚忽壮士，未足论穷通⑥。

我以一箭书，能取聊城功。

终然不受赏，羞与时人同⑦。

西归去直道，落日昏阴虹⑧。

此去尔勿言，甘心如转蓬⑨。

注释

① **"蚕凋"句**：蚕凋，指蚕事已毕。桑柘，桑是桑树，落叶乔木；柘是柘树，落叶灌木。桑柘的叶子可以喂蚕。

② **"机杼"句**：这句是说织布机声从窗户里传出来。机和杼是织布机上两个主要组成部分，这里指织布机。栊，窗户。

③ **山东**：唐时山东指的是华山以东的地方。

④ **访前途**：问路，有询问自己出路的意思。

⑤ **获笑**：受到讥笑。

⑥ **"下愚"二句**：这两句说汶上翁不识人才，配不上谈穷通之理。下愚，指汶

李太白集

〇三六

上翁。勿，轻视。壮士，指自己。穷通，穷是政治上失意；通，得志。

⑦ **"我以"四句**：典故取自《史记》："燕将攻下聊城，聊城人或谗之燕，燕将惧诛，因保守聊城不敢归。齐田单攻聊城岁余，士卒多死，而聊城不下，鲁仲连乃为书约之矢以射城中，遗燕将。燕将见鲁仲连书，泣三日，乃自杀。聊城乱，田单遂屠聊城。归而言鲁仲连欲爵之，鲁仲连逃隐于海上曰：'吾与富贵而诎于人，宁贫贱而轻世肆志焉。'"这里李白用鲁仲连的事迹来比喻自己的政治才能和抱负。终然，到底。

⑧ **"西归"二句**：意思是自己去长安求仕，将坚持一贯的信念，不阿谀逢迎。"落日"句即景抒情，比喻朝廷谗谄之臣。

⑨ **"此去"二句**：这里说用不到对方多说废话，自己直道而行，即使飘零失意，也在所不计。转蓬，指蓬草随风旋转。

客中作

[题　解] 本篇题名一作《客中行》，大概是李白初至东鲁时的作品。

兰陵美酒郁金香①，玉碗盛来琥珀②光。
但使主人能醉客，不知何处是他乡③？

[注　释]

① **"兰陵"句**：兰陵，地名。唐时沂州之承县，春秋时鄪国也。后魏于此置兰陵郡，隋废郡为兰陵县，唐武德四年改曰承县，在沂州西一百八十里。《元和郡县志》载："兰陵县城，在沂州承县东六十里。"《史记》："荀卿适楚，春申君以为兰陵令。"《正义》云："兰陵县，属东海郡，今沂州承县有兰陵山。"郁金香，一种香草。古人用以浸酒，浸后酒色金黄。《梁书》："郁金出罽宾国，花色正黄而细，与芙蓉花、裹被莲者相似。国人先取以上佛寺，积日香槁，乃粪去之。贾人从寺中征顾，以转卖与他国也。"《香谱》："郁金香，《魏略》云：'生大秦国，二三月花，如红蓝，四五月采之。其香十二叶，为百草之英。'"

② **琥珀**：一种树脂化石，色蜡黄或赤褐。这里形容美酒色泽如琥珀。

③ **"但使"二句**：只要主人殷勤招待，让客人喝醉了酒，客人就会很快乐，而不再感到身在异乡。

嘲鲁儒

题解 鲁，周代鲁国，在今山东省南部。这首诗嘲笑鲁地儒生眼界狭窄，行动迂阔，不通时势的变化，表现了李白鄙薄儒术章句的反传统思想。

鲁叟谈五经①，白发死章句②。

问以经济策③，茫如坠烟雾。

足著远游履④，首戴方山巾⑤。

缓步从直道，未行先起尘。

秦家丞相⑥府，不重褒衣⑦人。

君非叔孙通⑧，与我本殊伦⑨。

时事且未达，归耕汶水滨⑩。

注释

① **五经**：《周易》《尚书》《诗经》《礼记》《春秋》合称五经。

② **"白发"句**：分析经典的章节句读，加以解释，古时称为章句之学。

③ **经济策**：治理国家的策略。经济，经世济民的意思。

④ **远游履**：履名，大概是儒生出外谋官时所穿的鞋子。

⑤ **方山巾**：就是方山冠，用五彩縠制成，形状上下方正。《庄子》："宋钘、尹文作华山之冠以自表。"注云："华山上下均平，作冠象之，表己心均平也。"后人所谓"方山冠"盖出于此。

⑥ **秦家丞相**：即李斯。《史记·李斯传》："丞相谬其说，绌其辞，乃上书：'请诸有文学、《诗》、《书》、百家语者，蠲除去之。令到三十日弗去，黥为城旦。'始皇可其议，收去《诗》、《书》、百家之语，以愚百姓，使天下无以古非今。"

⑦ **褒衣**：一种宽大的衣服。古时儒生穿褒衣，系博带。《汉书》："隽不疑，褒衣博带，盛服至门上谒。"颜师古注："褒，大裾也，言着褒大之衣，广博之带。而说者乃以为朝服垂褒之衣，非也。"

⑧ **叔孙通**：西汉初年薛人，他曾到故乡召集一批儒生，为汉高祖制定一套朝廷礼仪，有两个儒生认为叔孙通的行为不合古制，不愿跟他去，他讥笑他们说："你们真是鄙儒，不知时变。"事见《史记·刘敬叔孙通列传》。

⑨ **殊伦**：不是同一类人物。

⑩ **"时事"二句**：嘲笑鲁儒不通时事，不合适做官，还是回到汶水边种地吧。汶水，在今山东省，源出莱芜市东北，西南流入济水。《说文》："汶水出琅邪朱虚东泰山，东入潍。"桑钦说汶水出泰山莱芜，西南入泲。

东鲁门泛舟二首

[题 解] 东鲁门是兖州城的东门。这两首诗描绘了在兖州城东郊月下泛舟的优美景色。东鲁门，缪曰芸本《李太白集》作"鲁东门"。《一统志》：东鲁门，在兖州府城东。

其 一

日落沙明天倒开①，波摇石动水萦回②。

轻舟泛月③寻溪转，疑是山阴雪后来④。

注 释

① **天倒开**：指天空倒映水中。

② **"波摇"句**：石动，指山石倒影在水中晃动。萦回，萦绕回旋。

③ **泛月**：月光照射水面，船像泛月而行。

④ **"疑是"句**：《世说新语·任诞》记载，东晋王徽之住在山阴（今浙江省绍兴市），某夜雪刚停止，月色清朗，四望一片洁白，忽然怀念好友戴逵，便连夜乘小船去访他。隔了一宿到戴逵门前，却不入见，掉头就回。别人问王徽之这是为何，他说："我本乘兴而行，兴尽而返，何必见戴？"这句话说自己逞情游赏，好像王徽之山阴雪后访戴逵一样。

其 二

水作青龙盘石堤①，桃花夹岸鲁门西。

若教月下乘舟去，何啻风流到剡溪②。

注 释

① **"水作"句**：水流像青龙盘绕石堤。

② **"若教"二句**：在这里月下泛舟，情景不亚于王羲之雪夜访戴。何啻，何止。风流，封建社会中的文人把他们的"高雅"行为叫作风流韵事。剡溪，在浙江省嵊州南，曹娥江的上游。

丁都护歌

题　解　《丁都护歌》是南朝乐府吴声歌曲名，声调很哀切。《宋书》:《督护歌》者，彭城内史徐逵之为鲁轨所杀，宋高祖使府督护丁旿收殓殡埋之。逵之妻，高祖长女也，呼旿至阁下，自问敛送之事，每问辄叹息曰:"丁督护!"其声哀切，后人因其声广其曲焉。太白拟其歌调而意则另出。

> 云阳上征①去，两岸饶②商贾。
>
> 吴牛喘月时③，拖船一何苦④。
>
> 水浊不可饮，壶浆⑤半成土。
>
> 一唱《都护歌》，心摧⑥泪如雨。
>
> 万人凿盘石⑦，无由达江浒⑧。
>
> 君看石芒砀⑨，掩泪⑩悲千古。

注　释

① **云阳**：今江苏省丹阳市。《元和郡县志》：江南道润州丹阳县，本旧云阳县。秦时，望气者云"有王气"，故凿之以败其势，截其直道使之阿曲，故曰曲阿。天宝元年，改为丹阳县。**上征**：指向北方行舟。冯衍《显志赋》："溯淮、济而上征。"

② **饶**：多。

③ **"吴牛"句**：指气候炎热季节。《世说新语·言语》注载，吴地天气较热，水牛怕热，夜间看见月亮以为是太阳，也要吓得喘气。正所谓"臣犹吴牛，见月而喘"。刘孝标注："今之水牛惟生江、淮间，故谓之吴牛也。南土多暑，而此牛畏热，见月疑是日，所以见月则喘。"

④ **拖**：拽的意思。《汉书》："拕舟而入水。"颜师古注："拖，曳也，音它。"拖与拕同。**一何**：多么的意思。

⑤ **壶浆**：装在壶里的饮料。

⑥ **心摧**：极度悲伤。

⑦ **"万人"句**：凿，一作"系"。盘石，大石。成公绥《啸赋》："坐盘石，漱清泉。"李善注："《声类》曰：'盘，大石也。'"

⑧ **江浒**：江边。毛苌《诗传》："水涯曰浒。"这句话是说无法把盘石运到江边。

⑨ **石芒砀**：石头又大又多的意思。《汉书》："高祖隐于芒、砀山泽间。"应劭注："芒，属沛国。砀，属梁国。二县之界有山泽之固。"

⑩ **掩泪**：用手遮着脸哭。

乌栖曲

●吴牛喘月时，拖船一何苦

 这首诗是李白入长安前在吴地漫游时的作品。它描写并讽刺了古代帝王的荒淫生活。《乌栖曲》是乐府西曲歌名，内容都写男女欢爱。《乐府诗集》列于西曲歌中《乌夜啼》之后。

姑苏台上乌栖时，吴王宫里醉西施①。

吴歌楚舞②欢未毕，青山欲衔半边日③。

银箭金壶④漏水多，起看秋月坠江波⑤。

东方渐高奈乐何⑥！

注释

① **"姑苏台"二句**：姑苏台，故址在今江苏苏州市西南姑苏山上，吴王阖闾创建，后吴王夫差加以增筑。《述异记》记载："吴王夫差筑姑苏之台，三年乃成。周旋诘曲，横亘五里，崇饰土木，殚耗人力。官妓千人。上别立春宵宫，为长夜之饮。造千石酒钟，作天池，池中造青龙舟，舟中盛设妓乐，日与西施为水嬉。"乌栖时，指黄昏时候。

② **吴歌楚舞**：春秋时吴国与楚国疆域相接，这里指南方歌舞。《晋书》载："吴歌杂曲，并出江南。"《汉书》："为我楚舞。"

③ **"青山"句**：形容黄昏时落日衔山的景象。

④ **银箭金壶**：我国古代计时用具，金壶用铜制成，里面贮水，底下有孔，使水点滴下漏。水中有一支箭，刻有度数，箭上度数随着水滴下漏、水平面下降而变化，以表示时间。江总诗："虬水银箭莫相催。"鲍照诗："金壶启夕沦。"刘良注："金壶，贮刻漏水者，以铜为之，故曰金壶。"

⑤ **秋月坠江波**：黎明前的景象。

⑥ **"东方"句**：东方渐高，指东方太阳上升。一说，"高"是"皓"的假借字，皓，白、光明，指天色由暗转亮。奈乐何，一作"奈尔何"，意思是说，太阳虽升，对吴王等的贪欢作乐，又能怎么办呢？讽刺他们日夜不辍的荒淫行为。

●乌栖曲

李太白集

苏台览古

题解 本篇与《乌栖曲》都是李白游苏州时所作。诗人指出时移世变，荣华富贵不能长在。苏台，即姑苏台。

旧苑①荒台杨柳新，菱歌清唱不胜春②。

只今惟有西江③月，曾照吴王宫里人。

注释

① **苑**：园林。吴王有长洲苑，故址在今苏州市西南。

② **"菱歌"句**：菱歌，采菱时所唱的歌曲。清唱，指歌声清晰响亮。不胜春，指歌曲中包含了不尽的春意。

③ **西江**：一作"江西"。

越中览古

[题解] 本篇主题与《苏台览古》相同。越中，指会稽郡治（今浙江省绍兴市），古代越国的首都。

> 越王勾践破吴归①，义士还家尽锦衣②。
>
> 宫女如花满春殿，只今惟有鹧鸪③飞。

[注释]

① "越王"句：《史记·越王勾践世家》载："越败吴，越王勾践欲迁吴王夫差于甬东，吴王自刭死。越王灭吴，诛太宰嚭以为不忠而归。"

② "义士"句：义士，指为越王破吴的臣下。锦衣，官员穿的锦绣衣服。这句说义士因破吴有功，都衣锦还乡。吴舒凫以为"战士"传写之讹，谓越人安得称"义士"云云，未知是否。

③ 鹧鸪：鸟名。胸前有白圆点，背上紫赤毛夹杂。

金陵酒肆留别

[题解] 这是李白离开金陵时送给年轻朋友们的作品，表现了他们的友谊。当是诗人青壮年时代所作。

> 风吹柳花满店香①，吴姬压酒唤客尝②。
>
> 金陵子弟来相送，欲行不行③各尽觞。
>
> 请君试问东流水，别意与之谁短长。

[注释]

① "风吹"句：风吹，一作"白门"（金陵城西门）。满，一作"酒"。

② "吴姬"句：吴姬，吴地女子，这里当指酒店中的侍女。压酒，用米酿酒，将熟时压而取之。唤，一作"劝"。

③ 欲行不行：要走的人（自己）和不走的人（金陵子弟）。

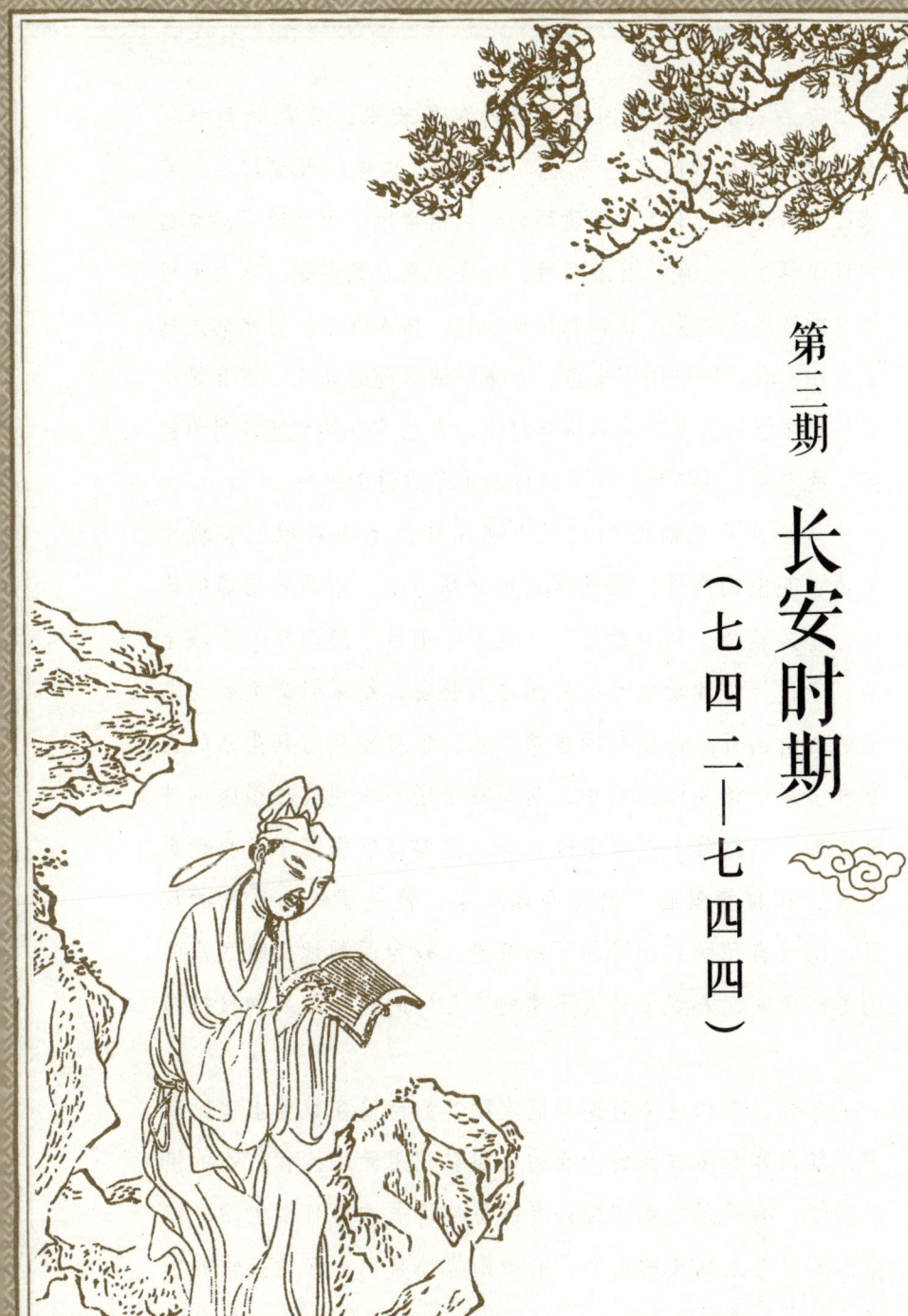

第三期

长安时期

（七四二—七四四）

李太白集

　　李白在天宝元年四十二岁时到了长安，官职是翰林供奉。这只是皇帝的文学侍臣，并不参与政事。天宝初年，玄宗做皇帝已有三十年，昏庸腐朽，纵情声色，不理政事；宠信权臣李林甫等，朝政日趋腐败，社会矛盾日趋尖锐。李白通过切身的遭遇和体验，认识到佞臣当权，任人唯亲，得意的是那些贪图私利、不顾国家安危、专事阿谀奉迎的外戚、宦官等小人，有才能的人反而受排挤和打击，自己"奋其智能，愿为辅弼"的志愿无法实现，于是逐渐萌生了隐退的思想。

　　他不向那些龌龊的权贵卑躬屈膝，反而对他们表现出轻蔑、兀傲的态度，因而遭到宦官高力士、驸马张垍等的谗毁，不久就被"赐金放还"，结束了前后不满两年的京城生活。李白怀抱建功立业的志愿进入长安，结果带着失望与悲愤的心情离开。这段时间虽然不长，但接触到宫廷生活的内幕和上层统治集团的腐朽，从而写下了不少现实性很强的诗歌，如《行路难》《梁甫吟》等。这些诗歌揭露了"梧桐巢燕雀，枳棘栖鸳鸾"的不合理现象，鞭挞了气焰嚣张的权贵，感叹自己受到谗谤的不幸遭遇，较为深刻地反映了当时的黑暗现实，表现了诗人不愿同流合污的思想品质和反抗精神。

　　另外，李白这个时期同朋友酬答的诗篇在数量上也比较多，其内容是多方面的：有的表现自己遭受压抑和打击的愤懑情绪，有较强的现实性；有的写吟诗喝酒等日常生活，流露出闲适甚至颓废的情调；有的则描述自己如何受皇帝的恩遇，表现了庸俗的气味。

蜀道难

题解　按《乐府诗集》："王僧虔《技录》，相和歌瑟调三十八曲，内有《蜀道难行》。"《乐府古题要解》："《蜀道难》，备言铜梁、玉垒之险。"

噫吁嚱[1]，危乎高哉！

蜀道之难，难于上青天。

蚕丛及鱼凫[2]，开国何茫然[3]。

尔来[4]四万八千岁，不与秦塞通人烟[5]。

西当太白有鸟道[6]，可以横绝峨眉巅[7]。

地崩山摧壮士死，然后天梯石栈相钩连[8]。

上有六龙回日之高标[9]，下有冲波逆折[10]之回川。

黄鹤之飞尚不得过，猿猱欲度愁攀援[11]。

青泥河盘盘[12]，百步九折萦岩峦[13]。

扪参历井仰胁息[14]，以手抚膺[15]坐长叹。

问君西游何时还，畏途巉岩[16]不可攀。

但见悲鸟号古木[17]，雄飞雌从绕林间。

又闻子规[18]啼夜月，愁空山。

蜀道之难，难于上青天，使人听此凋朱颜[19]。

连峰去天不盈尺，枯松倒挂倚绝壁。

飞湍瀑流争喧豗[20]，砯崖转石万壑雷[21]。

其险也若此，嗟尔远道之人胡为乎来哉！

剑阁峥嵘而崔嵬[22]，一夫当关，万夫莫开。

所守或匪亲，化为狼与豺㉓。

朝避猛虎，夕避长蛇，磨牙吮血，杀人如麻㉔。

锦城㉕虽云乐，不如早还家。

蜀道之难，难于上青天，侧身西望长咨嗟㉖。

注释

① **噫吁嚱**：惊异的声音，蜀地方言。《宋景文公笔记》："蜀人见物惊异，辄曰噫嘻嚱。李白作《蜀道难》，因用之。"

② **蚕丛、鱼凫**：蜀国古代的两个国王的名字。左思《蜀都赋》刘渊林引扬雄《蜀王本纪》："蜀王之先，名蚕丛、柏濩、鱼凫、蒲泽、开明。是时人民椎髻咙言，不晓文字，未有礼乐。从开明上到蚕丛，积三万四千岁。"《华阳国志》："蜀侯蚕丛，其目纵，始称王。死作石棺、石椁，国人从之，故俗以石棺椁为纵目人冢。次王曰柏灌，次王曰鱼凫。鱼凫田于湔山，忽得仙道，蜀人思之，为立祠。"

③ **茫然**：指时间悠远。

④ **尔来**：指开国以来。尔，此。

⑤ **"不与"句**：秦，今陕西省一带。通人烟，指互相交通。战国时秦惠王灭蜀，置蜀郡，从此蜀地开始与秦交通。

⑥ **"西当"句**：太白，山名，在今陕西郿县南。《元和郡县志》："太白山，在凤翔府郿县东南五十里。"慎蒙《名山记》："太白山，在凤翔府郿县东南四十里，钟西方金宿之秀，关中诸山莫高于此。其山巅高寒，不生草木，常有积雪不消，盛夏视之犹烂然，故以太白名。上有湫池，虽三伏亦凝冰。关中遇旱，则登山取湫水。山既高寒，冰雪常凝，身弱衣薄，登山者多死。俗传以为太白神能留人，非也。鸟道，谓连山高峻，其少低缺处，惟飞鸟过此，以为径路，总见人迹所不能至也。"这句是说太白山很高峻，只有飞鸟能过。

⑦ **"可以"句**：横绝，横越。峨眉，山名，在今四川峨眉县西南。

●蜀道难

⑧ **"地崩"二句**：《华阳国志·蜀志》："秦惠王知蜀王好色，许嫁五女于蜀。蜀遣五丁迎之，还到梓潼，见一大蛇入穴中，一人揽其尾掣之，不禁，至五人相助，大呼拽蛇，山崩时，压杀五人及秦五女并将从，而山分为五岭。"壮士，指五丁。天梯，指崎岖的山路。石栈，即栈道。山路险要，凿岩架木，称栈道。秦蜀边境用栈道相通。两句是说费了许多人力，秦蜀始能相通。

⑨ **"上有"句**：高标，指山中最高而为一方标志者。古代神话说：羲和每天用六条龙驾着太阳的坐车出发，到名悬车的地方转车回去。《淮南子》云："爰止羲和，爰息六螭，是谓悬车。"注曰："日乘车，驾以六龙，羲和御之。日至此而薄于虞泉，羲和至此而回六螭。"《蜀都赋》："羲和假道于峻岐，阳乌回翼乎高标。"琦按："高标，是指蜀山之最高而为一方之标识者言也。吕延济注，以为高树之枝，恐非。"萧士赟曰："《图经》：'高标山一名高望，乃嘉定府之主山，岿然高峙，万象在前，是亦一说。'"这句意为蜀山之高，成为羲和回车的标志。

⑩ **逆折**：水流回旋。《上林赋》："横流逆折，转腾潎冽。"司马彪注："逆折，旋回也。"

⑪ **"黄鹤"二句**：颜师古《急就篇注》："黄鹄一举千里，其鸣声鹄鹄云。"《合璧事类》："鹄，禽之大者，色白，又有黄者，善高翔，湖海江汉间有之。"《埤雅》："猿，猴属，长臂，善啸，便攀援。"《韵会》："猱，母猴也，似人。"严氏曰："猱，即干孙，杜诗胡孙是也。"《尔雅》："猱猿善援。"郭璞注："便攀援也。"萧士赟曰："黄鹤飞之至高者，猿猱最便捷者，尚不得度，其险绝可知矣。"

⑫ **"青泥"句**：青泥，山岭名，在今甘肃徽县南甘、陕两省界上，是入蜀的要路，其岭悬崖千仞，上多云雨，行者屡逢泥淖，故名为青泥岭。盘盘，屈曲的样子。《元和郡县志》："青泥岭，在兴州长举县西北五十三里接溪山东，即今通路也。悬崖万仞，上多云雨，行者屡逢泥淖，故号为青泥岭。"《九域志》："兴州有青泥岭，山顶常有烟雾霰雪，中岩闻有龙洞，其岭上入蜀之路。"

⑬ **岩峦**：山峰。《尔雅》："峦，山堕。"郭璞注："谓山形长狭者，荆州谓之峦。"

⑭ **"扪参"句**：参、井均为星宿名。参为蜀之分野，井为秦之分野（古时根据天上星宿的位置，划分地面相应的区域，叫分野）。扪参历井，是说自秦入蜀途中山极高，在山上可以用手摸到星宿。胁息，屏住气不敢呼吸。

⑮ **膺**：胸。

⑯ **巉岩**：险峻的山岩。

⑰ **号古木**：在老树上号叫。

⑱ **子规**：即杜鹃鸟。蜀地最多。春暮即鸣，夜啼达旦，鸣声哀切。传说为蜀王杜宇的魂魄所化。张华《禽经注》："望帝修道，处西山而隐，化为杜鹃鸟，或云杜宇鸟，亦云子规鸟，至春则啼，闻者凄恻。按子规即杜鹃也，蜀中最多，南方亦有之。状如雀鹞，而色惨黑，赤口，有小冠。春暮即鸣，夜啼达旦，至夏尤甚，昼夜不止，鸣必向北，若云不如归去，声甚哀切。"

⑲ **凋朱颜**：朱颜为之凋谢，指因感情急剧变化而使人衰老。

⑳ **"飞湍"句**：湍，激流。瀑，瀑布。喧豗，哄闹声。

㉑ **"砯崖"句**：水击岩石的声音。转石，急流击打石块。万壑雷，形容声音洪大，好像万壑雷鸣。

㉒ **"剑阁"句**：剑阁，《华阳国志》记载："梓潼郡有剑阁道三十里，至险。"《水经注》："又东南径小剑戍北，西去大剑三十里，连山绝险，飞阁通衢，故谓之剑阁也。"张载铭曰："一人守险，万夫趑趄。"信然。故李特至剑阁而叹曰："刘氏有如此地而面缚于人，岂不奴才也。"峥嵘，高峻的样子。崔嵬，高而不平的样子。

㉓ **"一夫当关"四句**：这四句是说剑阁地势险要，若非亲信的人守护，将成祸患。《图书编》："蜀地之险甲于天下，而剑阁之险尤甲于蜀，盖以群峰剑插，两山如门，信有所谓一夫当关，万夫莫敌者。"左思《蜀都赋》："一人守隘，万夫莫向。"张载《剑阁铭》："一人荷戟，万夫趑趄。形胜之地，匪亲勿居。"

㉔ **"朝避"四句**：猛虎长蛇，比喻割据一方，不服从朝廷政令的人。一说猛虎长蛇是写实，蜀地偏僻，多有害人的野兽。《左传》："吴为封豕长蛇，以荐食上国。"《山海经图赞》："长蛇百寻，其鬣如彘。飞群走类，靡不吞噬。极物之恶，尽毒之利。"《广韵》："吮，漱也。"陈子昂书："杀人如麻，流血成泽。"

㉕ **锦城**：即成都。《益州记》曰："锦城在益州南，笮桥东，流江南岸，昔蜀时故锦官处也，号锦里，城墉犹在。"《元和郡县志》："锦城在成都县南十里，故锦官城也。"古诗："客行虽行乐，不如早旋归。"

㉖ **咨嗟**：叹息。张衡《四愁诗》："侧身西望涕沾裳。"

送友人入蜀

> **题解** 这首诗也是李白在长安时送友人的诗作。

见说蚕丛①路，崎岖不易行。

山从人面起，云傍马头生。

芳树笼秦栈②，春流绕蜀城③。

升沉应已定，不必问君平④。

注释

① **蚕丛**：相传是蜀地最早的国王，这里借指蜀地。详见《蜀道难》注。

② **秦栈**：即栈道。《通俗文》曰："板阁曰栈。"《史记》："去辄烧绝栈道。"《索隐》曰："栈道，阁道也。崔浩云：险绝之处，傍凿山岩而施板梁为阁。"琦按："入蜀之道，山路悬险，不容坦行。架木而度，名曰栈道。以其自秦入蜀之道，故曰秦栈。"

③ **"春流"句**：蜀城，指成都。春，点明时令。流，指郫江、流江。《水经注》："成都县有二江双流郡下，故扬子云《蜀都赋》曰'两江珥其前'者也。"

④ **"升沉"二句**：升沉，指政治生活的失意。《高士传》："严遵，字君平，蜀人也。隐居不仕，尝卖卜于成都市，日得百钱以自给，卜讫则闭肆下帘，以著书为事。"这两句是安慰人的，意思是说政治上的不得志已成定局，不必待占卜后得知。

● 芳树笼秦栈，春流绕蜀城

乌夜啼

[题解]《乐府古题要解》：《乌夜啼》，宋临川王义庆所造也。宋元嘉中，徙彭城王义康于豫章郡。义庆时为江州，相见而哭。文帝闻而怪之，征还宅。义庆大惧，妓妾闻乌夜啼，叩斋阁云："明日应有赦。"及旦，改南兖州刺史，因作此歌。故其词云："笼窗窗不开，夜夜望郎来。"

黄云城边乌欲栖，归飞哑哑①枝上啼。

机中织锦秦川女②，碧纱如烟隔窗语③。
停梭怅然忆远人④，独宿孤房泪如雨。

注 释

① **哑哑**：取自吴均诗："惟闻哑哑城上乌。"

② **"机中"句**：秦川，现在陕西省一带地方。胡三省《通鉴注》："关中之地，沃野千里，秦之故国，谓之秦川。"织锦，取自东晋时典故。《晋书》："窦滔妻苏氏，始平人，名蕙，字若兰，善属文。符坚时，滔为秦州刺史，被徙流沙。苏氏思之，织锦为《回文旋图诗》以赠滔，宛转循环以读之，词甚凄婉，凡八百四十字。"庾信诗："弹琴蜀郡卓家女，织锦秦川窦氏妻。"

③ **"碧纱"句**：碧纱，这里指一种碧色的窗纱。如烟，形容黄昏时碧纱朦胧的颜色。

④ **远人**：在远地的丈夫。最后两句一作："停梭向人问故夫，知在关西泪如雨。"魏武帝诗："惋叹泪如雨。"

子夜吴歌四首

题 解 《宋书》：《子夜歌》者，有女子名子夜造此声。晋孝武太元中，琅邪王轲之家，有鬼歌《子夜》。殷允为豫章时，豫章侨人庾僧度家，亦有鬼歌《子夜》。殷允为豫章，亦是太元中，则子夜是此时以前人也。《乐府古题要解》："《子夜》，旧史云：'晋有女子曰子夜，所作声至哀，后人因为四时行乐之词，谓之《子夜四时歌》，吴声也。'"

其 一

秦地罗敷女①，采桑绿水边。
素手青条上，红妆白日鲜。
蚕饥妾欲去，五马莫留连。

注 释

① **罗敷女**：取自《陌上桑》："日出东南隅，照我秦氏楼。秦氏有好女，自名

为罗敷。罗敷善蚕桑，采桑城南隅。青丝为笼系，桂枝为笼钩。头上倭堕髻，耳中明月珠。缃绮为下裙，紫绮为上襦。……使君从南来，五马立踟蹰。使君遣吏往，问'是谁家姝？''秦氏有好女，自名为罗敷。''罗敷年几何？''二十尚不足，十五颇有余。'使君谢罗敷：'宁可共载不？'罗敷前致辞：'使君一何愚！使君自有妇，罗敷自有夫。'"

其 二

镜湖①三百里，菡萏②发荷花。

五月西施采，人看隘若耶③。

回舟不待月，归去越王家。

注释

① **镜湖**：《通典》载："汉顺帝永和五年，马臻为会稽太守，创立镜湖，在会稽、山阴两县界筑塘蓄水，水高田丈余，田又高海丈余，若水少则泄湖灌田，如水多则闭湖泄田中水入海，所以无凶年。其堤塘周围三百一十里，都溉田九千余顷。"

② **菡萏**：毛苌《诗传》："菡萏，荷花也。"《说文》："芙蓉未发为菡萏，已发为芙蓉。"

③ **若耶**：《方舆胜览》："若耶溪，在会稽县东南二十五里，北流与镜湖合，西施采莲、欧冶铸剑之所。"

其 三

长安一片月，万户捣衣①声。

秋风吹不尽，总是玉关情②。

何日平胡虏，良人罢③远征。

注释

① **捣衣**：解释历来多不统一。一种说法是妇女把织好的布帛，放在砧上，用木棒敲平，使之软熟，以备裁缝衣服。另一种说法是已成的衣服，有时也用这种方法捣，使之整洁。

② **"秋风"二句**：这两句说秋风吹不散思妇怀人的忧愁。玉关情，指对远在玉门关戍守的丈夫的思念情绪。

③ **良人**：丈夫。取自《诗经》："见此良人。"《正义》曰："妻谓夫曰良人。"
罢：停止。

其 四

明朝驿使①发，一夜絮征袍②。

素手抽针冷，那堪把③剪刀。

裁缝④寄远道，几日到临洮⑤。

注 释

① **驿使**：为官府传送书信和物件的使者。

② **絮征袍**：在战士的衣服中铺絮。絮，这里用作动词。

③ **把**：拿、执。

④ **裁缝**：取自曹植诗："发箧造裳衣，裁缝纨与素。"

⑤ **临洮**：唐时临洮郡即洮州也，属陇右道，与吐蕃相近，有莫门军、神策军，在古为西羌之地，今在甘肃省境内。

春 思

题 解 这首诗写女子在春天怀念远在边塞的丈夫和她的坚贞的爱情。本篇和《秋思》《思边》都是写秦地一带女子怀念丈夫的，大约作于李白在长安的时期。

燕草如碧丝，秦桑低绿枝①。

当君怀归日，是妾断肠时。

春风不相识，何事入罗帏②？

注 释

① **"燕草"二句**：燕草，燕地（今河北省北部、辽宁省西南部一带）的草。燕地是诗中女子的丈夫征戍的地方。秦桑，秦地的桑树。秦地是诗中女子所居之地。燕地寒冷，草木像青丝一般纤细；秦地温暖，柔桑已经低垂绿枝了。

② **"春风"二句**：这两句比喻女子对丈夫爱情坚贞，非外物所能动摇。罗帏，

丝织的围帷。

秋　思

燕支①黄叶落，妾望白登台②。

海③上碧云断，单于④秋色来。

胡兵沙塞合⑤，汉使玉关回⑥。

征客⑦无归日，空悲蕙草摧⑧。

注 释

① **燕支**：一作焉支，山名，在今甘肃省。慎蒙《名山记》："焉支山，在甘肃山丹卫东南五十里，一名山丹山。汉霍去病将万骑涉狐奴水，过焉支山，即此。燕支，即焉支也。"

② **白登台**：今山西省北部大同市东有白登山，上有白登台，汉高祖曾被匈奴围困在此。这里是泛指戍守之地。

③ **海**：瀚海，沙漠。

④ **单于**：本是匈奴位号，犹中国天子称也。然在此处又作地名解，指单于都护府。刘昫《唐书》："单于都护府，秦、汉时云中郡地也。唐龙朔三年置云中都护府，麟德元年改为单于大都护府，东北至朔州五百五十七里，在京师东北二千三百五十里，去东都三千里。"

⑤ **"胡兵"句**：北方边塞多沙漠，故称沙塞。合，聚集。

⑥ **"汉使"句**：汉使，即唐使，唐人咏时事，在朝代上喜以汉代唐。玉关，玉门关。这句的意思是：唐使因和胡人

●燕支黄叶落，妾望白登台

决裂，从玉门关返回。

⑦ **征客**：出征的人，这里指女主人公的丈夫。

⑧ **蕙草摧**：蕙草，香草。摧，摧折。蕙草摧，是女子悲叹时光逝去，青春虚度。

清平调词三首

题解 《太真外传》："开元中，禁中重木芍药，即今牡丹也，得数本红紫浅红通白者，上因移植于兴庆池东沉香亭前。会花方繁开，上乘照夜白，妃以步辇从。诏选梨园弟子中尤者，得乐一十六色。李龟年以歌擅一时之名，手捧檀板，押众乐前，将欲歌之。上曰：'赏名花，对妃子，焉用旧乐词为？'遂命龟年持金花笺，宣赐翰林学士李白，立进《清平乐》词三章。承旨犹若宿醒，因援笔赋之。龟年捧词进，上命梨园弟子略约词调，抚丝竹，遂促龟年以歌之。太真妃持颇梨七宝杯，酌西凉州蒲桃酒，笑领歌辞，意甚厚。上因调玉笛以倚曲，每曲遍将换，则迟其声以媚之，妃饮罢，敛绣巾再拜。上自是顾李翰林尤异于诸学士。"

其 一

云想衣裳花想容①，春风拂槛露华浓②。

若非群玉山头见③，会向瑶台月下逢④。

注释

①**"云想"句**：以云比喻杨贵妃衣裳的华贵，以花比喻她容貌的美丽。琦按：蔡君谟书此诗，以"云想"作"叶想"，近世吴舒凫遵之，且云"叶想衣裳花想容"，与王昌龄"荷叶罗裙一色裁，芙蓉向脸两边开"，俱从梁简文"莲花乱脸色，荷叶杂衣香"脱出，而李用二"想"字，化实为虚，尤见新颖。不知何人误作"云"字，而解者附会《楚辞》"青云衣兮白霓裳"，甚觉无谓云云。不知改"云"作"叶"，便同嚼蜡，索然无味矣。此必君谟一时落笔之误，非有意点金成铁，若谓太白原本是"叶"字，则更大谬不然。

②**"春风"句**：槛，栏杆。露华浓，形容牡丹花带露时颜色的鲜艳。

③**"若非"句**：群玉，山名，神话传说中女神西王母所居的地方。会，当、应。

《山海经》:"玉山是西王母所居也。"郭璞注:"此山多玉石,因以名云。"《穆天子传》谓之群玉之山,见其山阿无险,四辙中绳,先王之所谓策府,寡草木,无鸟兽。

④ **"会向"句**:瑶台,西王母的宫殿。《楚辞》:"望瑶台之偃蹇兮,见有娀之佚女。"王逸注:"有娀,国名。佚,美也,谓帝喾之妃契母简狄也。"《太平御览》曰:"昆仑瑶台是西王母之宫,所谓西瑶上台,上真秘文尽在其中矣。"沈约诗:"含吐瑶台月。"

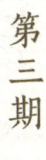

其　二

一枝红艳露凝香①,云雨巫山枉断肠②。

借问汉宫谁得似,可怜飞燕倚新妆③。

注 释

① **"一枝"句**:写牡丹花。以花比杨贵妃之美。

② **"云雨"句**:云雨巫山,用宋玉《高唐赋》所述楚王梦见巫山神女的典故。《水经注》:"丹山西即巫山者也,帝女居焉。"宋玉所谓:"天帝之季女,名曰瑶姬。未行而亡,封于巫山之台。精魂为草,实为灵芝。所谓巫山之女,高唐之姬。旦为行云,暮为行雨,朝朝暮暮,阳台之下,旦早视之,果如其言,故为立庙,号'朝云'焉。"枉,徒然。这句说,楚王与神女交会,神女朝云暮雨,来往飘忽,徒然令楚王惆怅而已。

③ **"可怜"句**:可怜,可爱。飞燕,赵飞燕,西汉成帝的皇后,以美貌著名。倚新妆,形容美女穿华丽服装时的神情姿态。

其　三

名花倾国①两相欢,长得君王带笑看。

解释春风无限恨②,沉香亭北倚阑干③。

注 释

① **名花**:指牡丹花。当时牡丹花特别贵重。**倾国**:指杨贵妃。汉朝李延年《佳人歌》有云:"一顾倾人城,再顾倾人国。"后人乃以倾国作美女的代称。

② **"解释"句**:解释、消除,这句是说面对名花与美人,纵然有无限春愁春恨,都可以消除了。

③ **"沉香"句**:用沉香木建造的亭子,在唐兴庆宫龙池东面。沉香亭以沉香为之,如柏梁台以香柏为之也。阁本《兴庆宫图》:"龙池东有沉香亭。"阑干,即栏杆。

下终南山过斛斯山人宿置酒

题 解 这首诗写李白在月夜访问一个姓斛斯的隐士，和他一起饮酒和领略幽美的自然景色，反映了诗人在长安时期的生活和思想的一个侧面。《元和郡县志》："终南山，在雍州万年县南五十里。"《太平寰宇记》："终南山，在鄠县南三十里。"《雍录》："终南山横亘关中南面，西起秦、陇，东彻蓝田，凡雍、岐、鄠、鄂、长安、万年，相去且八百里，而连绵峙据其南者，皆此一山也。《通志》："代北复姓有斛斯氏，其先居广牧，世袭莫勿大人，号斛斯部，因氏焉。"

暮从碧山下，山月随人归。

却顾①所来径，苍苍横翠微②。

相携及③田家，童稚开荆扉④。

绿竹入幽径，青萝⑤拂行衣。

欢言得所憩，美酒聊共挥⑥。

长歌吟松风⑦，曲尽河星稀⑧。

我醉君复乐，陶然共忘机⑨。

注 释

① **却顾**：回头观望。

② **"苍苍"句**：指青翠的山岭。翠微，山岭之色。

③ **及**：到达。

④ **荆扉**：柴门。沈约诗："荆扉新且故。"李周翰注："荆扉，以荆为门扉也。"

⑤ **青萝**：即女萝，一名松萝，地衣类植物。寄生在树木上，常自树梢悬垂，体如丝状，呈淡绿色或灰白色。

⑥ **挥**：这里指饮酒之意。

⑦ **"长歌"句**：谓歌声和松风交响。乐府琴曲有《风入松》，这里松风也可能指琴曲。

●却顾所来径，苍苍横翠微

⑧ **河星稀**：表示夜将尽。河星，银河众星。

⑨ **"陶然"句**：陶然，欢乐的样子。忘机，道家术语，心地淡泊、与世无争的意思。

白马篇

题　解　古乐府《白马篇》大都描写边塞征战为国立功之事。《乐府古题要解》谓《白马篇》，曹植"白马饰金羁"，鲍照"白马骍角弓"，沈约"白马紫金鞍"，皆言边塞征战之状。

龙马花雪毛，金鞍五陵豪①。

秋霜切玉剑②，落日明珠袍③。

斗鸡事万乘，轩盖一何高④。

弓摧南山虎，手接太行猱⑤。

酒后竞风采，三杯弄宝刀⑥。

杀人如剪草⑦，剧孟同游遨⑧。

发愤去函谷，从军向临洮。

叱咤⑨经百战，匈奴尽奔逃。

归来使酒气，未肯拜萧曹。

羞入原宪室，荒径隐蓬蒿⑩。

注释

① **"龙马"二句**：龙马取自《周礼》："马八尺以上为龙。"梁简文帝诗："金鞍照龙马，罗袖拂春桑。"五陵，为长陵、安陵、阳陵、茂陵、平陵，都在长安附近，是汉高皇帝、惠帝、景帝、武帝、昭帝的陵墓所在。当时豪族多住在这里。豪，豪侠。

② **"秋霜"句**：秋霜，形容剑的颜色。切玉，言剑的锋利。据《列子·汤问》记载，周穆王时西戎献锟铻之剑，用它切玉，像切泥一样。《北堂书钞》："魏文帝歌辞云：'欧氏宝剑，何为低昂。白如积雪，利若秋霜。'"《淮南子》云："宝剑之色如秋霜。"

③ **"落日"句**：明珠袍与落日相辉映。王僧孺诗："落日映珠袍。"

④ **"斗鸡"二句**：斗鸡，唐代流行的一种赌博性质的游戏，玄宗很爱好。万乘，指皇帝；古制，皇帝有兵车万乘。轩，车子。轩盖就是车盖。

⑤ **"弓摧"二句**：摧，摧灭，这里是射杀的意思。南山虎，用晋周处故事。周处年轻时在故乡横行霸道，乡人把他和南山虎、长桥下蛟并称三害。后来他改过自新，杀虎斩蛟。接，迎面而射。太行猱，用古代勇士中黄伯的故事。据《尸子》记载，中黄伯能够左手执太行山之猱，右手搏斗雕虎。这两句形容诗中人物有如周处、中黄伯一样勇敢。

●白马篇

⑥ **"酒后"二句**：描摹侠士的豪气。饮酒以后，精神振奋，舞弄宝刀。

⑦ **"杀人"句**：说杀人像除草一样没有畏惧和顾忌。《后汉书》："杀人如刈草然。"

⑧ **"剧孟"句**：剧孟，西汉时著名的侠客。句意是交往的都是游侠。

⑨ **叱咤**：发怒声。

⑩ **"归来"四句**：萧曹，西汉名相萧何和曹参。原宪，孔子的学生，隐居不仕，生活很清贫。这四句是说自己任侠使气，既不愿意向权贵低头，也不愿意隐居不问世事。

登太白峰

题 解 《一统志》载："太白山，在陕西武功县南九十里，山极高，上恒积雪，望之皓然。谚云：'武功太白，去天三百。'山下军行，不得鸣鼓角；鸣则疾风暴雨立至。上有洞，即道书第十一洞天。又有太白神祠，山半有横云如瀑布，则澍雨，人常以为候验。语曰：'南山瀑布，非朝即暮。'"

西上太白峰，夕阳穷登攀①。

太白与我语②，**为我开天关**。

愿乘泠风③去，直出浮云间。

举手可近月，前行若无山。

一别武功去，何时复更还？

注 释

① **"夕阳"句**：穷，尽。《尔雅》："山西曰夕阳，山东曰朝阳。"邢昺疏："日，即阳也，夕始得阳，故名夕阳。"《诗·大雅·公刘》云"度其夕阳，幽居允荒"是也。

② **"太白"句**：这句中的太白指太白星，即金星。

③ **泠风**：小风，和风。《庄子》："列子御风而行，泠然善也。"郭象注："泠然，轻妙之貌。"

翰林读书言怀，呈集贤诸学士

题 解　《唐书·职官志》："开元十三年，改丽正修书院为集贤殿书院。五品以上为学士，六品以下为直学士，宰相一人为学士知院事，常侍一人为副知院事。又置判院一人，押院中使一人。玄宗常选耆儒，日一人侍读，以质史籍疑义，至是，置集贤院侍读学士、侍讲直学士。其后，又增置修撰官、校理官、待制官、留院官、知校讨官、文学直之员。又云：学士之职，本以文学言语被顾问，出入侍从，因得参谋议、纳谏诤，其礼尤宠。而翰林院者，待诏之所也。"

唐制："乘舆所在，必有文词经学之士，下至卜、医、伎术之流，皆直于别院，以备宴见。而文书、诏令则中书舍人掌之。自太宗时，名儒学士时时召以草制，然犹未有名号，乾封以后始号北门学士。玄宗初置翰林待诏，以张说、陆坚、张九龄等为之，掌四方表疏批答、应和文章。既而又以中书务剧，文书多壅滞，乃选文学之士号翰林供奉，与集贤院学士分掌制诏、书敕。开元二十六年又改翰林供奉为学士，别置学士院，专掌内命。凡拜免将相、号令征伐，皆用白麻。其后选用益重，而礼遇益亲，至号为内相。又以为天子私人，凡充其职者无定员，自诸曹尚书，下至校书郎，皆得预选。"

晨趋紫禁①中，夕待金门诏②。

观书散遗帙，探古穷至妙③。

片言苟会心，掩卷忽而笑。

青蝇易相点④，《白雪》⑤难同调。

本是疏散⑥人，屡贻褊促诮⑦。

云天属⑧清朗，林壑忆游眺。

或时清风来，闲倚栏下啸。

严光桐庐溪⑨，谢客临海峤⑩。

功成谢人间⑪，从此一投钓⑫。

注　释

① **紫禁**：皇帝居住的地方。谢庄《宋孝武宣贵妃诔》："收华紫禁。"李善注："王者之宫，以象紫微，故谓宫中为紫禁。"李延济注："紫禁，即紫宫，天子所居也。"

② **金门诏**：金门，即金马门，汉宫门名。《汉书·东方朔传》："待诏金门，稍得亲近。"意思是东方朔曾待诏金马门，这里以翰林院比金马门。

③ **"观书"二句**：帙，书套，亦作书籍的代称。两句说自己博览珍秘的群书，深入钻研其中奥妙所在。《说文》："帙，书衣也。"谢灵运诗："散帙问所知。"散帙者，解散其书外所裹之帙而翻阅也。

④ **"青蝇"句**：陈子昂诗："青蝇一相点，白璧遂成冤。"意思是苍蝇遗粪于白玉之上，致成点污，以比谗谮之言能使修洁之士获罪。

⑤ **《白雪》**：古曲名，宋玉《对楚王问》："其为《阳春》《白雪》，国中属而和者，不过数十人。"其曲弥高，其和弥寡。以上两句皆李白自喻不同流俗，容易招致谗毁。

⑥ **疏散**：爱好自由，不受拘束。

⑦ **"屡贻"句**：贻，招致。褊，狭隘。诮，责骂。这句说屡次遭受心胸狭隘的人的责骂。

⑧ **属**：适当。

⑨ **"严光"句**：严光，字子陵，东汉初隐士。桐庐溪，指浙江省桐庐县南富春江，章怀太子《后汉书注》："桐庐县南有严子陵渔钓处，今山边有石，

●严光

上下可坐十人，临水，名曰严陵钓坛也。"

⑩ **"谢客"句**：谢客，即谢灵运，客是其小名。南朝刘宋时期的诗人，生平好游山玩水，写了不少山水诗，其中一首题目为《登临海峤》。临海，郡名，今浙江临海县。峤山锐而高。以上两句反映了李白对严光、谢灵运的仰慕。

⑪ **谢人间**：辞别俗世遁隐山林。

⑫ **投钓**：意思是说像严子陵一样过隐居生活。

送贺宾客归越

题解 《旧唐书》："天宝二年十二月乙酉，太子宾客贺知章，请度为道士还乡。三载正月庚子，遣左右相以下，祖别贺知章于长乐坡，赋诗赠之。"

贺知章，字维摩，会稽永兴人，太子洗马德仁之孙。少以文辞知名，工草隶书，进士及第，历官礼部侍郎、集贤学士、太子右庶子兼皇子侍读、检校工部侍郎，迁秘书监、太子宾客、庆王侍读。知章性放善谑，晚年尤纵，无复规检。年八十六，自号四明狂客。每兴酣命笔，好书大字，或三百言，或五百言，诗笔惟命。天宝二年，以年老上表请入道，归乡里，特诏许之。

镜湖流水漾清波①，狂客②归舟逸兴多。

山阴道士如相见，应写黄庭换白鹅③。

注释

① **镜湖**：即鉴湖，在今浙江绍兴市。**漾**：水摇动的样子。《通典》："越州会稽县有镜湖。"

② **狂客**：贺知章自号四明狂客。

③ **"山阴"二句**：是用东晋大书法家王羲之的故事。王羲之喜欢白鹅，山阴有个道士请他写《黄庭经》，以所养的一群鹅做报酬。

灞陵行送别

送君灞陵①亭，灞水流浩浩。

上有无花之古树，下有伤心之春草。

我向秦人问路歧②，云是王粲③南登之古道。

古道连绵走西京④，紫阙⑤落日浮云生。

正当今夕断肠处，骊歌⑥愁绝不忍听。

注释

① 灞陵：也作"霸陵"，《太平寰宇记》记载："霸陵，在咸阳县东北二十五里。"《水经注》："灞水历白鹿原东，即霸川西，故芷阳矣，是谓之霸上。汉文帝葬其上，谓之霸陵。上有四出道以泻水。在长安东南三十里。故王仲宣赋诗云：'南登霸陵岸，回首望长安。'"

② 路歧：即歧路。

③ 王粲：字仲宣，因为西京扰乱，于是到荆州依附刘表，作《七哀》诗，即"南登灞陵岸，回首望长安"一首。

④ 西京：即唐朝都城长安。

⑤ 紫阙：紫色的宫殿，此指帝王宫殿。一作"紫关"。

⑥ 骊歌：指《骊驹》，《诗经》逸篇名，古代告别时所赋的歌词。《汉书·儒林传·王式》曰："谓歌吹诸生曰：'歌《骊驹》。'"颜师古注："服虔曰：'逸《诗》篇名也，见《大戴礼》。客欲去歌之。'"后因以为典，指告别。

玉壶吟

[题解] 这首诗叙述李白在长安的遭遇，由于他的傲岸不驯，遭到权贵忌妒，不能得到重用。对此，他发出深深的感叹。东晋时王敦在酒醉后，常唱："老骥伏枥，志在千里；烈士暮年，壮心不已。"边唱边以如意敲打吐痰用的壶，把壶口都敲缺了。此诗题名《玉壶吟》，即根据这个故事。

烈士击玉壶，壮心惜暮年①。

三杯拂剑舞秋月，忽然高咏涕泗②涟。

凤凰初下紫泥诏，谒帝称觞登御筵③。

揄扬九重万乘主④，谑浪赤墀青琐贤⑤。

朝天数换飞龙马⑥，敕赐珊瑚白玉鞭⑦。

世人不识东方朔，大隐金门是谪仙⑧。

西施宜笑复宜颦，丑女效之徒累身⑨。

君王虽爱蛾眉好，无奈宫中妒杀人⑩。

注 释

① "烈士"二句：《世说新语》载：王处仲每酒后，辄咏"老骥伏枥，志在千里；烈士暮年，壮心不已"，以如意击吐壶，壶口尽缺。

② 涕泗：取自《诗经》："涕泗滂沱。"《毛传》曰："自目曰涕，自鼻曰泗。"

③ "凤凰"二句：《十六国春秋》记载，后赵武帝石虎在戏马观上设置一只能回转的木凤凰，口衔五色诏书。所以后来称皇帝的诏书为凤诏。紫泥，一种紫色的泥，封诏书用。《陇右记》云："武都紫水有泥，其色亦紫而黏，贡之用封玺书，故诏诰有紫泥之美。"这一句指唐玄宗下诏书召见李白。称觞，举酒杯。御筵，皇帝设的酒席。

④ "揄扬"句：揄扬，赞美。九重，指皇帝所住的地方。古时皇帝居住的宫殿，门户很多，所以称九重。班固《内都赋序》："雍容揄扬，著十后嗣。"李善注："揄，引也。扬，举也。"宋玉《九辩》："君之门以九重。"

⑤ "谑浪"句：谑浪，犹戏谑。《尔雅》："谑浪笑傲，戏谑也。"赤墀青琐，《汉书》载："曲阳侯根骄奢僭上，赤墀青琐。"孟康注："青琐，以青画户边镂中，天子制也。"如淳注："门楣格再重，如人衣领再重，里者青，名曰青琐，天子门制也。"颜师古注："孟说是。青琐者，刻为连琐文而以青涂之也。"又《梅福传》："涉赤墀之涂。"应劭注："以丹掩泥涂殿上也。"《说文》曰：

● 三杯拂剑舞秋月，忽然高咏涕泗涟

"墀，涂地也。"《礼》："天子赤墀也。" 赤墀青琐贤，指臣僚。

⑥**"朝天"句**：朝天，即朝见皇帝。飞龙马，飞龙厩所养的马。胡三省《通鉴注》："仗内六厩，飞龙厩最，为上乘马。" 元微之诗自注："学士初入，例借飞龙马。"《锦绣万花谷》："学士新入院，飞龙厩赐马一匹，银闹鞍装辔。"

⑦**珊瑚白玉鞭**：以珊瑚、白玉镶嵌的鞭。何逊诗："玉羁玛瑙勒，金络珊瑚鞭。"

⑧**"世人"二句**：西汉东方朔以为在朝廷做官也可以避世。《史记》："东方朔行殿中，郎谓之曰：'人皆以先生为狂。' 朔曰：'如朔者，所谓避世于朝廷间者也。古之人，乃避世于深山中。' 时坐席中，酒酣，据地歌曰：'陆沉于俗，避世金马门。宫殿中可以避世全身，何必深山之中，蒿芦之下。' 金马门者，宦署门也。门旁有铜马，故谓之金马门。" 王康琚诗："小隐隐林薮，大隐隐朝市。"

⑨**"西施"二句**：西施，春秋时越国美女，因患心痛病而常皱眉头。有一个丑女以为这个样子很好看，也学她的样子皱起眉头来，却非常难看。梁简文帝《鸳鸯赋》："亦有佳丽自如神，宜羞宜笑复宜颦。"《庄子》："西施病心而颦，其里之丑人美之，亦捧心而颦。"

⑩**"君王"二句**：蛾眉，本来指美女，这里借以自比。宫中，宫中嫔妃，这里比喻忌妒和排斥自己的权贵。

忆东山二首

题解　施宿《会稽志》：东山，在上虞县西南四十五里，晋太傅谢安所居也。一名谢安山，巍然特出于众峰间，拱揖亏蔽，如鸾鹤飞舞，其巅有谢公调马路，白云、明月二堂遗址，千嶂林立，下视沧海，天水相接，盖绝景也。下山出微径，为国庆寺，乃太傅故宅。旁有蔷薇洞，俗传太傅携妓女游宴之所。

其　一

不向东山久，蔷薇几度花①？

白云还自散，明月落谁家②？

注释

①**几度花**：花一年开一度，几度花即已有几年了的意思。

②"白云"二句：表示自己不在东山，美好的景物徒然呈现，不能赏玩。

其　二

我今携谢妓，长啸绝人群。

欲报东山客①，开关扫白云。

注　释

① 东山客：指谢安。

梁甫吟

题　解 《梁甫吟》是古乐府楚调曲名，声调很悲切。李白用这一旧题来抒发他在政治上遭到打击后的悲愤心情。按《乐府诗集》："楚调曲有《梁父吟行》，今不歌。"谢逸希《琴论》曰："诸葛亮作《梁父吟》。"《陈武别传》曰："武常骑驴牧羊，诸家牧竖数十人，或有知歌谣者，武遂学《太山梁甫吟》《幽州马客吟》与《行路难》之属。"《蜀志》曰："诸葛亮好为《梁甫吟》。然则不起于亮矣。"李勉《琴说》曰："《梁甫吟》，曾子撰。"《琴操》曰："曾子耕泰山之下，天雨雪冻，旬日不得归，思其父母，作《梁山歌》。"蔡邕《琴颂》曰："梁甫悲吟，周公越裳。"《西溪丛语》："《乐府解题》有《梁父吟》，不知名为《梁父吟》何义。"张衡《四愁诗》云："欲往从之梁父艰。"注云："泰山，东岳也，君有德则封此山。"愿辅佐君王，致于有德，而为小人谗邪之所阻。梁父，泰山下小山名。诸葛亮好为《梁父吟》，恐取此义。

长啸《梁甫吟》，何时见阳春①。

君不见朝歌屠叟辞棘津，八十西来钓渭滨②。

宁羞白发照清水，逢时壮气思经纶。

广张三千六百钓，风期暗与文王亲③。

大贤虎变愚不测④，当年颇似寻常人。

君不见高阳酒徒起草中，长揖山东隆准公。

入门不拜骋雄辩，两女辍洗来趋风。

东下齐城七十二，指挥楚汉如旋蓬⑤。

狂客落魄尚如此，何况壮士当群雄⑥。

我欲攀龙见明主，雷公砰訇震天鼓。

帝旁投壶多玉女，三时大笑开电光，倏烁晦冥起风雨⑦。

阊阖九门不可通，以额扣关阍者怒⑧。

白日不照吾精诚，杞国无事忧天倾⑨。

猰㺄磨牙竞人肉，驺虞不折生草茎⑩。

手接飞猱搏雕虎，侧足焦原未言苦⑪。

智者可卷愚者豪，世人见我轻鸿毛⑫。

力排南山三壮士，齐相杀之费二桃⑬。

吴楚弄兵无剧孟，亚夫咍尔为徒劳⑭。

《梁甫吟》，声正悲，张公两龙剑，神物合有时⑮。

风云感会起屠钓，大人岘屼当安之⑯。

注释

① **阳春**：阳光温暖的春天，这里比喻光明。《楚辞》："恐溘死而不得见乎阳春。"

② **"君不见"二句**：朝歌屠叟，指吕望，辅佐武王灭殷，封于齐。《韩诗外传》载："太公望少为人婿，老而见去。屠牛朝歌，赁于棘津，钓于磻溪，文王举而用之，封于齐。《路史注》："冀之枣阳东北二十里，有棘津城，吕望乞食于此，有卖浆台。"《水经注》："徐广曰棘津在广川。" 司马彪曰："县北有棘津城，吕尚卖食之困，疑在此也。" 刘澄之曰："谯郡�县东北有棘津亭，故邑也，吕尚所困处也。" 司马迁曰："吕望，东海上人也。老而无遇，以渔钓干周文王。" 又云："吕望行年五十，卖食棘津，七十则屠牛朝歌，行年九十，身为帝师。"《史记》："吕尚之遇文王也，身为渔父而钓于渭滨耳，若是者，交疏也。已说而立为太师，载与俱归者，其言深也。"

③ **三千六百钓**：吕望八十岁钓于渭水边，九十岁遇文王。中间垂钓十年，共三千六百日，故说三千六百钓。另一种说法，相传大地有三千六百轴，吕望广设钓钩，

因得遭遇文王。钓，一作钩，疑误。**风期**：犹风度也。《晋书》："习凿齿风期俊迈。"《世说注》："支遁风期高亮。"

④**"大贤"句**：《周易》："大人虎变。"虎变，虎的皮毛更新，纹彩炳焕，用以比喻在政治上的得志。这句意思为"大贤"不会永远贫贱，终有得志的一天，愚人是不能预测的。

⑤**"君不见"六句**：高阳酒徒，见《史记·郦生陆贾列传》："郦生食其者，陈留高阳人也。好读书，家贫落魄，无以为衣食业，县中皆谓之狂生。沛公略地陈留郊，麾下骑士，适郦生里中子也。郦生见，谓之曰：'若见沛公，谓曰：臣里中有郦生，年六十余，长八尺，人皆谓之狂生，生自谓我非狂生。'骑士从容言，如郦生所诫者。沛公至高阳传舍，使人召郦生。郦生至，入谒，沛公方倨床，使两女子洗足而见郦生。郦生入，则长揖不拜，曰：'足下欲助秦攻诸侯乎？且欲率诸侯破秦也？'沛公骂曰：'竖儒，天下同苦秦久矣，故诸侯相率而攻秦，何谓助秦攻诸侯乎？'郦生曰：'必聚徒，合义兵，诛无道秦，不宜倨见长者。'于是沛公辍洗，起，摄衣，延郦生上坐，谢之。郦生因言六国纵横时。沛公喜，号为广野君。尝为说客，驰使诸侯。汉三年，汉王使郦生说齐王，伏轼下齐七十余城。"又曰："初，沛公引兵过陈留，郦生踵军门上谒，使者入通。沛公方洗，问使者曰：'何如人也？'使者曰：'状貌类大儒，衣儒衣，冠侧注。'沛公曰：'为我谢之，言我方以天下为事，未暇见儒人也。'使者出谢，郦生瞋目按剑叱使者曰：'吾高阳酒徒，非儒人也。'使者惧而失谒，跪拾谒，还走，复入报曰：'客天下壮士也，叱臣，臣恐，至失谒。'沛公遂延入。"隆准，出自《汉书》："高祖为人，隆准而龙颜。"应劭注："隆，高也，准，颊权准也。"李斐注："准，鼻也。"吴迈远诗："正为隆准公，杖剑入紫微。"《南史》："骋黄马之剧谈，纵碧鸡之雄辩。"《左传》："免胄而趋风。"杜预注："疾如风也。"《汉书》："高祖孽子悼惠王王齐七十二城。"

●吕望

⑥ **"狂客"二句**：意思是郦食其尚且如此，何况壮士在政局扰攘之际，更当有所作为。郑氏曰："魄，音薄。"应劭注："落魄，志行衰恶之貌也。"颜师古注："落魄，失业无次也。"

⑦ **"雷公"四句**：雷公即雷神。砰訇，大声。震天鼓，打雷。《初学记》："雷，天之鼓也。"顾恺之《雷电赋》："砰訇轮转，倏闪罗曜。"《广韵》："砰訇，大声也。"投壶，古代的一种游戏，各人依次把箭投入壶中，胜者罚负者喝酒。《神异经》载："东王公与玉女投壶，每投千二百矫。设有入不出者，天为之噫嘘；矫出而脱误不接者，天为之笑。"张华注："言笑者，天口流火炤灼。今天不雨而有电光，是天笑也。"《汉书》："雷电晦冥。"颜师古注："晦冥，谓暗也。"

⑧ **"阊阖"二句**：阊阖，神话中的天门。九门，九重门。阍者，守门的人。《后汉书》："阊阖九重。"章怀太子注："阊阖，天门也。"《淮南子》："道出一原通九门。"高诱注："九门，天之门也。"庾肩吾诗："钩陈万乘转，阊阖九门通。"《说文》："阍，闭门隶也。"这两句话的意思是，皇帝为权奸所包围，贤能之士要接近皇帝，往往会受到权奸的迫害。

⑨ **"白日"二句**：白日，指皇帝。杞国，忧天，《列子·天瑞篇》："杞国有人忧天地崩坠，身无所寄，废寝食者。"这两句是说，皇帝昏庸，权奸当道，政治腐败黑暗。

⑩ **"猰貐"二句**：猰貐是神话中一种吃人的野兽。《山海经》："少咸之山有兽焉，其状如牛而赤身，人面，马足，名曰窫窳。其音如婴儿，是食人。窫窳，即猰貐也。"陆玑《诗疏》："驺虞，即白虎也，黑文，尾长于躯，不食生物，不履生草，君有德则见，应信而至者也。"这两句是说，朝廷当权的人物都像猰貐那样凶残，但自己却像驺虞与他们格格不入。

⑪ **"手接"二句**：接，迎面而射之。猱，猕猴，攀援轻捷，故叫飞猱。雕虎，皮毛斑驳的虎。《尸子》载："予左执太行之猱，而右搏雕虎，惟象之未与，吾心试焉。有力者则又愿为牛，欲与象斗以自试。今二三子以为义矣，将乌乎试之。夫贫穷，太行之猱也，疏贱，义之雕虎也，而吾日遇之，亦足以试矣。"焦原，莒国有石焦原者，广五十步，临百仞之溪，莒国莫敢近也。有以勇见莒子者，独却行齐踵焉，所以称于世。夫义之为焦原也，亦高矣，贤者之于义，必且齐踵，此所以服一时也。《太平寰宇记》："焦原在莒县南三十六里，俗名横山。"这两句形容自己还有才能和勇气，经得起艰难险阻的考验。

⑫ **"智者"二句**：卷，收敛。豪，放纵。这两句的意思是政治黑暗，有才智的人受压迫和挫折，而愚蠢的人得意放肆；因此世俗的人就把我看得跟鸿毛一样。《抱

朴子》："愚夫行之，自矜为豪。"《汉书·司马迁传》："死有重于泰山，或轻于鸿毛。"

⑬**"力排"二句**：《晏子春秋》载：公孙接、田开疆、古冶子事景公，以勇力搏虎闻。晏子过而趋，三子者不起。晏子入见公曰："臣闻明君之蓄勇力之士也，上有君臣之义，下有长率之伦，内可以禁暴，外可以威敌，故尊其位，重其禄。今君之蓄勇力之士也，上无君臣之义，下无长率之伦，内不以禁暴，外不可威敌，此危国之器也，不若去之。"公曰："三子者搏之恐不得，刺之恐不中也。"晏子因请公使人少馈之二桃，曰："三子何不计功而食桃。"公孙接曰："接一搏豻而再搏乳虎，若接之功，可以食桃而无与人同矣。"援桃而起。田开疆曰："吾仗兵而却三军者再，若开疆之功亦可以食桃而无与人同矣。"援桃而起。古冶子曰："吾尝从君济于河，鼋衔左骖以入砥柱之流。冶逆流百步，顺流九里，得鼋而杀之，左操骖尾，右挈鼋头，鹤跃而出。津人皆曰，河伯也。冶视之，则大鼋之首。若冶之功，亦可以食桃而无与人同矣。二子何不反桃。"公孙接、田开疆曰："吾勇不子若，功不子逮，取桃不让，是贪也，然而不死，无勇也。"皆反其桃，挈领而死。古冶子曰："二子死之，冶独生之，不仁；耻人以言而夸其声，不义；恨乎所行，不死无勇。"亦反其桃，挈领而死。公殡之以服，葬之以士礼焉。诸葛亮《梁父吟》："步出齐南城，遥望荡阴里。里中有三坟，累累正相似。问是谁家冢，田疆、古冶氏。力能排南山，文能绝地纪。一朝被谗言，二桃杀三士。谁能有此谋，相国齐晏子。"

⑭**"吴楚"二句**：西汉景帝三年，分封在吴楚等国的宗室七王，起兵叛乱，景帝派窦婴、周亚夫前去讨伐。周亚夫在将到河南的时候，找到了侠士剧孟，高兴地说："吴楚造反不用剧孟，由此就可知道他们是不行的了。"

⑮**"张公"二句**：《晋书·张华传》："吴之未灭也，斗牛之间常有紫气，道术者皆以吴方强盛，未可图也，惟张华以为不然。及吴平之后，紫气愈明。华闻豫章雷焕妙达纬象，乃要焕宿，屏人曰：'可共寻天文，知将来吉凶。'因登楼仰观，焕曰：'仆察之久矣，惟斗牛之间颇有异气。'华曰：'是何祥也？'焕曰：'宝剑之精，上彻于天耳。'华曰：'在何郡？'焕曰：'在豫章丰城。'华曰：'欲屈君为宰，密共寻之。'即补焕为丰城令。焕到县，掘狱屋基，入地四丈余，得一石函，光气非常，中有双剑，并刻题一曰龙泉，一曰太阿。其夕，斗牛间气不复见焉。焕以南昌西北岩下土以拭剑，光芒艳发，遣使送一剑并土与华，留一自佩。或谓焕曰：'得两送一，张公岂可欺乎？'焕曰：'本朝将乱，张公当受其祸，此剑当系徐君墓树耳。灵异之物，终当化去，不永为人服也。'华得宝剑爱之，常置座侧。报焕书曰：'详观剑文，乃干将也，莫邪何复不至？虽然，天生神物，终当合耳。'华诛，失剑所在。焕卒，子华为州从事。

持剑行，经延平津，剑忽于腰间跃出坠水。使人没水取之，不见剑，但见两龙各长数丈，蟠萦有文章，没者惧而反。须臾，光彩照水，波浪惊沸。华叹曰：'先君化去之言，张公终合之论，此其验乎？'"

⑯"**大人**"**句**：岷屼，不安的样子。这句的意思是说，有才能抱负的人应安于困厄，以待时机。

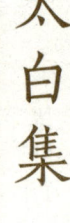

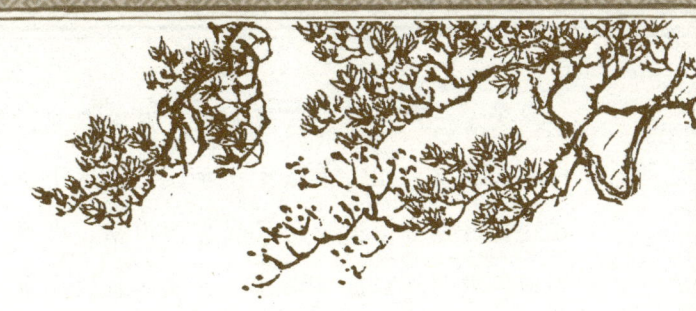

第四期

以东鲁、梁园

为中心的漫游时期

（七四四—七五五）

李太白集

天宝三载，李白离开长安。从这年起，到天宝十四年安史之乱爆发为止，前后十一年，是他生平第二次漫游时期。在这段时期中，他游历了现在的山东、山西、河南、河北、湖南、湖北、江苏、浙江、安徽各省的许多地方，其中不少地方都是第一次漫游期到过的。

离开长安那年，李白在洛阳与杜甫相会，结成好友，同游今河南、山东的一些地方，过着很亲密的生活。两位大诗人虽然很快就分别，此后再没有重聚的机会，但他们的友谊却很深，在各自的作品中都有反映。

天宝后期，玄宗荒废国事，权臣当道，政治更趋腐败，阶级矛盾和民族矛盾更加激化。唐朝统治者贪婪腐朽，没有处理好与兄弟民族的关系，多次发动战争，连遭失败，士卒伤亡惨重。对此，李白遏制不住内心的愤怒，写下了《古风》第三十四、《北风行》等诗篇，揭露了不义战争给兵士及其家属带来的灾难。在长期漫游中，李白还比较广泛地接触了下层劳动人民，在《秋浦歌》组诗中，他以简练明净的笔调，描绘了矿工、渔家的日常生活。

李白离开长安后，在政治上找不到出路，心中充满悲愤和苦闷。他结合自身的体验和遭遇，预感到深刻的社会矛盾必将像火山一样爆发。"君失臣兮龙为鱼，权归臣兮鼠变虎。"对危机四伏的政局表示无限的隐忧。诗人尽管遭受挫折，但仍然傲岸不屈，决心不向权贵卑躬屈膝。"安能摧眉折腰事权贵，使我不得开心颜"的著名诗句，就是他当时这方面精神面貌的写照。

在这段时期中，李白曾花了不少时间求仙访道，企图从宗教迷信中寻求解脱，同时纵情饮酒，流露出明显的消极颓废思想。值得注意的是，他那对腐朽统治集团的强烈反抗，往往同消极的求仙狂饮结合在一起，一篇之中，交错出现，形成了相当复杂的内容。这反映了诗人对现实的尖锐批判同找不到光明出路的矛盾，对于这类作品，必须更加细致地加以分析。

在长期的漫游中，李白还写了不少风景诗，显示出他不但善于刻画雄伟壮阔的高山大河，而且也善于勾勒清丽幽秀的自然景色。

梁园吟

题 解 这首诗是天宝三年李白离开长安后，和杜甫、高适同游大梁、宋州时的作品。《一统志》："梁园，在河南开封府城东南，一名梁苑。汉梁孝王游赏之所。"这诗一名《梁苑醉酒歌》，突出表现了诗人醉酒放诞的思想和生活，反映了他这时期在政治上失意后更加强烈的及时行乐的消极思想。

我浮黄河去京阙，挂席欲进波连山①。

天长水阔厌远涉，访古始及平台②间。

平台为客忧思多，对酒遂作《梁园歌》。

却忆蓬池阮公咏，因吟渌水扬洪波③。

洪波浩荡迷旧国，路远西归安可得？

人生达命岂暇愁，且饮美酒登高楼。

平头奴子④摇大扇，五月不热疑清秋。

玉盘杨梅为君设，吴盐如花皎白雪。

持盐把酒但饮之，莫学夷齐事高洁⑤。

昔人豪贵信陵君，今人耕种信陵坟⑥。

荒城虚照碧山月，古木尽入苍梧⑦云。

梁王宫阙今安在？枚马⑧先归不相待。

舞影歌声散渌池，空余汴水⑨东流海。

沉吟此事泪满衣，黄金买醉未能归。

连呼五白行六博⑩，分曹赌酒酹驰晖。

歌且谣，意方远，东山高卧⑪时起来，欲济苍生未应晚。

①**"我浮"二句**：浮，浮舟水上。去，离开。挂席，张帆。谢灵运诗："挂席拾海月。"木华《海赋》："波如连山。"

②**平台**：故址在今河南开封市东北，为春秋时宋平公所筑。《汉书》："梁孝王大治宫室，为复道，自宫连属于平台。"如淳注："平台在大梁东北，离宫所在也。"颜师古注："今其城东二十里所，有故台基，其处宽博，土俗云平台也。"《水经注》："晋灼曰：'平台在城中东北角，亦或言兔园在平台侧。'如淳曰：'平台，离宫所在，今城东二十里有台，宽广而不甚极高，俗谓之平台。'"予按《汉书·梁孝王传》称：

●我浮黄河去京阙，挂席欲进波连山

"王以功亲为大国，筑东苑，方三百里，广睢阳城七十里，大治宫室，为复道，自宫连属于平台三十余里。复道自宫东出左阳门，即睢阳东门也。连属于平台则近矣，属之城隅则不能，是知平台不在城中也。梁王与邹、枚、司马相如之徒极游于其上，故齐随郡王《山居序》所谓：'西园多士，半台盛宾，邹、马之客咸在，《伐木》之歌屡陈。是用追芳昔娱，神游千古，故亦一时之盛事。'谢氏《雪赋》亦云：'梁王不悦，游于兔园。'今也歌堂沦宇，律管埋音，孤基块立，无复曩日之望矣。"《元和郡县志》："平台，在宋州虞城县西四十里。"《左传》："宋皇国父为宋平公所筑。汉梁孝王大治宫室，为复道，自宫连属于平台三十余里，与邹、枚、相如之徒并游其上，即此也。"

③**"却忆"二句**：阮公，三国时魏国诗人阮籍。阮籍《咏怀诗》："徘徊蓬池上，还顾望大梁。渌水扬洪波，旷野莽茫茫。走兽交横驰，飞鸟相随翔。是时鹑火中，日月正相望。朔风厉严寒，阴气下微霜。羁旅无俦匹，俯仰怀哀伤。"表现了在那个动荡混乱的政局中的悲观情绪。李白在政治上失意后到了大梁一带，自然就想起了阮籍。

④**平头奴子**：平头，巾名，这里指戴平头巾的奴仆。梁武帝诗："平头奴子擎履箱。"

⑤**"莫学"句**：夷齐，伯夷和叔齐，商末周初人，反对武王灭商，耻食周粟，饿死在首阳山。这句意思是不要学伯夷和叔齐那样自恃高洁，应该及时行乐。

⑥ **"昔人"二句**：按《史记》："魏公子无忌，封信陵君，仁而下士，士无贤不肖皆谦而礼交之，不敢以其富贵骄士。士以此方数千里争往归之，致食客三千人。诸侯以公子贤，多客，不敢加兵谋魏。后夺晋鄙兵，进击秦军，秦军解去，遂救邯郸存赵。又率五国之兵，破秦军于河外，乘胜逐秦军至函谷关，抑秦兵，秦兵不敢出，当是时，公子威震天下。"《太平寰宇记》："信陵君墓，在开封府浚仪县南十二里。"

⑦ **苍梧**：山名，亦名九嶷，在今湖南宁远县南。《艺文类聚》载：有白云出自苍梧，入于大梁。

⑧ **枚马**：枚乘和司马相如。《汉书》载："枚乘，淮阴人，游梁，梁客皆善属词赋，乘尤高。司马相如，成都人。为武骑常侍，非其好也。是时梁孝王来朝，从游说之士邹阳、枚乘之徒，相如见而说之，因病免，客游梁，得与诸侯游士居。"

⑨ **汴水**：《一统志》载："汴河，旧自荥阳县东，经开封府城南，又东合蔡河，名蒗荡渠，又名通济渠，东注泗州，下入于淮。"

⑩ **五白、六博**：我国古代一种博戏，两人相对而博，共有棋十二枚，六白六黑。

⑪ **东山高卧**：《世说》："谢公在东山，朝命屡降而不动，后出为桓宣武司马，将发新亭，朝士咸出瞻送。高灵时为中丞，亦往相祖。先时，多少饮酒，因倚如醉，戏曰：'卿屡违朝旨，高卧东山，诸人每相与言："安石不肯出，将如苍生何？"'今亦苍生将如君何？"谢笑而不答。

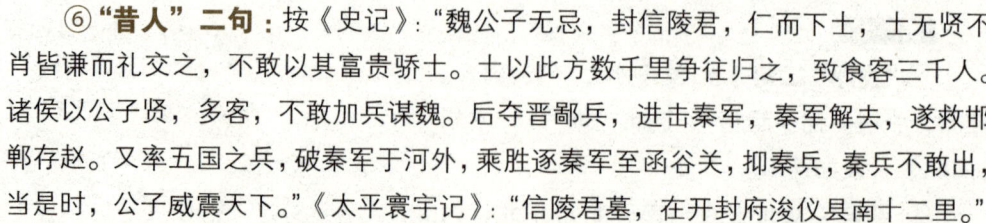

鸣皋歌送岑征君

题解 原注：时梁园三尺雪，在清泠池作。

这首诗是李白在梁园中的清泠池阁上为送岑征君到鸣皋山归隐所作。《元和郡县志》载："鸣皋山，在河南府陆浑县东北十五里。"《太平寰宇记》载："清泠池，在宋州宋城县东北二里。梁孝王故宫有钓台，谓之清泠台，今号清泠池。"《神州古史考》："清泠池，在归德府城东梁园内。岑征君，名勋，因曾被朝廷征聘，故称征君。"

若有人兮思鸣皋，阻积雪兮心烦劳①。

洪河凌兢不可以径度②，冰龙鳞兮难容舠③。

邈仙山之峻极兮，闻天籁之嘈嘈④。

霜崖缟皓以合沓兮⑤，若长风扇海⑥涌沧溟之波涛。

玄猿绿罴，舔谈崟岌⑦，危柯⑧振石，骇胆栗魄，群呼而相号。

峰峥嵘以路绝，挂星辰于岩墩⑨。

送君之归兮，动鸣皋之新作⑩。

交鼓吹兮弹丝，觞清泠之池阁⑪。

君不行兮何待，若返顾之黄鹄⑫。

扫梁园之群英⑬，振《大雅》于东洛⑭。

巾征轩⑮兮历阻折，寻幽居兮越巇嶷⑯。

盘白石兮坐素月⑰，琴松风兮寂万壑⑱。

望不见兮心氛氲⑲，萝冥冥兮霰纷纷⑳。

水横洞以下渌㉑，波小声而上闻。

虎啸谷而生风，龙藏溪而吐云㉒。

冥鹤清唳㉓，饥鼯讙呻㉔。

块独处此幽默兮，愀空山而愁人。

鸡聚族以争食，凤孤飞而无邻。

蝘蜓㉕嘲龙，鱼目㉖混珍。

嫫母㉗衣锦，西施负薪㉘。

若使巢、由桎梏于轩冕兮，亦奚异于夔龙蹩躠于风尘㉙？

哭何苦而救楚㉚，笑何夸而却秦㉛！

吾诚不能学二子沽名矫节以耀世兮㉜，固将弃天地而遗身。

白鸥兮飞来，长与君兮相亲。

注释

① **"若有"二句**：指岑征君。取自《楚辞》："若有人兮山之阿。"心烦劳，取自《四

愁诗》："何为怀忧心烦劳。"

②"洪河"句：洪河，大河。凌兢，寒冷而令人战栗。径度，即径渡。《西都赋》：带以洪河、泾、渭之川。吕向注："洪河，大河也。"《甘泉赋》："驰阊阖而入凌兢。"服虔注："凌兢，恐惧也。"颜师古注："凌兢者，言寒凉战栗之处也。"

③冰龙鳞：冰龙鳞者，冰有锯齿，参差如鳞也。舠：刀形小船。《韵会》："舠，小船也，形如刀。"《诗》："曾不容刀。"《释名》云："二百斛以下曰艇，三百斛曰刀。"

④"闻天籁"句：天籁，自然界的声音，由风的震荡而产生。嘈嘈，声音众多。

⑤"霜崖"句：鲍照诗："霜崖灭土膏。"谢朓诗："合沓与云齐。"吕向注："合沓，高貌。"

⑥扇海：取自袁宏《三国名臣赞》："洪飙扇海，二溟扬波。"

⑦"玄猿"二句：玄猿，雄猿色黑。罴，俗称人熊。绿罴，毛有绿光者。舔舕，吐舌头的样子。《上林赋》："玄猿素雌。"李善注："玄猿，猿之雄者，玄色也。"《西京杂记》："熊罴毛有绿光皆长二尺者，直百金。"

⑧危柯：危，高险。柯，树木的枝干。

⑨"挂星辰"句：岩，山崖。嶅，多小石的山。木华《海赋》："㠑岩嶅。"《释名》："山多小石曰嶅。嶅，尧也。每石尧尧独处而出见也。"

⑩"送君"二句：在送别之时写了这篇《鸣皋歌》。

⑪"交鼓吹"二句：鼓吹，鼓和箫的合奏。弹丝，奏弦乐器。觞，酒器名，这里用作动词，宴饮的意思。

⑫黄鹄：取自苏武诗："黄鹄一远别，千里顾徘徊。"庾信诗："黄鹄一反顾，徘徊应凄然。"

⑬群英：《史记》载："梁孝王筑东苑，方三百余里，招延四方豪杰，自山以东游说之士，莫不毕至。"江淹《别赋》："金闺之诸彦，兰台之群英。"

⑭"振《大雅》"句：该句李白用以指我国古典诗歌中的优良传统。

⑮巾征轩：《孔丛子》：巾车命

●巢父

驾。郑玄《周礼》巾车注：巾，犹衣也。李善《文选注》：轩，车通称也。巾征轩者，以帷蒙征车之上也。

⑯ 巉嵒：取自谢灵运诗："连嶂叠巉嵒。"李善注："巉嵒，崖之别名。"

⑰ "盘白石"句：盘白石，盘坐在白石上。坐素月，坐于皎洁的月光下。素月，取自谢庄《月赋》："素月流天。"

⑱ "琴松风"句：风吹松林发出的声音，好像奏乐声充塞万壑。《白帖》："琴曲有《风入松》。"《乐府诗集》："《琴集》曰：'《风入松》，晋嵇康所作也。'"

⑲ 氛氲：谢惠连《雪赋》："氛氲萧索。"李善注："氛氲，盛貌。"

⑳ "萝冥冥"句：萝，一名女萝，地衣类植物。冥冥，晦暗的样子。霰，雪珠。毛苌《诗传》："霰，暴雪也。"《郑笺》曰："将大雨雪，始必微温，雪自上下遇温气而搏，谓之霰；久而寒胜，则大雪矣。"

㉑ 渌：水色清澈。一说同"漉"，渗入。

㉒ "虎啸"二句：《淮南子》载：虎啸而谷风至，龙举而景云属。《管辂别传》：龙者阳精，以潜为阴，幽灵上通，和气感神，二物相扶，故能兴云。虎者阴精，而居于阳，依木长啸，动于巽林，二气相感，故能运风。

㉓ 清唳：鹤鸣声。鹤鸣清澈响亮，所以称为清唳。

㉔ "饥鼯"句：鼯，状如蝙蝠的鼠类，能飞，常在夜间活动，其声如小儿啼哭。鼯呻，痛苦之声。谢朓诗："独鹤方朝唳，饥鼯此夜啼。"《韵会》："唳，鹤鸣也。"按《本草》："鼯鼠，鸟名，一名鸓鼠，一名夷由，一名飞生鸟。状如蝙蝠，肉翅连尾，大如鸱鸢，毛紫色，好夜飞，但能向下不能向上，恒夜鸣，鸣声如人呼，湖岭山中多有之。"

㉕ 蝘蜓：《尔雅翼》："蝘蜓，似蜥蜴，灰褐色，在人家屋壁间，状虽似龙，人所玩习。故《淮南》云：'禹南济于江，黄龙负舟，禹视龙犹蝘蜓，龙亡而去。'比之蝘蜓，言不足畏。《扬子》云：'执蝘蜓而嘲龟龙。'盖陋之也。一名守宫，又名壁宫，特善捕蝎，俗号蝎虎。"

㉖ 鱼目：李善《文选注》："秦失金镜，鱼目入珠。"郑玄曰：鱼目乱珍珠。

㉗ 嫫母：《尚书大传》载："黄帝妃嫫母，于四妃之班最下，貌甚丑而最贤，心每自退。"高诱《淮南子注》："嫫母，古之丑女。"

㉘ "西施"句：《吴越春秋》载："赵王使相者于国中，得苎萝山鬻薪之女，曰西施、郑旦。"

㉙ "若使"二句：郑玄《礼记注》："桎梏，今械也。在足曰桎，在手曰梏。"《庄子》：

"蹩躠为仁，踶跂为义。"《广韵》："蹩躠，旅行貌，一曰跛也。"巢、由以隐居自乐为志，夔龙以行道济时为志。若使巢、由羁身于轩冕之中，与夔龙废弃于风尘之内无异，是皆不适其志愿也。

㉚ **"哭何"句**：《战国策》载："吴与楚战于柏举，三战入郢。棼冒勃苏曰：'吾披坚执锐，赴强敌而死，此犹一卒也，不若奔诸侯。'于是赢粮潜行，上峥山，逾深溪，跖穿膝暴，七日而薄秦王之朝。鹤立不转，昼吟宵哭，七日不得告，水浆无入口，瘨而殚闷，旄不知人。秦王闻而走，冠带不相及，左捧其首，右濡其口，勃苏乃苏。秦王身问之：'子孰谁也？'棼冒勃苏对曰：'臣非异，楚使新造执丘棼冒勃苏。吴与楚战于柏举，三战入郢，寡君身出，大夫悉属，百姓离散，使下臣来告亡，且求救。'秦王遂出革车千乘、卒万人，属之子蒲、子虎，下塞以东，与吴人战于浊水，而大败之。"

㉛ **"笑何"句**：取自左太冲诗："吾慕鲁仲连，谈笑却秦军。"

㉜ **"吾诚"句**：诚，实在。二子，指申包胥、鲁仲连。沽名矫节，指矫揉造作，用以博取名誉。耀世，向世人夸耀。

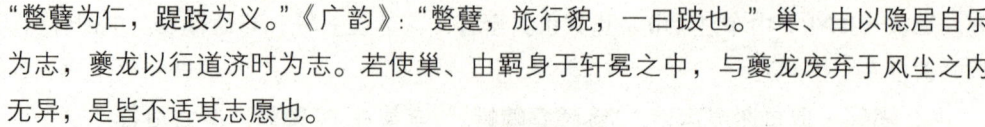

赠从弟冽

[题解] 这首诗是李白离开长安以后在山东时作。诗中反映了诗人的矛盾心情：他认识到以前到长安谒见君王时怀抱的愿望不现实；躬耕没有条件；报效国家又没有机会，最后只能以隐居作为出路。

楚人不识凤，重价求山鸡①。

献主昔云是，今来方觉迷。

自居漆园②北，久别咸阳西。

风飘落日去，节变流莺啼。

桃李寒未开，幽关岂来蹊③。

逢君发花萼④，若与青云齐。

及此桑叶绿，春蚕起中闺。

日出布谷⑤鸣，田家拥锄犁⑥。

顾余乏尺土，东作⑦谁相携。

傅说降霖雨⑧，公输造云梯⑨。

羌戎事未息，君子悲涂泥⑩。

报国有长策，成功羞执珪⑪。

无由谒明主，杖策⑫还蓬藜。

他年尔相访，知我在磻溪⑬。

注释

① **山鸡**：取自《太平广记》："楚人有担山鸡者，路人问曰：'何鸟也？'担者欺之曰：'凤凰也。'路人曰：'我闻凤凰久矣。今真见之，汝卖之乎？'曰：'然。'乃酬十金，弗与，请加倍，乃与之。方将献楚王，经宿而鸟死，路人不遑恤其金，惟恨不得以献王。国人传之，咸以为真凤而贵，宜欲献之，遂闻于楚王。王感其欲献己也，召而厚赐之，过买凤之价十倍。"

② **漆园**：《太平寰宇记》载："漆园城，在曹州冤句县北五十里，庄周为吏之所，城北有庄周钓台。又濠州定远县有漆园，在县东三十里，其地东西南北约方三百步，唐天宝中尚有漆树一二十株，野火燔烧，其树在故县村西一百步，即楚国庄周为吏之处，今为陇亩。"《一统志》载："漆园在凤翔府定远县东三十里，即庄生为吏之处。又云：'漆园城，在山东曹县西北五十里。庄生为漆园吏，即此。'又云：'漆园城，在大名府东明废县东北二十里，今名漆园村，内有庄子庙，盖庄周为吏之所。'据二书，漆园有三，此所云者，当指曹州漆园也。"

③ **"桃李"二句**：桃李，取自《史记》："桃李不言，下自成蹊。"幽关，何逊诗："伊我念幽关，夫君思赞务。"

④ **花萼**：取自谢瞻诗："花萼相光饰。"吕延济注："花萼，喻兄弟也。"

●傅说

⑤ **布谷**：《禽经》："鸣鸠戴胜，布谷也。"张华注："扬雄曰：'鸤鸠戴胜，生树穴中，不巢生。'"《尔雅》曰："鸤鸰，戴鵀，即首上胜也。头上尾起，故曰戴胜。农事方起，此鸟飞鸣于桑间，云五谷可布种也，故曰布谷。"又云："此鸟鸣时，耕事方作，农人以为候。"

⑥ **锄犁**：出自《广韵》："锄，田器也。""犁，垦田器也。"

⑦ **东作**：出自《尚书》句："平秩东作。"孔安国传："岁起于东而始就耕，谓之东作。《汉书》："方东作时。"应劭注："东作，耕也。"颜师古注："春位在东，耕者始作，故曰东作。"

⑧ **霖雨**：《尚书》载："若岁大旱，用汝作霖雨。"

⑨ **云梯**：出自《淮南子》："公输，天下之巧士，作云梯之械，设以攻宋。"高诱注："云梯，攻城具，高长上与云齐，故曰云梯。"

⑩ **涂泥**：《左传》："使吾子辱在泥涂久矣。"

⑪ **执珪**：《吕氏春秋》："得伍员者爵执圭。"高诱注："《周礼》：侯执信圭，言爵之为侯也。"又高诱《淮南子注》："楚爵功臣赐以圭，谓之执圭，比附庸之君也。"《汉书》："迁为执珪。"张晏注："侯伯执珪以朝，位比之。"

⑫ **杖策**：《后汉书》："遂杖策归乡里。"

⑬ **磻溪**：《水经注》："磻溪中有泉，谓之兹泉，泉水潭积，自成渊渚，即《吕氏春秋》所谓太公钓兹泉也。今人谓之凡谷。石壁深高，幽篁邃密，林障秀阻，人迹罕及。东南隅有石室，盖太公所居也。水流次平石钓处，即太公垂钓之所。其投竿跪饵，两膝遗迹犹存，是有磻溪之称也。其水清冷神异，北流十二里，注于渭。"《通典》："扶风郡虢县有磻溪，太公钓鱼于此。"

上李邕

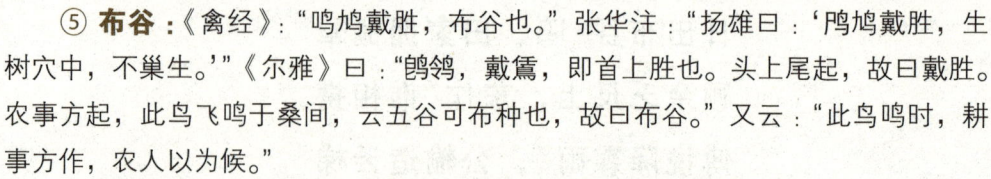

题 解 这首诗是李白在天宝四年游北海郡时写给北海太守李邕的。《旧唐书》："李邕，广陵江都人，少知名。开元中，为陈州刺史。十三年，玄宗车驾东封回，邕于汴州谒见，累献词赋，甚称上旨，由是颇自矜衒。张说为中书令，甚恶之。俄而陈州赃污事发，贬为钦州遵化尉，累转括、淄、滑三州刺史，上计京师。邕素负美名，频被贬斥，皆以邕能文养士，贾生、信陵之流，执事忌胜，剥落在外。人间素有声称，后进不识，京、洛阡陌聚观，以为古人。或传眉目有异，衣冠望风寻访门巷。又中使临问，索其新文。复为人阴中，竟不得进。天宝初，为汲郡、北海二太守。尝与左骁卫兵曹柳绩马一匹，及绩下狱，吉温令绩引邕议及休咎，厚相赂遗。词状连引，敕就郡决杀之，时年七十余。"

大鹏一日同风起，抟摇直上九万里①。

假令风歇时下来，犹能簸却沧溟水②。

时人见我恒殊调，见余大言皆冷笑。

宣父犹能畏后生③，丈夫④未可轻年少。

注释

①"大鹏"二句：语出《庄子·逍遥游》："鹏之徙于南冥也，水击三千里，抟扶摇而上者九万里。"陆德明注："司马云：上行风谓之扶摇。"《尔雅》云："扶摇谓之飙。"郭璞云："暴风从下上也。"

②"犹能"句：簸，扬米去糠。这里用作播荡的意思，沧溟水，海水。

③"宣父"句：宣父，即孔丘，《旧唐书》载："贞观十一年，诏尊孔子为宣父。"后生，年轻人。从年岁上讲，李邕是前辈，李白是后生。《论语·子罕》："后生可畏，焉知来者之不如今也。"李白引用这句话，意思是要李邕重视自己。

④丈夫：古时男子通称，这里大概即指李邕。

金乡送韦八之西京①

题解 这首诗是李白在山东送友人去长安之作。"狂风"两句，表明诗人虽然离开长安，但心中还是眷念不忘。按《唐书·地理志》，河南道兖州鲁郡有金乡县。

客自长安来，还归长安去。

狂风吹我心，西挂咸阳树。

此情不可道，此别何时遇？

望望不见君，连山起烟雾②。

秋日鲁郡尧祠亭上宴别杜补阙范侍御

题解 这首诗是李白与两友人分别时所作。唐时鲁郡，即兖州也，隶河南道。

《元和郡县志》："尧祠，在兖州瑕丘县南七里，洙水之右。"《通典》："武太后垂拱中，置补阙、拾遗二官，以掌供奉讽谏。自开元以来，尤为清选。"《旧唐书·职官志》："门下省有左补阙六人，中书省有右补阙六人，从七品。"《酉阳杂俎》："众言李白惟戏杜考功饭颗山头之句，成式偶见李白祠亭上宴别杜考功诗，今录首尾，曰：'我觉秋兴逸，谁言秋兴悲。山将落日去，水共晴空宜。烟归碧海夕，雁度青天时。相失各万里，茫然空尔思。'"琦按："成式此则，谓杜考功即子美也。然子美未尝为考功，且与太白同游时，尚为布衣，未登仕籍，而诗题又微有不同。疑成式所见，另是一本。"

> 我觉秋兴逸，谁云秋兴悲①。
>
> 山将落日去，水与晴空宜。
>
> 鲁酒白玉壶，送行驻金羁②。
>
> 歇鞍憩古木③，解带挂横枝。
>
> 歌鼓④川上亭，曲度神飙吹⑤。
>
> 云归碧海夕，雁没青天时。
>
> 相失各万里，茫然空尔思⑥。

注释

① **兴悲**：取自潘岳《秋兴赋》："善乎宋玉之言曰：'悲哉秋之为气也，萧瑟兮，草木摇落而变衰。憭栗兮，若在远行，登山临水送将归。'"

② **驻金羁**：即驻马。驻，车马停留。羁，本是马络头，这里用作马的代称。曹植诗：

"白马饰金羁。"

③ **憩古木**：在古树下休息。

④ **歌鼓**：大概指唱歌打鼓。

⑤ **"曲度"句**：曲度，曲子的节拍。《后汉书》："多聚声乐，曲度比诸郊庙。"章怀太子注："曲度，谓曲之节度也。"曹植诗："神飙接丹毂。"李周翰注："飙，疾风也。"

⑥ **"相失"二句**：指分别后相隔遥远，那时想念你们，也是徒然了。

鲁郡东石门送杜二甫

[题　解]　天宝四年，李白和杜甫同游齐鲁，这首诗作于他们在石门分手时。《居易录》："孔博士东塘言：'曲阜县东北有石门山，即杜子美诗《题张氏隐居》所谓"春山无伴独相求"，《刘九法曹郑瑕丘石门宴集》所谓"秋水清无底"者是也。'李太白有《石门送杜二甫》诗'何时石门路，重有金樽开'，亦其地。山麓今尚有张氏庄，相传为唐隐士张叔明旧居。张盖与太白、孔巢父辈同隐徂徕，称竹溪六逸者也。山不甚高大，石峡对峙如门，故名。中有石门寺，寺后曰涵峰，峰顶有泉，流入溪涧，往往成瀑布。二，是杜甫的排行。"

醉别复几日，登临遍池台。

何时石门路，重有金樽开①？

秋波落泗水，海色明徂徕②。

飞蓬③各自远，且尽手中杯。

注　释

① **金樽开**：指开樽饮酒。

② **"秋波"二句**：这两句是描写两人分别时的景色。《元和郡县志》："泗水，源出兖州泗水县东陪尾山，其源有四，四泉俱导，因以为名。"《一统志》："泗水源发陪尾山，四泉并发，循泗水县北八里始合为一，西经曲阜县，贯兖州府城下，至济宁分流南北。南流入徐州境，北流入会通河。"《水经注》："徂徕山，在梁甫、奉高、博三县界，犹有美松。亦曰尤来之山。"《一统志》："徂徕山，在泰安州东南四十里，

上有紫原池、玲珑山、独秀峰、天平东西三寨。"

③ **飞蓬**：茎高尺余，叶如柳，花如球，常随风飞扬旋转，故名飞蓬或转蓬。古人常用以比喻身世飘零。《商子》："飞蓬遇飘风而行千里。"

梦游天姥吟留别

题解 这首诗题名一作《别东鲁诸公》，是天宝四年李白将离开东鲁南下吴、越时所作。《太平寰宇记》："天姥山，在越州剡县南八十里。"《名山志》云："山有枫千余丈，萧萧然。"《后吴录》云："剡县有天姥山，传云：'登者闻天姥歌谣之响。'谢灵运诗云'暝抵剡中宿，明登天姥岑。高高入云霓，还期那可寻'，即此也。"《一统志》："天姥峰，在台州天台县西北，与天台山相对。其峰孤峭，下临嵊县，仰望如在天表。"

海客谈瀛州①，烟涛微茫信难求。

越人语天姥，云霞明灭或可睹。

天姥连天向天横，势拔五岳掩赤城②。

天台③四万八千丈，对此欲倒东南倾④。

我欲因之梦吴越，一夜飞度镜湖⑤月。

湖月照我影，送我至剡溪⑥。

谢公宿处今尚在，渌水荡漾清猿啼。

脚著谢公屐，身登青云梯⑦。

半壁见海日，空中闻天鸡⑧。

千岩万转路不定，迷花倚石忽已暝。

熊咆龙吟殷岩泉，栗深林兮惊层巅⑨。

云青青兮欲雨，水澹澹⑩兮生烟。

列缺霹雳⑪，丘峦崩摧。

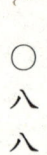

洞天石扇，訇然中开。

青冥浩荡不见底，日月照耀金银台[12]。

霓为衣兮风为马，云之君兮纷纷而来下[13]。

虎鼓瑟兮鸾回车[14]，仙之人兮列如麻。

忽魂悸以魄动，恍惊起而长嗟。

惟觉时之枕席，失向来之烟霞。

世间行乐亦如此，古来万事东流水。

别君去兮何时还？且放白鹿青崖[15]间，须行即骑访名山。

安能摧眉折腰事权贵[16]，使我不得开心颜。

注 释

① **瀛洲**：《十洲记》载："瀛洲，在东海中，地方四千里。大抵是对会稽，去西岸七十万里。上生神芝仙草。又有玉石，高且千丈。出泉如酒，味甘，名之为玉醴。饮之数升辄醉，令人长生。洲上多仙家，风俗似吴人，山川如中国也。"

② **赤城**：《太平广记》载："章安县西有赤城山，周三十里。一峰特高，可三百余丈。"《海录碎事》："顾野王《舆地志》云：'赤城山有赤石罗列，长里余，遥望似赤城。'"

③ **天台**：《云笈七签》：天台山，高一万八千丈。洞周围五百里，名上玉清平之天，即桐柏王真人所理，葛仙翁炼丹得道处。上应台宿，故曰天台。在台州天台县。

④ **"对此"句**：天台山远不及天姥山的高，好像拜倒在它的东南。《楚辞》："康回冯怒，地何故以东南倾？"

⑤ **镜湖**：薛方山《浙江志》："鉴湖，又曰镜湖，在会稽县西南三十里，故南湖也。"《图经》曰："后汉马臻为太守，创立鉴湖，在会稽、山阴二县界。"

⑥ **剡溪**：《元和郡县志》载："剡溪，出越州剡县西南，北流入上虞县界，为上虞江。"

⑦ **"脚著"二句**：《南史》：谢灵运寻山陟岭，必造幽峻。岩嶂数十重，莫不备尽登蹑。尝著木屐，上山则去其前齿，下山去其后齿，称谢公屐。云梯，谢灵运诗："共登青云梯。"青云梯，谓山岭高峻，如上入青云，故名。

⑧ **"半壁"二句**：《述异记》载："东南有桃都山，上有大树，曰桃都，枝相

去三千里。日初出照此木，天鸡则鸣，天下之鸡皆随之鸣。"

⑨ **"熊咆"二句**：淮南王《招隐士》："虎豹斗兮熊罴咆。"《广韵》："咆哮，熊虎声。"

⑩ **澹澹**：水波摇动的样子。

⑪ **"列缺"句**：扬雄《校猎赋》："霹雳列缺，吐火施鞭。"应劭曰："霹雳，雷也。列缺，天隙电光也。"《通雅》："列缺，电光也。阳气从云决裂而出，故曰列缺。"

⑫ **"日月"句**：出自郭璞诗："但见金银台。"

⑬ **"霓为"二句**：傅玄《吴楚歌》："云为车兮风为马。"云之君，即云神，这里泛指撑云霓下降的神仙。

●天姥连天向天横，势拔五岳掩赤城

⑭ **"虎鼓"句**：《西京赋》："总会仙倡，戏豹舞罴。白虎鼓瑟，苍龙吹篪。"《太平御览》："太微天帝登白鸾之车。"

⑮ **白鹿**：《楚辞》："骑白鹿而容与。" **青崖**：江淹诗："猿啸青崖间。"

⑯ **"安能"句**：摧眉，低首也。折腰，曲躬也。

经下邳圯桥怀张子房

题解 这首诗是天宝四年李白由东鲁南下吴、越道经下邳时所作。按《唐书·地理志》，河南道有下邳县，初隶泗州临淮郡，元和中改隶徐州彭城郡。《水经注》："沂水于下邳县北西流，分为二水。一水经城东屈从县南注泗，谓之小沂水，水上有桥，徐、泗间以为'圯'。昔张子房遇黄石公于圯上，即此处也。"《汉书注》："服虔曰：'圯音颐，楚人谓"桥"曰"圯"。'"《说文》："东楚谓桥为'圯'。或嗤诗题'圯桥'二字，为复用者。"按庾信《吴明彻墓志铭》："圯桥取履，早见兵书。则'圯桥'之称，唐之前，早已有此误矣。"《一统志》："圯桥，在邳州

城东南隅，年久湮没。"《元和郡县志》："下邳县有沂水，号为长利池，池上有桥，即黄石公授张良素书之所。"

子房未虎啸①，破产不为家。

沧海得壮士，椎秦博浪沙。

报韩②虽不成，天地皆振动。

潜匿游下邳，岂曰非智勇？

我来圯桥上，怀古钦英风。

唯见碧流水，曾无黄石公。

叹息此人去，萧条徐泗③空。

注 释

① **"子房"句**：出自《汉书》："张良，字子房，其先韩人也。大父开地，相韩昭侯、宣惠王、襄哀王。父平，相釐王、悼惠王。悼惠王二十三年，平卒。卒二十岁，秦灭韩。良少，未宦事韩。韩破，良家僮三百人，弟死不葬，悉以家财求客刺秦王，为韩报仇，以五世相韩故。良尝学《礼》淮阳，东见仓海君，得力士，为铁椎重百二十斤。秦皇帝东游至博浪沙中，良与客狙击秦皇帝，误中副车。秦皇帝大怒，大索天下，求贼急甚，良乃更名姓，亡匿下邳。良尝闲从容步游下邳圯上，有一老父，衣褐，至良所，直堕其履圯下，顾谓良曰：'孺子下取履。'良愕然，欲殴之，为其老，乃强忍，下取履，因跪进。父以足受之，笑去，良殊大惊。父去里所，复还曰：'孺子可教矣。后五日平明，与我期此。'良因怪，跪曰：'诺。'五日平明，良往，父已先在，怒曰：'与老人期，后何也？去，后五日早会。'五日，鸡鸣往，父又先在，复怒曰：'后何也？去，后五日复早来。'五日，良夜半往。有顷，父亦来。喜曰：'当如是。'出一编书曰：'读是，则为王者师。后十年兴。十三年，孺子见我，济北谷城山下黄石即我已。'遂去不见。旦曰，视其书，乃《太公兵法》。赵景真《与嵇茂齐书》：'龙睇大野，虎啸六合。'"

② **报韩**：报答韩国。吴舒凫曰《张良传》云："不爱万金之资，为韩报仇强秦，天下振动。"太白正用其语，刻本改为"天地皆震动"，天地何震动之有耶？

③ **徐泗**：徐是徐州，泗是泗州，二地接壤。

战城南

题 解　按《宋书》汉鼓吹铙歌十八曲中，有《战城南》曲。《乐府古题要解》："《战城南》，其辞大略言，战城南，死郭北，野死不得葬，为乌鸟所食。愿为忠臣，朝出攻战，而暮不得归也。"

去年战，桑干源①；

今年战，葱河道②。

洗兵条支海上波③，放马天山雪中草④。

万里长征战，三军尽衰老。

匈奴以杀戮为耕作，古来惟见白骨黄沙田⑤。

秦家筑城备胡处，汉家还有烽火燃⑥。

烽火燃不息，征战无已时。

野战格斗死⑦，败马号鸣向天悲。

乌鸢啄人肠，衔飞上挂枯树枝。

士卒涂草莽，将军空尔为。

乃知兵者是凶器⑧，圣人不得已而用之。

注 释

① **桑干源**：《太平寰宇记》："桑干河，在朔州马邑县东三十里，源出北山下。"《一统志》："桑干河，在山西大同府城南六十里，源出马邑县北洪涛山下，与金龙池水合流，东南入芦沟河。"

② **葱河道**：《汉书·西域传》："其河有两源，一出葱岭山，一出于阗。于阗在南山下，其河北流，与葱岭河合，东注蒲昌海。"《西河旧事》云："葱岭在敦煌西八千里，其山高大，上悉生葱，故曰葱岭。河源潜发其岭，分为二水。"《凉州异物志》云："葱岭水分流东西，西入大海，东为河源。张骞使大宛而穷河源，谓极于此，不达昆仑也。"

③ **"洗兵"句**：《说苑》："武王伐纣，风霁而乘以大雨。散宜生曰：'此其妖欤？'

武王曰：'非也，天洗兵也。'"左思《魏都赋》："洗兵海岛。"李善注："魏武《兵接要》曰：'大将将行，雨濡衣冠，是谓洗兵。'"《后汉书·西域传》："条支国城在山上，周围四十余里，临西海，海水曲环其南及东北，三面路绝，惟西北隅通陆道。"

④ **"放马"句**：《元和郡县志》："天山一名白山，一名时罗漫山，在伊州北一百二十里。春夏有雪，出好木及金铁，匈奴谓之天山，过之皆下马拜。"《史记索隐》："《西河旧事》云：'祁连山在张掖、酒泉二界上，东西二百余里，南北百里。有松柏五木，美水草，冬温夏凉，宜畜牧养。一名天山，亦曰白山也。'"

⑤ **"匈奴"二句**：王褒《四子讲德论》："匈奴，百蛮之最强者也，其耒耜则弓矢鞍马，播种则捍弦掌拊，收秋则奔狐驰兔，获刈则颠倒殪仆。太白'匈奴以杀戮为耕作'二语，盖本于此，而锻炼之妙，更觉精采不侔。"

⑥ **"秦家"二句**：《史记》载："秦已并天下，乃使蒙恬将三十万众，北逐戎、翟，收河南，筑长城，因地形，用险制塞，起临洮至辽东，延袤万余里。"《汉书音义》："文颖曰：'边方备胡寇，作高土橹，橹上作桔槔，桔槔头兜零，以薪草置其中，常低之，有寇即燃火，举之以相告，曰烽。'"

⑦ **"野战"句**：古《战城南》词："枭骑格斗死，驽马徘徊鸣。"章怀太子《后汉书注》："相拒而杀之曰格。"

⑧ **"乃知兵"句**：取自《六韬》："圣人号兵为凶器，不得已而用之。"

古风·其八

[题　解]　这首诗以董偃为例，对得势的外戚作了揭露和讽刺；以扬雄为例，为具有才能而遭遇困顿的人士叹息。表面是咏史，实际反映了天宝年间政治的黑暗和腐败。

咸阳二三月，宫柳黄金枝①。

绿帻谁家子，卖珠轻薄儿。

日暮醉酒归，白马骄且驰。

意气人所仰，冶游方及时②。

子云不晓事，晚献《长杨》辞。

赋达身已老，草《玄》鬓若丝。

投阁良可叹，但为此辈嗤③。

注释

① **"咸阳"二句**：谢尚《大道曲》："青阳二三月，柳青桃复红。"

② **"绿帻"六句**：《汉书》："帝姑馆陶公主，号窦太主，堂邑侯陈午尚之。午死，主寡居，近幸董偃。始偃与母以卖珠为事，偃年十三，随母出入主家。左右言其姣好，主召见曰：'吾为母养之。'因留第中，教书计、相马、御射，颇读传记。至年十八而冠，出则执辔，入则侍内，为人温柔爱人。以主故，诸公接之，名称城中，号曰董君。主因推令散财交士，令中府曰：'董君所发，一日金满百斤，钱满百万，帛满千匹，乃白之。'安陵爰叔与偃善，谓偃曰：'足下私侍汉主，挟不测之罪，将欲安处乎？何不白主，献长门园，此上所欲也。如是，则上知计出于足下，则安枕而卧者，无惨怛之忧。'偃入言之主，主立奏书献之。上大悦，更名窦太主园为长门宫。上以钱千万从主饮。后数日，上临山林，主自执宰蔽膝，道入，坐未定，上曰：'愿谒主人翁。'主乃下殿，去簪珥，徒跣顿首谢。有诏谢，主簪履起，之东厢自引董君。董君绿帻傅韝，随主前，伏殿下。主乃赞：'馆陶公主庖人臣偃昧死再拜谒。'因叩头谢，上为之起。有诏赐衣冠上。当是时，董君见尊不名，称为主人翁，饮大欢乐。主乃请赐将军列侯从官金钱杂缯各有数。于是董君贵宠，天下莫不闻。沈约诗：'洛阳繁华子，长安轻薄儿。'"

③ **"子云"六句**：杨修《答临淄侯笺》："吾家子云，老不晓事。"《汉书》："扬雄，字子云，蜀郡成都人。孝成帝时，待诏承明之庭，从至射熊馆还，上《长杨赋》以风。哀帝时，丁傅、董贤用事，诸附离之者，或起家至二千石。时雄方草《太玄》，有以自守，泊如也。王莽时，刘歆、甄丰皆为上公。莽既以符命自立，即位之后，欲绝其原，以神前事，而丰子寻、歆子棻复献之。莽诛丰父子，投棻四裔，辞所连及，便收不请。时雄校书天禄阁上，治狱事使者来，欲收雄。雄恐不能自免，乃从阁上自投下，几死。莽闻之曰："雄素不与事，何故在此？"间请问其故，乃刘棻尝从雄学作奇字，雄不知情，有诏勿问。然京师为之语曰："惟寂寞，自投阁。爱清净，作符命。"古诗："但为后世嗤。"

古风·其十五

这首诗赞美古代燕昭王能够尊重贤能之士，对比讽刺当前政治黑暗，贤能之士虽然关心政治，也只能引身远去。这首诗大概是李白离开长安时作的。

> 燕昭延郭隗，遂筑黄金台。
> 剧辛方赵至，邹衍复齐来①。
> 奈何青云士②，弃我如尘埃③。
> 珠玉买歌笑，糟糠养贤才。
> 方知黄鹤举，千里独徘徊④。

注 释

① **"燕昭"四句**：《史记》："燕昭王即位，卑身厚币以招贤者。谓郭隗曰：'齐因孤之国乱而袭破燕。孤极知燕小力少，不足以报，诚得贤士以共国，以雪先王之耻，孤之愿也。先生视可者得身事之。'郭隗曰：'王必欲致士，先从隗始，况贤于隗者，岂远千里哉！'于是昭王为隗改筑宫而师事之。乐毅自魏往，邹衍白齐往，剧辛自赵往，士争趋燕。"李善《文选注》："上谷郡，图经曰：'黄金台在易水东南十八里，燕昭王置千金于台上，以延天下之士。'"

② **青云士**：取自《史记》："非附青云之士，恶能施于后世哉！"

③ **"弃我"句**：《古诗》："弃我如遗迹。"左思诗："视之如尘埃。"

④ **"方知"二句**：《韩诗外传》："田饶事鲁哀公而不见察，谓哀公曰：'臣将去君，黄鹄举矣。'哀公曰：'何谓也？'曰：'鸡有五德，君犹日瀹而食之者，何也？以其所从来者近也。夫黄鹄一举千里，止君园池，食君鱼鳖，啄君黍粱，无此五德，君犹贵之，以其所从来者远也。臣将去君，黄鹄举矣。'"苏武诗："'黄鹄一远别，千里顾徘徊。'"

将进酒

这首诗是天宝十一年李白在嵩山元丹丘处所作。诗中写人生短促，应该及时行乐，醉酒尽欢，并对功名富贵表示轻视，反映出诗人当时复杂而矛盾的思想情绪，流露出政治上不得志的深沉愤懑。《宋书》载："汉鼓吹铙歌十八曲，有《将进酒》曲。"《乐府诗集》："《将进酒》古词云：'将进酒，乘大白。'大略以饮酒放歌为言。"宋何承天《将进酒》篇曰："将进酒，废三朝。备繁礼，荐佳肴。"则言朝会进酒，且以濡首荒志为戒，若梁昭明太子云，洛阳轻薄子，但叙游乐饮酒而已。

李太白集

君不见黄河之水天上来，奔流到海不复回，

君不见高堂明镜悲白发，朝如青丝暮成雪。

人生得意须尽欢，莫使金樽空对月。

天生我材必有用，千金散尽还复来。

烹羊宰牛且为乐①，会须一饮三百杯②。

岑夫子，丹丘生③，将进酒君莫停。

与君歌一曲④，请君为我倾耳听⑤。

钟鼓馔玉不足贵⑥，但愿长醉不用醒。

古来圣贤皆寂寞，惟有饮者留其名。

陈王昔时宴平乐⑦，斗酒十千恣欢谑。

主人何为言少钱，径须沽取对君酌。

五花马⑧，千金裘⑨，

呼儿将出换美酒，与尔同销万古愁。

注　释

①**"烹羊"句**：出自曹植诗："中厨办丰膳，烹羊宰肥牛。"

②**三百杯**：《世说》注：《郑玄别传》曰：'袁绍辟玄，及去，饯之城东，欲玄必醉，会者三百余人，皆离席奉觞，自旦及暮，度玄饮三百余杯，而温克之容，终日无怠。'"陈暄《与兄子秀书》："郑康成一饮三百杯，吾不以为多。"

③**岑夫子**：即集中所称岑征君。**丹丘生**：即集中所称元丹丘。

④**"与君"句**：出自鲍照诗："为君歌一曲。"

⑤ **"请君"句**：《礼记》："倾耳听之，不可得而闻也。"

⑥ **"钟鼓"句**：何晏《论语注》："馔，饮食也。"左思《吴都赋》："矜其宴居，则珠服玉馔。"李周翰注："玉馔，言珍美可比于玉。"

⑦ **"陈王"句**：曹植于太和六年被封为陈王，其所作《名都篇》有曰："归来宴平乐，美酒斗十千。"李善注："平乐，观名。"

⑧ **五花马**：谓马之毛色作五花文者。读杜甫《高都护骢马行》云："五花散作云满身"，厥状可睹矣。《杜阳杂编》谓代宗御马九花虬，以身被九花，故名，亦是此义。或谓据《图画见闻志》云："唐开元、天宝之间，承平日久，世尚轻肥，三花饰马。旧有家藏韩幹画《贵戚阅马图》，中有三花

●将进酒

马，兼曾见苏大参家有韩幹画三花御马，晏元献家张萱画《虢国出行图》中有三花马。"三花者，剪鬃为三瓣。白乐天诗云："凤笺裁五色，马鬃剪三花。"乃知所谓五花者，亦是剪马鬃为五瓣耳。其说亦通。萧注谓其义出于隋丹元子《步天歌》"五个吐花王良文"，言马之纹上应星宿，而嗤杜注无举此者，则大谬矣。

⑨ **千金裘**：出自《史记》："孟尝君有一狐白裘，直千金，天下无双。"

行行且游猎篇

[题解] 这首诗是天宝十一年冬天李白北游幽燕时所作。胡震亨曰："《行行且游猎篇》，始梁刘孝威，其辞咏天子游猎事。太白咏边城儿游猎，为不同耳。"

边城儿，生年不读一字书，但知游猎夸轻趫①。

胡马秋肥宜白草②，骑来蹑影何矜骄③。

金鞭拂雪挥鸣鞘④，半酣呼鹰出远郊。

弓弯满月不虚发⑤，双鸧⑥迸落连飞髇。

海边观者皆辟易⑦，猛气英风振沙碛⑧。

儒生不及游侠人⑨，白首下帷复何益⑩。

注释

① 趫：《韵会》："趫，捷也。"

② **"胡马"句**：梁简文帝诗："边秋胡马肥。"《汉书》："鄯善国多白草。"孟康注："白草，草之白者。"颜师古注："白草，似莠而细，无芒，其干熟时正白色，牛马所嗜也。"

③ **"骑来"句**：曹植《七启》："忽蹑景而轻骛，逸奔骥而超遗风。"李善注："景，日景也。"蹑之言疾也。

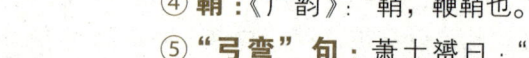

④ **鞘**：《广韵》："鞘，鞭鞘也。"

⑤ **"弓弯"句**：萧士赟曰："满月，弯弓圆满之状。"《子虚赋》："弓不虚发，中必决眦。"

⑥ **双鸧**：《列子》载："蒲且子之弋也，弱弓纤缴，乘风振之，连双鸧于青云之际。"鸧，鸧鸡也。

⑦ **辟易**：退避。

⑧ **"猛气"句**：孔稚珪《北山移文》："张英风于海甸。"沙碛，即沙漠，唐人多变称沙碛。《唐书》：秦陇以西，多沙碛，少行人。胡三省《通鉴注》："碛，大碛也，即所谓大漠。"

⑨ **"儒生"句**：荀悦《汉纪》："立气势，作威福，结私交以立强于世者，谓之游侠。"

⑩ **"白首"句**：《汉书》："董仲舒少治《春秋》，孝景时为博士，下帷讲诵，弟子传以久次相受业，或莫见其面。"

●边城儿游猎

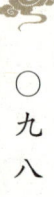

李太白集

远别离

题解 天宝年后期，玄宗信任权臣李林甫、杨国忠和安禄山，政治黑暗腐败。本篇通过娥皇、女英及尧幽囚、舜野死的传说，以迷离的文笔，表现了诗人对当时权奸得势、政治混乱的忧虑。江淹作《古别离》，梁简文帝作《生别离》，太白之《远别离》《久别离》二作，大概本此。

远别离，古有皇、英①之二女，

乃在洞庭之南，潇湘②之浦。

海水直下万里深，谁人不言此离苦③。

日惨惨兮云冥冥④，猩猩啼烟兮鬼啸雨⑤，我纵言之将何补。

皇穹窃恐不照余之忠诚⑥，雷凭凭兮欲吼怒，尧、舜当之亦禅禹。

君失臣兮龙为鱼，权归臣兮鼠变虎。

或云尧幽囚⑦，舜野死⑧，九疑⑨联绵皆相似，重瞳孤坟竟何是⑩。

帝子泣兮绿云间⑪，随风波兮去无还。恸哭兮远望，见苍梧之深山。

苍梧山崩湘水绝，竹上之泪乃可灭⑫。

注释

① 皇、英：《列女传》载："有虞二妃者，帝尧之二女也，长娥皇，次女英，娥皇为后，女英为妃。"

② 潇湘：《水经注》载："大舜之涉方也，二妃从征，溺于湘江。神游洞庭之渊，潇湘之浦。潇者，水清深也。"《湘中记》曰："湘川清照五六丈，下见底。石如樗蒲矢，五色鲜明，白沙如霜雪，赤崖如朝霞，是纳潇湘之名矣。故民为立祠于水侧焉。"

③ "海水"二句："海水直下"二句是倒装句法，意思是说生死之别，永无见期，其苦如海水之深，没有底。

④ **"日惨惨"句**：惨惨，无光貌。冥冥，阴晦貌。《楚辞》载："云冥冥而暗前。"

⑤ **"猩猩"句**：左思《蜀都赋》："猩猩夜啼。"刘逵注："猩猩生交趾封溪，似猿，人面，能言语，夜闻其声如小儿啼。"

⑥ **"皇穹"句**：潘岳《寡妇赋》："仰皇穹兮叹息"。李善注："皇穹，天也。"

⑦ **尧幽囚**：出自《史记正义》"故尧城，在濮阳鄄城县东北十五里。《竹书》云：'昔尧德衰，为舜所囚也。又有偃朱故城，在县西北十五里。'《竹书》云：'舜囚尧，复偃塞丹朱，使不与父相见也。'《广弘明集》引《竹书》云：'舜囚尧于平阳，取之帝位，今见有囚尧城。'琦按：'今《竹书》并无此荒谬之说，意者起自六朝，君臣之间多有惭德，乃伪造此辞，谓古圣人已有行之者，以自文释其过欤？太白虽用其事，而以或云冠其上，以见其说之不可信也。'"

⑧ **舜野死**：《国语》："舜勤民事而野死。"韦昭注："野死，谓征有苗，死于苍梧之野。"

⑨ **九疑**：《山海经》："南方苍梧之丘，苍梧之渊，其中有九疑山。舜之所葬，在长沙零陵界中。"郭璞注："山今在零陵营道县南，其山九溪皆相似，故云九疑，古者总名其地为苍梧也。"《述异记》："九疑山，隔湘江，跨苍梧野，连营道县界，九山相似，行者望之有疑，因名九疑山。"

⑩ **"重瞳"句**：《宋书》："舜生于姚墟，目重瞳子，故名重华。"

⑪ **"帝子"句**：《楚辞》："帝子降兮北渚。"王逸注："帝子,谓尧女也。"鲍照诗："垂彩绿云中。"

⑫ **"苍梧"二句**：《述异记》：舜南巡，葬于苍梧之野，尧之二女娥皇、女英追之不及，相与恸哭，泪下沾竹，竹上文为之斑斑然。

闻王昌龄左迁龙标遥有此寄

题解 《唐书》载："王昌龄，字少伯，江宁人。第进士，补校书郎。又中宏辞，迁汜水尉。不护细行，贬龙标尉，以世乱还乡里，为刺史闾丘晓所杀。昌龄工诗，绪密而思清，时谓王江宁云。"《汉书·周昌传》："吾极知其左迁。"颜师古注："是时尊右而卑左，故谓贬秩位为左迁。"《唐书·地理志》："黔中道叙州潭阳郡有龙标县。"

杨花落尽子规①啼，闻道龙标过五溪②。

我寄愁心与明月，随风直到夜郎③西。

注 释

① **子规**：即杜鹃鸟。

② **五溪**：《通典》载："五溪，一辰溪，二酉溪，三巫溪，四武溪，五沅溪。今黔中道谓之五溪。"又云："五溪中地归汉以后，列代开拓，今播州、涪川、夜郎、义泉、龙溪、溱溪等郡地。"

③ **夜郎**：夜郎，唐时在今贵州桐梓县，这里泛指湖南西部和贵州一带地区。

忆旧游寄谯郡元参军

题 解 唐时所称谯郡，即亳州也，隶河南道。

忆昔洛阳董糟丘，为余天津桥南造酒楼①。

黄金白璧买歌笑，一醉累月轻王侯②。

海内贤豪青云客，就中与君心莫逆③。

回山转海不作难，倾情倒意无所惜。

我向淮南攀桂枝④，君留洛北愁梦思。

不忍别，还相随。

相随迢迢访仙城，三十六曲水回萦。

一溪初入千花明⑤，万壑度尽松风声。

银鞍金络⑥到平地，汉东⑦太守来相迎。

紫阳之真人⑧，邀我吹玉笙。

餐霞楼上动仙乐，嘈然宛似鸾凤鸣。

袖长管催欲轻举，汉中⑨太守醉起舞。

手持锦袍覆我身，我醉横眠枕其股。

当筵意气凌九霄，星离雨散不终朝⑩，分飞楚关山水遥。

余既还山寻故巢，君亦归家度渭桥⑪。

君家严君勇貔虎⑫，作尹并州遏戎虏⑬。

五月相呼渡太行，摧轮不道羊肠⑭苦。

行来北凉⑮岁月深，感君贵义轻黄金。

琼杯绮食青玉案⑯，使我醉饱无归心。

时时出向城西曲，晋祠⑰流水如碧玉。

浮舟弄水箫鼓鸣⑱，微波龙鳞⑲莎草绿。

兴来携妓恣经过，其若杨花似雪何。

红妆欲醉宜斜日，百尺清潭写翠娥。

翠娥婵娟⑳初月辉，美人更唱舞罗衣。

清风吹歌入空去，歌曲自绕行云飞。

此时行乐难再遇，西游因献长杨赋㉑。

北阙㉒青云不可期，东山白首还归去。

渭桥南头一遇君，酂台㉓之北又离群。

问余别恨今多少，落花春暮争纷纷。

言亦不可尽，情亦不可及。

呼儿长跪缄此辞，寄君千里遥相忆。

注 释

① **"忆昔"二句**：董槽丘，可能是当时一个酒商的别号，他的酒楼不可能是专为李白所设，这里是夸张的说法。天津桥，在河南县北洛水上。

② **"黄金"二句**：《蜀都赋》："乐饮今夕，一醉累月。"

③ **莫逆**：《庄子》："子桑户、孟子反、子琴张三人相与为友。"曰："孰能相与于无相与，相为于无相为？孰能登天游雾，挠挑无极，相忘以生，无所终穷？"三人相视而笑，莫逆于心，遂相与友。

④ **"我向"句**：淮南王《招隐士》："攀援桂枝兮聊淹留。"

⑤ **千花明**：诸花盛开。李善《文选注》："凡草木，花实荣茂谓之明，枝叶凋伤谓之晦。"

⑥ **银鞍金络**：辛延年诗："银鞍何煜爚。"《陌上桑》古辞："骢马金络头。"

⑦ **汉东**：唐时汉东郡，即随州也，隶山南东道。

⑧ **紫阳之真人**：即胡紫阳，紫阳先生于随州苦竹院置飡霞楼，李白有《汉东紫阳先生碑铭》一文记其生平。

⑨ **汉中**：汉中郡，即梁州也，本名汉川，天宝元年始更名汉中，隶山南西道。

⑩ **终朝**：毛苌《诗传》："自旦及食时为终朝。"

⑪ **渭桥**：《史记索隐》：渭桥有三所，一在城西北咸阳路，曰西渭桥；一在东北高陵路，曰东渭桥；其中渭桥在故城之北。

⑫ **"君家"句**：出自《周易》："家人有严君焉，父母之谓也。"《书》："勖哉夫子，尚桓桓，如虎如貔，如熊如罴，于商郊。"陆玑《诗疏》："貔似虎，或曰似熊。一名执夷，一名白狐，其子为豰，辽东人谓之白罴。"

⑬ **"作尹"句**：《唐书·职官志》：开元十一年，太原府置尹及少尹，以尹为留守，少尹为副留守。《旧唐书》：开元十一年改并州为太原府。

⑭ **羊肠**：《史记正义》云："太行山在怀州河内县北二十五里，有羊肠坂。"又云："羊肠坂道在太行山上，南口怀州，北口潞州。"李善《文选注》："羊肠，其山盘纡如羊肠。"魏武帝诗："北上太行山，艰哉何巍巍。羊肠坂诘屈，车轮为之摧。"

⑮ **北凉**：即张掖郡。按汉武帝始置张掖郡，魏晋时隶凉州。及沮渠蒙逊立国于此，号为北凉，以凉州五郡，张掖在其北也。唐时为甘州，又谓之张掖郡。然上文言并州太行，下文言晋祠，中间忽言北凉，不合。当是北京之讹耳。盖天宝之初，号太原为北京也。

⑯ **青玉案**：张衡诗："何以报之青玉案。"李善注："玉案，君所凭依。"刘良注："玉案美器，可以致食。"杨升庵曰：古诗

●袖长管催欲轻举，汉中太守醉起舞

青玉案，即盘也。今以为桌，非矣。孟光举案，即举盘也。若桌，安事举乎？琦按：《周礼》案有十二寸。《史记》高祖过赵，赵王自持案进食，万石君对案不食，皆指椸禁之类而言，不谓几案也。

⑰ **晋祠**：《元和郡县志》：晋祠一名王祠，周唐叔虞祠也。在太原府晋阳县西南十二里。《山西通志》："唐叔虞祠，在太原府太原县西南十里悬瓮山之麓，乃晋水发源处，今谓之晋祠。叔虞始受封为唐侯，后改国号曰晋，祠亦以名。"《魏地形志》云："晋阳有晋王祠，即此。"《山海经》曰："悬瓮之山，晋水出焉。今在县之西南。昔智伯之遏晋水以灌晋阳，其川上溯，后人踵其遗迹，蓄以为沼。沼西际山枕水，有唐叔虞祠。水侧有凉堂，结飞梁于水上。左右杂树交荫，希见曦景，至有淫朋密友，羁游宦子，莫不寻梁契集，用相娱慰，于晋川之中，最为胜处。"

⑱ **箫鼓鸣**：汉武帝《秋风辞》："箫鼓鸣兮发棹歌。"

⑲ **龙鳞**：潘岳诗："滥泉龙鳞澜。"《埤雅》："夫须，莎草也。可以为笠，又可以为蓑。疏而无温，故字从沙。"

⑳ **婵娟**：出自《广韵》："婵娟，好姿态貌。"

㉑ **长杨赋**：扬雄从成帝至射熊馆还，上《长杨赋》。

㉒ **北阙**：《汉书》："萧何治未央宫，立东阙、北阙。"颜师古注："未央殿虽南向，而上书奏事谒见之徒，皆诣北阙。公车司马，亦在北焉。是以北阙为正门。"

㉓ **酂台**：《太平寰宇记》："酂县，汉县，属沛郡。"《古今地名》："即酂亭是也。"《舆地志》云："魏以酂县属谯郡。汉封萧何为酂侯。"《茂陵书》云："何封国在南阳。姚察曰：两县同作酂字，南阳酂音赞，沛郡酂音嵯。"班固《泗水亭高祖碑》云："文昌四友，汉有萧何，序功第一，受封于酂。以韵而言，则非南阳者音赞也。"《锦绣万花谷》："酂有二县，音字多乱。其属沛郡者音嵯，属南阳者音赞。此所云酂台者，属于谯郡，当作嵯音读。"

哭晁卿衡

题 解 《旧唐书》："日本国，开元初遣使来朝，因请儒士授经，诏四门助教赵元默就鸿胪寺教之。所得锡赍尽市文籍，泛海而还。其偏使朝臣仲满慕中国之风，因留不去，改姓名为朝衡，仕历左补阙、仪王友。衡留京师五十年，好书籍，放归乡，逗遛不去。上元中擢衡为左散骑常侍、镇南都护。"《新唐书》：

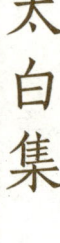

李太白集

"朝衡历左补阙、仪王友，多所该识，久乃还；天宝十二载，朝衡复入朝，云云。王维有《送秘书晁监还日本国诗序》，赵骅有《送晁补阙归日本诗》，储光羲有《洛中贻朝校书衡诗》。盖'晁'字即古'朝'字，朝衡、晁衡，实一人也。新、旧《唐书》俱不言衡终于何年，据太白是诗，则衡返棹日本而死矣，岂上元以后事耶？抑得之传闻之讹耶？"

日本①晁卿辞帝都，征帆一片绕蓬壶②。

明月不归沉碧海，白云愁色满苍梧③。

注释

① **日本**：《唐书》："日本，古倭奴也，去京师万四千里，直新罗东南，在海中岛而居。国无城郭，联木为栅落，以草茨屋。左右小岛五十余，皆自名国，而臣附之。后稍习夏音，恶倭名，更号日本。使者自言：'国近日所出，以为名。'或曰：'日本乃小国，为倭所并，故冒其号，使者不以情，故疑焉。'"

② **蓬壶**：《拾遗记》："蓬壶，蓬莱也。"

③ **苍梧**：《水经注》："东北海中有大洲，谓之郁洲，《山海经》所谓'郁山在海中'者也。言是山自苍梧徙此，云山上犹有南方草木。崔季珪之叙《述初赋》，言：'郁州者，故苍梧之山也。心悦而怪之，闻其上有仙人石室也，乃往观。见一道人独处，休休然不谈不对，顾非己及也。'即其赋所云'吾夕济于郁洲'者也。"《一统志》："淮安府海州朐山东北海中有大洲，谓之郁洲，一名郁州，一名郁州山，一名苍梧山，或云昔从苍梧飞来。"

秋登宣城谢朓北楼

题解 《一统志》："北楼在宁国府治北，南齐守谢朓建。"《江南通志》："陵阳山，在宁国府城南，冈峦盘屈，三峰秀拔，为一郡之镇。上有楼，即谢朓北楼，李白所称江城如画者。"

江城①如画里，山晚望晴空。

两水夹明镜②，双桥落彩虹。

人烟寒橘柚③，秋色老梧桐。

谁念北楼上，临风怀谢公④。

注 释

① **江城**：指宣城。

② **两水**：指绕宣城而流的宛溪、句溪两水。《宣州图经》："宛溪、句溪两水，绕郡城合流。有凤凰、济川二桥，开皇时建。"《江南通志》："宛溪在宁国府城东，跨溪上下有两桥，上桥曰凤凰，直城东南泰和门外；下桥曰济川，直城东阳德门外。并隋开皇中建。明镜，形容水的清澈。"

③ **"人烟"句**：人烟，人户烟火。秋日寒烟，使橘柚也带有了寒意。

④ **"谁念"二句**：是说自己在北楼上怀念谢朓的情意，无人了解。

独坐敬亭山

题 解 《江南通志》："敬亭山在宁国府城北十里，古名昭亭山，东临宛溪，南俯城闉，烟市风帆，极目如画。"

众鸟高飞尽，孤云独去闲。

相看两不厌①，只有敬亭山。

注 释

① **"相看"句**：指人和山彼此相看不厌，这里把山人格化了。

谢公亭

题 解 原注：盖谢朓、范云之所游。

《海录碎事》："谢公亭，在宣州。太守谢玄晖置范云为零陵内史，谢送别于此，故有新亭送别诗。"《方舆胜览》："谢公亭，在宣城县北二里。《名胜志》：'谢公亭，在江南宁国府宣城县北郭外，齐太守谢朓送别处。'旧图经谓是朓送范云之零陵内史处。"

谢亭离别处，风景每生愁。

客散青天月，山空碧水流^①。

池花春映日，窗竹夜鸣秋。

今古一相接^②，长歌怀旧游。

注 释

①**"客散"二句**：客散、山空，是说谢朓送别范云，已成往事；青天、碧水，是说风景依然如旧。

②**"今古"句**：指今人（自己）与古人（谢朓）在精神上的共鸣。李白《金陵城西楼月下吟》有句云："月下沉吟久不归，古来相接眼中稀。"

清溪行

题 解　天宝十三年，李白来到池州，本篇和以下几篇都是他在池州时的作品。清溪，水名，在池州府城北。这首诗末句的情调较凄凉，反映了诗人不得志的抑郁情绪。

清溪清我心，水色异诸水。

借问新安江^①，见底何如此？

人行明镜^②中，鸟度屏风里。

向晚猩猩啼^③，空悲远游子。

注 释

①**新安江**：《元和郡县志》："新安江，自歙州黟县界流入桐庐县，东流入浙江。"萧士赟曰："图经：'清溪属宣城。新安，即今徽州，在唐为歙州，在隋为新安郡。凡水发源于徽者皆曰新安江。自歙者出黟山，自休宁者出率山，自绩溪者出大嶂山，自婺源者出浙山。自浙江溯休宁为滩三百六十。'沈约有《新安江水至清浅见底诗》。"

②**明镜**：陈释惠标《咏水诗》："舟如空里泛，人似镜中行。"

③**猩猩啼**：江淹诗："夜闻猩猩啼。"

宣城见杜鹃花

[题 解]　这首诗作于天宝十四年暮春。这时李白旅居宣城，见杜鹃花开，联想起蜀中的杜鹃，不觉怀念久别的故乡。《全唐诗》于本篇题下注云："一作杜牧诗，题云子规。"但杜牧是京兆万年人，生平没有到过蜀地，与"蜀国曾闻"语不合，故可确定是李白作品。

蜀国曾闻子规①鸟，宣城还见杜鹃花②。

一叫一回肠一断，三春三月忆三巴③。

注 释

① **子规**：一名杜鹃，蜀中最多，春暮则鸣，闻者凄恻。

② **杜鹃花**：处处有之，即今之映山红也。以二三月中杜鹃鸣时盛开，故名。

③ **三巴**：即巴郡、巴西、巴东也。太白本蜀地绵州人，绵州在唐时亦谓之巴西郡，因在异乡，见杜鹃花开，想蜀地此时杜鹃应已鸣矣，不觉有感而动故国之思。

赠汪伦

[题 解]　这是李白游泾县桃花潭时的作品。汪伦是当地人，曾经酿了美酒请李白饮，李白很感激他，作诗为赠。杨齐贤曰：白游泾县桃花潭，村人汪伦常酝美酒以待白。伦之裔孙至今宝其诗。

李白乘舟将欲行，忽闻岸上踏歌①声。

桃花潭②水深千尺，不及汪伦送我情。

注 释

① **踏歌**：按《通鉴·唐纪》："阎知微为虏踏歌。"胡三省注："踏歌者，连手而歌，踏地以为节也。"

② **桃花潭**：《一统志》："桃花潭，在宁国府泾县西南一百里，深不可测。"

当涂赵炎少府粉图山水歌

题 解 唐时宣城郡有当涂县,隶江南西道。少府,县尉之称。《清波杂志》:"古治百里之邑,令附其俗,尉督其奸,故令曰明府,尉曰少府。"《懒真子》:"令呼明府,故尉呼少府,以亚于县令。"

峨眉①高出西极天,罗浮②直与南溟连。

名工绎思挥彩笔,驱山走海置眼前。

满堂空翠③如可扫,赤城霞气苍梧烟④。

洞庭潇湘意渺绵,三江七泽情洄沿⑤。

惊涛汹涌向何处?孤舟一去迷归年。

征帆不动亦不旋,飘如随风落天边。

心摇目断兴难尽,几时可到三山⑥巅?

西峰峥嵘喷流泉,横石蹙水波潺湲⑦。

东崖合沓蔽轻雾⑧,深林杂树空芊绵⑨。

此中冥昧⑩失昼夜,隐几寂听⑪无鸣蝉。

长松之下列羽客,对座不语南昌仙⑫。

南昌仙人赵夫子,妙年历落青云士。

讼庭无事罗众宾,杳然如在丹青里。

五色粉图安足珍,真山可以全吾身。

若待功成拂衣去,武陵桃花笑杀人。

注 释

① **峨眉:**《四川通志》载:"峨眉山,在嘉定州峨眉县南一百里,两山相对,状如蛾眉,故名。周围千里,高八十里,有石龛一百十二,大小洞四十。南北有台,重岩复涧,莫测远近,为蜀山第一。佛刹以千百计,昔西竺僧谓其高出五岳,秀甲九州,为震旦国第一山。"

② **罗浮**：《元和郡县志》："罗浮山，在循州博罗县西北二十八里。罗山之西有浮山，盖蓬莱之一阜，浮海而至，与罗山并体，故曰罗浮。高三百六十丈，周回三百二十七里，峻天之峰四百三十有二。"《庄子》："南溟者，天池也。"李洪范曰："广大窈冥，故以溟为名。"

③ **空翠**：取自谢灵运诗："空翠难强名。"

④ **"赤城"句**：薛应旂《浙江通志》："赤城山，在台州天台县北六里，土皆赤色，状似云霞，望之如雉堞然。右有玉京洞，道书第六洞天也。苍梧烟，苍梧白云事。"

●当涂赵炎少府粉图山水歌

⑤ **"三江"句**：三江之名不一，以岷山之江为中江，嶓冢之江为北江，豫章之江为南江，此说《禹贡》之三江也。或以松江、钱塘江、浦阳江为三江，或以松江、东江、娄江为三江，此说吴越之三江也。或以岷江为西江，沣江为中江，湘江为南江，此说岳阳之三江也。此诗从画意泛说，不必定指一处。《子虚赋》："楚有七泽。后只称云梦一泽，其六皆未详所在。"谢灵运诗："水涉尽洄沿。"逆流而上曰洄，顺流而下曰沿。"

⑥ **三山**：蓬莱、方丈、瀛洲三仙山也。

⑦ **"横石"句**：谢灵运诗："石浅水潺湲。"李善注："潺湲，水流貌。"吕延济注："潺湲，水声。"

⑧ **"东崖"句**：谢朓诗："兹山亘百里，合沓与云齐。"吕向注："合沓，高貌。"

⑨ **芊绵**：阡陌。谢朓诗："阡眠起杂树。"吕延济注："阡眠，远望貌。芊绵，即阡眠也。"

⑩ **冥昧**：幽暗。王弼《易注》："造物之始，始于冥昧。"

⑪ **寂听**：取自鲍照《芜城赋》："凝思寂听。"

⑫ **南昌仙**：《水经注》载："汉成帝时，九江梅福为南昌尉，后一旦舍妻子去九江，传云得仙。赵炎为当涂县尉，故以梅福相比，称他为南昌仙。"

第五期

安史之乱时期

（七五五—七六二）

天宝十四年冬天，李白正在江南漫游的时候，爆发了安史之乱。李白虽然没有直接遭受战乱的威胁，但是国家的破败，人民的苦难，不能不使他痛苦和担忧。他等待时机，希望有一天能实现建功立业、报效国家的志愿。恰巧这时永王李璘率师东下，辟他为幕僚，李白怀抱消灭叛乱的愿望接受了征聘。但在封建统治阶级内部，即使国家面临严重危机，仍充满着激烈的权力矛盾，李璘的军队与李亨（即肃宗）的军队发生了战事，李璘兵败身死。

李白因为参加李璘的幕府而获罪，受到流放夜郎的处分。幸亏半途遇到大赦，得以释放，这年李白五十九岁，参加永王幕府是李白在长安供奉翰林之后的又一次政治活动，结果又失败了。

诗人的晚景很凄凉，仍旧徘徊在江南一带，依靠亲友为生，但用世之心未衰。六十一岁时，听到太尉李光弼率大军东讨叛军，还准备投身行伍，后因病未能如愿。代宗宝应元年，李白死于当涂，时年六十二岁。次年，史朝义被部下所杀，安史之乱才告一段落。

安史之乱前后共八年，它是唐王朝由盛趋衰的转折时期，对于整个国家、社会和李白个人生活的影响都非常巨大。李白这个时期的很多诗作，都控诉了安史之乱分裂国家、蹂躏人民的罪行，揭露了唐王朝政治、军事的腐败，记录了国家、人民和个人的不幸遭遇，抒发了痛恨叛乱者的愤慨情绪和决心平叛的雄心壮志，具有强烈的现实意义。

北上行

[题解] 这首诗写于安史之乱初期。《乐府古题要解》："《苦寒行》，晋乐，奏魏武帝'北上太行山'，备言冰雪溪谷之苦。或谓《北上行》，盖因魏武帝作此词，今人效之。"

北上何所苦，北上缘太行①。

磴道②盘且峻，巉岩③凌穹苍。

马足蹶侧石，车轮摧高岗④。

沙尘接幽州，烽火连朔方。

杀气毒剑戟，严风⑤裂衣裳。

奔鲸夹黄河⑥，凿齿⑦屯洛阳。

前行无归日，返顾思旧乡。

惨戚冰雪里，悲号绝中肠⑧。

尺布不掩体，皮肤剧⑨枯桑。

汲水涧谷阻，采薪陇坂⑩长。

猛虎又掉尾，磨牙皓秋霜。

草木不可餐，饥饮⑪零露浆。

叹此北上苦，停骖⑫为之伤。

何日王道平⑬，开颜⑭睹天光。

注 释

① **太行**：《北边备对》："太行山，南自河阳怀县，迤逦北出，直至燕北，无有间断。此其为山，不同他地，盖数百千里，自麓至脊，皆陡峻不可登越，独有八处，粗通微径，名之曰陉。"

●猛虎又掉尾，磨牙皓秋霜

② **磴道**：《西京赋》："磴道逦倚而正东。"李善注："磴道，阁道也。"《广韵》："磴，小坂也。"《韵会》："磴，登陟之道也。"

③ **巉岩**：《广雅》："巉岩，高也。"

④ **"车轮"句**：出自魏武帝《苦寒行》："北上太行山，艰哉何巍巍。羊肠坂诘屈，车轮为之摧。"

⑤ **严风**：《初学记》："冬风曰严风。"

⑥ **"奔鲸"句**：《十六国春秋》：志翦奔鲸，截彼丑类。

⑦ **凿齿**：《淮南子》载："尧之时凿齿为民害，尧乃使羿诛凿齿于畴华之野。"高诱注："凿齿，兽名。齿长三尺，其状如凿，下彻颔下而持戈盾。羿善射，尧使羿射杀之。"按："天宝十四载，安禄山反于范阳，引兵南向，河北州县望风瓦解，遂克太原，连破灵昌、陈留、荥阳诸郡，遂陷东京。范阳，本唐幽州之地，诗所谓'沙尘接幽州'者，盖指此事而言。其曰：'烽火连朔方'者，禄山遣其党高秀岩寇振武军，朔方节度使郭子仪击败之。振武军去朔方治所甚远，其烽火相望，告急可知。其曰'奔鲸夹黄河'者，指从逆诸将，如崔乾祐之徒，纵横于汲、邺诸郡也。其曰'凿齿屯洛阳'者，谓禄山据东京僭号也。"

⑧ **"悲号"句**：取自魏文帝诗："向风长叹息，断绝我中肠。"

⑨ **剧**：出自《说文》："剧，尤甚也。"

⑩ **垅坂**：谓山之冈垅坡板。《后汉书》"上垅阪，陟高冈"是也。或引《三秦记》天水之垅坂为注者，非是。

⑪ **饥饮**：出自陆机诗："渴饮坚冰浆，饥待零露飧。"

⑫ **骖**：郑康成《毛诗笺》："骖，两骓也。"《左传正义》："初驾马者，以二马夹辕而已。又驾一马与两服为参，故谓之骖。又驾一马，乃谓之驷。"《说文》云："骖，驾三马也。驷，一乘也。两服为主，以渐参之，两旁二马，遂名为骖。故总举一乘，则谓之驷。指其骓马，则谓之骖。《诗》称'两骖如舞'，二马皆称骖。"《礼记》："说骖而赙之，一马亦称骖，是本其初参，遂以为名也。"又《礼记正义》："车

有一辕而驷马驾之，中央两马夹辕者名服马，两边名骈马，亦曰骖马。故《诗》云：'两服上襄，两骖雁行。'"《通鉴辨误》："史炤《释文》曰：'三马为骖。'余按王肃云：'古者一辕之车，夏后驾两马谓之丽，殷益以一骈谓之骖，周又益以一骈谓之驷。自时厥后，夹辕曰服，两旁曰骖。'《诗》所谓'两服上襄，两骖雁行'者也。"

⑬ **王道平**：出自《书》："王道平平。"

⑭ **开颜**：出自谢灵运诗："开颜披心胸。"

扶风豪士歌

[题　解]　这首诗是至德元年安史之乱爆发以后，李白避难东南时作。按《唐书·地理志》："关内道扶风郡，本岐州也。至德元载，更郡名曰凤翔，二载，复名扶风郡。"萧士赟曰："此太白避乱东土时诗。扶风乃三辅郡，意豪士亦必同时避乱于东吴，而与太白衔杯酒接殷勤之欢者。"

洛阳三月飞胡沙，洛阳城中人怨嗟。

天津①流水波赤血，白骨相撑如乱麻②。

我亦东奔向吴国，浮云四塞道路赊③。

东方日出啼早鸦，城门人开扫落花④。

梧桐杨柳拂金井，来醉扶风豪士家。

扶风豪士天下奇，意气相倾山可移⑤。

作人不倚将军势⑥，饮酒岂顾尚书期⑦。

雕盘⑧绮食会众客，吴歌赵舞香风吹。

原尝春陵六国时，开心写意君所知。

堂中各有三千士⑨，明日报恩知是谁？

抚长剑，一扬眉⑩，清水白石⑪何离离。

脱吾帽，向君笑；饮君酒，为君吟。

张良未逐赤松去，桥边黄石知我心⑫。

① **天津**：桥名，架洛水上。

② **"白骨"句**：取自陈琳诗："君独不见长城下，死人骸骨相撑拄。"《说文》："撑，邪柱也。"《史记》："死人如乱麻。"

③ **"浮云"句**：司马相如《长门赋》："浮云郁而四塞。"《韵会》："赊，远也。"

④ **"东方"二句**：《诗辩坻》："《扶风豪士歌》方叙东奔，忽著'东方日出'二语，奇宕入妙。此等乃真太白独长。"萧士赟曰：言道路艰阻，京国乱离，而东土之太平自若也。

⑤ **"意气"句**：取自鲍照诗："握君手，执杯酒，意气相倾死何有。"江总诗："太山言应可转移。"

⑥ **"作人"句**：辛延年诗："昔有霍家奴，姓冯名子都。依倚将军势，调笑酒家胡。"

⑦ **"饮酒"句**：《汉书》："陈遵嗜酒，每大饮，宾客满堂，辄关门，取客车辖投井中，虽有急，终不得去。尝有部刺史奏事，过遵，值其方饮，刺史大穷，候遵沾醉时，突入见遵母，叩头；自白当对尚书有期会状，母乃令从后阁出去。"

⑧ **雕盘**：刘桢《瓜赋》："承之以雕盘，幂之以纤绤。"何逊诗："玉盘传绮食。"

⑨ **"堂中"句**：《论衡》："齐之孟尝、魏之信陵、赵之平原、楚之春申，待客下士，招会四方，各三千人。"

⑩ **扬眉**：江晖诗："恐君不见信，抚剑一扬眉。"

⑪ **清水白石**：古《艳歌行》："语卿且勿眄，水清石自见。""清水白石何离离"，即水清石见之意。萧氏注：以清水喻目，白石喻齿，恐未是。

⑫ **"桥边"句**：《高士传》："黄石公者，下邳人也，遭秦乱，自隐姓名，时人莫知者。张良易姓为长，自匿下邳，步游沂水圯上，与黄石公相遇。黄石公故坠履圯下，顾谓良曰：'孺子取履！'良素不知谁，谔然欲殴之，为其老人也，强忍

● 东方日出啼早鸦，城门人开扫落花

下取履，因跪进焉。公以足受，笑而去。良殊惊。公行里所还，谓良曰：'孺子可教也。后五日平明与我期此。'良愈怪之，复跪曰：'诺。'五日平明，良往，公已先在，怒曰：'与老人期，何后也！后五日早会。'良鸡鸣往，公又先在，复怒曰：'何后也！后五日早会。'良夜半往，有顷，公亦至，喜曰：'当如是。'乃出一编书与良，曰：'读是则为王者师矣。后十三年，孺子见我济北，谷城山下黄石即我矣。'遂去不见。良旦视其书，乃《太公兵法》。良异之，因讲习以说他人，皆不能用。后与沛公遇于陈留，沛公用其言，辄有功。后十三年，从高祖过济北，谷城下得黄石，良乃宝祠之。及良死，与石并葬焉。"《史记》："汉六年正月，封功臣，封张良为留侯。留侯乃称曰：'家世相韩，及韩灭，不爱万金之资，为韩报仇强秦，天下震动。今以三寸舌为帝者师，封万户，位列侯，此布衣之极，于良足矣。愿弃人间事，欲从赤松子游耳。'乃学辟谷、道引、轻身。"

猛虎行

题解　这是一本宴别诗。至德元年春天，李白因避安史之乱，离宣城南赴剡中途中，遇书法家张旭于溧阳，宴别于溧阳酒楼，而作此诗。按《乐府诗集》："王僧虔《技录》：'相和歌平调七曲内有《猛虎行》，古辞云："饥不从猛虎食，暮不从野雀栖。野雀安无巢，游子为谁骄。"盖取首句二字以命题也。'"

朝作猛虎行，暮作猛虎吟。

肠断非关陇头水①，泪下不为雍门琴②。

旌旗缤纷两河道③，战鼓惊山欲倾倒。

秦人半作燕地囚④，胡马翻衔洛阳草。

一输一失关下兵，朝降夕叛幽蓟城⑤。

巨鳌未斩海水动，鱼龙奔走安得宁。

颇似楚汉时，翻覆无定止。

朝过博浪沙⑥，暮入淮阴市。

张良未遇韩信贫⑦，刘项存亡在两臣⑧。

暂到下邳受兵略，来投漂母作主人。

贤哲栖栖古如此，今时亦弃青云士。

有策不敢犯龙鳞⑨，窜身南国避胡尘。

宝书玉剑挂高阁⑩，金鞍骏马散故人。

昨日方为宣城客，掣铃交通二千石⑪。

有时六博快壮心，绕床三匝呼一掷⑫。

楚人每道张旭奇⑬，心藏风云世莫知。

三吴邦伯皆顾盼⑭，四海雄侠两追随。

萧曹⑮曾作沛中吏，攀龙附凤⑯当有时。

溧阳⑰酒楼三月春，杨花茫茫愁杀人。

胡雏绿眼吹玉笛，吴歌《白纻》飞梁尘⑱。

丈夫相见且为乐，槌牛挝鼓会众宾⑲。

我从此去钓东海⑳，得鱼笑寄情相亲。

注释

① **"肠断"句**：取自《陇头歌》："陇头流水，鸣声幽咽。遥望秦川，肝肠断绝。"

② **雍门琴**：战国时鼓琴名家雍门子周所鼓之琴。

③ **"旌旗"句**：《家语》载："旌旗缤纷，下蟠于地。"《韵会》："缤纷，杂乱之貌；一曰盛也。两河道谓河南、河北两道也。"

④ **"秦人"句**：《太平御览》引《三秦记》曰："荆轲入秦，为燕太子报仇，把秦王衣袖曰：'宁为秦地鬼，不为燕地囚。'"

⑤ **"朝降"句**：《通鉴》："天宝十四载十一月，安禄山发所部兵以同罗、奚、契丹、室韦凡十五万众，反于范阳。引兵而南，步骑精锐，烟尘千里，鼓噪震地。时海内久承平，百姓累世不识兵革，猝闻范阳兵起，远近震骇，所过州县望风瓦解。十二月，陷东京。丙戌，高仙芝将五万人发长安。上遣宦者边令诚监其军，屯于陕。会封常清战败，帅余众至陕，谓仙芝曰：'潼关无兵，若贼豕突入关，则长安危矣。陕不可守，不如引兵先据潼关以拒之。'仙芝乃帅见兵西趋潼关。贼寻至，官军狼狈走，无复

部伍,士马相腾践,死者甚众。至潼关,修完守备,贼至不得入而去。临汝、弘农、济阴、濮阳、云中诸郡,皆降于禄山。边令诚入奏事,具言仙芝、常清挠败之状,且云:'常清以贼摇众,而仙芝弃陕地数百里。'上大怒,遣令城贲敕即军中斩仙芝、常清。太白意以仙芝不战而走,损伤士马,既一输矣;明皇不责以桑榆之效,而按以失律之诛,非又一失著乎?盖高将本非屏帅,弃灵宝而守潼关,旧史谓贼骑至,关已有备,不能攻而去,仙芝之力也。是其策亦非谬。计自出军至被戮仅仅十八日,驱乌合之兵,当鸱张之虏,为日无多,徒以宦者一言而遽弃干城之将,太白盖深以为非

●张旭

矣。"又按《通鉴》:"十二月,常山太守颜杲卿起兵,命崔安石等徇诸郡云:'大军已下井陉,朝夕当至,先平河北诸郡。先下者赏,后至者诛。'于是河北诸郡响应,凡十七郡皆归朝廷。其附禄山者,唯范阳、卢龙、密云、渔阳、汲、邺六郡而已。杲卿起兵缠八日,守备未完,史思明、蔡希德引兵皆至。壬戌,城陷。史思明、蔡希德引兵击诸郡之不从者,所过残灭。于是广平、钜鹿、赵、上谷、博陵、文安、魏、信都等郡,复为贼守。""朝降夕叛幽蓟城",当指此事。旧注引史思明归降复叛事,非是。

⑥"朝过"句:《潜夫论》:"留侯张良,韩公族,姬姓也。秦始皇灭韩,良散家赀千万为韩报仇,击始皇于博浪沙中,误椎副车。秦索贼急,良乃变姓为张,匿于下邳,遇神仙黄石公遗之兵法。及沛公之起也,良往属焉。"

⑦韩信贫:《史记》载:"韩信,淮阴人也。钓于城下,诸母漂,有一母见信饥,饭信,竟漂数十日。信谓漂母曰:'吾必有以重报母。'母曰:'吾哀王孙而进食,岂望报乎?'汉五年,信为楚王,至国召所从食漂母,赐千金。韦昭曰:'以水击絮为漂。'"

⑧"刘项"句:出自《晋书》:"刘、项存亡,在此一举。"这里李白以张良、韩信自比。

⑨龙鳞:《韩非子》载:夫龙之为虫也,可扰狎而骑也,然其喉下有逆鳞径尺,人有婴之,则必杀人。人主亦有逆鳞,说之者能无婴人主之逆鳞,则几矣。

⑩"宝书"句:《春秋考异邮》载:"孔子使子夏等十四人求周史记,得百二十

国宝书。"《说苑》:"襄成君衣翠衣，带玉剑。"

⑪ **"掣铃"句**：唐时官署多悬铃于外，有事报闻，则引铃以代传呼。掣，曳。掣铃，即引铃。《汉书》:"郡守，掌治其郡，秩二千石。景帝中二年更名太守。"《册府元龟》:"二千石者，今之刺史也。"

⑫ **"绕床"句**：《史记》载:"斗鸡走狗，六博蹋鞠。"《索隐》曰:"王逸云:'博，箸也。行六棋，故云六博。'"《说文》:"簙，局戏也。六箸十二棋也。古者乌胄作簙。"《晋书》:"刘毅于东府聚樗蒲大掷，一判应至数百万，余人并黑犊以还，惟刘毅次掷得雉，大喜，褰衣绕床叫，谓同坐曰:'非不能卢，不事此耳!'"

⑬ **"楚人"句**：《宣和书谱》载:"张旭，苏州人，官至长史。初为常熟尉，时有老人持牒求判，信宿又来。旭怒而责之，老人曰:'爱公墨妙，欲家藏，无他也。'老人因复出其父书，旭视之，天下奇笔也，自是尽其法。旭喜酒，叫呼狂走方落笔。一日，酒酣，以发濡墨作大字。既醒，视之，自以为神，不可复得。尝言初见担夫争道，又闻鼓吹，而知笔意。及观公孙大娘舞剑，然后得其神。其名本以颠草，至于小楷、行书又复不减草字之妙。其草字虽奇怪百出，而求其源流，无一点画不该规矩者。或谓张颠不颠者，是也。后之论书，凡欧、虞、褚、薛皆有异论，至旭，无非短者。"

⑭ **"三吴"句**：《水经注》:"吴后分为三，世号'三吴'，吴兴、吴郡、会稽也。"《书》载:"命庶殷侯甸男邦伯。"《孔传》曰:"邦伯，方伯，即州牧也。"

⑮ **萧曹**：《史记》:"曹参者，沛人也。秦时为沛狱掾，而萧何为主吏，居县为豪吏矣。"

⑯ **攀龙附凤**：出自《汉书》:"攀龙附凤，并乘天衢。"

⑰ **溧阳**：溧阳县以在溧水之阳而名，本汉旧县，属丹阳郡。唐时属江南道之宣州。

⑱ **"吴歌"句**：出自《晋书》:"白纻舞，按:舞辞有巾袍之言，纻本吴地所出，宜是吴舞也。"晋俳歌又云:"皎皎白绪，节节为双。"吴音呼绪为纻，疑白纻即白绪也。《七略》:"汉兴，鲁人虞公善雅歌，发声尽动梁上尘。"

⑲ **"槌牛"句**：《史记》:"魏尚为云中守，五日一椎牛，飨宾客、军吏、舍人。"《说文》:"椎，击也。"《韵会》:"挝，击也。"

⑳ **"我从"句**：出自《庄子》:"任公子投竿东海，旦旦而钓。"

赠王判官，时余归隐居庐山屏风叠

题　解　这首诗作于至德元年，当时洛阳以北的广大地区，已尽为安史叛军所占。李白在这首诗中，表达了自己一生漂泊，不为时人所赏识，当此国家危急的时候，自己无所用力的悲愤失望的感情。《一统志》载："屏风叠在庐山，自五老峰而下，九叠如屏。"《游宦纪闻》："九叠屏风之下，旧有太白书堂。有诗曰：'吾非济代人，且隐屏风叠。'"

昔别黄鹤楼，蹉跎淮海秋①。

俱飘零落叶，各散洞庭流。

中年不相见，蹭蹬②游吴越。

何处我思君？天台③绿萝月。

会稽风月好④，却绕剡溪⑤回。

云山海上出，人物镜中来⑥。

一度浙江⑦北，十年醉楚台⑧。

荆门倒屈宋，梁苑倾邹枚⑨。

苦笑我夸诞，知音安在哉？

大盗割鸿沟⑩，如风扫秋叶⑪。

吾非济代人，且隐屏风叠。

中夜天中望，忆君思见君。

明朝拂衣去，永与海鸥群。

注　释

① **"蹉跎"句**：《隋书》："扬州于《禹贡》为淮海之地。"

② **蹭蹬**：《说文》："蹭蹬，失道也。"

③ **天台**：《方舆胜览》："天台山，在台州天台县西一百十里。"《艺文类聚》："《名山略记》曰：'天台山在剡县，即是众圣所降葛仙公山也。'"

●中年不相见，蹭蹬游吴越

④ **"会稽"句：**《会稽郡记》曰："会稽郡多名山水，峰崿隆峻，吐纳云雾，松栝枫柏，摧干竦条，潭壑镜彻，清流泻注。王子敬见之曰：'山水之美，使人应接不暇。'"

⑤ **剡溪：**《太平寰宇记》："剡溪，在越州剡县南一百五十步，一源出台州天台县，一源出婺州武义县，即王子猷雪夜访戴逵之所也，一名戴溪。"

⑥ **"人物"句：**出自《初学记》："《舆地志》曰：'山阴南湖，萦带郊郭，白水翠岩，互相映发，若镜若图。故王逸少曰："山阴路上行，如在镜中游。"'"

⑦ **浙江：**《梦粱录》："浙江，在杭州东南，谓之钱塘江，内有浙山，正居江中，潮水投山下，曲折而行。"

⑧ **楚台：**楚怀王梦遇神女的阳台。出自《昭明文选》卷十九《赋癸·情·高唐赋》。

⑨ **"荆门"二句：**荆门，指荆州，唐朝时为江陵郡，这里有座荆门山，因此文士以此取名。梁苑，在古睢阳（今河南商丘），唐朝时为宋州睢阳郡宋城县。因这里有西汉梁孝王建造的范围，所以文士以此命名。屈原、宋玉皆生于荆州，邹阳、枚乘皆客梁孝王，引此以喻当时两州的文士。

⑩ **"大盗"句：**大盗，指安禄山。《史记》载："项羽与汉王约，中分天下，割鸿沟而西者为汉，鸿沟而东者为楚。"应劭曰："在荥阳东南二十里。"文颖曰："于荥阳下引河东南为鸿沟，以通宋、郑、陈、蔡、曹、卫，与济、汝、淮、泗会于楚，即今官渡水也。"

⑪ **"如风"句：**《十六国春秋》："荡平残胡，如风扫叶。"

永王东巡歌十一首

题解　刘昫《唐书》："永王璘，玄宗第十六子也。天宝十四载十一月，安禄山反范阳。十五载六月，玄宗幸蜀，至汉中郡下诏，以璘为山南东路及岭南、黔中、江南西路四道节度、采访等使，江陵郡大都督。七月，璘至襄阳。九月，至江陵，召募士将数万人，恣情补署。江淮租赋山积于江陵，破用巨亿，因有异志，肃宗闻之，诏令归觐于蜀，璘不从。十二月，擅引舟师东下，甲仗五千人趋广陵。璘生于宫中，不更人事，其子襄城王傷勇而有力，握兵权，为左右眩惑，遂谋狂悖。"

其　一

永王正月东出师，天子遥分龙虎旗。

楼船一举风波静①，江汉②翻为雁鹜池。

注释

① "楼船" 句：出自骆宾王《荡子从军赋》："楼船一举争沸腾。"

② 江汉：出自《汉书》："陛下以四海为境，九州为家，八薮为圃，江、汉为池。"

其　二

三川①北虏乱如麻，四海南奔似永嘉②。

但用东山谢安石，为君谈笑静胡沙。

注释

① 三川：《汉书音义》："应劭曰：'三川，今河南郡也。'韦昭曰：'有河、洛、伊，故曰三川也。'"

② "四海" 句：晋怀帝永嘉五年，刘曜陷洛阳，百官士庶死者三万余人，中原衣冠之族相率南奔，避乱江左。天宝十四年，安禄山起兵北地，遂破两京，士君子多以家渡江东，与永嘉时事极相似。

其　三

雷鼓嘈嘈喧武昌①，云旗猎猎过寻阳②。

秋毫不犯三吴悦③，
春日遥看五色光④。

注　释

①　**"雷鼓"句**：《荀子》："雷鼓在侧而耳不闻。"杨倞注："雷鼓，大鼓声如雷者。"鲍照诗："嘈嘈晨鼓鸣。"李善注："《埤苍》曰：'嘈嘈，声众也。'"武昌，县名，唐时属鄂州江夏郡，东至寻阳郡六百里。寻阳，亦县名，唐属江州寻阳郡，以在寻水之阳，故名。

②　**"云旗"句**：《上林赋》："靡云旗。"张揖注："画熊虎于旒为旗，似云气。"鲍照诗："猎猎晓风遒。"吕延济注："猎猎，风声。"

●雷鼓嘈嘈喧武昌，云旗猎猎过寻阳

③　**"秋毫"句**：《后汉纪》："邓禹佐命，位冠诸臣，尝言曰：'我尝将百万众，秋毫不犯，未尝妄杀一人，子孙必当大兴。'"范成大《吴郡志》："三吴之说，世未有定论。《十道四番志》以吴郡及丹阳、吴兴为三吴，又以义兴、吴兴及吴郡为三吴。《郡国志》谓吴兴、义兴、吴郡为三吴。又云：'丹阳亦曰三吴。'《元和郡国图志》亦曰吴郡与吴兴、丹阳为三吴。"郦道元注《水经》云："永建中，阳羡周嘉上书，以县远，赴会至难，求得分置，遂以浙江西为吴，东为会稽。后分为三，号三吴，吴兴、吴郡、会稽其一焉。"

④　**五色光**：《越绝书》："军上有气，五色相连，与天相抵，此天应，不可攻，攻之无后。"《南史》："贼望官军上有五色云。"

其　四

龙盘虎踞帝王州，帝子金陵访古丘①。
春风试暖昭阳殿，明月还过鳷鹊楼②。

李太白集

注 释

①**"帝子"句**：《一统志》载："南京，古金陵之地，自周末时已有王气，秦始皇谓'东南有天子气'，诸葛亮谓'龙蟠虎踞，真帝王之都'，即此地也。"谢朓诗："金陵帝王州。"

②**"春风"二句**：《南齐书》："羊贵嫔居昭阳殿西，范贵妃居昭阳殿东。"《隋书》："侯景作乱，遂居昭阳殿。"《一统志》："昭阳殿乃太后所居，在台城内。吴均诗：'春生鸧鹉楼。'是皆谓金陵之昭阳殿、鸧鹉楼也。旧注以为在长安者，非是。"

其 五

二帝巡游俱未回①，五陵②松柏使人哀。

诸侯不救河南③地，更喜贤王远道来。

注 释

①**"二帝"句**：时玄宗在蜀，肃宗即位灵武，故云"二帝巡游俱未回"。

②**五陵**：高祖、太宗、高宗、中宗、睿宗之陵也。《唐会要》："高祖葬献陵，在京兆府三原县界。太宗葬昭陵，在京兆府醴泉县界。高宗葬乾陵，在京兆府奉天县界。中宗葬定陵，在京兆府富平县界。睿宗葬桥陵，在京兆府奉先县界。"

③**河南**：杨齐贤曰："河南，洛阳也。时禄山据洛阳。"

其 六

丹阳北固是吴关①，画出楼台云水间。

千岩烽火连沧海，两岸旌旗绕碧山。

注 释

①**"丹阳"句**：唐时江南东道有丹阳郡，即润州也，领丹徒、丹阳、金坛、延陵四县，今为镇江市。《太平寰宇记》："北固山，在润州丹徒县北一里。"《南徐州记》云："城西北有别岭，斜入江，三面临水，高数十丈，号曰北固。"刘祯《京口记》云："回岭入江，悬水峻壁。旧北顾作'固'字，梁高祖云'作镇作固'，诚有其语，然北望海口，实为壮观，以理而推，宜改为顾望之'顾'。"《舆地志》云："天清景明登之，望见广陵城如在青霄中，相去鸟道五十余里。"《方舆胜览》："北固山，在镇江府州北一里回岭，下临长江，其势险固，即府治所据及甘露寺基。"《建康实录》："梁武帝幸京口，登北固楼，改名北顾。"

其 七

王出三江按五湖[1]，楼船跨海次扬都[2]。

战舰森森罗虎士[3]，征帆一一引龙驹[4]。

注 释

① **三江、五湖**：《周礼》载："东南曰扬州，其川三江，其浸五湖。"贾公彦疏："按《禹贡》云：'九江，今在庐江寻阳南，皆东合为大江。扬州所以得有三江者，江至寻阳南合为一，东行至扬州，入彭蠡，复分为三道而入海，故得有三江也。'"《玉海》："五湖在苏州西四十里。"《太平寰宇记》："太湖者，以其广大名之，又名五湖。"韦昭《三吴郡国志》云："太湖边有游湖、莫湖、胥湖、贡湖，就太湖为五湖。"又云："胥湖、蠡湖、洮湖、滆湖，就太湖为五也。"又云："天下如此者五。"虞仲翔《川渎记》云："太湖东通长洲松江水，南通乌程霅溪水，西通义兴荆溪水，北通晋陵滆湖水，西南通嘉兴韭溪水，凡五道，谓之五湖。"

② **"楼船"句**：徐陵《陈王九锡文》："驰御楼船，直跨沧海。"《左传》："凡师一宿为舍，再宿为信，过信为次。"

③ **"战舰"句**：《释名·释船篇》："上下重床曰舰，四方施板以御矢石，其内如牢槛也。"《周礼》："虎士八百人。"郑玄注："虎士，徒之选有勇力者。"

④ **龙驹**：徐陵诗："白马号龙驹，雕鞍名镂衢。"

其 八

长风挂席[1]势难回，海动山倾古月[2]摧。

君看帝子浮江日，何似龙骧出峡来[3]。

注 释

① **挂席**：出自谢灵运诗："挂席拾海月。"

② **古月**：胡字隐语也，出《十六国春秋》。

③ **"何似"句**：《晋书》："咸宁五年十一月，大举伐吴，遣龙骧将军王浚、广武将军唐彬，率巴蜀之卒，浮江而下。"

其 九

祖龙[1]浮海不成桥，汉武寻阳空射蛟[2]。

李太白集

我王楼舰轻秦汉③，却似文皇欲渡辽④。

注释

① **祖龙**：秦始皇也。《水经注》："《三齐略记》曰：'始皇于海中作石桥，海神为之竖柱。始皇求与相见，神曰："我形丑，莫图我形，当与帝相见。"及入海四十里见海神。左右莫动手，工人潜以脚画其状，神怒曰："帝负约，速去。"始皇转马还，前脚犹立，后脚随奔，仅得登岸，画者溺死于海。'"

② **"汉武"句**：《汉书·武帝纪》："元封五年冬，行南巡狩，自寻阳浮江，亲射蛟江中，获之。"

③ **"我王"句**：《陈书》："楼舰马步，直指临川。"胡三省《通鉴注》："楼舰即楼船，两面施重板，列战格，故谓之楼舰。"

④ **"却似"句**：文皇帝，即唐太宗李世民。刘昫《唐书》："贞观十九年二月庚戌，上亲统六军发洛阳。四月癸卯，誓师于幽州城南，因大享六军以遣之。五月丁丑，车驾渡辽。"

其 十

帝宠贤王入楚关，扫清江汉始应还。

初从云梦开朱邸①，更取金陵作小山②。

注释

① **"初从"句**：《尔雅》："楚有云梦。"郭璞注："今南郡华容县东南巴丘湖是也。"邢昺疏：《周礼》："荆州其泽薮曰云瞢。"郑注云："云瞢在华容。"《禹贡》云："云土梦作乂。"又昭三年《左传》："楚子与郑伯田于江南之梦。又定四年，楚子涉睢济江，入于云中。杜预云：南郡枝江县西有云梦城，江夏安陆县东南亦有梦城。或曰：'南郡华容县东南有巴丘湖，江南之梦也。'云梦一泽而每处有名者，司马相如《子虚赋》云：'云梦者，方九百里。则此泽跨江南北，亦得单称云，单称梦。'瞢即梦也。"郑樵注："江北为云，江南为梦。"云，今天的玉沙、监利、景陵等县市。梦，今天的公安、石首、建宁等县市。《太平寰宇记》："云梦泽，在安州安陆县东南，阔数里，南接荆、襄。"谢朓诗："黄旗映朱邸。"李善注："《史记》曰：'诸侯朝天子，于天子之所立宅舍，曰邸。'诸侯王朱户，故曰朱邸。"

② **"更取"句**：《方舆胜览》："钟山在今上元县东北十八里。"《舆地志》："古曰金陵山。"小山，用淮南王小山事，然借作山岭用，与古说不同。

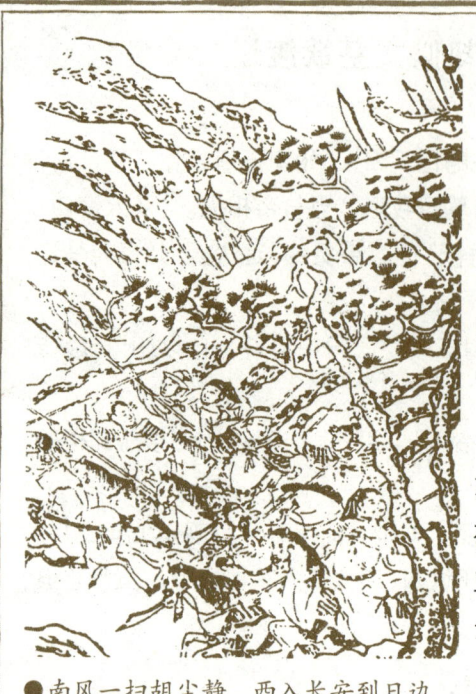

其十一

试借君王玉马鞭，指挥戎虏坐琼筵①。

南风一扫胡尘静，西入长安到日边②。

注释

① **琼筵**：《太平御览》："《语林》曰：'诸葛武侯与司马宣王在渭滨，将战，宣王戎服莅事，使人视武侯，素舆葛巾，持白羽扇指麾，三军皆随其进止。宣王闻而叹曰："可谓名士。"'"谢朓诗："端仪穆金殿，敷教藻琼筵。"

② **日边**：杨、萧二注皆引晋明帝"不闻人从日边来"之语，以为后人称帝都为日边。琦按："《晋书》已有'云间陆士龙，日下荀鸣鹤'之对，似不始于东晋。盖日为君象，故邦畿之地有'日边''日下'之名耳。"

● 南风一扫胡尘静，西入长安到日边

与史郎中钦听黄鹤楼上吹笛

题解 本篇是李白流放途中在江夏时所作，故诗中自称为"迁客"。钦，史郎中名；一作"饮"，指喝酒。《湖广通志》："黄鹤楼，在武昌府城西南隅，世传仙人乘黄鹤过此，因名。雄据江山，为楚会大观。"

一为迁客去长沙①，西望长安不见家。

黄鹤楼中吹玉笛，江城五

● 一为迁客去长沙，西望长安不见家

月落《梅花》^②。

注释

① **"一为"句**：用西汉贾谊的典故。贾谊在朝廷受到谗毁，被贬谪为长沙王太傅。江淹《恨赋》："迁客海上。"

② **"江城"句**：江城，指江夏（今湖北武昌）《乐府诗集》："《梅花落》，本笛中曲也。"

放后遇恩不沾

天作云与雷，霈然德泽开^①。

东风日本至，白雉越裳来^②。

独弃长沙国，三年未许回。

何时入宣室，更问洛阳才^③。

注释

① **"天作"二句**：这两句以天降雨滋润草木比喻皇帝实行大赦。《周易》"雷雨作解，君子以赦过宥罪"意。

② **"东风"二句**：《史记》载："倭国，西南大海中岛居，凡百余小国，在京师南万三千五百里，武后改倭国为日本国。"《韩诗外传》："成王之时，有越裳氏，重九译而至，献白雉。""东风""白雉"二句，言远人皆蒙恩泽之意。

③ **"独弃"四句**：《史记》载："贾生，名谊，洛阳人也。为长沙王太傅三年，有鸮飞入贾生舍，止于座隅。楚人命鸮曰'服'。贾生既以谪居长沙，长沙卑湿，自以为寿不得长，伤悼之，乃为赋以自广。后岁余，贾生征见。孝文帝方受釐，坐宣室，因感鬼神事，而问鬼神之本。贾生具道所以然之状。至夜半，文帝前席。既罢，曰：'吾久不见贾生，自以为过之，今不及也。'"《三辅黄图》："宣室，未央前殿正室也。"庾信诗："欣兹河朔饮，对此洛阳才。"

南流夜郎寄内

题解 这首诗是李白在流放途中寄给妻子宗氏之作。

夜郎天外①怨离居，明月楼②中音信疏。

北雁春归看欲尽，南来不得豫章书③。

注释

① **天外**：形容遥远。《古诗》："同心而离居，忧伤以终老。"

② **明月楼**：指其妻宗氏所居之处。曹植《七哀诗》："明月照高楼，流光正徘徊。上有愁思妇，悲叹有余哀。"这里以明月楼中的愁思妇喻其妻。

③ **"南来"句**：《一统志》："章山，在湖广德安府城东四十里，古文以为内方山。"《左传》："吴自豫章与楚夹汉。"旧图经云："豫章，即今之章山。"唐李白娶安陆许氏，逮流夜郎，妻在父母家，有《寄内》诗云"南来不得豫章书"，亦言安陆之豫章也。琦按："魏颢序：'太白始娶于许，终娶于宗。'则此时之妇乃宗也，因寓居豫章，故云。《一统志》犹以流夜郎时之妇为许相之女，以豫章为德安府之豫章山，俱误。"

●巫山夹青天，巴水流若兹

上三峡

题解 这首诗是李白在乾元二年流放夜郎途经三峡时所作。

巫山夹青天，巴水流若兹①。

巴水忽可尽，青天无到时。

三朝上黄牛②，三暮行太迟。

三朝又三暮，不觉鬓成丝。

注释

① **"巫山"二句**：《唐书·地理志》："夔州巫山县有巫山。"《一统志》："巫峡，在夔州府巫山县东三十里，即巫山也。与西

李太白集

一三二

陵峡、归峡并称三峡。连山七百里，略无断处，自非亭午夜分，不见日月。巴水，谓三巴之水，经三峡中者而言。"《三巴记》曰："阆、白二水合流，自汉中至始宁城下入涪陵，曲折三回，如'巴'字，故曰巴江。经峻峡中，谓之巴峡，即此水也。"

    ② **"三朝"句**：《太平寰宇记》："峡州夷陵县有黄牛山。"盛弘之《荆州记》云："南岸重岭叠起，最外高崖间有石状如人负刀牵牛，人黑牛黄，成就分明。此岩既高，加以江湍纡回，虽途经信宿，犹望见之。行者歌曰：'朝发黄牛，暮宿黄牛。三朝三暮，黄牛如故。'"

自巴东舟行经瞿唐峡，
登巫山最高峰，晚还题壁

    题解　本篇也是李白流放夜郎途中的作品。巴东，即归州也，唐时隶山南东道。《方舆胜览》："瞿塘峡在夔州东一里，旧名西陵峡，乃三峡之门。两崖对峙，中贯一江，望之如门。"陆放翁《入蜀记》："瞿塘峡，两壁对耸，上入霄汉，其平如削成，视天如匹练。"《方舆胜览》："巫峡，在巫山县之西。"《水经注》云："杜宇所凿，以通江水。"图经云："此山当抗峰岷、峨，偕岭衡岳，凝结翼附，并出青霄，谓之巫山。有十二峰，上有神女庙、阳云台，高百二十丈。"

> 江行几千里，海月十五圆。
>
> 始经瞿唐峡，遂步巫山巅。
>
> 巫山高不穷，巴国①尽所历。
>
> 日边攀垂萝，霞外倚穹石②。
>
> 飞步③凌绝顶，极目无纤烟。
>
> 却顾失丹壑，仰观临青天。
>
> 青天④若可扪，银汉去安在？
>
> 望云知苍梧⑤，记水辨瀛海。
>
> 周游⑥孤光晚，历览幽意多。

积雪照空谷，悲风鸣森柯。

归途行欲曛，佳趣尚未歇。

江寒早啼猿，松暝已吐月⑦。

月色何悠悠，清猿⑧响啾啾。

辞山不忍听，挥策还孤舟。

注　释

① **巴国**：《山海经》："西南有巴国。"郭璞注："今'三巴'是。"杜元凯《左传注》："巴国，在巴郡江州县。"《通典》："巴国，今清化、始宁、咸安、符阳、巴川、南宾、南浦，是其地也。"《文献通考》："重庆府，古巴国，谓之'三巴'。"

② **穹石**：《上林赋》："触穹石。"张揖注："穹石，大石也。"

③ **飞步**：取自郭璞诗："翘手攀金梯，飞步登玉阙。"

④ **青天**：《后汉书》："和熹邓皇后尝梦扪天，荡荡正青，若有钟乳状，乃仰嗽饮之。"章怀太子注："扪，摸也。"

⑤ **"望云"句**：《归藏》："有白云出自苍梧，入于大梁。"《史记》："驺衍以为儒者所谓中国者，于天下乃八十一分居其一分耳。中国名曰赤县神州。赤县神州内自有九州，禹之序九州是也，不得为州数。中国外如赤县神州者九，乃所谓九州也。于是有裨海环之，人民禽兽莫能相通，如一区中者，乃为一州。如此者九，乃有大瀛海环其外，天地之际焉。"

⑥ **周游**：出自鲍照诗："孤光独徘徊。"

⑦ **吐月**：出自吴均诗："疏峰时吐月。"

⑧ **清猿**：任昉《竟陵文宣王行状》："清猿与壶人争旦。"张铣注："清猿，谓猿鸣声清也。"《楚辞》："猿啾啾兮狖夜鸣。"

早发白帝城①

题　解　乾元二年，诗人在流放夜郎途中，行至夔州白帝城，遇赦得释。回到江陵一带。这首诗是归途上的作品，通过水行迅捷的描写，表现诗人获释后的轻快心情。

朝辞白帝彩云间，千里江陵一日还。

两岸猿声啼不尽，轻舟已过万重山。

注 释

① **白帝城**：杨齐贤曰："白帝城，公孙述所筑。初，公孙述至鱼复，有白龙出井中，自以承汉土运，故称白帝，改鱼复为白帝城。"琦按："白帝城，在夔州奉节县，与巫山相近。所谓彩云，正指巫山之云也。"《水经注》："自三峡七百里中，两岸连山，略无阙处，重岩叠嶂，隐天蔽日，自非亭午夜分，不见曦月。至于夏水襄陵，沿溯阻绝。或王命急宣，有时朝发白帝，暮宿江陵，其间千二百里，虽乘奔御风，不以疾也。每至晴初霜旦，林寒涧肃，常有高猿长啸，属引凄异，空谷传响，哀转久绝，故渔者歌曰：'巴东三峡巫峡长，猿鸣三声泪沾裳。'"

荆门浮舟望蜀江

题 解 李白遇赦东归，行至荆门时写下这首诗。诗中的色彩是明朗的，情绪是喜悦的。它形象地描绘了舟中所见的蜀江景色，糅合着旅客的归心，构成情景交融的境界。胡三省《通鉴注》："荆门，在峡州宜都县，其地有荆门山，故后人因以广称其境皆曰荆门耳。"

春水月峡①来，浮舟望安极。

正是桃花②流，依然锦江③色。

江色绿且明，茫茫与天平。

逶迤④巴山尽，摇曳楚云行⑤。

雪照聚沙雁，花飞出谷莺⑥。

芳洲却已转，碧树森⑦森迎。

流目浦烟夕⑧，扬帆海月生⑨。

江陵识遥火，应到渚宫城⑩。

① **月峡**：《通典》："渝州巴县有明月峡，其山上石壁有圆孔，形如满月，故以为名。"《方舆胜览》："明月峡，在重庆府巴县，石壁高四十丈，有孔若明月。"庾信《枯树赋》："临风亭而唤鹤，对月峡而吟猿。"

② **桃花**：《汉书》载："来春桃花水盛，必羡溢。"颜师古注："《月令》：仲春之月，始雨水，桃始花。盖桃方花时，既有雨水，川谷冰泮，众流猥集，波澜盛长，故谓之桃花水耳。"《韩诗传》云："三月桃花水。"

③ **锦江**：《通典》："蜀郡成都县有锦江。"按："锦江，即蜀江也。"成都人织锦既成，取此水濯之，则色更鲜丽，故又谓之锦江。

④ **逶迤**：《说文》："逶迤，邪去貌。"《通典》："峡州夷陵郡巴山县北有山，曲折似巴字，因以为名。"

⑤ **"摇曳"句**：出自鲍照诗："摇曳高帆举。"

⑥ **谷莺**：昭明太子《锦带书》："啼莺出谷，争传求友之声。"

⑦ **森**：出自《说文》："森，木多貌。"

⑧ **"流目"句**：《后汉书》载："游精字宙，流目八纮。"

⑨ **"扬帆"句**：出自谢灵运诗："扬帆采石华。"

⑩ **"江陵"二句**：《通典》："荆州江陵县，故楚之郢地，秦分郢置江陵县，今县界有渚宫城。"《方舆胜览》："江陵府有渚宫。"《郡县志》："楚别宫也。"《左传》："楚子西沿汉溯江，将入郢。王在渚宫见之。今之城，楚船官地也。梁元帝名以渚宫。"《一统志》："渚宫，在江陵故城东南，楚建。梁元帝即位渚宫，即此。"

与夏十二登岳阳楼

题　解　这首诗是李白流放回来后从江陵还至岳阳时所作。夏十二，李白的朋友，名字不详。《方舆胜览》："岳阳楼，在岳州郡治西南，西面洞庭，左顾郡山，不知创始为谁。唐开元四年，中书令张说出守是邦，与才士登临赋咏，自此名著。"

楼观岳阳①尽，川迥洞庭开。
雁引愁心去，山衔好月来。

一三六

云间连下榻②，天上接行杯③。

醉后凉风起，吹人舞袖回。

注释

① **岳阳**：谓天岳山之阳，楼依此立名。洞庭一湖，正当楼前，浩浩荡荡，茫无涯畔，所谓巴陵胜状，尽在是矣。

② **下榻**：沈约诗："宾至下尘榻。"王勃文："徐孺下陈蕃之榻。""下"字本此。

③ **行杯**：传杯而饮。

司马将军歌

题解《十六国春秋》："陈安善于抚绥，吉凶夷险与众共之。及其死，陇上人思之，为作《壮士之歌》曰：'陇上健士有陈安，躯干虽小腹中宽，爱养将士同心肝。骢骢骏马铁锻鞍，七尺宝刀配齐环。丈八蛇矛左右盘，十荡十决无当前。百骑俱出如云浮，追者千万骑悠悠。战始三交失蛇矛，十骑俱荡九骑留。弃我骢骢窜岩幽，大雨降后追者休。为我外援而悬头，西河之水东河流。阿阿呜呼奈子何？阿阿呜呼奈子何！'刘曜闻而嘉伤，命乐府歌之。"

狂风吹古月①，窃弄章华台②。

北落明星动光彩③，南征猛将如云雷④。

手中电曳倚天剑，直斩长鲸海水开⑤。

我见楼船壮心目⑥，颇似龙骧下三蜀⑦。

扬兵习战张虎旗⑧，江中白浪如银屋。

身居玉帐临河魁⑨，紫髯若戟冠崔嵬⑩。

细柳开营揖天子，始知灞上⑪为婴孩。

羌笛⑫横吹《阿𬤊回》，向月楼中吹《落梅》⑬。

将军自起舞长剑，壮士呼声动九垓⑭。

功成献凯见明主⑮，丹青画像麒麟台⑯。

① **"狂风"句**：《十六国春秋》："新平王彤为太史令，言于苻坚曰：'谨按谶云："古月之末乱中州，洪水大起健西流，惟有雄子定九州。"'"

② **章华台**：《九域志》："江陵府有章华台。《图经》云楚灵王与伍举登章华之台，是也。"《梦溪笔谈》："楚章华台，亳州城父县、陈州商水县、荆州江陵县长林县、复州监利县皆有之。据《左传》，楚灵王七年，成章华之台，与诸侯落之。"杜预注："章华台，在华容城中。华容，即今之监利县，非岳州之华容也。至今有章华故台，在县郭中，与杜预之说相符。亳州城父县有乾溪，其侧亦有章华台故基，台下往往得人骨，云楚灵王战死于此；商水县章华之侧，亦有乾溪，薛综注张衡《东京赋》引《左氏传》，乃云楚子成章华之台于干溪，皆误说也。《左传》实无此文。"

③ **"北落"句**：《甘氏星经》："北落师门一星，在羽林军西，主候兵。星明大而角，军兵安；小暗，天下兵。"《晋书·艺文志》："北落师门一星，在羽林西南。北者，宿在北方也。落，天之藩落也。师，众也。师门，犹军门也。长安城北门曰北落门，以象此也，主非常以候兵，有星守之，虏入塞中兵起。"

④ **"南征"句**：出自李陵《报苏武书》："猛将如云。"

⑤ **"手中"二句**：倚天剑，宋玉《大言赋》："长剑耿耿倚天外。"斩长鲸，梁元帝《玄览赋》："戮滔天之封豕，斩横海之长鲸。"

⑥ **"我见"句**：《通典》载："楼船，船上建楼三重，列女墙战格，树幡帜，开弩窗矛穴，置抛车垒石铁汁，状如城垒。忽遇暴风，人力不能制，此亦非便于事。然为水军不可不设，以成形势。"

⑦ **"颇似"句**：《晋书》："王浚为益州刺史，武帝谋伐吴，诏浚修舟舰，浚乃作大船连舫，方百二十步，受二千余人，以木为城。起楼橹，开四出门，其上皆得驰马来往。又画鹢首怪兽于船首，以惧江神。舟棹之盛，自古未有。寻以谣言拜浚为龙骧将军，监益、梁诸军事。太康元年，浚自发蜀，兵不血刃，攻无坚城，夏口、武昌无相支抗，于是顺流鼓棹，径造三山。"左思《蜀都赋》："三蜀之豪。"刘逵注："三蜀，蜀郡、广汉、犍为也。本一蜀国，汉高祖分置广汉，汉武帝分置犍为。"

⑧ **虎旗**：《周礼》："熊虎为旗。"

⑨ **"身居"句**：《抱朴子》载："兵在太乙玉帐之中，不可攻也。"《云谷杂记》："《艺文志》有《玉帐经》一卷，乃兵家压胜之方位，谓主将于其方置军帐则坚不可犯，犹玉帐然。其法出于黄帝遁甲，以月建前三位取之，如正月建寅，则巳为玉帐，主将宜居。"李太白《司马将军歌》云："身居玉帐临河魁。"戌为河魁，谓主将之

帐宜在戌也。非深识其法者不能为此语。

⑩ **"紫髯"句**：《三国志注》:"《献帝春秋》曰:'张辽问吴降人:"向有紫髯将军,长上短下,便马善射,是谁?"降人曰:"是孙会稽。"'"《南史》:"君须髯如戟。"《楚辞》:"冠切云之崔嵬。"王逸注:"崔嵬,高貌。"

⑪ **灞上**：《史记》:"文帝后六年,匈奴大入边,乃以刘礼为将军,军灞上;徐厉为将军,军棘门;周亚夫为将军,军细柳以备胡。上自劳军。至灞上及棘门军,直驰入,将以下骑送迎。已而之细柳军,军吏士被甲,锐兵刃,彀弓矢持满,天子先驱至,不得入。先驱曰:'天子且至。'军门都尉曰:'将军令曰:军中闻将军令,不闻天子之诏。'居无何,上至,又不得入。乃使使持节诏将军:'吾欲入劳军。'亚夫乃传言'开壁门',壁门士吏谓从属车骑曰:'将军约,军中不得驱驰。'天子乃按辔徐行。至营,亚夫持兵揖曰:'介胄之士不拜,请以军礼见。'天子为动,改容,式车。使人称谢:'皇帝敬劳将军。'成礼而去。既出军门,群臣皆惊。文帝曰:'此真将军矣。曩者灞上及棘门军,若儿戏耳,其将固可袭而虏也。至于亚夫,可得而犯耶!'"

⑫ **羌笛**：《文献通考》:"羌笛五孔。"陈氏《乐书》曰:"马融《笛赋》以为出于羌中。旧制四孔而已,京房因加一孔,以备五音。"《风俗通》:"汉武帝时,丘仲作尺四寸笛,后更名羌笛焉。"

⑬ **《落梅》**：《乐府杂录》:"笛,羌乐也,古有《落梅花》曲。"

⑭ **"壮士"句**：《汉书》:"楚战士无不一当十,呼声动天地。"《封禅书》:"上畅九垓。"服虔注:"垓,重也。天有九重。"

⑮ **"功成"句**：《旧唐书》:"凯乐,鼓吹之歌曲也。"《周官》:"王师大献,则奏凯乐。"注云:"献功之乐也。又大司马之职:师有功,则凯献于社。"注云:"兵乐曰凯。"《司马法》曰:"得意则凯乐,所以示喜也。"

⑯ **"丹青"句**：《汉书》:"甘露三年,单于始入朝,上思股肱之美,乃图画其人于麒麟阁,署其官爵姓名。唯霍光不名,

●细柳开营揖天子，始知灞上为婴孩

曰大司马大将军博陆侯姓霍氏，次曰卫将军富平侯张安世，次曰车骑将军龙侯韩增，次曰后将军营平侯赵充国，次曰丞相高平侯魏相，次曰丞相博阳侯丙吉，次曰御史大夫建平侯杜延年，次曰宗正阳城侯刘德，次曰少府梁丘贺，次曰太子太傅萧望之，次曰典属国苏武。皆有功德，知名当世。是以表而扬之，明著中兴辅佐，列于方叔、召虎、仲山甫焉。"张晏注："武帝获麒麟时作此阁，图画其像于阁，故以为名。"

早春寄王汉阳

题解 这首诗是上元元年早春在江夏所作，至汉阳，汉阳县令王某，名字不详。

> 闻道春还未相识，走傍寒梅访消息。
> 昨夜东风入武昌，陌头杨柳黄金色。
> 碧水浩浩云茫茫，美人①不来空断肠。
> 预拂青山一片石，与君连日醉壶觞②。

注释

① **美人**：指王汉阳。

② **"预拂"二句**：预先将青山中一片石拂拭干净，准备和王汉阳在石上连日痛饮。

临路歌

题解 这首诗是李白的绝笔。按李华《墓志》谓太白赋《临终歌》而卒，恐此诗即是。"路"字盖"终"字之讹。胡震亨以为拟琴操之《临河歌》，非是。

> 大鹏飞兮振八裔①，中天摧兮力不济。
> 余风激兮万世，游扶桑兮挂石袂②。
> 后人得之传此，仲尼亡兮谁为出涕？

① **八裔**：木华《海赋》："迆延八裔。"李善注："八裔，犹八方也。"

② **"游扶桑"句**：严忌《哀时命》："衣摄叶以储与兮，左袪挂于榑桑。"王逸注："袪，袖也。言己衣服长大，摄叶储与不得舒展，德能宏广不能施用，东行则左袖挂于榑桑，无所不覆也。"

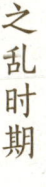

第六期

年代不可考部分

纵观李白一生，不以功名显露，却高自期许，不畏权力，甚至藐视权贵，肆无忌惮地嘲笑以政治权力为中心的等级秩序，批判当时腐败的政治现象，以大胆反抗的姿态，推进了盛唐文化中的英雄主义精神。

　　然而，即便多次出现在政治舞台，李白骨子里却仍有道家风骨，又写下了许多具有优美意境的山水诗，对大自然有着强烈的感受力；他善于把自己的个性融化到自然景物中去，使他笔下的山水丘壑也都具有理想化的色彩。

　　李白的诗歌创作带有强烈的主观色彩，主要侧重抒写豪迈气概和激昂情怀，很少对客观事物和具体时间进行细致描述。洒脱不羁的气质、傲视独立的人格、易于触动而又易于爆发的强烈情感，形成了李白诗抒情方式的鲜明特点。他一旦感情兴发，就会毫无节制地奔涌而出，宛若天际的狂飙和喷溢的火山。

李太白集

长相思

题解　长相思，本汉人诗中语。《古诗》："客从远方来，遗我一书札。上言长相思，下言久离别。"苏武诗："生当复来归，死当长相思。"李陵诗："行人难久留，各言长相思。"六朝始以名篇，如陈后主"长相思，久相忆"，徐陵"长相思，望归难"，江总"长相思，久别离"诸作，并以"长相思"发端。太白此篇，正拟其格。

长相思，在长安。

络纬①秋啼金井阑，微霜凄凄簟色寒。

孤灯不明思欲绝，卷帷望月空长叹。

美人如花隔云端②，上有青冥之高天③，下有渌水之波澜。

天长路远魂飞苦④，梦魂不到关山难。

长相思，摧心肝⑤。

注释

① **络纬**：出自吴均诗："络纬井边啼。"《古今注》："莎鸡一名促织，一名络纬，一名蟋蟀。促织谓其鸣声如急织，络纬谓其鸣声如纺绩也。"按：今之所谓络纬，似蚱蜢而大，翅作声，绝类纺绩。秋夜露凉风冷，鸣尤凄紧，俗谓之纺绩娘，非蟋蟀也。或古今称谓不同欤？金井阑，井上阑干也。古乐府多有玉床金井之辞，盖言其木石美丽，价值金玉云耳。

② **"美人"句**：宋玉《神女赋》："炜乎如花，温乎如玉。"枚乘诗："美人在云端，天路隔无期。"

●长相思

③ **"上有"句**：《楚辞》："据青冥而摅虹兮。"

④ **"天长"句**：陈后主《孙场铭》："天长路远，地久云多。"

⑤ **摧心肝**：出自欧阳建诗："痛哭摧心肝。"

夜坐吟

题 解 《夜坐吟》，始自鲍照。其辞曰："冬夜沉沉夜坐吟，含情未发已知心。霜入幕，风度林，朱灯灭，朱颜寻。体君歌，逐君音，不贵声，贵意深。"盖言听歌逐音，因音托意也。

冬夜夜寒觉夜长①，沉吟久坐坐北堂。

冰合井泉月入闺，金钉②青凝照悲啼。

●夜坐吟

金钉灭，啼转多，掩妾泪，听君歌。

歌有声，妾有情，情声合，两无违。

一语不入意，从君万曲梁尘③飞。

注 释

① **"冬夜"句**：《古诗》："天寒知夜长。"

② **钉**：灯盏。《西都赋》："金钉衔璧。"

③ **梁尘**：陆机诗："再唱梁尘飞。"刘向《别录》："汉兴以来，善雅歌者鲁人虞公，发声清哀，盖动梁尘。"

侠客行

题解 这首诗通过对侯嬴和朱亥的赞颂，表现出李白对行侠生活的向往，并认为侠客的精神和事业，要远远超过埋首著作的儒生。

赵客缦胡缨[①]，吴钩[②]霜雪明。
银鞍照白马[③]，飒沓如流星[④]。
十步杀一人，千里不留行[⑤]。
事了拂衣去，深藏身与名。
闲过信陵饮，脱剑膝前横。
将[⑥]炙啖朱亥，持觞劝侯嬴。
三杯吐然诺[⑦]，五岳倒为轻。
眼花耳热后[⑧]，意气素霓生[⑨]。
救赵挥金槌，邯郸先震惊[⑩]。
千秋二壮士，烜赫[⑪]大梁城。
纵死侠骨[⑫]香，不惭世上英[⑬]。
谁能书阁下，白首《太玄经》。

注释

①**“赵客”句**：《庄子》：“赵太子曰：吾王所见剑士，皆蓬头突鬓，垂冠缦胡之缨，短后之衣。”司马彪曰：“曼胡之缨，谓粗缨无文理也。”

②**吴钩**：出自鲍照诗：“锦带佩吴钩。”李周翰注：“吴钩，钩类，头少曲。”《梦溪笔谈》：“吴钩，刀名也，刃弯。今南蛮用之，谓之葛党刀。”

③**“银鞍”句**：出自辛延年诗：“银鞍何煜爚。”

④**流星**：出自杜笃《论都赋》：“军如流星。”

⑤**“十步”二句**：《庄子》：“臣之剑十步一人，千里不留行。”司马彪曰：“十步与一人相击，辄杀之，故千里不留于行也。”

⑥**将**：《韵会》：“将，奉也，赍也，持也。”

⑦ **"三杯"句**：丘迟诗："丈夫吐然诺，受命本遗家。"

⑧ **"眼花"句**：张华《轻薄篇》："三雅来何迟，耳热眼中花。"

⑨ **"意气"句**：张华《壮士篇》："慷慨成素霓，啸咤起清风。"

⑩ **"邯郸"句**：《史记》："魏公子无忌者，魏昭王少子而魏安釐王异母弟也。安釐王即位，封公子为信陵君。魏有隐士曰侯嬴，年七十，家贫，为大梁夷门监者。公子闻之，往请，欲厚遗之，不肯受。公子于是乃置酒大会宾客，坐定，公子从车骑，虚左，自迎侯生。至家，引侯生坐上坐，遍赞宾客，宾客皆惊。于是罢酒，侯生遂为上客。侯生谓公子曰：'屠者朱亥，此子贤者，世莫能知，故隐屠间耳。'公子数往请之，朱亥故不复谢。魏安釐王二十年，秦已破赵长平军，又进兵围邯郸。魏王使将军晋鄙将十万众救赵，秦王使使告魏王曰：'吾攻赵，旦暮且下，诸侯敢救者，已拔赵，必移兵先击之。'魏王恐，使人止晋鄙，留军壁邺，名为救赵，实持两端以观望。公子数请魏王，及宾客辩士说王万端，魏王畏秦，终不听公子。侯生曰：'嬴闻晋鄙之兵符常在王卧内，而如姬最幸，出入王卧内，力能窃之。嬴闻如姬父为人所杀，如姬为公子泣，公子使客斩其仇头，敬进如姬。如姬之欲为公子死，无所辞。公子诚一开口请如姬，如姬必许诺，则得虎符夺晋鄙军，北救赵而西却秦，此五霸之伐也。'公子从其计，请如姬，如姬果盗晋鄙兵符与公子。侯生曰：'将在外，主令有所不受，以便国家。公子即合符，而晋鄙不授公子兵而复请之，事必危矣。臣客屠者朱亥可与俱，此人力士，晋鄙听大善，不听，可使击之。'于是公子请朱亥，朱亥笑曰：'臣乃市井鼓刀屠者，而公子亲数存之，所以不报谢者，以为小礼无所用。今公子有急，此乃臣效命之秋也。'遂与公子俱。至邺，矫魏王令代晋鄙。晋鄙合符，疑之，欲无听，朱亥袖四十斤铁锥锥杀晋鄙。公子遂将晋鄙军，进兵击秦军，秦军解去，遂救邯郸，存赵。"

⑪ **烜赫**：《韵会》："烜赫，明照貌。"又云："烜，光明也。"《诗》："赫兮烜兮。"注："宣著貌，一曰有威仪貌，通作咺。"《礼记》引《诗》："赫兮咺兮。又作'喧'。"琦按："《后汉书·张让传》：'有威形喧赫之语，喧赫、烜赫，皆倒用赫咺字以成文耳，字虽异而义则一也。'"

⑫ **侠骨**：出自张华《游侠曲》："生从命子游，死闻侠骨香。"

⑬ **世上英**：出自李密诗："寄言世上英，虚生良可愧。"

关山月

题 解 《乐府古题要解》："《关山月》，伤离别也。"萧士赟曰："《关山月》者，乐府鼓角横吹十五曲之一。"王褒诗云："无复汉地关山月。"

明月出天山^①，苍茫云海间。

长风几万里^②，吹度玉门关。

汉下白登道^③，胡窥青海湾^④。

由来征战地，不见有人还。

戍客望边色，思归多苦颜。

高楼当此夜，叹息未应闲。

注 释

① "明月"句：《汉书》："贰师将军与右贤王战于天山。"晋灼注："天山，在西域，近蒲类国，去长安八千余里。"颜师古注："天山，即祁连山也。匈奴谓天为祁连。今鲜卑语尚然。"《舆地广记》："伊州伊吾县有天山，胡人呼为折漫罗山，每过之皆下马拜。一名雪山。"《北边备对》："天山，即祈连山也，又名时漫罗山，又名祁漫罗山。盖虏语谓祁连也、时漫罗也、祁漫罗也，皆天也。"《通典》："《元和志》于张掖县既著祁连山矣，而伊、西、庭三州皆有此山，则是自甘张掖而西，至于庭州，相去三千五六百里，而天山皆能周遍其地，则此山亦广长矣。月出于东而天山在西，今曰'明月出天山'，盖自征夫而言已过天山之西，而回首东望，则俨然见明月出于天山之外也。"

●关山月

②**"长风"句**：陆机诗："长风万里举。"

③**"汉下"句**：出自《汉书》："匈奴引兵南逾句注，攻太原，至晋阳下，高帝自将兵往击之。会冬大寒，雨雪，卒之坠指者十二三。于是冒顿阳败走，诱汉兵。汉兵遂击冒顿，冒顿匿其精兵，见其羸弱，于是汉悉兵三十二万北逐之。高帝先至平城，步兵未尽到。冒顿纵精兵三十余万骑围高帝于白登，七日，汉兵中外不得相救饷。颜师古注：白登，在平城东南，去平城十余里。"《舆地广记》："云州云中县有白登山，匈奴围汉高祖于此。"

④**"胡窥"句**：《周书》："吐谷浑治伏俟城，在青海西十五里。青海周围千余里。建德五年其国大乱，高祖诏皇太子征之，军渡青海，至伏俟城。夸吕遁去，虏其余众而还。"《一统志》："西海，在青海西宁卫城西三百余里，海方数百里，一名卑禾羌海，俗呼青海。"《潜确居类书》："洮州卫有青海，在洮水之西，周围千里，中有小山。隋将段文振西征，逐虏于青海即此。"琦按："青海，隋时属吐谷浑，唐高宗时为吐蕃所据。仪凤中李敬元，开元中王君㚟、张景顺、崔希逸、皇甫惟明、王忠嗣，先后与吐蕃攻战，皆近其地，相去不远。"

登高丘而望远海

[题　解]　此题旧无传闻。郭茂倩《乐府诗集》编是诗于相和曲中魏文帝"登山而远望"一篇之后，疑太白拟此也，然文意却不类。

登高丘，望远海。

六鳌骨已霜，三山①流安在？

扶桑半摧折②，白日沉光彩③。

银台金阙如梦中，秦皇汉武空相待④。

精卫⑤费木石，鼋鼍无所凭。

君不见骊山茂陵尽灰灭，牧羊之子来攀登⑥。

盗贼劫宝玉⑦，精灵竟何能。

穷兵黩武今如此⑧，鼎湖飞龙安可乘⑨。

注 释

① **三山**：《列子》："渤海之东，不知几亿万里，有大壑焉，实惟无底之谷。其中有五山焉，一曰岱舆，二曰员峤，三曰方壶，四曰瀛洲，五曰蓬莱。五山之根无所连着，常随潮波上下往还，不得暂峙焉。仙圣毒之，诉之于帝，帝恐流于西极，失群圣之居，乃命禺疆使巨鳌十五，举首而戴之。迭为三番，六万岁一交焉。五山始峙。而龙伯之国有大人，举足不盈数步，而暨五山之所，一钓而连六鳌，合负而趋，归其国，灼其骨以数焉。于是岱舆、员峤二山，流于北极，沉于大海。仙圣之播迁者巨亿计。"

② **"扶桑"句**：《山海经》载："汤谷上有扶桑，十日所浴，在黑齿北，居水中，有大木，九日居下枝，一日居上枝。"

③ **"白日"句**：江淹《别赋》："日下璧而沉彩。"

④ **"银台"二句**：出自张衡《思玄赋》："聘王母于银台。"注云："银台，王母所居。"《史记》："自威、宣、燕昭使人入海求蓬莱、方丈、瀛洲。此三神山者，其传在渤海中，去人不远。患且至，则船风引而去。盖尝有至者，仙人及不死之药皆在焉。其物禽兽尽白，而黄金银为宫阙。未至，望之如云。及到，三神山反居水下。临之，风辄引去，终莫能至云。及至秦始皇并天下，至海上，则方士言之不可胜数。始皇自以为至海上而恐不及矣。使人乃赍童男女入海求之。船交海中，皆以风为解，曰未能至，望见之焉。今天子遣方士入海，求蓬莱、安期生之属，居久之，求蓬莱、安期生莫能得。"

⑤ **精卫**：精卫鸟，常衔西山木石以湮东海，详见《大鹏赋》注。

⑥ **"君不见"二句**：《汉书》："秦始皇帝葬于骊山之阿，下锢三泉，上崇山坟，其高五十余丈，周回五里有余。石椁为游馆，人膏为灯烛，水银为江海，黄金为凫雁。珍宝之藏，机械之变，棺椁之丽，宫馆之盛，不可胜原。又多杀宫人，生埋工匠，计以万数。天下苦其役而反之，骊山之作未成，而周章百万之师至其下矣。

● 登高丘而望远海

项籍燔其宫室营宇，往者咸见发掘。其后牧儿亡羊，羊入其凿，牧者持火照求羊，失火烧其藏椁。"《汉武外传》："元狩二年二月丁卯，帝崩。三月葬茂陵。"《北齐书》："终自灰灭。"

⑦ **"盗贼"句**：《晋书》：汉天子即位一年而为陵。天下供赋三分之，一供宗庙，一供宾客，一充山陵。汉武帝享年久长，比葬而茂陵不复容物，其树皆已可拱。赤眉取陵中物，不能减半，于今犹有朽帛委积，金玉未尽。

⑧ **"穷兵黩武"句**：《三国志》载："穷兵黩武，动费万计。"

⑨ **"鼎湖"句**：《抱朴子》："黄帝于荆山之下，鼎湖之中，飞九丹成，乃乘龙登天也。"

荆州歌

[题解]　这首诗写荆州女子思念在外的丈夫，为丈夫的旅途风险担忧。唐时，荆州隶山南东道，领江陵、枝江、当阳、长林、石首、松滋、公安、荆门八县。天宝元年，改为江陵郡。

> 白帝城①边足风波，瞿塘②五月谁敢过。
>
> 荆州麦熟茧成蛾，缲丝忆君头绪多，拨谷③飞鸣奈妾何。

注释

① **白帝城**：《通典》载："夔州奉节县有白帝城。"按："唐之奉节县即汉之鱼复县也。王莽时，公孙述据蜀，有白龙出殿前井中，述以为瑞，自称白帝，更号鱼复曰白帝城。刘先主改曰永安宫，即其地，在夔州府城东山上。"《初学记》："《荆州图记》曰：'白帝城，西临大江，东南高二百丈，西北高一千丈。'"

② **瞿塘**：《水经注》载："广溪峡中有瞿塘、黄龙二滩，夏水迴复，沿溯所忌。"《太平寰宇记》："瞿塘峡，在夔州东一里，古西陵峡也。连崖千丈，奔流电激，舟人为之恐惧。"

③ **拨谷**：《本草》："陈藏器曰：'布谷，鸣鸠也。'江东呼为获谷，亦曰郭公，北人名拨谷。似鹞，长尾，牡牝飞鸣，以冀相摩击。"

久别离

第六期　年代不可考部分

题解　这首诗写男子离家很久，思念家中妻子的心情。胡震亨曰："江淹《拟古》始有《古别离》，后乃有《长别离》《生别离》等名。此《久别离》及《远别离》皆自为之名，其源则出于《古别离》也。"

●久别离

别来几春未还家，玉窗五见樱桃花①。

况有锦字书，开缄使人嗟。

至此肠断彼心绝，云鬟②绿鬓罢梳结，愁如回飙③乱白雪。

去年寄书报阳台，今年寄书重相摧。

东风兮东风，为我吹行云使西来。

待来竟不来，落花寂寂委青苔。

注释

① **樱桃花**：《本草》载："樱桃树，不甚高，春初开白花，繁英如雪。"

② **鬟**：《说文》载："鬟，总发也，亦谓之髻。"

③ **回飙**：谢灵运诗："回飙流轻雪。"

结袜子

题解　北魏温子升有《结袜子》诗，疑是当时曲名。《乐府诗集》引文王、张释之结袜事为解，非也。然太白之作与子升原作，辞旨又复不同。

> 燕南壮士吴门豪，筑中置铅鱼隐刀①。
>
> 感君恩重许君命，太山一掷轻鸿毛②。

注　释

①"**燕南**"二句：《史记》载："秦灭燕。太子丹、荆轲之客，皆亡。高渐离变姓名为人佣保，匿作于宋子。使击筑而歌，客无不流涕而去者。闻于秦始皇，秦始皇召见，人有识者乃曰：'高渐离也。'秦皇帝惜其善击筑，重赦之，乃矐其目，使击筑，未尝不称善。稍益近之，高渐离乃以铅置筑中。复进得近，举筑扑秦皇帝，不中。于是遂诛高渐离。"又《史记》载："伍子胥知公子光之欲杀吴王僚，乃进专诸于公子光。光伏甲士于窟室中，而具酒请王僚。王僚使兵陈自宫至光之家，门户阶陛左右皆王僚之亲戚也。夹立侍，皆持长铍。酒既酣，公子光佯为足疾，入窟室中，使专诸置匕首鱼炙之腹中而进之。既至王前，专诸擘鱼，因以匕首刺王僚，王僚立死。左右亦杀专诸。"

② **鸿毛**：《燕丹子》："烈士之节，死有重于太山，有轻于鸿毛者，但问用之所在耳。"

结客少年场行

题　解　《乐府古题要解》："《结客少年场行》，言轻生重义，慷慨以立功名也。"萧士赟曰："《结客少年场》，取曹植诗'结客少客场，报怨洛北邙'为题，始自鲍照。"

> 紫燕①黄金瞳，啾啾②摇绿鬣。
>
> 平明相驰逐③，结客洛门东。
>
> 少年学剑术，凌轹④白猿公。
>
> 珠袍⑤曳锦带，匕首插吴鸿⑥。
>
> 由来万夫勇，挟此生雄风。
>
> 托交从剧孟⑦，买醉入新丰⑧。

笑尽一杯酒，杀人都市中^⑨。

羞道易水寒，从令日贯虹。

燕丹事不立，虚没秦帝官。

武阳死灰人^⑩，安可与成功。

注释

① **紫燕**：出自刘劭《赵郡赋》："其良马则飞兔奚斯，常骊紫燕，丰騩确颅，龙身鹄颈，目如黄金，兰筋参精。"《山海经》："有文马缟身朱鬣，目若黄金。"

② **啾啾**：《楚辞》："鸣玉鸾之啾啾。"王逸注："啾啾，鸣声。"

③ **"平明"句**：《汉书》："先平明。"鲍照诗："车马相驰逐，宾朋好容华。"

④ **凌轹**：《汉书》载："轹轢宗室，侵犯骨肉。"颜师古注："轹轢，谓蹈践之也。"《后汉书》："帝以朱浮陵轹同列。"章怀太子注："陵轹，犹欺蔑也。"《吴越春秋》："越有处女，出于南林。越王使使聘之，问以剑戟之术。处女北行见于王，道逢一翁，自称曰袁公。问处女：'吾闻子善剑，愿一见之。'女曰：'妾不敢有所隐，唯公试之。'于是袁公即杖箖箊竹，竹枝上颉桥末坠地，女即接末，袁公则飞上树，变为白猿。"

⑤ **珠袍**：《搜神记》："以一珠袍与之。"

⑥ **"匕首"句**：《艺文类聚》引《通俗文》曰："匕首，剑属，其头类匕，故曰匕首，短而便用。"《吴越春秋》："阖闾命于国中作金钩，令曰：'能善为钩者，赏之百金。'吴作钩者甚众，有人贪王之重赏也，杀其二子，以血衅金，遂成二钩，献于阖闾，诣宫门而求赏。王曰：'为钩者众，而子独求赏，何以异于众夫子之钩乎？'作钩者曰：'吾之作钩也，贪而杀二子，衅成二钩。'王乃举众钩以视之：'何者是也？'王钩甚多，形体相类，不知其所在。于是钩师向钩而呼二子之名：'吴鸿、扈稽，我在于此，王不知汝之神也。'声绝于口，两钩俱飞，著父之胸。吴王大惊曰：'寡人诚负于子。'乃赏百金，遂服而不离身。"

⑦ **"托交"句**：《史记》载："剧孟以任侠显，行大类朱家，而好博，多年少之戏。"

⑧ **"买醉"句**：李善《文选注》：《三辅旧事》曰：太上皇不乐关中，思慕乡里。高祖徙丰沛屠儿、酤酒煮饼商人，立为新丰。"

⑨ **"杀人"句**：左延年诗："杀人都市中，邀我都巷西。"

⑩ **"武阳"句**：《燕丹子》：荆轲与武阳入秦，秦王陛戟而见燕使，既鼓钟并发，武阳大恐，面如死灰色。

古朗月行

题解 唐玄宗晚年，沉湎声色，政治腐败。这诗以蟾蜍蚀影、阴精沦惑为喻，大概是对玄宗宠幸杨贵妃、废弃政事的讽刺。鲍照有《朗月行》，疑始于照。

小时不识月，呼作白玉盘①。

又疑瑶台镜，飞在青云端。

仙人垂两足，桂树②何团团。

白兔捣药成③，问言与谁餐。

蟾蜍蚀圆影④，大明夜⑤已残。

羿昔落九乌⑥，天人清且安。

阴精此沦惑⑦，去去不足观。

忧来其如何，凄怆摧心肝⑧。

注释

① **白玉盘**：出自应劭《汉官仪》："封禅坛有白玉盘。"

② **桂树**：《初学记》载："虞喜《安天论》曰：俗传月中仙人桂树，今视其初生，见仙人之足渐已成形，桂树后生。"

③ **"白兔"句**：傅玄《拟天问》："月中何有？白兔捣药。"

④ **"蟾蜍"句**：古代传说，月亮里有个蟾蜍，月食就是月亮被蟾蜍吃掉了。曹植诗："圆影光未满。"

⑤ **大明夜**：出自木华《海赋》："大明摭辔于金枢之穴。"李善注："大明，月也。"

⑥ **"羿昔"句**：《楚辞章句》载：《淮南》言尧时，十日并出，草木焦枯。尧令羿仰射十日，

●古朗月行

中其九日，日中九乌皆死，坠其羽翼。

⑦ **"阴精"句**：出自张衡《灵宪》："月者，阴精之宗。"《春秋元命苞》："阴精为月。"

⑧ **摧心肝**：欧阳建诗："痛酷摧心肝。"

独不见

[题 解] 《乐府古题要解》："《独不见》，言思而不得见也。胡震亨曰：'梁柳恽本辞：奉帚长信宫，谁知独不见。'唐人拟者多用'独不见'三字。"

白马谁家子①？黄龙②边塞儿。

天山三丈雪③，岂是远行时。

春蕙④忽秋草，莎鸡⑤鸣曲池。

风催寒梭响，月入霜闺悲。

忆与君别年，种桃齐蛾眉。

桃今百余尺，花落成枯枝。

终然独不见，流泪空自知。

注 释

① **谁家子**：出自曹植诗："白马饰金羁，连翩西北驰。借问谁家子？幽并游侠儿。"

② **黄龙**：《水经注》载："白狼水，又北经黄龙城东。"《十三州志》曰："辽东属国都尉，治昌黎道，有黄龙亭者也。魏营州刺史治。"《魏氏土地记》曰："黄龙城西南有白狼河，东北流，附城东北下即是也。"《新唐书·北狄列传》："契丹逃潢水之南，黄龙之北。"又云："室韦，契丹别种，地据黄龙，北傍猞越河，直京师东北七千里。"

③ **"天山"句**：《太平寰宇记》："天山，一名白山，今名折罗漫山，在伊州伊吾县北一百二十里。"《西河旧事》云："天山最高，冬夏有雪，故曰白山。山中有好木铁。匈奴谓之天山，过之皆下马拜。在蒲类海东百里，即汉贰师击右贤王处。"

④ **蕙：**《尔雅翼》载："蕙，大抵似兰，花亦春开，兰先而蕙继之，皆柔荑，其端作花，兰一荑一花，蕙一荑五六花，香次于兰。"

⑤ **莎鸡：**出自陆玑《草木疏》："莎鸡，如蝗而斑色，毛翅数重，其翅正赤，或谓之天鸡。六月中飞，而振羽索索作声，幽州谓之蒲错。"《尔雅翼》："莎鸡，其状头小而羽大，有青、褐两种，率以六月振羽作声，连夜札札不止。其声如纺丝之声，故一名梭鸡，一名络纬，今俗谓之络丝娘。"《古今注》曰："莎鸡，一名促织，一名络纬，一名蟋蟀。促织，谓其鸣声如急织也。络纬，谓其鸣声如纺纬也。"又曰："促织，一名促机。络纬，一名纺纬。"其言促织如急织，络纬如纺纬，是矣。但蟋蟀与促织是一物，莎鸡与络纬是一物，不当合而言之耳。

● 独不见

妾薄命

[题解] 《乐府古题要解》："《妾薄命》，曹植'日月既逝西藏'，盖恨宴私之欢不久。如梁简文'名都多丽质'，伤良人不返，王嫱远聘，卢姬嫁迟。"

汉帝重阿娇，贮之黄金屋①。

咳唾落九天，随风生珠玉②。

宠极爱还歇，妒深情却疏。

长门一步地，不肯暂回车。

雨落不上天，水覆难再收。

君情与妾意，各自东西流③。

昔日芙蓉花，今成断根草。

以色事他人，能得几时好④？

注释

① **"汉帝"二句**：《汉武故事》载："武帝数岁，长公主抱置膝上，问曰：'儿欲得妇否？'指左右长御百余人，皆曰：'不用。'指其女阿娇好否，笑对曰：'好。若得阿娇作妇，当作金屋贮之。'长主大悦，乃苦要上，遂成婚焉。立为太子，年十四即位，长主求欲无厌，上患之，皇后宠遂衰，骄妒滋甚。女巫楚服自言有术，能令上意回。昼夜祭祀，合药服之，巫著男子衣冠帻带，素与皇后寝居，相爱若夫妇。上闻，穷治侍御，巫与后诸妖蛊咒诅，女而男淫，皆伏辜。废皇后，处长门宫。"

② **珠玉**：出自夏侯湛《抵疑》诗："咳吐成珠玉，挥袂出风云。"

③ **"君情"二句**：裴松之《三国志注》："覆水不可收也。"鲍照诗："泻水置平地，各自东西南北流。"

④ **"以色"两句**：《邵氏闻见后录》："李太白诗云：'昔作芙蓉花，今为断肠草。以色事他人，能得几时好。'"按："陶弘景《仙方注》云：'断肠草，不可食，其花美好，名芙蓉。'"琦按："此说似乎新颖，而揆之取义，'断肠'不若'断根'之当也。"《史记》："以色事人者，色衰而爱弛。"

塞下曲六首

题解　《乐府诗集》有《出塞曲》《入塞曲》，李延年造。唐人有《塞上曲》《塞下曲》，盖出于此。

其　一

　　五月天山雪①，无花只有寒。

　　笛中闻《折柳》②，春色未曾看。

　　晓战随金鼓③，宵眠抱玉鞍。

　　愿将腰下剑，直为斩楼兰④。

注释

① **"五月"句**：天山冬夏有雪。

② **"笛中"句**：按《白帖》："笛有《折杨柳》之曲。"

③**"晓战"句**：《释名》载："金鼓，金，禁也，为进退之禁也。太白以玉鞍对金鼓，则金鼓自是一物。有引'鼓'以进军，'金'以退军解者，恐未是。"

④**斩楼兰**：据《汉书》载："楼兰王为匈奴反间，数遮杀汉使，大将军霍光遣平乐监傅介子往刺其王。介子轻将勇敢士，赍金帛扬言以赐外国为名。至楼兰，诈其王欲赐之，王喜，与介子饮，醉，将其王屏语，壮士二人从后刺杀之，贵人左右皆散走。介子告谕以王负汉罪，天子遣我诛王，当立王弟尉屠耆在汉者。汉兵方至，毋敢动，自令灭国矣。介子遂斩王尝归首，驰传诣阙，悬首北阙下。封介子为义阳侯。"

其 二

天兵下北荒，胡马欲南饮①。

横戈从百战②，直为衔恩甚。

握雪海上餐③，拂沙陇头寝。

何当破月氏④，然后方高枕⑤。

注 释

①**"天兵"二句**：《宋书》载："李孝伯曰：'我今当南饮江湖以疗渴耳。'"

②**"横戈"句**：《吕氏春秋》："行人烛过免胄横戈而进。"

③**海上餐**：据《后汉书》载："余羌复与烧何大豪寇张掖，攻没钜鹿坞，杀属国吏民。段颎追之。且斗且行，昼夜相攻，割肉、食雪四十余日，遂至河首积石山，出塞二千余里。"

④**月氏**：据《汉书》载："大月氏国，本居敦煌、祁连间，至冒顿单于攻破月氏，月氏乃远去，过大宛，西击大夏而臣之。都妫北为王庭，其余小众不能去者，保南山羌，号小月氏。"

⑤**"高枕"句**：《匈奴传》载："北狄不服，中国未得高枕安寝也。"

其 三

骏马似风飙，鸣鞭出渭桥①。

弯弓辞汉月②，插羽破天骄③。

阵解星芒尽④，营空海雾消。

功成画麟阁⑤，独有霍嫖姚。

注 释

①**"鸣鞭"句**：谢灵运诗："鸣鞭适大河。"《史记正义》："《括地志》云：渭桥，本名横桥，架渭水上。在雍州咸阳县东南二十二里。"《雍录》：中渭桥旧止单名渭桥。《水经注》叙渭曰：水上有梁，谓之渭桥者是也。后世加"中"以冠桥上者，为长安之西，别有便民桥，万年县之东，更有东渭桥，故不得不以"中"别也。《陕西通志》：西渭桥，在咸阳县西南百步，汉武帝造，名便桥，唐名咸阳桥。中渭桥在咸阳县东二十五里，秦时造，所谓渭水贯都以象天汉，横桥南渡以法牵牛者也。

●功成画麟阁，独有霍嫖姚

东渭桥，在高陵县南十里，不知始于何时，或云汉高祖造以通栎阳之道者也。古来单称渭桥者，大概专指中渭桥也。

②**"弯弓"句**：庾信诗："关山连汉月，陇水向秦城。"

③**"插羽"句**：薛道衡诗："边庭烽火惊，插羽夜征兵。"《魏武奏事》曰："今边有小警，辄露檄插羽。"《汉书》："胡者，天之骄子也。"

④**"阵解"句**：《后汉书》："客星芒气白为兵。"杨素诗："兵寝星芒落，战解月轮空。"

⑤**"功成"句**：《三辅黄图》引《麒麟阁庙记》云："麒麟阁，萧何造。"《汉书》："宣帝思股肱之美，乃图画霍光等十一人于麒麟阁。"

其 四

白马黄金塞①，云砂绕梦思。

那堪愁苦②节，远忆边城儿。

萤飞秋窗满，月度霜闺迟。

摧残梧桐叶，萧飒沙棠③枝。

无时独不见，泪流空自知。

① **黄金塞**：边塞地名，未详所在。

② **愁苦**：出自鲍照诗："实是愁苦节。"

③ **沙棠**：《吕氏春秋》载："果之美者，沙棠之实。"《上林赋》："沙棠栎櫧，华枫枰栌。"张揖注："沙棠，状如棠，黄华赤实，其味似李，无核。"

其　五

塞虏乘秋下，天兵出汉家①。

将军分虎竹②，战士卧龙沙③。

边月随弓影，胡霜拂剑花④。

玉关殊未入⑤，少妇莫长嗟。

注　释

① **"天兵"句**：《长杨赋》："天兵四临。"

② **"将军"句**：《汉书·文帝纪》："初与郡守为铜虎符、竹使符。应劭曰：'铜虎符第一至第五，国家当发兵，遣使者到郡合符，符合乃听受之。竹使符者，以竹箭五枚，长五寸，镌刻篆书第一至第五。'"颜师古注："与郡守为符者，谓各分其半，右留京师，左以与之。"鲍照诗："留我一白羽，将以分虎竹。"

③ **"战士"句**：《后汉书》："坦步葱雪，咫尺龙沙。"章怀太子注："葱岭，雪山。白龙堆，沙漠也。"

④ **"胡霜"句**：鲍照诗："旌甲被胡霜。"明余庆诗："剑花寒不落。"

⑤ **"玉关"句**：《汉书》："太初元年，以李广利为贰师将军，发属国六千骑及郡国恶少年数万人以往，期至贰师城，取善马。比至郁城，郁城距之，引而还，往来二岁。至敦煌，士不过什一二，使使上书言罢兵，天子大怒，使使遮玉门关曰：'军有敢入，斩之。'贰师恐，因留屯敦煌，天子赦囚徒扦寇盗，发恶少年及边骑出敦煌六万人，负私从者不与。行至宛城，宛贵人共杀王。贰师取其善马数十匹，中马以下牝牡三千匹，军还入玉门关者万余人。"

其　六

烽火动沙漠，连照甘泉①云。

汉皇按剑起②，还召李将军③。

兵气天上合，鼓声陇底④闻。

横行负勇气⑤，一战静妖氛⑥。

注 释

① **甘泉**：出自《史记》："胡骑入代句注边，烽火通于甘泉、长安。"《李陵歌》："径万里兮度沙漠。"按："沙漠，亦作沙幕，一曰大碛。汉时谓之幕，唐时谓之碛。在古敦煌郡之外，东西数千里，南北远者千里，绝无水草，不可驻牧，虽鸟兽亦不能居之。"

② **"汉皇"句**：出自鲍照诗："天子按剑怒。"

③ **"还召"句**：《史记》载："匈奴入杀辽西太守，败韩将军，于是天子乃召拜李广为右北平太守。匈奴闻之，号曰'汉之飞将军'，避之数岁，不敢入右北平。"

④ **陇底**：出自《说文》："陇，大坂也。"陇底，谓山陇之下。天水郡之大坂，名曰陇坂，亦曰陇底，与此不同。

⑤ **"横行"句**：出自《汉书》："高皇后尝忿匈奴。群臣庭议，樊哙请以十万众横行匈奴中。"

⑥ **"一战"句**：《北史》："何以报天子？沙漠静妖氛。"

● 汉皇按剑起，还召李将军

玉阶怨

题 解 这首诗写秋天的晚上，妇女独自望月的情景，隐喻寂寞幽怨之意。题始自谢朓，太白盖拟之。

玉阶①生白露，夜久侵罗袜。

却下水精帘②，玲珑③望秋月。

●玉阶生白露，夜久侵罗袜

注 释

① **玉阶**：用白石砌成的台阶。《西京赋》："金
阤玉阶。"

② **"却下"句**：出自宋之问诗："云母帐前
初泛滥，水精帘外转逶迤。"沈佺期诗："水精帘
外金波下，云母窗前银汉回。"萧士赟曰："水精
帘以水精为之，如今之琉璃帘也。无一字言怨，
而隐然幽怨之意见于言外，晦庵所谓圣于诗者，
此欤？"

③ **玲珑**：出自《韵会》："玲珑，明貌。"毛
氏《增韵》云："胧胧，月光也。然用'胧胧'，
不如'玲珑'为胜。"

静夜思

题 解 胡震亨曰："思归之辞也，太白自制名。"

床前看月光，疑是地上霜①。
举头望明月，低头思故乡。

注 释

①**"疑是"句**：梁简文帝诗："夜月似秋霜。"

渌水曲

题 解 《渌水》，本琴曲名，太白袭用其题以写所见，其实则《采菱》《采
莲》之遗意也。

渌水明秋月，南湖采白苹①。
荷花娇欲语，愁杀荡舟②人。

注　释

① **白苹**：《楚辞》："登白苹兮骋望。"王逸注："苹草，秋生，今南方湖泽皆有之。"《尔雅翼》："苹，叶四方，中拆如十字，根生水底，叶敷水上，五月有花，白色，故谓之白苹。"

② **荡舟**：《韩非子》："蔡女为齐桓公妻，桓公与之乘舟，夫人荡舟，桓公大惧。"

捣衣篇

题　解　此诗是李白创作的乐府诗，写闺中少妇思念远征的丈夫，全诗情景交错，在绮丽中别有蕴蓄，在真挚热烈的感情中蕴含厌战情绪。

闺里佳人年十余，颦蛾①对影恨离居。

忽逢江上春归燕，衔得云中尺素书②。

玉手开缄长叹息，狂夫犹戍交河北。

万里交河水北流③，愿为双鸟泛中洲④。

君边云拥青丝骑，妾处苔生红粉楼⑤。

楼上春风日将歇，谁能揽镜看愁发。

晓吹员管随落花，夜捣戎衣向明月。

明月高高刻漏⑥长，真珠帘箔掩兰堂⑦。

横垂宝幄同心结，半拂琼筵苏合香⑧。

琼筵宝幄连枝锦，灯烛荧荧照孤寝。

有使凭将金剪刀，为君留下相思枕⑨。

摘尽庭兰不见君，红巾拭泪生氤氲⑩。

明年若更征边塞，愿作阳台一段云。

注　释

① **颦蛾**：蹙眉也。《古诗》："同心而离居，忧伤以终老。"

●闺里佳人年十余，鬓蛾对影恨离居

②**"衔得"句**：出自江淹诗："袖中有短书，愿寄双飞燕。"《古诗》："中有尺素书。"吕向注："尺素，绢也。"古人为书多书于绢。

③**"万里"句**：《汉书》："车师前国王治交河城。河水分流绕城下，故号交河，去长安八千一百五十里。"《元和郡县志》："交河县，本汉车师前王庭也。贞观十四年，于此置交河县。交河出县北天山，水分流于城下，因以为名。"按：《新唐书》陇右道有西州交河郡都督府，贞观十四年平高昌，以其地置。开元中改曰金山都督府。天宝元年改为郡，有县五，一曰交河县。自县北出四百余里至北庭都护府，府有瀚海军、清海军、神山镇、沙钵城、耶勒城等处十守捉。其地水皆北流入碛及入夷播海。"

④**"愿为"句**：出自《楚辞》："蹇谁留兮中洲。"王逸注："中洲，洲中也，水中可居者为洲。"

⑤**"妾处"句**：刘孝绰诗："未见青丝骑，徒劳红粉妆。"杜审言诗："红粉楼中应计日，燕支山下莫经年。"

⑥**刻漏**：《毛诗正义》载："漏刻，谓置箭壶内，刻以为节而浮之水上，令水漏而刻下，以记昼夜昏明之度数也。"

⑦**"真珠帘箔"句**：《十六国春秋》载："凉州人胡据盗发张骏墓，得真珠帘箔。"《南都赋》："宴于兰堂。"吕延济注："兰者，取其芬芳也。"

⑧**"半拂"句**：沈约《为竟陵王发讲疏》："星罗宝幄，云开梵筵。"《飞燕外传》："赵婕妤奏书于后，奉五色同心大结一盘。"谢朓诗："琼筵妙舞绝。"《法苑珠林》：苏合香，《续汉书》曰："大秦国合诸香煎其汁，谓之苏合。"《广志》曰："苏合香出大秦国，或云苏合国。国人采之，笮其汁以为香膏，乃卖其滓与贾客。或云合诸香草煎为苏合，非自然一种物也。"《傅子》曰："西国胡言苏合香者，兽所作也，中国皆以为怪。"

⑨**"为君"句**：出自鲍令晖诗："临当欲去时，复留相思枕。"

⑩**"红巾"句**：出自刘孝威诗："红巾向后结，金簪临鬓斜。"胡三省《通鉴注》："富贵之家帨巾，率以胭脂染之为真红色，唐之遗俗也。"

长相思

日色欲尽花含烟，月明如素愁不眠[①]。

赵瑟初停凤凰柱[②]，蜀琴欲奏鸳鸯弦[③]。

此曲有意无人传，愿随春风寄燕然[④]，忆君迢迢隔青天。

昔时横波目，今作流泪泉[⑤]。

不信妾肠断，归来看取明镜前。

注释

①**"月明"句**：出自王勃诗："狭路尘间黯将暮，云开月色明如素。"

②**"赵瑟"句**：出自吴均诗："赵瑟凤凰柱，吴醴金罍尊。"杨齐贤曰：凤凰柱，刻瑟柱为凤凰形也。

③**"蜀琴"句**：出自鲍照诗："蜀琴抽白雪。"

④**"愿随"句**：《汉书·匈奴传》："贰师引兵还至速邪乌燕然山。"颜师古注："速邪乌，地名也，燕然山在其中。燕，音一千反。"《后汉书·窦宪传》："遂登燕然山，去塞三千余里，刻石勒功，纪汉威德。是知燕然山为漠北极远之地。又唐时有燕然州，寄在灵州回乐县界，是突厥九姓部落所处，见刘昫《唐书·地理志》。"

⑤**流泪泉**：傅毅《舞赋》："目流睐而横波。"李善注："横波，言目邪视如水之横流也。"王筠诗："泪满横波目。"

劳劳亭歌

题解 《太平御览》引《舆地志》曰："丹阳郡秣陵县新亭陇上有望远楼，又名劳劳亭，宋改为临沧观，行人分别之所。"《一统志》："劳劳亭在应天府治西南，吴时置。"

金陵劳劳送客堂，蔓草离离生道旁。

古情不尽东流水，此地悲风愁白杨[①]。

我乘素舸同康乐[②]，朗咏清川飞夜霜[③]。

昔闻牛渚吟五章，今来何谢袁家郎④。

苦竹⑤寒声动秋月，独宿空帘归梦长。

注 释

① **"此地"句**：《古诗》："白杨多悲风，萧萧愁杀人。"

② **"我乘"句**：出自《韵会》："舸，大船也。"谢灵运诗："可怜谁家郎，缘流乘素舸。"康乐即灵运，以其袭封康乐公，故世称之曰谢康乐。

③ **"朗咏"句**：孙绰《天台山赋》："朗咏长川。"胡震亨曰"清川飞夜霜"，疑引谢诗，今谢集无此句，或亡之耳。

④ **"今来"句**：《世说注》引《续晋阳秋》曰："袁虎少有逸才，文章绝丽，曾有《咏史诗》，是其风情所寄。少孤而贫，以运租为业。镇西谢尚时镇牛渚，乘秋佳风月，率尔与左右微服泛江，会虎在运租船中讽咏，声既清会，辞又藻拔，非尚所曾闻，遂往听之。乃遣问讯，答曰：'是袁临汝郎，诵诗即其《咏史》之作也。'尚佳其率有兴致，即遣要迎，谈话申旦，自此名誉日茂。"

⑤ **苦竹**：竹有淡竹、苦竹二种，茎叶不异，以其笋味之苦淡而名。

金陵城西楼月下吟

题 解 金陵城西楼，《景定建康志》卷二十一"李白酒楼"条下引此诗，当即城西孙楚酒楼。李白对六朝诗人谢朓多所敬慕，此诗表达了他对谢朓的仰慕之情。

金陵夜寂凉风发，独上高楼望吴越。

白云映水摇空城，白露垂珠滴秋月①。

月下沉吟久不归，古来相接眼中稀。

解道澄江净如练②，令人长忆谢玄晖。

注 释

① **"白露"句**：江淹《别赋》："秋露如珠。"

② **"解道"句**：谢玄晖《晚登三山还望京邑诗》："余霞散成绮，澄江净如练。"

公无渡河

题解 王僧虔《技录》:"相和歌瑟调三十八曲,中有《公无渡河行》,即《箜篌引》也。"《古今注》:"《箜篌引》,朝鲜津卒霍里子高妻丽玉所作也。子高晨起刺船而濯,有一白首狂夫,披发提壶,乱流而渡,其妻随呼止之,不及,遂堕河水死。于是援箜篌而鼓之,作《公无渡河》之歌,声甚凄怆,曲终,亦投河而死。子高还,以其声语妻丽玉。丽玉伤之,乃引箜篌而写其声,闻者莫不堕泪饮泣。丽玉以其声传邻女丽容,名曰《箜篌引》焉。"

黄河西来决昆仑,咆哮万里触龙门①。

波滔天,尧咨嗟②。

大禹理百川,儿啼不窥家③。

杀湍堙洪水④,九州始蚕麻。

其害乃去,茫然风沙。

披发之叟狂而痴,清晨径流欲奚为?

旁人不惜妻止之,公无渡河苦渡之。

虎可搏,河难冯⑤,公果溺死流海湄⑥。

有长鲸白齿若雪山⑦,公乎公乎挂胃⑧于其间,箜篌⑨所悲竟不还。

注释

①"黄河"二句:按《水经注》及《山海经》注,河源出昆仑之墟,东流潜行地下,至规期山北流,分为两源,一出葱岭,一出于阗,其河复合。东注蒲昌海,复潜行地下,南出积石山,西南流,又东回入塞,过敦煌、酒泉、张掖郡,南与洮河合。过安定、北地郡,北流,过朔方郡西,又南流,过五原郡南,又东流,过云中、西河郡东,又南流,过上都、河东郡西,而出龙门,至华阴潼关,与渭水合。又东回,过砥柱,及洛阳云云。按:龙门山在今陕西西安府韩城县东北五十里,黄河经其间,两岸对峙,高数百尺,望之若门。《禹贡》"导河积石,至于龙门",即此是也。凡塞外诸河,率皆归此,故水势最盛。郦道元谓其崩浪万寻,悬流千丈,浑洪赑怒鼓若山腾。李

●夏禹

复谓禹凿龙门，起于东受降城之东，自北而南，两岸石壁峭立，大河盘束于山峡间千数百里。至此，山开岸阔，豁然奔放，怒气喷风，声如万雷，其险可睹矣。

② 尧咨嗟：《史记》："尧曰：嗟，四岳，汤汤洪水滔天，浩浩怀山襄陵，下民其忧，有能使治者？"

③ "儿啼"句：《汉书》："夏乘四载，百川是道。"《列女传》：涂山氏长女，夏禹娶以为妃。既生启，辛壬癸甲，启呱呱泣。禹去而治水，三过其家，不入其门。

④ "杀湍"句：颜师古《汉书注》："急流曰湍。"《庄子》："昔者禹之湮洪水，决江湖而通四夷九州也。"陆德明注："湮，塞也。"

⑤ "虎可搏"二句：《诗·小雅》："不敢暴虎，不敢冯河。"《毛传》云："徒搏曰暴虎，徒涉曰冯河。"

⑥ 海湄：海滨也。

⑦ 雪山：《洛阳伽蓝记》："钵和国之南界，有大雪山，朝融夕结，望若玉峰。"

⑧ 挂胃：木华《海赋》："或挂胃于岑嶅之峰。"李善注："《声类》曰：胃，系也。"

⑨ 箜篌：《通典》："箜篌，汉武帝使乐人侯调所造，以祀太一，或云侯辉所作。其声坎坎应节，谓之坎侯，声讹为箜篌。侯者，因乐工人姓耳。古施郊庙雅乐，近代专用于楚声。或谓师延靡靡之乐，非也。旧说亦依琴制，今按其形，似瑟而小，七弦，用拨弹之如琵琶也。"

飞龙引二首

[题 解] 按《乐府诗集》，《飞龙引》乃琴曲歌辞。太白二篇，皆借黄帝上升事为言，乃游仙诗也。

其 一

黄帝铸鼎于荆山，炼丹砂，丹砂成黄金，

骑龙飞上太清家①，云愁海思令人嗟②。

宫中彩女③颜如花，飘然挥手凌紫霞④，

从风纵体登鸾车⑤。登鸾车，侍轩辕⑥，

遨游青天中，其乐不可言。

注 释

①"骑龙"句：《史记》："黄帝采首山铜，铸鼎于荆山下，鼎既成，有龙垂胡髯下迎黄帝。黄帝上骑，群臣后宫从上者七十余人，龙乃上去。余小臣不得上，乃悉持龙髯，龙髯拔坠。坠黄帝之弓。百姓仰望黄帝既上天，乃抱其弓与龙髯号，故后世因名其处曰鼎湖，其弓曰乌号。李少君言上曰：'祠灶则致物，致物而丹砂可化为黄金，黄金成以为饮食器则益寿，益寿而海中蓬莱仙者乃可见，见之以封禅则不死，黄帝是也。'"《黄帝九鼎神丹经》："乘云驾龙，上下太清。"

②"云愁"句：梁豫章王诗："云悲海思徒挽抑。"

③宫中彩女：《抱朴子》："黄帝以千二百女升天。"鲍照诗："合神丹，戏紫房。紫房彩女弄明珰。"宋之问诗："越女颜如花。"

④紫霞：出自陆机诗："轻举乘紫霞。"

⑤"从风"句：曹植《洛神赋》："忽焉纵体，以遨以嬉。"吕延济注："纵体，轻举之貌。"《太平御览》："《尺素诀》曰：太微天帝，登白鸾之车，驾黑羽之凤。"

⑥轩辕：《史记》："黄帝者，少典之子，姓公孙，名曰轩辕。有土德之瑞，故号黄帝。"

其 二

鼎湖流水清且闲①，轩辕去时有弓剑②，古人传道留其间。

后宫婵娟③多花颜，乘鸾飞烟亦不还，骑龙攀天造天关④。

造天关，闻天语，屯云河⑤车载玉女。

载玉女，过紫皇⑥，紫皇乃赐白兔所捣之药方⑦。

后天而老凋三光⑧，下视瑶池见王母，蛾眉萧飒如秋霜⑨。

注 释

①"鼎湖"句：《通典》载："弘农郡湖城县，故曰胡，汉武帝更为湖县。有荆

●下视瑶池见王母，蛾眉萧飒如秋霜

山，黄帝铸鼎于荆山，其下曰鼎湖，即此也。"《九域志》："陕州陕郡有鼎湖，黄帝采首山之铜，铸鼎于荆山之下，帝升天，因名其地。"《括地志》云："湖水源出虢州湖城县南三十五里夸父山，北流入河，即鼎湖也。闲者，是水止而不动之意。"陆机诗："惠心清且闲。"

② **弓剑**：《水经注》载："黄帝崩，惟弓剑存焉，故世称黄帝仙矣。"

③ **婵娟**：《韵会》："婵娟，美好貌。"

④ **"骑龙"句**：出自《宋书》："尧梦攀天而上。"《汉武内传》："上元夫人歌《步玄之曲》，曰：'负笈造天关，借问太上家。'"

⑤ **屯云河**：《列子》："化人之宫出云雨之上，而不知下之据，望之若屯云焉。此言屯云河车，言车之多若屯云也。"《楚辞》："建日月以为盖兮，载玉女于后车。"《吕氏春秋》："身好玉女。"高诱注："玉女，好女也。"仙传多称侍女为玉女，亦是此义，谓其美如玉也。

⑥ **紫皇**：沈约《郊居赋》："降紫皇于天阙，延二妃于湘渚。"《太平御览》："《秘要经》曰：'太清九宫皆有僚属，其最高者称天皇、紫皇、玉皇。'"

⑦ **白兔所捣之药方**：古《董逃行》："教敕凡吏受言，采取神药若木端。白兔长跪捣药虾蟆丸，奉上陛下一玉柈，服此药可得神仙。"

⑧ **三光**：《初学记》："日月星谓之三辰，亦曰三光。"

⑨ **"蛾眉"句**：《太平广记》："西王母所居宫室九层，玄室紫翠丹房，左带瑶池，右环翠水。"司马相如《大人赋》："吾乃今日睹西王母，皓然白首，戴胜而穴处。所谓'蛾眉萧飒如秋霜'，即白首之意，嫌王母已有衰老之容，以反明轩辕之后天而老也。"

天马歌

题解　《汉书·武帝纪》："元鼎四年秋，马生渥洼水中，作《天马之歌》。太初四年春，贰师将军广利斩大宛王首，获汗血马来，作《西极天马之歌》。"

李太白集

胡震亨曰："汉郊祀《天马》二歌，皆以歌瑞应。太白所拟，则以马之老而见弃自况，思蒙收赎，似去翰林后所作。"

天马来出月支窟①，背为虎文龙翼骨②。

嘶青云，振绿发③，兰筋权奇走灭没④。

腾昆仑⑤，历西极⑥，四足无一蹶⑦。

鸡鸣刷燕晡秣越⑧，神行电迈蹑恍惚。

天马呼，飞龙趋，目明长庚臆双凫⑨，

尾如流星首渴乌⑩，口喷红光汗沟珠⑪。

曾陪时龙跃天衢⑫，羁金络月照皇都⑬。

逸气稜稜九区⑭，白璧如山谁敢沽。

回头笑紫燕⑮，但觉尔辈愚。

天马奔，恋君轩⑯，骇⑰跃惊矫浮云翻。

万里足踯躅，遥瞻阊阖门⑱。

不逢寒风子⑲，谁采逸景⑳孙。

白云在青天，丘陵远崔嵬㉑。

盐车上峻坂，倒行逆施畏日晚。

伯乐剪拂中道遗㉒，少尽其力老弃之。

愿逢田子方，恻然为我悲㉓。

虽有玉山禾㉔，不能疗苦饥。

严霜五月凋桂枝，伏枥衔冤摧两眉㉕。

请君赎献穆天子，犹堪弄影舞瑶池㉖。

① **"天马"句**：《史记》："天子得乌孙马，好，名曰天马。及得大宛汗血马，益壮，更名乌孙马曰西极，名大宛马曰天马云。"郭璞《山海经注》："月支国多好马。"《史

●天马歌

记正义》："万震《南州志》云：'大月支在天竺北可七千里，地高燥而远。国中骑乘常数十万匹。城郭宫殿与大秦国同。人民赤白色，便习弓马。土地所出及奇伟珍物，被服鲜好，天竺不及也。外国称天下有三众："中国为人众，大秦为宝众，月支为马众。'"

② **"背为"句**：汉《天马歌》："虎脊两，化若鬼。"应劭注："马毛色如虎脊者有两也。"

③ **振绿发**：颜延年《赭白马赋》："垂稍植发。"李善注："发，额上毛也。"

④ **"兰筋"句**：陈琳《为曹洪与魏文帝书》："整兰筋。"李善注："《相马经》云：一筋从玄中出，谓之兰筋。玄中者，目上陷如井字。兰筋坚者千里。"吕向注："兰筋，马筋节坚者，千里足也。"汉《天马歌》："志俶傥，精权奇。"《赭白马赋》："精权奇兮。"张铣注："权奇，善行貌。"《列子》："天下之马者，若灭若没，若亡若失，若此者绝尘弭辙。"

⑤ **腾昆仑**：《淮南子》载："经纪山川，蹈腾昆仑。"高诱注："腾，上也，昆仑，山名，在西北，其高万九千里。"

⑥ **历西极**：汉《天马歌》："天马徕，从西极。涉流沙，九夷服。"

⑦ **蹶**：《说文》："蹶，僵也。"

⑧ **"鸡鸣"句**：《赭白马赋》："旦刷幽、燕，昼秣荆、越。"刘良注："刷，括也。抹，饲也。幽、燕，北地名。荆、越，南地名。"《韵会》："晡，日加申时也。"杜预《左传注》："秣，谷马也。"

⑨ **"目明"句**：黄伯仁《龙马颂》："耳如剡筒，目象明星。"《初学记》："长庚，太白星也。"《史记索隐》："《韩诗》云：太白晨出东方为启明，昏见西方为长庚。"《齐民要术》："马胸欲直而出，凫间欲开，望之如双凫。"又曰："双凫欲大而上。"注："飞凫，胸两边肉如凫。"

⑩ **"尾如"句**：《埤雅》："旧说相马，擎头如鹰，垂尾如彗。"《后汉书》："作翻车渴乌，施于桥西，用洒南北郊路。"章怀太子注："渴乌，为曲筒，以气引水上也。"此言马尾流转，有似奔星，马首昂矫，状类渴乌，即如彗如鹰之意。

李太白集

一七四

⑪ **"口喷"句**：《齐民要术》载："相马之法，口中欲得红而有光。"又曰："口中欲得色红白如火光，为善材，气多良且寿。"张率《舞马赋》：'露沫喷红，沾汗流赭。'"《赭白马赋》："膺门沫赭，汁沟走血。"李善注：《相马经》云：膺门欲开，汗沟欲深。"

⑫ **"曾陪"句**：孔融《荐祢衡表》："龙跃天衢，振翼云汉。"《楚辞》："蹑天衢兮长驱。"王逸注："衢，路也。"

⑬ **"羁金"句**：《说文》："羁，马络头也。"《庄子》："齐之以月题。"陆德明注："月题，马额上当颅如月形者也。"《赭白马赋》："两权协月。"李善注："《相马经》曰：颊欲圆如悬璧，因谓之双璧，其盈满如月，异相之表也。"黄伯仁《龙马颂》曰："双璧似月。"曹植诗："应会皇都。"

⑭ **九区**：出自《赭白马赋》："馨九区而率顺。"李善注："九区，九服也。"

⑮ **紫燕**：沈约诗："紫燕光陆离。"李善注："《尸子》曰：'我得民而治，则马有紫燕兰池。'"吕延济注："紫燕，良马也。"

⑯ **恋君轩**：出自鲍照诗："疲马恋君轩。"

⑰ **骎**：《公羊传》："临南骎马而由乎孟氏。"何休注："骎，捶马衔走也。"

⑱ **"遥瞻"句**：汉《天马歌》："天马来，龙之媒。游阊阖，观玉台。"应劭注："阊阖，天门也。"

⑲ **"不逢"句**：出自《吕氏春秋》："古之善相马者，寒风氏相口齿，天下之良工也。"

⑳ **逸景**：陆云《与陆典书》："逸影之迹，永萦幽冥之坂。"

㉑ **"白云"二句**：出自《王母谣》："白云在天，丘陵自出。"

㉒ **"伯乐"句**：《战国策》载："夫骥之齿至矣，服盐车而上太行，蹄申膝折，尾湛胕溃，漉汁洒地，白汗交流，外阪迁延，负辕而不能上。伯乐遭之，下车攀而哭之，解紵衣以幂之，骥于是俯而喷，仰而鸣，声达于天，若出金石者，何也？彼见伯乐之知己也。"刘峻《广绝交论》曰："剪拂使其长鸣。正用此事。剪拂，谓修剪其毛鬣，洗拭其尘垢。"《史记》："伍子胥曰：'吾日暮涂远，吾故倒行而逆施之。'"陆德明《庄子音义》："伯乐姓孙，名阳，善驭马。"《石氏星经》云："伯乐，天星名，主典天马。孙阳善驭，故以为名。"

㉓ **"愿逢"二句**：《韩诗外传》："田子方出，见老马于道，喟然有志焉，以问于御者曰：'此何马也？'曰：'故公家畜也，罢而不为用，故出放也。'田子方曰：'少尽其力，而老弃其身，仁者不为也。'束帛而赎之。穷士闻之，知所归心矣。"

㉔ **"虽有"句**：出自鲍照诗："诚不及青鸟，远食玉山禾。"张协《七命》："琼山之禾。"李善注："琼山禾，即昆仑山之木禾。"《山海经》曰："昆仑之上有木禾，

长五寻，大五围。"

㉕ **"伏枥"句**：《韵会》："枥，牛马皂也，通作历，盖今之马槽也。"《汉书》："马不伏历，不可以趋道。"颜师古注："伏历，谓伏槽历而秣之也。"

㉖ **"请君"二句**：《列子》："穆王肆意远游，命驾八骏之乘，驰驱千里，遂宾于西王母，觞于遥池之上。"杨师道《咏饮马诗》："清晨控龙马，弄影出花林。"王融《曲水诗序》："穆满八骏，如舞瑶水之阴。"刘良注："如舞，谓马行貌。"

行路难三首

题 解 《乐府古题要解》："《行路难》，备言世路艰难及离别伤悲之意，多以'君不见'为首。"

其 一

金樽清酒斗十千①，玉盘珍羞直万钱②。

停杯投箸不能食，拔剑四顾心茫然③。

欲渡黄河冰塞川，将登太行雪满山④。

闲来垂钓碧溪上，忽复乘舟梦日边⑤。

行路难，行路难，多歧路⑥，今安在？

长风破浪会有时⑦，直挂云帆济沧海⑧。

● 行路难

注 释

① **"金樽"句**：出自曹植诗："美酒斗十千。"

② **万钱**：《北史》载："韩晋明好酒纵诞，招饮宾客，一席之费，动至万钱，犹恨俭率。"

③ **"拔剑"句**：鲍照诗："对案不能食，拔剑击柱长叹息。"《古诗》："四顾何茫然。"

④ **雪满山**：出自鲍照《舞鹤赋》："冰

李太白集

一七六

塞长川，雪满群山。"

　⑤ **"忽复"句**：《宋书》："伊挚将应汤命，梦乘船过日月之旁。"

　⑥ **多歧路**：出自《列子》："杨子之邻人亡羊，既率其党，又请杨子之竖追之。杨子曰：'亡一羊，何追者之众？'邻人曰：'多歧路。'"

　⑦ **"长风"句**：《宋书》载："宗悫少时，叔父炳问其志，悫曰：'愿乘长风破万里浪。'"

　⑧ **"直挂"句**：马融《广成颂》："张云帆，施霓帱。"《释名》："随风张幔曰帆。"

其　二

　　大道如青天，我独不得出。

　　羞逐长安①社中儿，赤鸡白狗赌梨栗。

　　弹剑作歌奏苦声②，曳裾王门不称情③。

　　淮阴市井笑韩信④，汉朝公卿忌贾生⑤。

　　君不见昔时燕家重郭隗，拥篲折节无嫌猜。

　　剧辛乐毅感恩分，输肝剖胆效英才。

　　昭王白骨萦蔓草⑥，谁人更扫黄金台！

　　行路难，归去来。

注　释

　① **长安**：《旧唐书》载："京师，秦之咸阳，汉之长安也。隋开皇二年，自汉长安故城东南移二十里，置新都，今京师是也。"

　② **"弹剑"句**：出自《史记》，战国时，齐公子孟尝君门下食客冯谖曾屡次弹剑作歌怨己不如意。

　③ **"曳裾"句**：《汉书》："邹阳曰：'饰固陋之心，则何王之门不可曳长裾乎？'"

　④ **"淮阴"句**：《史记》："韩信，淮阴人。淮阴屠中少年有侮信者，曰：'若虽长大，好带刀剑，

● 韩信

中情怯耳。'众辱之，曰：'信能死，刺我；不能死，出我胯下。'于是信熟视之，俯出胯下，蒲伏，一市人皆笑信，以为怯。"

⑤ **"汉朝"句**：《史记》："天子议以为贾生任公卿之位，绛、灌、东阳侯、冯敬之属尽害之，乃短贾生曰：'洛阳之人，年少初学，专欲擅权，纷乱诸事。'于是天子后亦疏之，不用其议。"

⑥ **"昭王"句**：《史记》载："邹衍如燕，燕昭王拥篲先驱。"《索隐》曰："篲，帚也，为之扫地，以衣袂拥帚而却行，恐尘埃之及其长者，所以为敬也。"《战国策》："主折节以下其臣，臣推体以下死士。"鲍彪注："折节，屈折肢节也。"

其　三

有耳莫洗颍川水①，有口莫食首阳蕨②。

含光混世贵无名，何用孤高比云月。

吾观自古贤达人，功成不退皆殒身，

子胥既弃吴江上③，屈原终投湘水滨④，

陆机雄才岂自保，李斯税驾苦不早，

华亭鹤唳讵可闻，上蔡苍鹰何足道⑤。

君不见吴中张翰称达生，秋风忽忆江东行，

且乐生前一杯酒，何须身后千载名⑥。

●行路难

注　释

① **"有耳"句**：《高士传》："许由耕于中岳颍水之阳、箕山之下，尧召为九州长，由不欲闻之，洗耳于颍水滨。"

② **"有口"句**：《史记》："武王已平殷乱，天下宗周，而伯夷、叔齐耻之，义不食周粟，隐于首阳山，采薇而食之。"《索隐》曰："薇，蕨也。"《梁书》载："周德虽兴，夷、齐不厌薇蕨；汉道方盛，黄绮无闷山林。薇蕨本二草，而古人亦

多混称，太白改以叶韵，盖有自也。"

③**"子胥"句**：《吴越春秋》："吴王闻子胥之怨恨也，乃使人赐属镂之剑，子胥伏剑而死。吴王取子胥尸，盛以鸱夷之器，投之于江中。子胥因随流扬波，依潮来往，荡激崩岸。"

④**"屈原"句**：《拾遗记》："屈原以忠见斥，隐于沅、湘，披榛茹草，混同禽兽，不交世务，采柏实以和桂膏，用养心神。被王逼逐，乃赴清泠之水，楚人思慕，谓之水仙。其神游于天河，精灵时降湘浦。"

⑤**"上蔡"句**：《晋书》："成都王颖起兵讨长沙王乂，假陆机后将军、河北大都督，督北中郎将王粹、冠军牵秀等诸军二十余万人，战于鹿苑，机军大败。宦人孟玖谮机于颖，言其有异志。颖怒，使秀密收机。机释戎服，著白帢，与秀相见，神色自若。既而叹曰：'华亭鹤唳，岂可复闻乎！'遂遇害于军中。"《世说注》："《八王故事》曰：'华亭，吴由拳县郊外墅也，有清泉茂林。吴平后，陆机兄弟共游于此十余年。'"《语林》曰："机为河北都督，闻警角之声，谓孙丞曰：'闻此不如华亭鹤唳。'故临刑而有此叹。"《说文》："唳，鹤鸣也。"《史记》："李斯为丞相，长男由为三川守，诸男皆尚秦公主，女悉嫁秦诸公子。李由告归咸阳，李斯置酒于家，百官长皆前为寿，门庭车骑以千数。李斯喟然叹曰：'吾闻之荀卿曰："物禁太盛。"夫斯乃上蔡布衣，闾巷之黔首，上不知其驽下，遂擢至此。当今人臣之位，无居臣上者，可谓富贵极矣。物极则衰，吾未知所税驾也。'"《索隐》曰："税驾，犹解驾，言休息也。李斯言己今日富贵已极，未知向后吉凶止泊在何处也。"《太平御览》引《史记》曰："李斯临刑，思牵黄犬，臂苍鹰，出上蔡东门，不可得矣。考今本《史记·李斯传》中，无'臂苍鹰'字，而太白诗中屡用其事，当另有所本。"

⑥**"且乐"二句**：《晋书》："张翰，字季鹰，吴郡吴人也。有清才，善属文，而纵任不拘。齐王冏辟为大司马东曹掾。冏时执权，翰因见秋风起，乃思吴中菰菜、莼羹、鲈鱼脍，曰：'人生贵得适志，何能羁宦数千里以要名爵乎？'遂命驾而归。俄而冏败，人皆谓之见机。翰任心自适，不求当世，或谓之曰：'卿乃可纵适一时，独不为身后名耶？'答曰：'使我有身后名，不如即时一杯酒。'时人贵其旷达。"

上留田行

题解　按《乐府诗集》："王僧虔《技录》，相和歌瑟调三十八曲，有《上留田行》。"《古今注》："上留田，地名也。其地人有父母死，兄不字其孤弟者，邻人为其弟作悲歌以风其兄，故曰《上留田》。太白所谓弟死不葬，他人举铭旌之事，与《古今注》所说不同，岂别有异词之传闻，抑于时实有斯事，而借古题以咏新闻耶？"

　　　　　行至上留田，孤坟何峥嵘。

　　　　　积此万古恨，春草不复生，

　　　　　悲风四边来，肠断白杨声①。

　　　　　借问谁家地，埋没蒿里茔②。

　　　　　古老向予言，言是上留田。

　　　　　蓬科马鬣今已平③，昔之弟死兄不葬，他人于此举铭旌④。

　　　　　一鸟死，百鸟鸣；一兽走，百兽惊。

　　　　　桓山之禽别离苦⑤，欲去回翔不能征⑥。

　　　　　田氏仓卒骨肉分，青天白日摧紫荆⑦。

　　　　　交让之木本同形，东枝憔悴西枝荣⑧。

　　　　　无心之物尚如此，参商胡乃寻天兵⑨？

　　　　　孤竹、延陵，让国扬名⑩，高风缅邈⑪，

　　　　　颓波激清。尺布之谣⑫，塞耳不能听⑬。

注 释

①**"肠断"句**：《本草拾遗》："白杨，北土极多，人种墟墓间，树大皮白。"《古诗》："出郭门直视，但见丘与坟。白杨多悲风，萧萧愁杀人。"

②**"埋没"句**：出自曹植《七哀诗》："借问谁家坟。"古《薤露歌》："蒿里谁家地。"《汉书》："蒿里召兮郭门宏。"颜师古注："蒿里，死人里。"《说文》："茔，墓也。"

③**"蓬科"句**：贾山《至言》："使其后世，曾不得蓬颗蔽冢而托葬焉。"颜师古注："颗，谓土块。蓬颗，言块上生蓬者耳。"蓬科、蓬颗，义同。《礼记》："孔子之丧，有自燕来观者，舍于子夏氏。子夏曰：'昔夫子言之曰："吾见封之若堂者矣，见若防者矣，见若覆夏屋者矣，见若斧者矣。"从若斧者焉，马鬣封之谓也。'正义

曰:'子夏既道从若斧形,恐燕人不识,故举俗称马鬣封之谓也以语燕人。马鬐鬣之上,其肉薄,封形似之。'"

④ **铭旌**:《礼记》载:"铭,明旌也。以死者为不可别已,故以其旗识之。"

⑤ **"桓山"句**:《家语》载:"孔子在卫,昧旦晨兴,颜回侍侧,闻哭者之声甚哀。子曰:'回,汝知此何所哭乎?'对曰:'回以此哭声,非但为死者而已,又有生离别者也。'子曰:'何以知之?'对曰:'回闻桓山之鸟,生四子焉,羽翼既成,将分于四海,其母悲鸣而送之。哀声有似于此,为其往而不返也,回窃以音类知之。'孔子使人问哭者,果曰:'父死家贫,卖子以葬,与之长诀。'子曰:'回也善于识音矣。'"

●上留田行

⑥ **"欲去"句**:《楚辞》:"归雁兮于征。"王逸注:"征,行也,言将去。"

⑦ **"青天白日"句**:《续齐谐记》:"京兆田真兄弟三人,共议分财,生资皆平均,唯堂前一株紫荆树,共议欲破三片。明日就截之,其树即枯死,状如火然。真往见之,大惊,谓诸弟曰:'树本同株,闻将分斫,所以憔悴,是人不如木也。'因悲不自胜,不复解树,树应声荣茂。兄弟相感,更合财宝,遂为孝门。"

⑧ **"东枝"句**:《述异记》:"黄金山有楠树,一年东边荣西边枯,后年西边荣东边枯,年年如此。"张华云:"交让树也。"

⑨ **"参商"句**:《左传》载:"昔高辛氏有二子,伯曰阏伯,季曰实沉。居于旷林,不相能也,日寻干戈,以相征讨。后帝不臧,迁阏伯于商丘,主辰,商人是因,故辰为商星。迁实沉于大夏,主参,唐人是因,以服事夏商。"杜预注:"寻,用也。"

⑩ **"孤竹"二句**:《史记》载:"伯夷、叔齐,孤竹君之二子也。父欲立叔齐,及父卒,叔齐让伯夷,伯夷曰:'父命也。'遂逃去,叔齐亦不肯立而逃之。"又《史记》:"吴王寿梦有子四人:'长曰诸樊,次曰余祭,次曰余眛,次曰季札。季札贤而寿梦欲立之,季札让不可,于是乃立长子诸樊,摄行事当国。'诸樊已除丧,让位季札,季札谢曰:"曹宣公之卒也,诸侯与曹人不义曹君,将立子臧。子臧去之以成曹君,

君子曰：能守节矣。札虽不才，愿附于子臧之义。"吴人固立季札，季札弃其室而耕，乃舍之。季札封于延陵，故号曰延陵季子。

⑪ **缅邈**：潘岳《寡归赋》："缅邈兮长乖。"吕延济注："缅邈，长远貌。"

⑫ **尺布之谣**：《汉书》："淮南厉王长令男子但等七十人，与棘蒲侯柴武、太子奇谋，以辇车四十乘反谷口，令人使闽越、匈奴。事觉，治之，当弃市。制曰：'其赦长死罪，废勿王。'有司奏请处蜀严道邛邮，淮南王不食而死。民有作歌，歌淮南王曰：'一尺布，尚可缝，一斗粟，尚可舂，兄弟二人不相容。'"

⑬ **"塞耳"句**：出自李陵诗："游子暮思归，塞耳不能听。"

春日行

[题解]　胡震亨曰："鲍照《春日行》咏春游，太白则拟君王游乐之辞。"

深宫高楼入紫清①，金作蛟龙盘绣楹。

佳人当窗弄白日②，弦将手语③弹鸣筝。

春风吹落君王耳，此曲乃是升天行④。

因出天池泛蓬瀛⑤，楼船蹙沓波浪惊⑥。

三千双蛾献歌笑，挝钟考鼓宫殿倾⑦，万姓聚舞歌太平⑧。

我无为，人自宁⑨。

三十六帝⑩欲相迎，仙人飘翩下云軿⑪。

帝不去，留镐京⑫。

安能为轩辕，独往入窅冥⑬。

小臣拜献南山寿⑭，陛下万古垂鸿名⑮。

注　释

① **紫清**：出自《真诰》："仰眄太霞宫，金阁曜紫清。"

② **"佳人"句**：何子朗诗："美人弄白日，灼灼当春牖。"

③ **弦将手语**：谓弦与手相戛而成声也。《风俗通》："筝，谨案《礼记》，五弦，筑身，今并、凉二州筝形如瑟，不知谁所改作也。或曰：秦蒙恬所造。"《隋书》："筝，

十三弦,所谓秦声,蒙恬所作者也。"傅玄《筝赋》序曰:"代以为蒙恬所造,今观其器,上崇似天,下平似地,中空准六合,弦柱拟十二月,设之则四象在,鼓之则五音发,斯乃仁智之器,岂蒙恬亡国之臣所能关思哉。"曹植诗:"抚弦弹鸣筝。"

④ **升天行**:古乐府名。

⑤ **"因出"句**:天池,指御苑池沼而言。《史记》太液池中有蓬莱、方丈、瀛洲、壶梁,象海中神山龟鱼之属。

⑥ **"楼船"句**:《西京杂记》载:"昆明池中有楼船数百艘,上建楼橹。"

⑦ **"挝钟"句**:《韵会》:"挝,击也。"毛苌《诗传》:"考,击也。"

⑧ **"万姓"句**:《书·武成》:"万姓悦服。"

⑨ **"我无"二句**:出自《老子》:"我无为而民自化。"

●佳人当窗弄白日,弦将手语弹鸣筝

⑩ **三十六帝**:按道书有三十六天上帝。东方八天:太皇黄曾天帝,太明玉完天帝,清明何童天帝,玄胎平育天帝,元明文举天帝,上明七曜摩夷天帝,虚无玉衡天帝,太极濛翳天帝。南方八天:赤明和阳天帝,玄明恭华天帝,曜明宗飘天帝,竺落皇笳天帝,虚明灵曜天帝,观明端靖天帝,元明恭庆天帝,太焕极瑶天帝。西方八天:元载孔升天帝,太安皇崖天帝,显定极风天帝,始皇孝芒天帝,太皇翁重浮容天帝,无思江油天帝,上揲阮乐天帝,无极昙誓天帝。北方八天:皓庭霄度天帝,渊通元洞天帝,太文翰宠妙成天帝,太素秀乐禁上天帝,太虚无上常融天帝,太释玉隆腾胜天帝,龙变梵度天帝,太极平育贾奕天帝。中央四帝:昊天金阙玉皇上帝,先天圣祖长生大帝,上天紫微天皇大帝,中天北极紫微大帝。

⑪ **"仙人"句**:《真诰》:"庐江潜山中,有学道者郑景世、张重华,以四月十九日北玄老太一迎以云轺,白日升天。"《苍颉篇》:"轺,衣车也。"

⑫ **镐京**:《诗·大雅》:"宅是镐京。"《元和郡县志》:"周武王镐京,在长安县西北十八里。自汉武帝穿昆明池于此,镐京遗址遂沦陷焉。"

⑬ **"安能"二句**:《庄子》:"黄帝再拜稽首而问曰:'敢问治身奈何而可以长久?'"

广成子曰："我为汝遂于大明之上矣,至彼,至阳之原也。为汝入于窈冥之门矣,至彼,至阴之原也。"

⑭ **"小臣" 句**:《诗·大雅》:"如南山之寿,不骞不崩。"

⑮ **"陛下" 句**:《独断》:"陛下者,陛,阶也,所由升堂也。天子必有近臣,执兵陈于陛侧,以戒不虞。谓之陛下者,群臣与天子言,不敢指斥天子,故呼在陛下者而告之。因卑达尊之意也。上书亦如之。"《封禅书》:"前圣之所以永保鸿名,而常为称首。"吕向注:"鸿,大也。"

野田黄雀行

题 解 按王僧虔《技录》,相和歌瑟调三十八曲中有《野田黄雀行》。

游莫逐炎洲翠①,栖莫近吴宫燕②。
吴宫火起焚巢窠,炎洲逐翠遭网罗。
萧条两翅蓬蒿下,纵有鹰鹯奈尔何③!

注 释

① **"游莫" 句**:郭璞《山海经注》:"翠似燕而绀色。"陈子昂诗:"翡翠巢南海,雌雄珠树林,杀身炎洲里,委羽玉堂阴。"炎洲谓海南之地,在汉为朱崖、儋耳二郡,唐为崖、儋、振三州,今为琼州。其地居大海之中,广袤数千里,四时常燠,故曰炎洲。多产翡翠。

② **"栖莫" 句**:《越绝书》记吴地传,有东宫、西宫。东宫周一里二百七十步,西宫在长秋,周一里二十六步。秦始皇帝十一年,守宫者照燕,失火烧之。鲍照诗:"犹胜吴宫燕,无罪得焚窠。"

③ **"纵有" 句**:《尔雅翼》:"鹰,鸟之鸷者,雌大雄小,一名鹞鸠。"陆玑《诗疏》:"鹯似鹞,青黄色,燕颔,勾喙,向风摇翅,乃因风飞急,疾击鸠鸽燕雀食之。"

笁篌谣

题 解《乐府诗集》:"《笁篌谣》,不详所起,大略言结交当有终始,与《笁篌引》异。旧注以为即《笁篌引》,误矣。"

攀天莫登龙，走山莫骑虎。

贵贱结交心不移，惟有严陵及光武。

周公称大圣，管蔡宁相容①，

汉谣一斗粟，不与淮南春。

兄弟尚路人，吾心安所从。

他人方寸②间，山海几千重。

轻言托朋友，对面九疑峰③。

多花必早落，桃李不如松。

管鲍久已死④，何人继其踪？

注释

① **"周公"二句**：《史记》："武王崩，成王少，周公旦专王室，管叔、蔡叔疑周公之为不利于成王，乃挟武庚以作乱。周公承成王命，伐诛武庚，杀管叔而放蔡叔。"

② **方寸**：心也。《列子》："吾见子之心矣，方寸之地虚矣。

③ **九疑峰**：《方舆胜览》载："九疑山，在道州宁远县南六十里，亦名苍梧山。九峰相似，望而疑之，谓之九疑。一曰朱明峰，二曰石城峰，三曰石楼峰，四曰娥皇峰，五曰舜源峰，六曰女英峰，七曰萧韶峰，八曰桂林峰，九曰梓林峰。"

④ **"管鲍"句**：《说苑》载："鲍叔死，管仲举上衽而哭之，泪下如雨。从者曰：'非君父子也，此亦有说乎？'管仲曰：'非夫子所知也。吾尝与鲍子负贩于南阳，吾三辱于市，鲍子不以我为怯，知我之欲有所明也。鲍子尝与我有所说君者，而三不见听，鲍子不以我为不肖，知我之不遇明君也。鲍子尝与我临财分货，吾自取多者三，鲍子不以我为贪，知我之不足于财也。生我者父母，知我者鲍子也。士为知己者死，而况为之哀乎！'"

●管仲

雉朝飞

题解 《古今注》:"《雉朝飞》者,犊牧子所作也。犊牧子,齐处士,宣、涽王时人。年五十,无妻,出薪于野,见雉雌雄相随而飞,意动心悲,乃作《雉朝飞》之操,将以自伤焉。"

麦陇青青三月时,白雉朝飞挟两雌①。

锦衣绮翼何离褷②,犊牧采薪感之悲。

春天和,白日暖,

啄食饮泉勇气满,争雄斗死绣颈断③。

《雉子斑》奏急管弦④,心倾美酒尽玉碗⑤。

枯杨枯杨尔生稊⑥,我独七十而孤栖。

弹弦写恨意不尽,瞑目归黄泥。

注释

① **"白雉"句**:王僧达诗:"麦陇多秀色。"《尔雅》释雉有十四种,白雉其一种也,名鹎雉,江东呼白鹎。枚乘《七发》:"麦秀渐兮雉朝飞。"潘岳《射雉赋》:"逸群之俊,擅场挟两。"徐爰注:"逸群俊异之雉,不但欲擅一场,又挟两雌也。"

② **"锦衣"句**:吴均《雉朝飞》曲:"何辞碎锦衣。"《射雉赋》:"莺绮翼而赪挞。"木华《海赋》:"鸟雉离褷。"李善注:"离褷,羽毛始生貌。"

③ **"争雄"句**:《埤雅》载:"雉死耿介,妒垒护疆,善斗,虽飞不越分域。一界之内,要以一雄为主,余者虽众,莫敢鸣够。"《射雉赋》:"灼绣颈而衮背。"徐爰注:"颈毛如绣。"

④ **《雉子斑》句**:《宋书》:汉鼓吹铙歌十八曲,有《雉子斑》曲。

⑤ **"心倾"句**:梁元帝诗:"金卮

●雉朝飞

玉碗共君倾。"

⑥ **"枯杨"句**：《周易》："枯杨生稊，老夫得其女妻，无不利。"王弼注："稊者，杨之秀也。"虞翻注："稊，稚也，杨叶未舒称稊。"

上云乐

题　解　原注：老胡文康辞，或云范云及周舍所作，今拟之。

胡震亨曰："梁武帝制《上云乐》，设西方老胡文康，生自上古者，青眼，高鼻，白发，导弄孔雀、凤凰、白鹿。慕梁朝来游，伏拜祝千岁寿。周舍为之词。太白拟作，视舍本词加肆，而'龙飞咸阳'数语，似又谓此胡游肃宗朝者，亦各从其时，备一代俳乐尔。"

琦按："《隋书》：'梁三朝乐第四十四，设寺子导安息孔雀、凤凰、文鹿胡舞登，连《上云乐》歌舞伎。知《上云乐》者，乃舞之名色，令乐人扮作老胡之状，率珍禽奇兽而为胡舞，以祝天子万寿。其时所歌之辞，即舍所作之辞也。舍本辞曰："西方老胡，厥名文康。遨游六合，傲诞三皇。西观蒙汜，东戏扶桑，南泛大蒙之海，北至无通之乡。昔与若士为友，共弄彭祖扶床。往年暂到昆仑，复值瑶池举觞。周帝迎以上席，王母赠以玉浆，故乃寿如南山，老若金刚。青眼䀉䀉，白发长长，蛾眉临髭，高鼻垂口。非直能俳，又善饮酒。箫歌从前，门徒从后。济济翼翼，各有分部。凤凰是老胡家鸡，师子是老胡家狗。陛下拨乱反正，再朗三光，泽与雨施，化与风翔。觇云候吕，来游大梁。重驷修路，始届帝乡。伏拜金阙，瞻仰玉堂。从者小子，罗列成行。悉知廉节，皆识义方。歌管愔愔，铿鼓锵锵，响震钧天，声若鹓凰。前却中规矩，进退得宫商。举伎无不佳，胡舞最所长。老胡寄箧中，复有奇乐章。赍持数万里，愿以奉圣皇。乃欲次第说，老耄多所忘。是愿明陛下寿千万岁，欢乐未渠央。"太白此篇拟之而作，辞义多相出入，故全录之，以见其所自焉耳。'"

　　金天之西①，白日所没。

　　康老胡雏，生彼月窟②。

　　巉岩容仪，戌削③风骨。

碧玉炅炅双目瞳，黄金拳拳两鬓红④。

华盖垂下睫，嵩岳临上唇⑤。

不睹诡谲⑥貌，岂知造化神。

大道是文康之严父，元气乃文康之老亲⑦。

抚顶弄盘古⑧，推车转天轮⑨。

云见日月初生时，铸冶火精与水银⑩。

阳乌⑪未出谷，顾兔⑫半藏身。

女娲戏黄土⑬，团作愚下人，散在六合间，濛濛若沙尘。

生死了不尽，谁明此胡是仙真。

西海栽若木⑭，东溟⑮植扶桑，别来几多时，枝叶万里长。

中国有七圣⑯，半路颓鸿荒⑰。

陛下应运起⑱，龙飞入咸阳⑲。

赤眉立盆子⑳，白水兴汉光㉑。

叱咤四海动，洪涛为簸扬㉒。

举足踏紫微㉓，天关自开张㉔。

老胡感至德，东来进仙倡㉕。

五色师子㉖，九苞凤凰㉗，

是老胡鸡犬，鸣舞飞帝乡。

淋漓飒沓㉘，进退成行。

能胡歌，献汉酒，

跪双膝，并两肘，散花指天举素手。

拜龙颜㉙，献圣寿，北斗戾㉚，南山摧，

天子九九八十一万岁，长倾万岁杯。

① **"金天"句**：张衡《思玄赋》："顾金天而叹息兮，吾欲往乎西嬉。"吕向注："金天，西方少昊所主也。"

② **"生彼"句**：《长杨赋》："西压月窟。"月窟，谓近西月没之处，盖指西域极远之地而言。

③ **戍削**：出自《上林赋》："眇阎易以戍削。"徐广注："戍削，言如刻画作之。"

④ **"碧玉"二句**：碧玉灵灵，言其眼色碧而有光。黄金拳拳，言其发色黄而稍卷。

⑤ **"华盖"二句**：华盖垂下睫，言其眉长而下覆于目。嵩岳临上唇，言其鼻巨而上压于唇。《黄庭内景经》："眉号华盖覆明珠。"又云："外应中岳鼻齐位。"梁丘子注："中岳，鼻也。"

● 凤凰

⑥ **诡谲**：奇怪。

⑦ **"大道"二句**：《道德指归论》："道德为父，神明为母。"孙楚《石人铭》："大象无形，元气为母。杳兮冥兮，陶冶众有。"

⑧ **盘古**：《述异记》载："盘古氏，天地万物之祖也。"《路史》："浑敦氏，即代所谓盘古氏，神灵一日九变，盖元混之初，陶融造化之主也。"

⑨ **天轮**：木华《海赋》："状如天轮，胶戾而激转。"李善注："《吕氏春秋》曰：天地如车轮，终则复始。"

⑩ **"云见"二句**：《淮南子》："积阳之热气生火，火气之精者为日；积阴之寒气为水，水气之精者为月。"《初学记》："《范子计然》曰：'日者，火精也。'"

⑪ **阳乌**：神话传说中在太阳里的三足乌。

⑫ **顾兔**：月的别名。《楚辞》："夜光何德，死则又育。厥利维何？而顾兔在腹。"

⑬ **"女娲"句**：《太平御览》引《风俗通》曰："俗说天地初开辟，未有人民，女娲团黄土为人，剧务，力不暇供，乃引绳于泥中，举以为人。故凡富贵贤智者，黄土人也；贫贱凡愚者，引絙人也。"《录异记》："房州上庸界有伏羲女娲庙，云是抟土为人民之所，古迹在焉。"

⑭ **"西海"句**：《淮南子》："若木在建木西，末有十日，其花照下地。"高诱注：

"末，端也。若木端有十日，状如莲花，光照其下也。"

⑮ **东溟**：东海也，颜延之诗："日观临东溟。"《十洲记》："扶桑在碧海之中，地方万里。有椹树长数千丈，大二千围，树两两同根偶生，更相依倚，是以名为扶桑。仙人食其椹，而一体皆作金光色。飞翔空玄。其树虽大，其叶、椹故如中夏之桑也，但椹稀而色赤，九千岁一生实耳，味绝甘香美。"《玄中记》："天下之高者扶桑，无枝木焉，上至天，盘蜿而下屈，通三泉也。"

⑯ **"中国"句**：谓高祖、太宗、高宗、中宗、睿宗、玄宗六君，其一则武后也。考先天二年睿宗诰，有"运光五圣、业盛百龄"之辞，贞元二十一年顺宗诰，有"九圣储祥、万帮咸休"之语，皆数武后在内，知当时称谓如此也。

⑰ **"半路"句**：喻禄山倡乱，两京覆没，有似鸿荒之世也。《鲁灵光殿赋》："鸿荒朴略。"张载注："鸿，大也。上古之世，为鸿荒之世也。"

⑱ **"陛下"句**：谓肃宗即位于灵武。

⑲ **"龙飞"句**：谓西京克复，大驾还都也。《东京赋》："龙飞白水，凤翔参墟。"薛综注："龙飞凤翔，以喻圣人之兴。"

⑳ **"赤眉"句**：谓禄山既死，群贼又立安庆绪为主也。《后汉书》：建武元年，赤眉贼率樊崇、逢安等，共立刘盆子为天子。然崇等视之如小儿，百事自由，初不恤录。

㉑ **"白水"句**：《宋书》：光武起于春陵之白水乡。章怀太子《后汉书注》：光武旧宅在今随州枣阳东南，宅旁二里有白水焉，即张衡所谓龙飞白水也。

㉒ **"叱咤"两句**：喻天下震动，寰宇洗清也。

㉓ **"举足"句**：喻践天子之位也。《太平御览》："《天官星占》曰：'紫微者，天帝之座也。'"

㉔ **"天关"句**：喻四远关塞悉开通出入，不事闭守也。

㉕ **"东来"句**：《西京赋》："总会仙倡。"薛综注："仙倡，伪作假形，谓如神也。"

㉖ **"五色"句**：束皙《发蒙记》："狮子五色而食虎于巨山之岫，一噬则百人仆，惟畏钩戟。"《南齐书》："王敬则梦骑五色狮子。"

㉗ **"九苞"句**：《论语摘衰圣》："凤有九苞，九苞者，一曰口包命，二曰心合度，三曰耳听达，四曰舌诎伸，五曰彩光色，六曰冠矩朱，七曰距锐钩，八曰音激扬，九曰腹文户。"

㉘ **飒沓**：傅毅《舞赋》："飒沓合并。"张铣注："飒沓，盘旋貌。"

㉙ **龙颜**：《春秋元命苞》："黄帝龙颜，得天庭阳；文王龙颜，柔肩望羊。"

㉚ **北斗戾**：宋玉《大言赋》："北斗戾兮太山夷。"《说文》："戾，曲也。"

独漉篇

题解　萧士赟曰：《独漉篇》即《拂舞歌》五曲中之《独禄篇》也，特《太白集》中"禄"字作"漉"字，其间命意造辞亦模仿规拟，但古词为父报仇，太白言为国雪耻耳。古词曰："独禄独禄，水深泥浊；泥浊尚可，水深杀我。噰噰双雁，游戏田畔。我欲射雁，念子孤散。翩翩浮萍，得风遥轻。我心何合，与之同并。空床低帷，谁知无人；夜衣锦绣，谁别伪真。刀鸣削中，倚床无施。父冤不报，欲活何为！猛虎斑斑，游戏山间。虎欲杀人，不避豪贤。"琦按：乐府诸书亦有引古词作"独鹿"者，亦有作"独漉"者，是禄、鹿、漉，古者通用，非始于太白也。

独漉①水中泥，水浊不见月。

不见月尚可，水深行人没。

越鸟从南来，胡雁亦北度。

我欲弯弓向天射，惜其中道失归路。

落叶别树，飘零随风。

客无所托，悲与此同。

罗帷舒卷，似有人开。

明月直入，无心可猜。

雄剑挂壁，时时龙鸣。

不断犀象②，绣涩苔生。

国耻未雪③，何由成名。

神鹰梦泽④，不顾鸱鸢。

为君一击，鹏搏九天。

注释

① **独漉**：刘履曰："独漉，疑地名。"琦按："上谷郡涿州有地名独鹿，一名浊

鹿者是也。"《荀子》作"独鹿"。《成相》辞曰："恐为子胥身离凶，进谏不听，刭而独鹿弃之江。"杨惊注："《国语》曰：'鸟兽成，水虫孕，水虞于是禁罝麗。'贾云：'罝麗，小罟也。'或谓此未可知。"

② **犀象**：梁简文帝《七励》："拭龙泉之雄剑，莹魏国之宝刀。"《拾遗记》："帝颛顼有曳影之剑，腾空而舒。若四方有兵，此剑则飞起，指其方则克伐。未用之时，常于匣里如龙虎之吟。"曹植《七启》："步光之剑，华藻繁缛，陆断犀象，未足称俊。"李周翰注："言剑之利也。"犀象之兽，其皮坚。

③ **国耻未雪**：出自《晋书》："国耻未雪，夙夜忧愤。"

④ **神鹰梦泽**：《太平广记》："楚文王好猎，有人献一鹰，王见其殊常，故为猎于云

● 独漉篇

梦之泽。毛群羽族，争噬共搏。此鹰瞪目，远瞻云际，俄有一物，鲜白不辨其形，鹰竦翮而升，矗若飞电。须臾，羽堕如雪，血下如雨。良久，有大鸟坠地。其两翅广十余里，喙边有黄，众莫能知。时有博物君子曰：'此大鹏雏也。'出《幽明录》。"萧士赟曰："此比兴之意，谓士之用世，当为国雪耻，立大功以成名，如神鹰之不顾凡鸟而但击九天之鹏也。"

阳春歌

[题解] 宋吴迈远作《阳春歌》，梁沈约作《阳春曲》，此诗似拟之而作。

长安白日照春空，绿杨结烟桑袅风。

披香殿前花始红①，流芳发色绣户②中。

绣户中，相经过。

一九二

飞燕③皇后轻身舞，紫宫④夫人绝世歌。

圣君三万六千日，岁岁年年奈乐何。

●阳春歌

注释

① **"披香殿"句**：《三辅黄图》："未央宫有披香殿。"《雍录》："庆善宫有披香殿。"

② **绣户**：鲍照诗："文窗绣户垂罗幕。"

③ **飞燕**：《赵后外传》载："飞燕缘主家大人得入宫召幸，自此特幸，号赵皇后。"《独异志》："赵飞燕身轻，能为掌上舞。"

④ **紫宫**：《西京赋》："正紫宫于未央。"薛综注："天有紫微宫，王者象之。"李善注："《辛氏三秦记》曰：未央宫，一名紫微宫。然未央为总称，紫宫其中别名。"《汉书》："孝武李夫人，本以倡进。初，夫人兄延年性知音，善歌舞，武帝爱之。延年侍上起舞，歌曰：'北方有佳人，绝世而独立。一顾倾人城，再顾倾人国。宁不知倾城与倾国，佳人难再得。'上叹息曰：'世岂有此人乎？'平阳主因言延年有女弟，上乃召见之，实妙丽善舞。由是得幸。"

于阗采花

题解 胡震亨曰："《于阗采花》，陈、隋时曲名。本辞云：'山川虽异所，草木尚同春。亦如溱、洧地，自有采花人。'太白则借明妃陷虏，伤君子不逢明时，为谗妒所蔽，贤不肖易置无可辨，盖亦以自寓意焉。《汉书·西域传》：'于阗国王治西城，去长安九千六百七十里。'《周书》：'于阗国，在葱岭之北二百余里，东去长安七千七百里。'"

于阗采花人，自言花相似。

明妃一朝西入胡，胡中美女多羞死。

乃知汉地多明姝，胡中无花可方比。

丹青能令丑者妍^①，无盐翻在深宫里^②。

自古妒蛾眉，胡沙埋皓齿^③。

注　释

①**"丹青"句**：《西京杂记》："元帝后宫既多，不得常见，乃使画工图其形，按图召幸之。诸宫人皆赂画工，多者十万，少者亦不减五万，独昭君不肯，遂不得见。后匈奴入朝求美人为阏氏，于是上按图以昭君行。及去，召见，貌为后宫第一，善应对，举止闲雅，帝悔之，而名籍已定，重失信于外国，故不复更人。乃穷案其事，画工皆弃市，籍其家资皆巨万。"《野客丛书》："晋文帝讳昭，以昭君为明妃。"

②**"无盐"句**：《新序》："齐有妇人，极丑无双，号曰无盐女。其为人也，臼头深目，长指大节，昂鼻结喉，肥项少发，折腰出胸，皮肤若漆。行年三十无所容入，衒嫁不售，流弃莫执。于是乃拂试短褐，自诣宣王。谓谒者曰：'妾，齐之不售女也。闻君王之圣德，愿备后宫之扫除，顿首司马门外，唯王幸许之。'谒者以闻。宣王方置酒于渐台，召而见之。无盐女扬目衔齿，举手拊肘曰：'殆哉，殆哉。'如此者四。宣王曰：'愿遂闻命。'无盐女对曰：'今大王之君国也，西有衡秦之患。南有强楚之仇，外有三国之难，内聚奸臣，众人不附，春秋四十，壮男不立，一旦山陵崩弛，社稷不定，此一殆也。渐台五重，黄金白玉，琅玕龙疏，翡翠珠玑，莫落连饰，万民疲极，此二殆也。贤者伏匿于山林，谄谀强于左右，邪伪立于本朝，谏者不得通入，此三殆也。酒浆流湎，以夜续朝，女乐俳优，纵横大笑，外不修诸侯之礼，内不秉国家之治，此四殆也。故曰"殆哉，殆哉"。'宣王喟然而叹曰：'痛乎，无盐君之言。吾今乃一闻寡人之殆，几不全。'于是立停渐台，罢女乐，退谄谀，去雕琢，选兵马，实府库，四辟公门，招进直言，延及侧陋，择吉日，立太子，进慈母，拜无盐君为王后。而国大安者，丑女之力也。"

●于阗采花

③ **皓齿：**《吕览》："靡曼皓齿。"高诱注："皓齿，《诗》所谓'齿如瓠犀'者也。"

鞠歌行

[题解] 陆机《鞠歌行序》："按汉宫阁有含章鞠室、灵芝鞠室，后汉马防第宅卜临道，连阁通池，鞠城弥于街路。《鞠歌》将谓此也。又东阿王诗，连骑击壤，或谓蹙鞠乎？三言七言，虽奇宝名器，不遇知己，终不见重，愿逢知己以托意焉。"按《乐府诗集》："王僧虔《伎录》平调有七曲，其七曰《鞠歌行》。"

玉不自言如桃李①，鱼目笑之卞和耻②。

楚国青蝇何太多③，连城白璧遭谗毁④。

荆山长号泣血人，忠臣死为刖足鬼。

听曲知宁戚，夷吾因小妻⑤。

秦穆五羊皮，买死百里奚⑥。

洗拂青云⑦上，当时贱如泥。

朝歌鼓刀叟，虎变磻溪中⑧。

一举钓六合，遂荒⑨营丘东。

平生渭水曲，谁识此老翁？

奈何今之人，双目⑩送飞鸿。

注释

① **"玉不"句：**《史记》："桃李不言，下自成蹊。"

② **"鱼目"句：**张协诗："鱼目笑明月。"《新序》："荆人卞和得玉璞而献之，荆厉王使玉尹相之，曰：'石也。'王以和为谩而断其左足。厉王薨，武王即位，和复奉玉璞而献之。武王使玉尹相之，曰：'石也。'又以为谩而断其右足。武王薨，共王即位，和乃奉玉璞而哭于荆山中，三日三夜，泣尽而继之以血。共王闻之，使人问之曰："天下之刑者众矣，子刑何哭之怨也？'对曰：'宝玉而名之曰"石"，贞士而戮之以

●鞠歌行

"谗"，此臣之所以悲也。'共王乃使人理其璞而得宝焉，故名之曰'和氏之璧'"。

③"楚国"句：《诗·小雅》："营营青蝇止于樊，岂弟君子，无信谗言。"《郑笺》曰："蝇之为虫，污白使黑，污黑使白。喻佞人变乱善恶也。"

④"连城"句：《史记》："赵惠文王得楚和氏璧，秦昭王闻之，使人遗赵王书，愿以十五城易璧。"后人所谓"连城之价"正指此事。

⑤"夷吾"句：《列女传》载："宁戚欲见桓公，道无从，乃为人仆，将车，宿齐东门之外。桓公因出，宁戚击牛角而商歌甚悲。桓公异之，使管仲迎之。宁戚称曰：'浩浩乎白水。'管仲不知所谓，不朝五日而有忧色。其妾倩进曰：'君不朝五日而有忧色，敢问国家之事耶，君之谋也？'管仲曰：'昔日公使我迎宁戚，宁戚曰："浩浩乎白水。"吾不知其所谓，是故忧之。'其妾笑曰：'人已语君矣。君不知识耶？古有《白水》之诗，诗不云乎？"浩浩白水，儵儵之鱼。君来召我，我将安居。国家未定，从我焉如？"此宁戚之欲得仕国家也。'管仲大悦，以报桓公。桓公乃修官府，斋戒五日，见宁子，因以为相，齐国以治。"

⑥百里奚：秦穆公时贤臣，著名的政治家、思想家，又称"五羖大夫"，是秦穆公用五张黑羊皮从市井之中换回的一代名相。在主持秦国国政期间，百里奚"谋无不当，举必有功"，辅佐秦穆公倡导文明教化，实行"重施于民"的政策，让人民得到更多的好处，并内修国政，外图霸业，开地千里，称霸西戎，统一了今甘肃、宁夏等地区，开始了秦国的崛起。

⑦青云：出自《史记·范睢传》："不意君能自致于青云之上。"

⑧"朝歌"二句：《楚辞》："吕望之鼓刀兮，遭周文而得举。"王逸注："鼓，鸣也。言太公避纣，居东海之滨，闻文王作兴，盍往归之，至朝歌，道穷困，自鼓刀而屠，遂西钓于渭滨。文王梦得圣人，于是出猎而见之，遂载以归，用以为师。"《宋书》："文王将田，史遍卜之曰：'将大获，非熊非罴，天遗汝师以佐昌。臣太祖史畴为禹卜畋，得皋陶，其兆如此。'王至磻溪之水，吕尚钓于涯，王下趋拜曰：'望公七年，乃今

见光景于斯。'尚立变名答曰：'望钓得玉璜，其文要曰："姬受命，昌来提，撰尔雒钤报在齐。"'"

⑨ **遂荒**：出自《诗经》："遂荒大东。"毛苌《诗传》："荒，有也。"《史记》："武王已平商而王天下，封师尚父于齐营丘。"《括地志》云："营丘，在青州临淄北百步外城中。"

⑩ **双目**：《史记》："卫灵公与孔子语，见蜚雁，仰视之，色不在孔子。孔子遂行。""双目送飞鸿"正用其事，以喻不好贤之意。

幽涧泉

第六期　年代不可考部分

题解　《乐府诗集》以此首入琴曲歌辞中。

拂彼白石，弹吾素琴。

幽涧愀兮流泉深，善手明徽高张清①。

心寂②历似千古，松飕飖③兮万寻。

中见愁猿吊影而危处兮，叫秋木而长吟。

客有哀时失职而听者，泪淋浪以沾襟④。

乃缉商缀羽，潺湲⑤成音。

吾但写声发情于妙指⑥，殊不知此曲之古今。

幽涧泉，鸣深林。

●幽涧泉

注释

①"拂彼"四句：《韵会》："《琴节》曰：'徽，乐书作晖。'云：'琴之为乐，弦合声以作主，徽分律以配臣。古徽十有三，象十二月，

其一象闰。用螺蚌为之，近代用金、玉、瑟瑟、水晶等宝，以示明莹。'"颜延年诗：
"高张生绝弦，声急由调起。"李善注："《物理论》曰：'琴欲高张，瑟欲下声。'"

② **心寂**：出自江淹诗："寂历百草晦。"李善注："寂历，凋疏貌。"

③ **飗飑**：风声也。江淹《山中楚辞》："风飕飑兮木道寒。"

④ **"泪淋"句**：嵇康《琴赋》："纷淋浪以流离。"东方朔《七谏》："泣歔欷而沾襟。"

⑤ **潺湲**：《说文》解："潺湲，水声。"

⑥ **妙指**：出自张衡《归田赋》："弹五弦之妙指。"

王昭君二首（选一）

题 解 《乐府古题要解》："王昭君，旧史王嫱，字昭君。汉元帝时，匈奴入朝，诏以王嫱配之，号宁胡阏氏。一说汉元帝后宫既多，不得常见，乃使画工图其形，按图召幸。宫人皆赂画工，多者十万，少者亦不减五万。昭君自恃容貌，独不肯与。工人乃丑图之，遂不得见。及后匈奴入朝，选美人配之，昭君之图当行。及入辞，光彩射人，悚动左右。天子方重失信外国，悔恨不及，穷究其事，画工有杜陵毛延寿，安陵陈敞，新丰刘白、龚宽，下杜阳望、樊青，皆同日弃市，籍其资财。汉人怜昭君远嫁，为作歌诗。晋文王讳'昭'，故晋人改为'明君'。石崇有妓曰绿珠，善歌舞，以此曲教之，而自制《王明君歌》，其文悲雅，'我本汉家子'是也。"按《乐府诗集》："张永《元嘉技录》：'相和歌《吟叹四曲》，其二曰《王明君》。'"

> 汉家秦地月，流影照明妃。
>
> 一上玉关道，天涯去不归。
>
> 汉月还从东海出，明妃西嫁无来日。
>
> 燕支①长寒雪作花，蛾眉憔悴没胡沙。
>
> 生乏黄金枉图画，死留青冢②使人嗟。

注 释

① **燕支**：《元和郡县志》："燕支山，一名删丹山，在甘州删丹县南五十里。东西百余里，南北二十里，水草茂美，与祁连同。"杨炎《燕支山神宁济公祠堂碑》："西

北之巨镇曰燕支，本匈奴王庭，汉武纳浑邪开右地，置武威、张掖，而山界二郡间。连峰委会，云蔚黛起，积高之势，四面千里。"

② 青冢：《太平寰宇记》："青冢，在振武军金河县西北，汉王昭君葬于此。其上草色常青，故曰青冢。"《一统志》："王昭君墓，在古丰州西六十里，地多白草，此冢独青，故名青冢。"

中山孺子妾歌

题解 《汉书》："《诏赐中山靖王哙及孺子妾冰未央才人歌诗》四篇。如淳曰：'孺子，幼少称孺子。妾，宫人也。'颜师古曰：'孺子，王妾之有品号者。妾，王之众妾也。冰，其名。才人，天子内官。按此谓以歌诗赐中山王及孺子妾、未央才人等耳，累言之，故云"及"也。'而陆厥作歌，乃谓之《中山孺子妾》，失之远矣。太白是题，盖仍陆氏之误也。"

中山孺子妾，特以色见珍。

虽不如延年妹①，亦是当时绝世人。

桃李出深井②，花艳惊上春③。

一贵复一贱④，关天⑤岂由身。

芙蓉老秋霜，团扇羞网尘。

戚姬髡发入春市⑥，万古共悲辛。

注释
① **延年妹**：李延年妹事，见本卷《阳春歌》注。
② **深井**：即现在庭中的天井。
③ **上春**：《周礼》云："上春衅宝镇及宝器。"郑玄注："上春，孟春也。"
④ **"一贵"句**：《汉书》："一贵一贱。"
⑤ **关天**：《北史》："事乃关天。"
⑥ **"戚姬"句**：《汉书》："高祖得定陶戚姬，爱幸，生赵王如意。高祖崩，惠帝立，吕后为皇太后，乃令永巷囚戚夫人，髡钳衣赭衣，令春。戚夫人春且歌曰：'子为王，母为虏，终日春薄暮，常与死为伍。相离三千里，当谁使告汝。'"

上之回

题解　按《宋书》:"汉鼓吹铙歌十八曲中有《上之回》。"《乐府古题要解》: "《上之回》,汉武帝元封初,因至雍,遂通回中道,后数游幸焉。其歌称帝'游 石关,望诸国,月支臣,匈奴服',皆美当时事也。"

> 三十六离宫①,楼台与天通②。
>
> 阁道步行月③,美人愁烟空。
>
> 恩疏宠不及,桃李伤春风。
>
> 淫乐意何极,金舆向回中④。
>
> 万乘出黄道⑤,千骑扬彩虹⑥。
>
> 前军细柳⑦北,后骑甘泉⑧东。
>
> 岂问渭川老⑨,宁邀襄野童⑩。
>
> 但慕瑶池宴,归来乐未穷。

注释

① **三十六离宫**:《西都赋》:"离宫别馆三十六所。"章怀太子注:《三辅黄图》 曰:上林有建章、承光等一十一宫,平乐、茧观等二十五馆,凡三十六所。"

② **与天通**:极言其高,与天相近也。

③ **"阁道"句**:《西京赋》:"阁道穹隆。"吕向注:"阁道,飞陛也。"沈约诗:"腾 盖隐奔星,低銮避行月。"

④ **"金舆"句**:《史记》:"人体安驾乘,为之金舆错衡,以繁其饰。"《汉书》:"元 封四年冬十月,行幸雍,祠五畤,通回中道。"应劭曰:"回中,在安定高平,有险阻, 萧关在其北。"《括地志》云:"秦回中宫,在岐州雍县西四十里。"《太平寰宇记》:"回 中宫,在凤翔府天兴县西。"

⑤ **黄道**:宋之问诗:"嚣声引扬闻黄道,王气周回入紫宸。"萧士赟曰:"前汉 《天文志》:'日有中道。中道者,黄道也。日,君象,故天子所行之道亦曰黄道。'"

⑥ **彩虹**:魏文帝诗:"丹霞蔽日,彩虹垂天。"

⑦ **细柳**:《汉书注》:"细柳,服虔曰:'在长安西北。'如淳曰:'长安细柳仓,

在渭北，近石徼。’张揖曰：‘在昆明池南，今有柳市是也。’”

⑧ **甘泉**：《关辅记》："林光宫，一曰甘泉宫，秦所造，在今池阳县西故甘泉山，宫以山为名，宫周匝十余里。汉武帝建元中增广之，周十九里，去长安三百里，望见长安城。黄帝以来圆丘祭天处。"梁简文帝《上之回》云："前旆拂回中，后车隔桂宫。"太白盖用其句法。

⑨ **渭川老**：指姜太公吕尚（即姜子牙）。

⑩ **襄野童**：《庄子》："黄帝将见大隗乎具茨之山，至于襄城之野，七圣皆迷，无所问途。适遇牧马童子，问途焉。曰：‘若知具茨之山乎？’曰：‘然。’‘若知大隗之所存乎？’曰：‘然。’黄帝曰：‘异哉小童，非徒知具茨之山，又知大隗之所存。请问为天下。’小童曰：‘予少而自游于六合之内，予适有瞀病，有长者教予曰："若乘日之车而游于襄城之野。"今予病少痊，予又且复游于六合之外，夫为天下亦若此而已矣，又奚事哉。’黄帝再拜稽首，称‘天师’而退。"梁简文帝诗："聊驱式道候，无劳襄野童。"

●阁道步行月，美人愁烟空

发白马

题解　题始于梁费昶，其辞曰"白马今虽发，黄河未结澌"云云，太白盖拟之。《乐府诗集》："《通曲》曰：‘白马，春秋时卫国曹邑有黎阳津，一曰白马津。郦生云"守白马之津"是也。发白马，言征戍而发兵于此也。’"

将军发白马①，旌节②渡黄河。

箫鼓③聒川岳，沧溟涌涛波。

武安有震瓦④，易水无寒歌⑤。

铁骑^⑥若雪山，饮流涸滹沱^⑦。

扬兵猎月窟^⑧，转战略朝那^⑨。

倚剑登燕然^⑩，边烽列嵯峨。

萧条万里外^⑪，耕作五原^⑫多。

一扫清大漠^⑬，包虎戢金戈^⑭。

注　释

① **白马**：《括地志》云："黎阳，一名白马津，在滑州白马县北三十里。"

② **旌节**：《唐六典》："旌节之制，命大将帅及遣使于四方，则请而假之。旌以专赏，节以专杀。"《新唐书·车服志》："旌，以绛帛五丈，粉画虎，有铜龙一，首缠绯幡，紫缣为袋，油囊为表。节，悬画木盘三，相去数寸，隅垂赤麻，余与旌同。"

③ **箫鼓**：军中鼓吹之乐。

④ **"武安"句**：《史记》："秦伐韩，赵王令赵奢救之。秦军军武安西，鼓噪勒兵，武安屋瓦尽震。"

⑤ **"易水"句**：荆轲歌："风萧萧兮易水寒，壮士一去兮不复还。"

⑥ **铁骑**：《晋书》："精甲耀日，铁骑前驱。"萧士赟曰："铁骑，马之带甲者。"

⑦ **滹沱**：郭璞《山海经注》："今滹沱水出雁门卤成县南武夫山。"《史记索隐》："滹沱，水名，并州之川也。"《地理志》云："卤城，县名，属代郡。滹沱河自县东至参合，又东至文安入海。"《史记正义》："滹沱出代州繁畤县东南，流经五台山北，东南流过定州入海。"

⑧ **月窟**：扬雄《长杨赋》："西压月窟。"

⑨ **略朝那**：《韵会》："略，取也。"《汉书》："张良略地。唐蒙略通夜郎。颜师古曰：'凡言略地，谓行而取之。'"《史记》："匈奴单于十四万骑入朝那、萧关。"《正义》曰："汉朝那，故城在原州百泉县西七十里，属安定郡。"

⑩ **登燕然**：《后汉书》："车骑将军窦宪出鸡鹿塞，度辽将军邓鸿出稒阳塞，南单于出满夷谷，与北匈奴战于稽落山，大破之，追至和渠北鞮海。窦宪遂登燕然山，刻石勒功而还。"《太平寰宇记》："郎君戍又直北三千里至燕然山，又北行千里至瀚海。"

⑪ **"萧条"句**：班固《封燕然山铭序》："萧条万里，野无遗寇。"

⑫ **五原**：《汉书》："元鼎五年，匈奴入五原，杀太守。"《元和郡县志》："盐州，

禹贡雍州之域，春秋为戎、翟所居地，及始皇并天下，属梁州。汉武元朔二年置五原郡，地有原五所，故号五原。五原谓龙游原、乞地千原、青岭原、岢岚原、横槽原也。"

⑬ **大漠**：《后汉书》："丑虏破碎，遂扫厥庭。"《北边备对》："汉赵信既降匈奴，与之画谋，令远度幕北以要疲汉军，故武帝必欲越漠征之，而大漠之名始通中国。幕者，漠也，言沙积广莫，望之漠漠然也。汉以后史家变称为碛，碛者，沙积也，其义一也。"

⑭ **"包虎"句**：《礼记》："武王克殷反商，倒载干戈，包之以虎皮。"郑玄注："包干戈以虎皮，明能以武服兵也。"《正义》曰："虎，武猛之物也，用此虎皮包裹兵器，示武王威猛能包制服天下兵戈也。或以虎皮有文，欲以现文止武也。"《诗》："载戢干戈。"《说文》："戢，藏兵也。"

●扬兵猎月窟，转战略朝那

陌上桑

[题解]《乐府古题要解》："《陌上桑》古词曰：'日出东南隅，照我秦氏楼。'旧说邯郸女子姓秦名罗敷，为邑人千乘王仁妻。仁后为赵王家令，罗敷出采桑陌上，赵王登台见而悦之，置酒欲夺焉。罗敷善弹筝，作《陌上桑》以自明不从。"按："其歌辞称罗敷采桑陌上，为使君所邀，罗敷盛夸其夫为侍中郎以拒之，与旧说不同。"按《乐府诗集》："张永《元嘉伎录》：'相和歌有十五曲，其第十五曲曰《陌上桑》。'"

美女渭桥①东，春还事蚕作②。

五马③如飞龙，青丝结金络④。

不知谁家子⑤，调笑来相谑。

妾本秦罗敷⑥，玉颜艳名都⑦。

绿条映素手，采桑向城隅。

使君⑧且不顾，况复论秋胡⑨?

寒螀⑩爱碧草，鸣凤栖青梧。

托心自有处，但怪旁人愚。

徒令白日暮，高驾空踟蹰⑪。

李太白集

注　释

① **渭桥**：泛指唐代长安附近渭水上的桥梁。

② **"春还"句**：鲍照诗："季春梅始落，工女事蚕作。"

③ **五马**：五马事，古今说者不一，据《墨客挥犀》云："世称太守五马，罕知其故事。"

●妾本秦罗敷，玉颜艳名都

④ **"青丝"句**：古《罗敷行》："青丝系马尾，黄金络马头。"

⑤ **"不知"句**：江淹诗："不知谁家子，看花桃李津。"

⑥ **罗敷**：古《罗敷行》："罗敷善采桑，采桑城南隅。"

⑦ **"玉颜"句**：曹植诗："名都多妖女。"

⑧ **使君**：《汉书》："使君颛生杀之柄。"颜师古注："为使者故谓之使君。"

⑨ **秋胡**：《西京杂记》："鲁人秋胡，娶妻三月而游宦，三年休还家。其妇采桑于郊，胡至郊而不识其妻也，

见而悦之，乃遗黄金一镒。妻曰：'妾有夫游宦不返，幽闺独处三年于兹，未有被辱于今日也。'采不顾。胡惭而退。至家，问家人：'妻何在？'曰：'行采桑于郊，未返。'既还，乃向所挑之妇也。"

⑩ **寒螀**：郭璞《尔雅注》："寒螀似蝉而小，青色。"

⑪ **踟蹰**：谢朓诗："余曲讵几许，高驾且踟蹰。"踟蹰，欲行不进之貌。

枯鱼过河泣

[题解] 按《乐府诗集》："《枯鱼过河泣》，乃杂曲歌辞。古词曰：'枯鱼过河泣，何时悔复及。作书与鲂鲤，相教慎出入。'太白拟作与古意同，而以万乘微行为戒，更为深切。"

白龙改常服，偶被豫且制。

谁使尔为鱼？徒劳诉天帝①。

作书报鲸鲵②，勿恃风涛势。

涛落归泥沙，翻遭蝼蚁噬③。

万乘慎出入，柏人④以为诫。

注释

① **"徒劳"句**：《说苑》："吴王欲从民饮酒，伍子胥谏曰：'不可。昔白龙下清泠之渊，化为鱼，渔者豫且射中其目。白龙上诉天帝。天帝曰："当是之时，若安置而形？"白龙对曰："我下清泠之渊，化为鱼。"天帝曰："鱼固人之所射也，豫且何罪？"夫白龙，天帝贵畜也，豫且，宋国贱臣也，白龙不化，豫且不射，今弃万乘之位而从布衣之士饮酒，臣恐其有豫且之患矣。'王乃止。"

② **鲸鲵**：《广韵》："鲸，大鱼也。雄曰鲸，雌曰鲵。"

③ **"涛落"二句**：《淮南子》："吞舟之鱼，荡而失水，则制于蝼蚁，离其居也。"

④ **柏人**：《史记》："高祖从平城过赵，赵王朝夕袒鞲蔽，自上食，礼甚卑，有子婿礼。高祖箕踞詈，甚慢易之。赵相贯高怒。八年，上从东垣还，过赵，贯高等乃壁人柏人，要之置厕。上过欲宿，心动，问曰：'县名为何？'曰：'柏人。''柏人者，迫于人也。'不宿而去。"

相逢行

[题　解] 乐府诗《相逢行》,乃相和歌清调六曲之一。一曰《相逢狭路间行》,亦曰《长安有狭邪行》。

朝骑五花马①,谒帝出银台②。

秀色谁家子,云车珠箔③开。

金鞭遥指点,玉勒④近迟回。

夹毂⑤相借问,疑从天上来。

蹙入青绮门⑥,当歌共衔杯⑦。

衔杯映歌扇,似月云中见。

相见不得亲,不如不相见。

相见情已深,未语可知心。

胡为守空闺⑧,孤眠愁锦衾⑨。

锦衾与罗帏,缠绵会有时。

春风正澹荡⑩,暮雨来何迟。

愿因三青鸟⑪,更报长相思。

光景不待人,须臾发成丝。

当年失行乐,老去徒伤悲⑫。

持此道密意,无令旷佳期。

李太白集

注　释

① **五花马**:详见《将进酒》注⑤。

② **"谒帝"句**:曹植诗:"谒帝承明庐。"按《雍录》所载《六典》之《大明宫图》:"紫宸殿侧有右银台门、左银台门。李肇记曰:学士下直出门,相谑谓之小三昧。出银台乘马,谓之大三昧。三昧者,释氏语,言其去缠缚而得自在也。用此言之,则学士自出院门而至右银台门,皆步行。直至已出宫城银台门外,乃得乘马也。"

③ **珠箔**：《三辅黄图》："金玉珠玑为帘箔。"

④ **玉勒**：薛道衡诗："卧驰飞玉勒，立骑转银鞍。"《说文》："勒，马头络衔也。"

⑤ **夹毂**：古《相逢行》："夹毂问君家。"

⑥ **青绮门**：《水经注》："长安东出第三门，本名霸城门，民见门色青，又名青城门，或曰青绮门，亦曰青门。"

⑦ **衔杯**：刘伶《酒德颂》："捧罂承槽，衔杯漱醪。"

⑧ **空闺**：曹植诗："妾身守空闺。"

⑨ **锦衾**：《诗·国风》："锦衾烂兮。"

⑩ **"春风"句**：鲍照诗："春风澹荡侠思多。"陈子昂诗："春风正澹荡，白露已清冷。"

⑪ **三青鸟**：《山海经》："三危之山，三青鸟居之。"郭璞注："三青鸟，主为西王母取食者，别自栖息于此山也。"又《大荒西经》："沃之野有三青鸟，赤首黑目，一名曰大鹙，一名曰少鹙，一名曰青鸟。"郭璞注："皆西王母所使也。"

⑫ **"老去"句**：古《长歌行》："老大徒伤悲。"

●相见情已深，未语可知心

千里思

题解　北魏祖叔辨作《千里思》，其辞曰："细君辞汉宇，王嫱即虏衢。无因上林雁，但见边城芜。"盖为女子之远适异国者而言。太白拟之，另以苏、李别后相思为辞。

李陵没胡沙①，苏武还汉家②。

迢迢五原关③，朔雪乱边花。

一去隔绝国④，思归但长嗟。

鸿雁向西北，因书报天涯。

注　释

① **"李陵"句**：《史记》："李陵将步兵五千人，出居延北千余里，单于以兵八万围击陵军。陵军兵矢既尽，士死者过半，而所杀伤匈奴亦万余人。且引且战，连斗八日，还，未到居延百余里，匈奴遮狭绝道，陵食乏而救兵不到，遂降匈奴。"

② **"苏武"句**：琦按："《文选》有李少卿《答苏武书》，李周翰注：'《汉书》曰："李陵字少卿，以天汉二年率步卒五千人出塞与单于战，力屈乃降。在匈奴中与苏武相见，武得归，为书与陵，令归汉，陵作书答之。此诗末联正用其事。"又按：《文苑英华》载唐人省试诗题有《李都尉重阳日得苏属国书》，其事他书所不见，更属异闻，因附录之。'"

●苏武

③ **五原关**：《汉书·地理志》："代郡有五原关。"《太平寰宇记》："盐州五原郡，今理五原县。唐贞观二年，县与州同立，以其地势有五原，旧有五原关，因为郡邑之称。"

④ **绝国**：江淹《别赋》："一去绝国，讵相见期。"李善注："绝国，绝远之国也。"

树中草

题　解　梁简文帝有《树中草诗》，太白盖拟之也。

鸟衔野田草①，误入枯桑里。

客土植危根②，逢春犹不死。

草木虽无情，因依尚可生。

李太白集

如何同枝叶，各自有枯荣？

注释

① **野田草**：谢灵运诗："青青野田草。"

② **危根**：《汉书》："客土疏恶。"潘岳《杨仲武诔》："如彼危根，当此冲飙。"

君马黄

题解 按《宋书》："汉鼓吹铙歌十八曲有《君马黄歌》。"

君马黄，我马白，

马色虽不同，人心本无隔。

共作游冶盘①，双行洛阳陌。

长剑②既照曜，高冠何艳赫③。

各有千金裘，俱为五侯客④。

猛虎落陷阱⑤，壮士时屈厄。

相知在急难⑥，独好亦何益。

注释

①**"共作"句**：谓一起游乐。游冶，游荡娱乐。盘，也游乐义。游冶盘：盘游娱乐。

② **长剑**：《后汉书》："高冠长剑，纡金怀紫。"

③ **艳赫**：潘岳《谢雉赋》："摛朱冠之艳赫。"徐爰注："艳赫，赤色貌。"

④ **五侯客**：《汉纪》："五侯群弟皆通敏人事，好士养贤，倾财施与，以相高尚。时谷永与齐人楼护，俱为五侯上客。"

⑤ **"猛虎"句**：《汉书·司马迁传》："猛虎处深山，百兽震恐，及其在阱槛之中，摇尾而求食。"

⑥ **急难**：《诗·小雅》："兄弟急难。"

拟 古

融融白玉辉，映我青蛾眉。

宝镜似空水①，落花如风吹。

出门望帝子，荡漾不可期②。

安得黄鹤羽，一报佳人知③。

● 娥皇、女英

注 释

① **空水**：庾信《咏镜诗》："光如一片水。"

② **"出门"二句**：江淹诗："北渚有帝子，荡漾不可期。"吕延济注："帝子，娥皇、女英。荡漾，言随波上下，不可与之结期。"

③ **"安得"二句**：江淹《去故乡赋》："顾使黄鹤兮报佳人。"

折杨柳

题 解 《文献通考》："鼓角横吹十五曲中有《折杨柳》。"胡震亨曰："本古横吹曲，辞亡，梁、陈后拟者，皆作闺人思远戍之辞，太白诗亦同此意。"

垂杨拂渌水，摇艳东风年。

花明玉关雪，叶暖金窗烟。

美人结长想，对此心凄然。

攀条折春色，远寄龙庭①前。

注 释

① **龙庭**：《汉纪》："匈奴五月大会龙庭而祭其先祖、天地、鬼神。"

少年子

题解 齐王融、梁吴均皆有《少年子》。

青云少年子，挟弹章台^①左。

鞍马四边开，突如流星过。

金丸^②落飞鸟，夜入琼楼^③卧。

夷齐是何人，独守西山饿^④。

注 释

① **章台**:《玉海》:"秦有章台宫。"《苏秦传》云:"朝于章台之下。"扬雄云:"蔺生收功于章台。"

② **金丸**:《西京杂记》:"韩嫣好弹，常以金为丸，所失者日有十余。"长安为之语曰:"苦饥寒，逐金丸。"京师儿童，每闻嫣出弹辄随之，望丸所落辄拾焉。

③ **琼楼**:沈佺期诗:"今春芳苑游，接武上琼楼。"

④ **"夷齐"二句**:《史记》:"伯夷、叔齐隐于首阳山，采薇而食之，作歌曰:'登彼西山兮，采其薇矣。以暴易暴兮，不知其非矣。神农虞夏忽焉没兮，我安适归矣。吁嗟徂兮，命之衰矣。'遂饿死于首阳山。"《索隐》曰:"西山即首阳山。"

紫骝马

题解 按:"《乐府诗集》横吹十八曲中有《紫骝马》。"

紫骝^①行且嘶，双翻碧玉蹄^②。

临流不肯渡，似惜锦障泥^③。

白雪关山远，黄云海戍迷^④。

挥鞭万里去，安得念春闺。

注 释

① **紫骝**:赤色马也，唐人谓之紫骝，今人谓之枣骝。

● 紫骝行且嘶，双翻碧玉蹄

② **"双翻"句**：沈佺期《骢马诗》："四蹄碧玉片，双眼黄金瞳。"

③ **"临流"二句**：语出《晋书》："王济善解马性，尝乘一马，著连干障泥，前有水，终不肯渡。济云：'此必是惜障泥。'使人解去，便渡。"按："障泥是披马鞍旁者。"胡三省《通鉴注》："《类篇》：'马障泥曰鞧。'蜀注云：'拥护泥泞也。'"

④ **白雪、黄云**：皆唐时戍名。白雪戍在蜀地，与吐蕃接壤。杜诗屡用之。黄云戍，未详所在。戎昱诗："擒生黑山北，杀敌黄云西。"薛逢诗："岂知万里黄云戍，血迸金疮卧铁衣。"

豫章行

题解 萧士赟曰："王僧虔《技录》：'相和歌清调六曲有《豫章行》。'"

胡风吹代马①，北拥鲁阳关②。

吴兵照海雪，西讨何时还。

半渡上辽津③，黄云惨无颜。

老母与子别，呼天野草间。

白马绕旌旗，悲鸣相追攀。

白杨秋月苦，早落豫章山④。

本为休明人，斩虏素不闲⑤。

岂惜战斗死，为君扫凶顽。

精感石没羽⑥，岂云惮险艰。

楼船若鲸飞，波荡落星湾⑦。

此曲不可奏，三军发成斑。

注　释

① "胡风"句：鲍照诗："胡风吹朔雪。"

② 鲁阳关：《元和郡县志》："鲁阳关在邓州向城县北八十里，令邓、汝二州于此分境，荆、豫径途，斯为险要。张景阳诗云：'朝登鲁阳关，峡路峭且深。'"《太平寰宇记》："汝州鲁山县有鲁阳关。"《淮南子》云："鲁阳公与韩战酣，日暮，援戈而挥之，日为之返三舍。即此地也。"

③ "半渡"句：《水经注》："僚水，又径海昏县，谓之上僚水，又谓之海昏江。分为二水，县东津上有亭，为济度之要，其水东北径昌邑而东，出豫章大江。"《豫章古今记》："上辽津在海昏县东二十里。"《通典》："豫章郡建昌县有上辽津。"《江西志》："上缭水在南昌府城西北一百二十里，源出建昌县，经奉新县流入。僚、辽、缭三字虽异，其实一也。"

④ 豫章山：《古豫章行》："白杨初生时，乃在豫章山。"鲍照《芜城赋》："白杨早落。""白马绕旌旗，悲鸣相追攀"，谓母子别离之时，乘马亦为之感动而哀嘶也。"白杨秋月苦，早落豫章山"，谓见草木之凋残，亦若为母子悲恸者之所感召也。总以写从军者离别时情景耳。

⑤ 闲：《尔雅》："闲，习也。"

⑥ "精感"句：《汉纪》："李广尝猎，见草中石以为伏虎，射之，入石没羽，视之，石也。他日射之，终不能入。"

⑦ 落星湾：《太平寰宇记》："落星山在庐山东，周围一百五十步，高丈许。图经云：'昔有星坠水化为石，当彭蠡湾中，俗呼为落星湾。'"《一统志》："落星湖在江西彭蠡湖西北，湖有小山，相传星坠水所化。陈王僧辩破侯景于落星湾，即此处。萧士赟曰：'落星湾在今南康军城之右，唐时属江州及洪州。'"《舆地广记》曰："昔有星坠水化为石，夏秋之交湖水方涨，则星石浮于波澜之上。隆冬水涸，可以步涉，寺居其上曰法安院。"

沐浴子

题解 胡震亨曰："《沐浴子》，梁、陈间曲也。"古辞："澡身经兰氾，濯发傃芳洲。"太白拟作，专用《楚辞》事。

沐芳莫弹冠，浴兰莫振衣。

处世忌太洁，至人贵藏晖。

沧浪有钓叟，吾与尔同归。

注释

① **钓叟**：《楚辞·渔父篇》："屈原既放，游于江潭，行吟泽畔，颜色憔悴，形容枯槁。渔父见而问之曰：'子非三闾大夫欤？何故至于斯！'屈原曰：'举世皆浊而我独清，众人皆醉而我独醒，是以见放。'渔父曰：'夫圣人者，不凝滞于物而能与世推移。举世皆浊，何不淈其泥而扬其波？众人皆醉，何不铺其糟而歠其醨？何故怀瑾握瑜而自令见放为？'屈原曰：'吾闻之，新沐者必弹冠，新浴者必振衣，安能以身之察察，受物之汶汶者乎？宁赴湘流葬于江鱼之腹中，又安能以皓皓之白而蒙世俗之尘埃乎？'渔父莞尔而笑，鼓枻而去，歌曰：'沧浪之水清兮，可以濯吾缨；沧浪之水浊兮，可以濯吾足。'遂去，不复与言。又《云中君篇》：'浴兰汤兮沐芳。'"

从军行

题解 《乐府古题要解》："《从军行》，皆述军旅辛苦之词也。"按《乐府诗集》："《从军行》乃相和歌平调七曲之一。"

从军玉门道①，逐虏金微山②。

笛奏《梅花曲》③，刀开明月环。

鼓声鸣海上，兵气拥云间。

愿斩单于④首，长驱静铁关⑤。

注释

① **玉门道**：《北史》："史祥出玉门道击虏，破之。"

② **金微山**：《后汉书》："窦宪遣左校尉耿夔出居延塞，围北单于于金微山，破之。"

③ **《梅花曲》**：按《白帖》："笛有《落梅花》之曲。"

④ **单于**：颜师古《汉书注》："单于，匈奴天子之号也。"

⑤ **"长驱"句**：《战国策》："轻卒锐兵，长驱至国。"《唐书·地理志》："自焉耆西五十里过铁门关。"《法苑珠林》："自高昌至于铁门，凡经一十六国。其铁门者，即是汉之西屏铁门之关，见汉门扇一竖一卧，外铁裹木，加悬诸铃，必掩此关，实惟天固。"《释迦方志》："铁门关，左右石壁，其色如铁，铁固门扉，悬铃尚在，即汉塞之西门也。出铁门关便至睹货逻国。"

秋 思

春阳如昨日，碧树鸣黄鹂①。

芜然蕙草暮，飒尔凉风②吹。

天秋木叶下③，月冷莎鸡④悲。

坐愁群芳歇⑤，白露凋华滋⑥。

注释

① **"碧树"句**：江淹诗："碧树先秋落。"张华《禽经注》："仓庚，今谓之黄莺，黄鹂是也。野民曰黄栗留，语声转耳。其色鹥黑而黄，故名鹥黄。《诗》云'黄鸟'，以色呼也。北人呼为楚雀，云此鸟鸣时，蚕事方兴，蚕妇以为候。"

② **凉风**：《岁华纪丽》："秋风曰凉风。"

③ **木叶下**：《楚辞》："洞庭波兮木叶下。"

④ **莎鸡**：即蟋蟀。

⑤ **芳歇**：《楚辞》："苹蘅槁而节离兮，芳以歇而不止。"诗人用"芳歇"字本此。

⑥ **华滋**：《古诗》："绿叶发华滋。"

对酒行

题解　《乐府诗集》："张永《元嘉伎录》：'相和歌十五曲，其十《对酒行》。'"《乐府古题要解》："《对酒行》，阙古词。曹魏乐奏武帝所赋'对酒歌太平'，其旨言王者德泽广被，政理人和，万物咸遂。若范云'对酒心自足'，则言但当为乐，勿徇名自欺也。太白此诗以浮生若电，对酒正当乐饮为辞，似拟《短歌行》'对酒当歌'之一篇也。"

松子栖金华①，安期入蓬海②。

此人古之仙，羽化③竟何在。

浮生速流电，倏忽变光彩④。

天地无凋换，容颜有迁改。

对酒不肯饮，含情欲谁待⑤。

●赤松子

注释

①　**"松子"句**：《元和郡县志》："金华山，在婺州金华县北二十里，赤松子得道处。"《路史》："郦氏《水经》谓赤松子游金华山，自烧而化，故今山上有赤松坛。曹植诗：'虚无求列仙，松子久吾欺。'阮籍诗：'安期步天路，松子与世违。'称赤松子曰松子，本此。"

②　**蓬海**：《抱朴子》："安期先生者，卖药于海边，琅玡人传世见之，计已千年。秦始皇请与语三日三夜，其言高，其旨远，博而有证。始皇异之，乃赐之金璧，可值数千万。安期受而置之于阜乡亭，以赤玉舄一量为报，留书曰：'复数千岁，求我于蓬莱山。'"

③　**羽化**：道家谓仙去曰羽化。

④ **"浮生"二句**：陶潜诗："一生复能几，倏如流电惊。"费昶诗："人生百年如流电。"

⑤ **"对酒"二句**：陶潜诗："有酒不肯饮。"王仲宣诗："今日不极欢，含情欲待谁。"李善注："含情，谓含其欢情而不畅也。"

庐山谣寄卢侍御虚舟

[题　解]《太平寰宇记》："庐山，在江州南，高二千三百六十丈，周回二百五十里。其山九叠，川亦九派。"《郡国志》云："庐山叠嶂九层，崇岩万仞。《山海经》所谓三天子鄣，亦曰天子都也。周武王时，匡俗字子孝，兄弟七人，皆有道术，结庐于此。仙去，空庐尚存，故曰庐山。"李华《三贤论》："范阳卢虚舟幼真，质方而清。贾至有授卢虚舟殿中侍御史制，云：'敕大理司直卢虚舟，闲邪存诚，遁世颐养。操持有清廉之誉，在公推干蛊之才。可殿中侍御史，云云。'殆其人也。"

我本楚狂人，凤歌笑孔丘①。

手持绿玉杖，朝别黄鹤楼②。

五岳寻仙不辞远，一生好入名山游。

庐山秀出南斗傍，屏风九叠③云锦张，影落明湖青黛光。

金阙④前开二峰长，银河倒挂三石梁⑤，

香炉瀑布遥相望⑥，回崖沓嶂凌苍苍⑦。

翠影红霞映朝日，鸟飞不到吴天长。

登高壮观天地间，大江茫茫去不还。

黄云万里动风色，白波九道⑧流雪山。

好为庐山谣，兴因庐山发。

闲窥石镜⑨清我心，谢公行处苍苔没。

早服还丹无世情，琴心三叠道初成。

遥见仙人彩云里，手把芙蓉朝玉京。

先期汗漫九垓上，愿接卢敖⑩游太清。

注 释

① **"我本"二句**：《高士传》："陆通，字接舆，楚人也。好养性，躬耕以为食。楚昭王时，通见楚政无常，乃佯狂不仕，时人谓之楚狂。孔子适楚，接舆游其门，曰：'凤兮凤兮，何如德之衰也。来世不可待，往世不可追也。天下有道，圣人成焉。天下无道，圣人生焉。方今之时，仅免刑焉。福轻乎羽，莫之知载。祸重乎地，莫之知避。已乎已乎，临人以德。殆乎殆乎，画地而趋。迷阳迷阳，无伤吾行。却曲却曲，无伤吾足。山木自寇也，膏火自煎也。桂可食，故伐之。漆可用，故割之。人皆知有用之用，而不知无用之用也。'孔子下车欲与之言，趋而避之，不得与之言。楚王闻陆通贤，遣使者持金百镒，车马二驷，往聘，曰：'王请先生治江南。'通笑而不应。使者去，夫负釜甑，妻戴纴器，变名易姓，游诸名山。食桂栌实，服黄精子，隐蜀峨眉山，寿数百年，俗传以为仙云。"

② **黄鹤楼**：《湖广通志》："黄鹤楼在武昌府城西南隅黄鹤矶上。"

③ **屏风九叠**：指庐山五老峰东的九叠屏，因山九叠如屏而得名。宋陈令举《庐山记》："旧志云：'汉武帝过九江，筑羽章馆于屏风叠，下临相思涧。今五老一峰，叠石如屏嶂，盖其故地。'"

④ **金阙**：阙为皇宫门外的左右望楼，金阙指黄金的门楼。这里借指庐山的石门——庐山西南有铁船峰和天池山，二山对峙，形如石门。

⑤ **三石梁**：《寻阳记》曰："庐山上有三石梁，长数十丈，广不盈尺，杳然无底。查悔余曰：'元李洞言，三石梁在开先寺西，黎崅言在五老峰上，或云在简寂观及上霄、紫霄二峰间。'桑乔《庐山纪事》则竟以为无如竹林之幻境。众说纷然，莫知所指。今三叠泉在九叠屏之左，水势三折而下，如银河之挂石梁，与太白诗句正相吻合，非此外别有三石梁。后人必欲求其地以实之，失之凿矣。"

⑥ **"香炉"句**：释慧远《庐山记》："其山大岭凡七重，圆基周回垂五百里。其南岭临宫亭湖，下有神庙。七岭会同，莫有升之者。东南有香炉峰，游气笼其上，氤氲若香烟。西南有石门山，其形似双阙，壁立千余仞，而瀑布流焉。其中鸟兽草木之美，灵药芳林之奇，所称名代。"杨齐贤曰：《庐山记》："山南、山北瀑布无虑十余处。香炉峰与双剑峰在瀑布之旁，水源在山顶，人未有穷者。或曰，西入康王谷为水帘，东为开元禅院之瀑布。"

⑦ **凌苍苍**：杨炯诗："重岩窅不极，叠嶂凌苍苍。"

⑧ **白波九道**：九道河流。古谓长江流至浔阳分为九条支流，李白在此沿用旧说，并非实见九道河流。《尚书音释》："九江，《寻阳记》云：'一曰乌白江，二曰蜂江，三曰乌江，四曰嘉靡江，五曰畎江，六曰源江，七曰廪江，八曰提江，九曰箇江。'张须元《缘江图》云：'一曰三里江，二曰五州江，三曰嘉靡江，四曰乌土江，五曰白蚌江，六曰白乌江，七曰箇江，八曰沙堤江，九曰廪江。参差随水长短，或百里，或五十里。始于鄂陵，终于江口，会于桑落洲。'"

⑨ **石镜**：《艺文类聚》："宫亭湖边，旁山间，有石数枚，形圆若镜，明可以鉴人，谓之石镜。"《太平寰宇记》："石镜在东山悬崖之上，其状团圆，近之则照见形影。"《一统志》："石镜峰在南康府西二十六里，有一员石悬崖，明净照人见影，隐见无时。谢灵运诗：'攀崖照石镜。'即此。"

●谢灵运

⑩ **卢敖**：《淮南子》："卢敖游于北海，经乎太阴，入乎玄阙，至于蒙谷之上。见一士焉，深目而玄鬓，泪注而鸢肩，丰上而杀下，轩轩然，方迎风而舞。顾见卢敖，慢然下其臂，遁逃乎碑下。卢敖就而视之，方倨龟壳而食蛤梨。卢敖与之语，曰：'惟敖为背群离党，穷观于六合之外者，非敖而已乎？敖幼而好游，至长不渝，周行四极，惟北阴之未窥，今卒睹夫子于是，子殆可与敖为友乎？'若士者，眷然而笑，曰：'吾与汗漫期于九垓之外，吾不可以久驻。'若士举臂而竦身，遂入云中。"高诱注："卢敖，燕人。秦始皇召以为博士，使求神仙，亡而不反。汗漫，不可知之也。九垓，九天之外。"

书情寄从弟邠州长史昭

[题　解] 《唐书·地理志》："关内道邠州新平郡，义宁二年析北地郡之新平、三水置。邠故作'豳'，开元十三年以字类'幽'，改。"

自笑客行久，我行定几时。

绿杨已可折，攀取最长枝。

翩翩弄春色，延伫①寄相思。

谁言贵此物，意愿重琼蕤②。

昨梦见惠连，朝吟谢公诗③。

东风引碧草，不觉生华池④。

临玩忽云夕，杜鹃夜鸣悲⑤。

怀君芳岁⑥歇，庭树落红滋。

注 释

① **延伫**：《楚辞》："结幽兰以延伫。"延伫，长立也。

② **琼蕤**：陆机诗："玉颜侔琼蕤。"张铣注："琼蕤，玉花也。"

③ **"昨梦"二句**：《谢氏家录》云："康乐每对惠连，辄得佳语。后在永嘉西堂，思诗竟日不就。寤寐间，忽见惠连，即得'池塘生春草'，故常云此诗有神助，非吾语也。"

④ **华池**：《楚辞》："蛙黾游乎华池。"王逸注："华池，芳华之池也。"

⑤ **"杜鹃"句**：《埤雅》："杜鹃，一名子规，苦啼，啼血不止。一名怨鸟，夜啼达旦，血渍草木。凡鸣皆北向，啼苦则倒悬于树。《说文》所谓蜀王望帝化为子巂，今谓之子规，是也。"《华阳风俗录》："杜鹃大如鹊而羽乌，声哀而吻有血，春至则鸣。"《临海异物志》："杜鹃至三月鸣，昼夜不止。"

⑥ **芳岁**：芳岁，芳春。鲍照诗："泉涸甘井竭，节徙芳岁残。"

●绿杨已可折，攀取最长枝

寄王汉阳

题　解　唐时江南西道有汉阳县，隶沔州汉阳郡。

南湖秋月白，王宰夜相邀。

锦帐郎官醉^①，罗衣舞女娇。

笛声喧沔鄂^②，歌曲上云霄。

别后空愁我，相思一水遥。

注　释

① **"南湖"三句**：此诗是泛沔州城南郎官湖之后所作。王宰，谓汉阳令王公。郎官，谓尚书郎张谓。《后汉书》："郎官上应列宿，出宰百里。"

② **沔鄂**：唐朝时的沔州，即汉阳郡，也就是今天的武汉市汉阳区。唐朝时的鄂州，即江夏郡，也就是今天的武汉市武昌区。二郡相对，中间隔江七里。

流夜郎，永华寺寄浔阳群官

朝别凌烟楼^①，

暝投永华寺。

贤豪满行舟，

宾散予独醉。

愿结九江流，

添成万行泪。

写意寄庐岳^②，

何当来此地。

天命有所悬^③，安得苦愁思。

●流夜郎，永华寺寄浔阳群官

① **凌烟楼**：宋临川王造。鲍照《凌烟楼铭序》云："伏见所制凌烟楼，栖置崇迥，延瞩平寂，即秀神皋，因基地势。东临吴甸，西眺楚关。奔江永写，鳞岭相茸。重树穹天，通原尽目。"

② **庐岳**：湛方生诗："彭蠡纪三江，庐岳主众阜。"

③ **所悬**：《吕氏春秋》："晏子曰：'鹿生于山，命悬于厨。今婴之命，有所悬矣。'"

自汉阳病酒归，寄王明府

去岁左迁夜郎道①，琉璃砚②水长枯槁

今年敕放巫山阳③，蛟龙笔翰生辉光。

圣主还听《子虚赋》，相如却欲论文章④。

愿扫鹦鹉洲⑤，与君醉百场。

啸起白云飞七泽，歌吟渌水动三湘。

莫惜连船沽美酒，千金一掷买春芳。

① **左迁夜郎道**：《史记·周昌传》："高祖曰：'吾极知其左迁。'"《索隐》曰："地道尊右，右贵左贱，故谓贬秩为左迁。"《演繁露》："古人得罪下迁者皆曰左迁。太白无官而用左迁字，盖借作窜逐字用。"《史记》："通夜郎道，为置吏甚易。"

② **琉璃砚**：徐陵《玉台新咏序》："琉璃砚匣，终日随身。"

③ **巫山阳**：《通典》："夔州巫山县有巫山及高丘山，即《楚辞》所谓'巫山之阳，高丘之岨'也。"

④ **"相如"句**：《史记》："蜀人杨得意为狗监，侍上。上读《子虚赋》而善之，曰：'朕独不得与此人同时哉。'得意曰：'臣邑人司马相如自言为此赋。'上惊，乃召问相如，相如曰：'有是，然此乃诸侯之事，未足观也，请为天子游猎赋。'赋成，奏之，上许令尚书给笔札。相如以子虚，虚言也，为楚称。乌有先生者，乌有此事也，为齐难。无是公者，无是人也，明天子之义。故空藉此三人为辞，以推天子诸侯之苑囿，其卒章归之于节俭，因以讽谏。奏之天子，天子大说。"

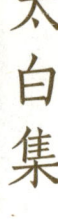

⑤ **鹦鹉洲**：《太平御览》：“《江夏记》曰：鹦鹉洲，在荆北。”

望汉阳柳色寄王宰

汉阳江上柳，望客引东枝。

树树花如雪，纷纷乱若丝①。

春风传我意，草木度前知。

寄谢弦歌宰，西来定未迟。

注　释

① **乱若丝**：沈约诗：“杨柳乱如丝，绮罗不自持。”

寄从弟宣州长史昭

[题　解]　唐官制，每州有长史一人，位在别驾之下、司马之上，乃太守之佐职也。宣州又谓之宣城郡，隶江南西道。

尔佐宣城郡，守官清且闲。

常夸云月好，邀我敬亭山①。

五落洞庭叶②，三江③游未还。

相思不可见，叹息损朱颜。

注　释

① **敬亭山**：《唐书》：“宣州宣城县有敬亭山。”

② **洞庭叶**：《楚辞》：“洞庭波兮木叶下。”

③ **三江**：《水经注》：“巴陵，城跨冈岭，滨阻三江。巴陵西对长洲，其洲南分湘浦，北对大江，故曰三江也。三水所会，亦或谓之三江口矣。《一统志》：‘三江在岳州府城下，岷江为西江，沣江为中江，湘江为南江，皆会于此，故名。’”

泾溪东亭寄郑少府谔

题解 《一统志》："赏溪，在宁国府泾县西，一名泾溪。源出石埭，支流出太平县，流至泾县、南陵、宣城，逾芜湖，入于江。"

我游东亭不见君，沙上行将白鹭群。

白鹭闲时散飞去，又如雪点青山云。

欲往泾溪不辞远，龙门蹙波虎眼转①。

杜鹃花②开春已阑，归向陵阳钓鱼晚③。

注释

① **"龙门"句**：《江南通志》："龙门山，在宁国府太平县西北四十里，林麓幽深，岩壁峭拔，中有石窦若门。产茶及诸药草。虎眼转，谓水波旋转，有光相映，若虎眼之光。刘禹锡诗'汴水东流虎眼文'是也。"

●杜鹃花

② **杜鹃花**：一名红踯躅，一名山石榴，一名映山红，处处山谷有之。高二三尺，春时蕊叶齐出，一枝数萼，花色红丽。二三月中，遍满山谷，烂然若火，入夏方歇。《韵会》："阑，晚也。"

③ **"归向"句**：《太平寰宇记》："陵阳山，在泾县西南百三十里，石埭县北三里。"按《舆地志》："陵阳令窦子明于溪侧钓鱼，一日钓得白龙，子明惧而放之。又数年，钓得一白鱼，剖其腹，中乃有书，教子明服饵之术。三年后，白龙来迎子明，遂得上升。溪环绕山足，今有仙坛，祭醮不绝。"

李太白集

二二四

寄崔侍御

宛溪①霜夜听猿愁，去国长如不系舟②。

独怜一雁飞南海，却羡双溪解北流。

高人屡解陈蕃榻③，过客难登谢朓楼④。

此处别离同落叶，明朝分散敬亭秋。

注释

① **宛溪**：在宁国府城东。

② **不系舟**：贾谊《鵩赋》："泛兮若不系之舟。"

③ **陈蕃榻**：《后汉书》："陈蕃为太守，以礼请署功曹。稚不就之，既谒而退。蕃在郡，不接宾客，唯稚来特设一榻，去则悬之。"

④ **谢朓楼**：《江南通志》："谢公楼在宁国府城内郡治之后，因山为基，即谢朓为宣城太守时之高斋地，一名北楼。唐咸通间刺史独孤霖改建，易名叠嶂楼。"

同友人舟行

楚臣伤江枫①，谢客拾海月②。

《怀沙》去潇湘③，挂席泛冥渤④。

蹇⑤予访前迹，独往造穷发⑥。

古人不可攀，去若浮云没。

愿言弄倒景⑦，从此炼真骨。

华顶窥绝冥⑧，蓬壶望超忽⑨。

不知青春度，但怪绿芳歇。

空持钓鳌⑩心，从此谢魏阙⑪。

① **"楚臣"句**：《楚辞》："湛湛江水兮上有枫，目极千里兮伤春心。"王逸注："言湛湛江水，浸润枫木，使之茂盛，伤己不蒙君惠而身放弃，曾不若树木得其所也。"

② **"谢客"句**：《宋书》："谢灵运，小字客儿，故诗人多称为谢客。其《游赤石进帆海》诗有云：'扬帆采石华，挂席拾海月。'"李善注："《临海水土物志》云：'海月，大如镜，色白正圆，常生海边，其尖柱如搔头大。'"《本草》："陈藏器曰：'海月，蛤类也，似半月，故名。水沫所化。'"

③ **《怀沙》句**：《史记》："屈原作《怀沙》之赋，于是怀石，遂自投汨罗以死。"

④ **冥渤**：海也。

⑤ **蹇**：《楚辞》："蹇谁留兮中洲。"王逸注："蹇，辞也。"

⑥ **穷发**：《庄子》："穷发之北有冥海者，天池也。"

⑦ **倒景**：倒景同倒影。此处指水中之影。李善注："山临水而景倒，谓之倒景。"

⑧ **"华顶"句**：《方舆胜览》："华顶峰，在天台县东北六十里。盖天台第八重最高处，高一万丈。绝顶东望沧海，俗名望海尖。草木薰郁，殆非人世。孙绰所谓'陟降信宿，迄乎仙都'是也。"绝冥，远海也。

⑨ **"蓬壶"句**：《十洲记》："蓬壶，蓬莱也。"王简栖《头陀寺碑文》："东望平皋，千里超忽。"吕向注："超忽，远貌。"

⑩ **钓鳌**：《庄子》："任公子为大钩巨缁，五十辖以为饵，蹲乎会稽，投竿东海，旦旦而钓，期年不得鱼。已而大鱼食之，牵巨钩没而下，骛扬而奋鬐，白波若山，海水震荡，声侔鬼神，惮赫千里。任公子得若鱼，离而腊之，自制河以东，苍梧以北，莫不厌若鱼者。"

⑪ **魏阙**：《淮南子》："身处江湖之上，而神游魏阙之下。"高诱注："魏

● 愿言弄倒景，从此炼真骨

阙，王者门外阙也，所以用悬教民之书于象魏也。巍巍高大，故曰魏阙。"

侍从游宿温泉宫作

羽林十二将①，罗列应星文。

霜仗悬秋月，霓旌卷夜云②。

严更③千户肃，清乐④九天闻。

日出瞻佳气，葱葱⑤绕圣君。

注 释

① **"羽林"句**：《汉书》："武帝太初元年，初置建章营骑，后更名羽林骑。"颜师古注："羽林，宿卫之官，言其如羽之疾，如林之多也。一说，羽所以为王者羽翼也。按唐制：左右羽林军，各置大将军一人、将军三人，凡八将，无所谓十二将也。而开元、天宝之时，天子禁兵有十六卫，其左右卫、左右金吾卫，总谓之四卫。若左右骁卫、左右武卫、左右威卫、左右领军卫、左右监门卫、左右千牛卫，十二卫谓之杂卫。疑所谓十二将者，指十二杂卫之主将而言，以其专掌禁卫，当爪牙御侮之任，与汉之羽林骑相似，故曰：'羽林十二将也。'"琦按："《通典》《会要》诸书，分关中之众为十二卫。取象天官为名号，乃武德二年事，五年即废久矣。杨说虽创，揆之作者之心，恐未必用此典故。"

② **"霓旌"句**：《上林赋》："拖霓旌。"张揖注："析羽毛染以五采，缀以缕为旌，有似虹霓之气也。"

③ **严更**：《西京赋》："重以虎威章沟严更之署。"薛综注："严更，督行夜鼓也。"

④ **清乐**：《唐会要》："清乐，九代之遗声，其始即清商三调是也。并汉魏以来旧曲，乐器制度并诸歌章古调，与魏三祖所作者，皆备于史籍。自晋氏播迁，其音分散，不存于内地。苻坚灭凉始得之，传于前后二秦。及宋武定关中，收之入于江南，隋平陈获之。隋文听之，善其节奏，曰：'此华夏正声也。'因更损益，去其哀怨，考而补之，乃置清商署，总谓之清乐。至炀帝乃立清乐、西凉等九部。隋室丧乱，日益沦缺，天后朝，犹有六十三曲。"《新唐书·礼乐志》："清商伎者，隋清乐也。有编钟、编磬、独弦琴、击琴、瑟、秦琵琶、卧箜篌、筑、筝、节鼓，皆一；笙、笛、箫、篪、方响、跋膝，皆二。歌二人，吹叶一人，舞者四人。"《梦溪笔谈》："先

王之乐为雅乐，前世新声为清乐。"

⑤ **葱葱**：《后汉书》："望气者苏伯阿，为王莽使，至南阳，遥望见春陵郭，喟曰：'气佳哉！郁郁葱葱。'"

邯郸南亭观妓

题 解 邯郸，县名，唐时隶河北道之磁州。

歌鼓①燕赵儿，魏姝②弄鸣丝。

粉色艳日彩，舞袖拂花枝。

把酒领美人，请歌邯郸词。

清筝③何缭绕，度曲绿云垂④。

平原君安在？科斗⑤生古池。

座客三千人⑥，于今知有谁？

我辈不作乐，但为后代悲⑦。

●粉色艳日彩，舞袖拂花枝

注 释

① **歌鼓**：潘岳《笙赋》："萦缠歌鼓，网罗钟律。"

② **姝**：《韵会》："姝，美色也。"

③ **筝**：颜师古《急就篇注》："筝，亦瑟类也。本十二弦，今则十三。"

④ **"度曲"句**：《苕溪渔隐丛话》《艺苑雌黄》云：世人言度曲者，多作徒故切，谓歌曲也。张平子《西京赋》云：度曲未终，云起雪飞。子美《陪李梓州泛江》诗："翠眉萦度曲，云鬓俨成行。"皆作徒故切读。

李太白集

考之前汉《元帝纪赞》云：帝多才艺，善史书、鼓琴、吹洞箫，自度曲，被歌声。应劭注：自隐度作新曲，因持新曲以为歌声也。颜注：度，音大各切。则与张平子、杜诗所言度曲异矣。而臣瓒注则云度曲谓歌终更授其次，则又误以度曲为歌曲。夫度曲虽有两音，若读《元帝纪》，止可作大各切。《唐书》：段安节善乐律，能自度曲。其意正与《元帝纪》相合。琦按：太白诗意，自应作徒故切读，而杨注引自度曲解之，非是。绿云垂，即响遏行云之意。

⑤ **科斗**：《古今注》："虾蟆子曰蝌蚪，一曰玄针，一曰玄鱼，形圆而尾尖，尾脱即脚出。颜师古《急就篇注》：科斗，一名活东，一名活师，即虾蟆所生子也。未成虾蟆之时，身及头并圆，而尾长，渐乃变耳。

⑥ **"座客"句**：《史记》：平原君喜宾客，宾客盖至者数千人。又曰：平原君得敢死之士三千人。

⑦ **"我辈"二句**：《古诗》："为乐当及时，何能待来兹？愚者爱惜费，但为后世嗤。"

春日游罗敷潭

题解 王阮亭曰："罗敷谷水在华州。"

行歌入谷口，路尽无人跻①。
攀崖度绝壑，弄水寻回溪。
云从石上起，客到花间迷。
淹留未尽兴，日落群峰西。

注释

① **跻**：《说文》："跻，登也。"

春陪商州裴使君游石娥溪

题解 原注："时欲东游，遂有此赠。"

商州，古商国也。在晋为上洛郡，在西魏为洛州，在后周为商州，在唐亦谓之商州，或为上洛郡。地有商山、洛水，依此立名，属关内道。使君，太守之称。石娥溪，当在仙娥峰下。按："《雍胜略》《商略》《陕西通志》：'仙娥峰，在商州西十里，峰之麓有西岩，洞壑幽邃，下临丹水，古称栖真之地。李白尝游此。有诗曰："暂出城东边，遂游西岩前。横天耸翠壁，喷壑鸣红泉。"云云。石娥溪，即仙娥峰下之溪也。所谓红泉者，其即丹水欤？'"

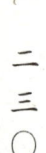

裴公有仙标，拔俗①数千丈。

澹荡沧洲云，飘飖紫霞想。

剖竹商、洛间②，政成心已闲。

萧条出世表，冥寂闭玄关③。

我来属芳节④，解榻⑤时相悦。

褰帷⑥对云峰，扬袂指松雪⑦。

暂出东城边，遂游西岩前。

横天耸翠壁，喷壑鸣红泉⑧。

寻幽殊未歇，爱此春光发。

溪傍饶名花，石上有好月。

命驾⑨归去来，露华⑩生翠苔。

淹留惜将晚，复听清猿哀。

清猿断人肠，游子思故乡⑪。

明发首东路⑫，此欢焉可忘。

注释

① **拔俗**：《向秀别传》："秀，字子期，河内人，少为同郡山涛所知，又与谯国嵇康、东平吕安善，并有拔俗之韵。"

② **"剖竹"句**：谢灵运诗："剖竹守沧海。"商、洛，详见题注。

③ **"冥寂"句**：郭璞《客傲》："无岩穴而冥寂，无江湖而放浪。"王简栖《头陀寺碑》："玄关幽键，感而遂通。"张铣注："玄、幽，谓道之深邃也。"关、键，

皆所以闭距于门者。

④ **芳节**：宋南平王铄诗："徘徊去芳节。"梁元帝《纂要》："春节曰芳节。"

⑤ **解榻**：《后汉书》：陈蕃为乐安太守。郡人周璆，高洁之士，前后郡守招命，莫肯至。唯蕃能致焉，特为置一榻，去则悬之。

⑥ **搴帷**：《后汉书》：贾琮为冀州刺史。旧典，传车骖驾，垂赤帷裳，迎于州界。及琮之部，升车言曰："刺史当远视广听，纠察美恶，何有反垂帷裳，以自掩塞乎？"及命御者搴之。百僚闻风，自然竦震。

●澹荡沧洲云，飘飖紫霞想

⑦ **"扬袂"句**：颜延年诗："山明望松雪。"

⑧ **"横天"二句**：谢灵运诗："铜陵映碧涧，石磴泻红泉。"

⑨ **命驾**：《孔子歌》："巾车命驾，将适唐都。"

⑩ **露华**：江淹诗："风光多树色，露华翻蕙阴。"

⑪ **"游子"句**：苏武诗："征夫怀远路，游子恋故乡。"

⑫ **"明发"句**：《汉书·韩信传》："北首燕路。"颜师古曰："首，谓趣向也。音式究反。"鲍照诗："首路或参差，投驾均远托。"

陪从祖济南太守泛鹊山湖三首

题 解　唐时，齐州隶河南道，本谓之齐郡，天宝元年更名临淄郡，五载十月，又更名济南郡。《一统志》：泺水自大明湖东北流，注华不注山下，汇为鹊山湖，又东北入于济。伪齐刘豫，自城北导之东行，为小清河，而水不及鹊山湖矣。《山东志》：鹊山湖，在济南府城北二十里。

其 一

初谓鹊山^①近，宁知湖水遥。

此行殊访戴，自可缓归桡^②。

注释

① 鹊山：《隋书》："齐郡历城有鹊山。"《一统志》："鹊山，在济南府城北二十里。俗云：'每岁七八月间，乌鹊翔集于此。'又云：'扁鹊尝于此炼丹。'"

② 桡：《方言》："楫，谓之桡，或谓之棹。"

其 二

湖阔数十里，湖光摇碧山。

湖西正有月，独送李膺还。

其 三

水入北湖去，舟从南浦^①回。

遥看鹊山转，却似送人来。

注释

① 南浦：杨齐贤曰："南浦，在鹊山湖之南。"

春日陪杨江宁及诸官，宴北湖感古作

题解 杨利物，为润州江宁令。李善《文选注》："乐游苑，晋时药圃，元嘉中筑堤壅水，名为北湖。"《六朝事迹》："晋元帝大兴三年，始创为北湖，筑长堤以遏北山之水。东至覆舟山，西至宣武城。"《太平寰宇记》："玄武湖在升州上元县西北七里，周回四十里，东西两派，下水入秦淮。春夏深七尺，秋冬四尺，灌田百顷。"徐爰《释问》曰："湖本桑泊，晋元帝大兴中，创为北湖。宋筑堤，南抵西塘，以肆舟师也。"又《京都记》云："从北湖望钟山，似官亭湖望庐岳也。按：安帝元嘉二十三年，筑堤以堰水为此。"

昔闻颜光禄①，攀龙②宴京湖。

楼船入天镜，帐殿开云衢③。

君王歌《大风》，如乐丰、沛都④。

延年献佳作⑤，邈与诗人俱。

我来不及此，独立钟山⑥孤。

杨宰穆清风⑦，芳声腾海隅。

英僚满四座，粲若琼林敷。

鹢首⑧弄倒景，蛾眉缀明珠⑨。

新弦采梨园⑩，古舞娇吴歈⑪。

曲度⑫绕云汉，听者皆欢娱。

鸡栖何嘈嘈⑬，沿月沸笙竽⑭。

古之帝宫苑，今乃人樵苏⑮。

感此劝一觞，愿君覆瓢壶。

荣盛当作乐，无令后贤吁。

注　释

① **颜光禄**：《南史》："颜延之，字延年。孝武登祚，以为金紫光禄大夫。"

② **攀龙**：《汉书》："攀龙附凤，并乘天衢。"

③ **"帐殿"句**：帐殿，天子行幸野次，连帐以为殿也。沈约诗："帐殿临春籥，帷宫绕芳荟。"左思《白发赋》："开论云衢。"

④ **"君王"二句**：《史记》："高祖还归过沛，留。置酒沛宫，悉召故人父老子弟纵酒，发沛中儿得百二十人，教之歌。酒酣，高祖击筑，自为歌诗曰：'大风起兮云飞扬，威加海内兮归故乡，安得猛士兮守四方。'令儿皆和习之。"《汉书》："高祖，沛丰邑中阳里人也。应劭曰：'沛，县也。丰，其乡也。'孟康曰：'后沛为郡而丰为县。'"

⑤ **"延年"句**：颜延年有《应诏观北湖田收》诗，所谓献佳作者，未知是此诗否？抑另有其诗而今逸之欤？

⑥ **钟山**：《唐六典注》："蒋山，一名钟山，在润州江宁县。"

⑦ **穆清风**：《诗·大雅》："吉甫作颂，穆如清风。"

⑧ **鹢首**：《淮南子》："龙舟鹢首。"高诱注："鹢，大鸟也。画其像著船头，故曰鹢首也。"

⑨ **"蛾眉"句**：《洛神赋》："缀明珠以耀躯。"

⑩ **梨园**：《唐会要》："开元二年，上以天下无事，听政之暇，于梨园自教法曲，必尽其妙，谓之皇帝梨园弟子。"《唐书·礼乐志》："玄宗既知音律，又酷爱法曲，选坐部伎子弟三百，教于梨园，声有误者，帝必觉而正之，号皇帝梨园弟子。宫女数百，亦为梨园弟子，居宜春院北梨园。"

⑪ **吴歈**：《楚辞》："吴歈蔡讴，奏大吕些。"梁元帝《纂要》："吴歌曰歈。"

⑫ **曲度**：王粲诗："管弦发徽音，曲度清且悲。"

⑬ **嘈嘈**：吴质《答东阿王书》："耳嘈嘈而无闻。"刘良注："嘈嘈，喧甚也。"

⑭ **笙竽**：《博雅》：笙以匏为之，十三管，宫管在左方。竽，像笙，三十六管，宫管在中央。"《宋书》："笙，随所造，不知何代人。列管匏内，施簧管端。宫管在中央，三十六簧曰竽。宫管在左旁，十九簧至十三簧曰笙。其他皆相似也。"

⑮ **樵苏**：《汉书》："樵苏后爨。"颜师古注："樵，取薪也。苏，取草也。"

把酒问月

题解 故人贾淳令予问之。

●白兔捣药秋复春，嫦娥孤栖与谁邻

青天有月来几时？
我今停杯一问之。

人攀明月不可得，
月行却与人相随。

皎如飞镜临丹阙，
绿烟①灭尽清辉发。

但见宵从海上来，
宁知晓向云间没。

白兔捣药秋复春②，嫦娥孤栖与谁邻③？

今人不见古时月，今月曾经照古人。

古人今人若流水，共看明月皆如此。

唯愿当歌对酒时④，月光长照金樽里。

注 释

① **绿烟**：木华《海赋》："朱燄绿烟。"

② **"白兔"句**：傅玄《拟天问》："月中何有？白兔捣药。"

③ **"嫦娥"句**：亦作姮娥。《独异志》："羿烧仙药，药成，其妻姮娥窃而食之，遂奔入月中。"

④ **"唯愿"句**：曹操《短歌行》："对酒当歌，人生几何？"

同族侄评事黯游昌禅师山池二首

题 解 《唐书·百官志》："大理寺，有评事八人，从八品下。"

其 一

远公爱康乐①，为我开禅关②。

萧然松石下，何异清凉山③。

花将色不染，水与心俱闲。

一坐度小劫④，观空天地间⑤。

注 释

① **"远公"句**：《莲社高贤传》："谢灵运为康乐公主孙，袭封康乐公。至庐山，一见远公，肃然心服，乃即寺筑台，翻《涅槃经》，凿池种白莲。时远公诸贤同修净土之业，因号白莲社。"

② **禅关**：《历代三宝记》："即立禅关于闲旷地。"

③ **清凉山**：《法苑珠林》："代州东南五台山，古称神仙之宅也。山方三百里，巉岩崇峻，有五高台。上不生草，唯松柏茂林，森于谷底，地极严寒多雪，号曰清

凉山。经中明文殊将五百仙人往清凉山说法，即斯地也。所以古来求道之士，多游此山，遗窟灵迹，即目极多。"胡三省《通鉴注》："五台，在代州五台县，山形五峙，相传以为文殊示现之地。"《华严经疏》云："清凉山者，即代州雁门五台山也。岁积坚冰，夏仍飞雪，曾无炎暑，故曰清凉。五峰耸出，顶无林木，有如垒土之台，故曰五台。"

④ **"一坐"句**：《释迦方志》：案：索诃世界，一大劫中，千佛出世。寻夫劫波之号，不可以时数推之。假以方石芥城，准为一期之候。中含四大中劫，谓成、住、坏、空也。如从十岁增至八万，复从八万至于十岁，经二十反为一小劫，二十小劫为一成劫，以年算之，则经八千万万亿百千八百万岁也，止为一小劫耳。《隋书》：每佛灭度，遗法相传，有正、象、末三等淳漓之异，年岁远近，亦各不同。末法已后，众生愚钝，无复佛教，而业行转恶，年寿渐短，经数千百载间，乃至朝生夕死。然后有大水、大火、大风之灾，一切除去之，而更立生人，又归淳朴，谓之小劫。每一小劫，则一佛出世。《法华经》：大通智胜佛破魔军已，垂得阿耨多罗三藐三菩提，而诸佛法不现在前，如是一小劫，乃至十小劫，结跏趺坐，身心不动。偈曰：世尊甚希有，一坐十小劫，身体及手足，静然安不动。

⑤ **"观空"句**：《涅槃经》："观一切法，本性皆空。"僧肇《维摩诘经注》："二乘观空，惟在无我，大乘观空，无法不在。"

其 二

客来花雨际①，秋水落金池②。

片石寒青锦，疏杨挂绿丝。

高僧拂玉柄③，童子献双梨。

惜去爱佳景，烟萝欲暝时。

注 释

① **"客来"句**：《法华经》："是时天雨曼陀罗花、摩诃曼陀罗花、曼殊沙花、摩诃曼殊沙花，而散佛上，及诸大众。"

② **"秋水"句**：《弥陀经》："七宝池底，纯以金沙布地。"梁元帝诗："飘花拂叶度金池。"

③ **玉柄**：谓尘尾。

金陵凤凰台置酒

【题　解】《法苑珠林》："白塔寺在秣陵三井里。晋升平中有凤凰集此地，因名其处为凤凰台。"《六朝事迹》："凤台山，宋元嘉中凤凰集于是山，乃筑台于山椒，以旌嘉瑞。在府城西南二里，今保宁寺是也。"《方舆胜览》："凤台山，在建康府城南二里余，保宁寺是也。凤凰台，故基在寺后。"

置酒延落景①，金陵凤凰台。

长波写万古，心与云俱开。

借问往昔时，凤凰为谁来。

凤凰去已久，正当今日回。

明君越羲轩②，天老坐三台③。

豪士无所用，弹弦醉金罍④。

东风吹山花，安可不尽杯？

六帝⑤没幽草，深宫冥绿苔。

置酒勿复道⑥，歌钟但相催⑦。

【注　释】

① **落景**：江淹诗："徘徊践落景。"

② **羲轩**：伏羲、轩辕。

③ **"天老"句**：《韩诗外传》："黄帝即位，施惠承天，一道修德，惟仁是行，宇内和平，未见凤凰，惟思其象，夙寐晨兴，乃召天老而问之曰：'凤象何如？'天老对曰：'夫凤象，鸿前麟后，蛇颈而鱼尾，龙文而龟身，燕颔而鸡喙。戴德负仁，抱忠挟义，小音金，大音鼓。延颈奋翼，五彩备明。举动八风，气应时雨。食有质，饮有仪。往即文始，来即嘉成。惟凤为能通天祉，应地灵，律五音，览九德。天下有道，得凤象之一，则凤过之；得凤象之二，则凤翔之；得凤象之三，则凤集之；得凤象之四，则凤春秋下之；得凤象之五，则凤没身居之。'黄帝曰：'於戏允哉！朕何敢与焉！'于是黄帝乃服黄衣，戴黄冕，致斋于宫。凤乃蔽日而至。黄帝降于东阶，西面再拜，稽首曰：'皇天降祉，不敢不承命。'凤乃止帝东园，集帝梧桐，

食帝竹实，没身不去。"章怀太子《后汉书注》："《帝王世纪》曰：'黄帝以风后配上台，天老配中台，五圣配下台，谓之三公。"明君越羲轩"二句，乃一章上下关键处。上以承凤凰今日当来之故，下以起豪士无所用而置酒取乐之由。'"

④ **金罍**：酒器。

⑤ **六帝**：六代帝王。

⑥ **"置酒"句**：《古诗》："弃捐勿复道。"

⑦ **"歌钟"句**：《国语》："歌钟二肆。"韦昭注："歌钟，歌时所奏。"

秋浦清溪雪夜对酒，客有唱鹧鸪者

[题 解] 秋浦，县名，唐时隶池州。清溪在其北。《乐府诗集》："《山鹧鸪》，羽调曲也。"

披君貂襜褕①，对君白玉壶。

雪花酒上灭，顿觉夜寒无。

客有桂阳②至，能吟《山鹧鸪》。

清风动窗竹，越鸟③起相呼。

持此足为乐，何烦笙与竽？

注 释

① **襜褕**：张衡诗："美人赠我貂襜褕。"颜师古《急就篇注》："襜褕，直裾褕衣也。谓之襜褕者，取其襜襜而宽裕也。"

② **桂阳**：唐时郡名，即郴州，隶江南西道。

③ **越鸟**：鹧鸪。以越地最多，故谓之越鸟。

与周刚清溪玉镜潭宴别

[题 解] 原注："潭在秋浦桃胡陂下，予新名此潭。"
周必大《泛舟游山录》："清溪水正碧色，下浅滩数里至玉镜潭。水自南来，

触岸西折，弯环可喜，潭深裁二三丈。李白诗云'溪水正南奔，回作玉镜潭'，实录也。"《江南通志》："玉镜潭，在池州府城西南七十里，过白面渡汇为秋浦。李白诗'回作玉镜潭，澄明洗心魂'，即此。"宋陈应直刻玉镜潭三大字于石上。《潜确居类书》："玉镜潭上有桃胡陂，一名桃花陂。"

康乐上官去，永嘉游石门①。

江亭有孤屿②，千载迹犹存。

我来游秋浦，三入桃陂源。

千峰照积雪，万壑尽啼猿。

兴与谢公合，文因周子论。

扫崖去落叶，席月③开清樽。

溪当大楼南④，溪水正南奔。

回作玉镜潭，澄明洗心魂。

此中得佳境，可以绝嚣喧。

清夜方归来，酣歌出平原。

别后经此地，为予谢兰荪⑤。

注释

① **"康乐"二句**：《南史》：谢灵运袭封康乐公，出为永嘉太守。《一统志》："石门山，在温州府城北。"薛方山《浙江通志》："温州府北山，说者谓为郡主山，又曰石门山。有石崖悬瀑，高百余丈，潴为二潭，名曰水际。"

② **孤屿**：《太平寰宇记》："孤屿，在温州城北四里永嘉江中，渚长三百丈，阔七十步，屿有二峰。谢康乐有《登石门最高顶》诗，又有《登江中孤屿》诗。"

③ **席月**：陶隐居《解官表》："席月涧门，横梁云际。"

④ **"溪当"句**：《江南通志》："大楼山，在池州府城南六十里。"

⑤ **荪**：《韵会》："荪，香草。"陶隐居云："荪，生溪侧，有名溪荪者，极似石菖蒲，而叶无脊。"

宴陶家亭子

曲巷幽人宅，高门大士家。

池开照胆镜^①，林吐破颜花^②。

绿水藏春日，青轩秘晚霞。

若闻弦管妙，金谷不能夸^③。

注释

① **照胆镜**：用《西京杂记》咸阳方镜事。借言池水之清，照人若镜也。

② **破颜花**：《五灯会元》："世尊在灵山会上，拈花示众，是时众皆默然，唯迦叶尊者破颜微笑。"

③ **"金谷"句**：石崇《金谷诗叙》："予以元康六年，从太仆卿出为使持节监青、徐诸军事，征虏将军，有别庐在河南县界金谷涧中，或高、或下，有清泉、茂林、众果、竹柏、药草之属，莫不毕备。又有水碓、鱼池、土窟，其为娱目欢心之物备矣。时征西大将军祭酒王诩，当还长安，余与众贤共送往涧中，昼夜游宴，屡迁其坐。或登高临下，或列坐水滨，时琴、瑟、笙、筑，合载车中，道路并作，及住，令与鼓吹递奏，遂各赋诗以叙中怀，或不能者，罚酒三斗。感性命之不永，惧凋落之无期，故具列时人官号姓名年纪，又写诗著后。后之好事者，其览之哉。"《太平寰宇记》："郭缘生《述征记》曰：'金谷，谷也。地有金水，自太白原南流经此谷。晋卫尉石崇，因即川阜而造制园馆。'"

在水军宴韦司马楼船观妓

摇曳帆在空^①，清流顺归风。

诗因鼓吹发^②，酒为剑歌雄。

对舞青楼妓，双鬟白玉童。

行云且莫去，留醉楚王宫。

注 释

① **"摇曳"句**：鲍照诗："摇曳高帆举。"

② **"诗因"句**：《艺文类聚》："俗语曰：'桓玄作诗，思不来，辄作鼓吹，既而思得，云："鸣鹄响长皋。"叹曰："鼓吹固自来人思。"'"

流夜郎至江夏，陪长史叔及薛明府，
宴兴德寺南阁

绀殿横江上①，青山落镜中。

岸回沙不尽，日映水成空。

天乐流香阁②，莲舟飏晚风③。

恭陪竹林宴，留醉与陶公④。

注 释

① **"绀殿"句**：徐陵《孝义寺碑》："绀殿安坐，莲花养神。"《说文》："绀，深青扬赤色也。"

② **"天乐"句**：《华严经》：百万天乐，各奏百万种法，相续不断。宋之问诗："香阁临清汉，丹梯隐翠微。"

③ **"莲舟"句**：沈君攸诗："平川映晓霞，莲舟泛浪华。"莲舟，采莲舟。飏，随风摇荡。

④ **"恭陪"二句**：《晋书》："阮咸任达不拘，与叔父籍为竹林之游。"陶公，谓陶潜，以喻薛明府。

泛沔州城南郎官湖

题 解 唐时，沔州隶江南西道，又谓之汉阳郡，有汉阳、汉川二县。《湖广通志》："郎官湖，在汉阳府城内。"

乾元岁秋八月，白迁于夜郎，遇故人尚书郎张谓出使夏口①，沔州牧杜公、汉阳宰王公，觞于江城之南湖，乐天下之再平也。方夜水月如练②，清光可掇③，张公殊有胜概，四望超然，乃顾白曰："此湖，古来贤豪游者非一，而枉践佳景，寂寥无闻。夫子可为我标之嘉名，以传不朽。"白因举酒酹④水，号之曰郎官湖，亦由郑圃之有仆射陂⑤也。席上文士辅翼、岑静以为知言，乃命赋诗纪事，刻石湖侧，将与大别山⑥共相磨灭焉。

张公多逸兴，共泛沔城隅。

当时秋月好，不减武昌都⑦。

四坐醉清光，为欢古来无。

郎官爱此水，因号郎官湖。

风流若未减，名与此山俱⑧。

注 释

① **张谓、夏口**：《唐诗纪事》："张谓登天宝二年进士第，奉使长沙，作《长沙风土记》，大历间为礼部侍郎。"《唐诗品汇》："张谓，字正言，河南人。"《旧唐书》："鄂州江夏县，本汉沙羡县地，属江夏郡。江、汉二水会于州西。春秋谓之夏汭，晋、宋谓之夏口，宋置江夏郡治于此，隋不改。武德四年，改为鄂州。"《一统志》："唐史皆称鄂州为夏口。"

② **水月如练**：梁元帝诗："昆明夜月光如练，上林朝花色如霰。"

③ **掇**：毛苌《诗传》："掇，拾也。"

④ **酹**：《广韵》："酹，以酒沃地也。"

⑤ **仆射陂**：《元和郡县志》："李氏陂，在郑州管城县东四里。后魏孝文帝以此陂赐仆射李冲，故俗呼为仆射陂，周回十八里。"

⑥ **大别山**：《元和郡县志》又云："鲁山，一名大别山，在沔州汉阳县东北一百步，其山前枕蜀江，北带汉水。"《湖广通志》："大别山，在汉阳府城东北半里，汉江西岸。"《禹贡》："内方至于大别。"即此。一名翼际山，又名鲁山，山之阴有锁穴，即孙皓以铁索截江处。

⑦ **秋月、武昌**：秋月，似用庾亮南楼谈咏竟坐事。《世说》："庾太尉在武昌，秋夜气佳景清，佐使殷浩、王胡之之徒，登南楼理咏，音调始遒。闻函道中有屐声甚厉，

定是庾公。俄而率左右十许人步来，诸贤欲起避之，公徐云：'诸君少住，老子于此处兴复不浅。'因使据胡床，与诸人咏谑，竟坐。"琦按："《世说》《晋书》载庾亮南楼事，皆不言秋月，而太白数用之，定古本'秋夜'乃'秋月"之讹，抑有他传是据欤！"武昌，孙权曾建都于此，故曰武昌都。

⑧ "名与"句：《晋书·羊祜传》："公德冠四海，道嗣前哲，令闻令望，必与此山俱传。"李白诗末句借用其语。

楚江黄龙矶南宴杨执戟治楼

> 五月分五洲①，碧山对青楼。
>
> 故人杨执戟，春赏楚江流。
>
> 一见醉漂月，三杯歌棹讴②。
>
> 桂枝攀不尽③，他日更相求。

注释

① **五洲**：《水经注》："江中有五洲相接，故以五洲为名。宋孝武帝举兵江中，建牙洲上，有紫云荫之，即是洲也。"胡三省《通鉴注》："五洲，当在今黄州、江州之间。"

② **棹讴**：《蜀都赋》："吹洞箫，发棹讴。"刘渊林注："棹讴，鼓棹而歌也。"

③ **"桂枝"句**：淮南王《招隐士》："攀援桂枝兮聊淹留。"

铜官山醉后绝句

题解 陆游《入蜀记》："隔获港，即铜陵界，远山巀然临大江者，即铜官山。"《海录碎事》："铜官山在宣州。"

> 我爱铜官乐，千年未拟还。
>
> 要须回舞袖，拂尽五松山①。

注释

① **五松山**：《海录碎事》："五松山，在宣城南陵。"

与南陵常赞府游五松山

题解 原注：山在南陵铜井西五里，有古精舍。

南陵县，隶宣州。《容斋随笔》："唐人呼县丞为赞府。"《潜确居类书》："《舆地纪胜》：'五松山，在铜陵县南，铜官西南。山旧有松，一本五枝，苍鳞老干，翠色参天。'"

安石泛溟渤①，独啸长风还。

逸韵动海上②，高情出人间。

灵异可并迹，澹然与世闲。

我来五松下，置酒穷跻攀。

征古绝遗老，因名五松山③。

五松何清幽，胜境美沃洲④。

萧飒鸣洞壑，终年风雨秋。

响入百泉⑤去，听如三峡⑥流。

剪竹扫天花⑦，且从傲吏⑧游。

龙堂若可憩，吾欲归精修⑨。

注释

① **溟渤**：海。钱包照诗："穿池类溟渤。"李善注："溟渤，二海名。"郭璞《山海经注》："渤海，海岸曲崎头也。"

② **"逸韵"句**：《世说》："谢太傅盘桓东山时，与孙兴公诸人泛海戏，风起浪涌，孙、王诸人色并遽，便唱使还。太傅神情方王，吟啸不言，舟人以公貌闲意悦，犹去不止。既风转急，浪猛，诸人皆喧动不坐，公徐云：'如此将无归。'舟人即承响而回。于是审其量足以镇安朝野。"

③ **五松山**：胡震亨曰："观此诗，是五松非山本名，乃太白所名，亦如名九华也。"

④ **"胜境"句**：《太平寰宇记》："沃洲山，在越州剡县东七十二里。"施宿《会稽志》："沃洲山，在新昌县东三十二里。晋白道猷、法深、支遁，皆居之。戴、许、

王、谢十八人与之游，号为胜会，亦白莲社之比也。"唐白乐天《山院记》云："东南山水，剡为面，沃洲、天姥为眉目。山有灵㵘、杖锡泉、养马坡、放鹤峰，皆因支道林得名。"吴虎臣《漫录》云："沃州、天姥，号山水奇绝处。"自异僧白道猷来自西天竺，赋诗云："连峰数十里，修林带平津。茅茨隐不见，鸡鸣知有人。"晋、宋之世，隐逸为多。

⑤ **百泉**：《诗·大雅》："逝彼百泉。"

⑥ **三峡**：《通鉴地理通释》："三峡，广溪峡、巫峡、西陵峡也。广溪为三峡之首，昔禹凿以通江，所谓巴东之峡，东至西陵七百里。萧飒、风雨、百泉、三峡，皆状五松涛声之美。"

●安石泛溟渤，独啸长风还

⑦ **天花**：《法华经》："时诸梵天王雨众天花，香风时来，吹去萎者，更雨新者。"

⑧ **傲吏**：郭璞诗："漆园有傲吏。"

⑨ **"龙堂"二句**：《江南通志》："龙堂精舍，在南陵县五松山。李白与南陵常赞府游此，有诗。"

宣城清溪

[题　解]　琦按："清溪，在池州秋浦县北五里。而此云宣城清溪者，盖代宗永泰元年，始析宣州之秋浦、青阳及饶州之至德为池州，其前固隶宣城郡耳。"

清溪胜桐庐①，水木有佳色②。

山貌日高古，石容天倾侧。

彩鸟昔未名，白猿初相识。

不见同怀人，对之空叹息。

注　释

①　桐庐：《太平寰宇记》："睦州桐庐县，汉为富春县地，吴黄武四年，分富春置此县。耆老相传云：'桐溪侧有大桐树，垂条偃盖荫数亩，远望似庐，遂谓为桐庐县也。'"

②　**"水木"**句：吴均《与朱元思书》："自富阳至桐庐一百里许，奇山异水，天下独绝。"

与谢良辅游泾川陵岩寺

题　解　《唐诗纪事》："谢良辅登天宝十一年进士第。德宗时，刺商州，为团练所杀。"《江南通志》："泾溪在宁国府泾县西南一里。陵岩教寺，在泾县西七十五里，隋时建。泾川，即泾溪也。"

乘君素舸①泛泾西，宛似云门对若溪②。

且从康乐寻山水③，何必东游入会稽。

注　释

①　素舸：谢灵运诗："可怜谁家郎，缘流乘素舸。"

②　**"宛似"**句：《方舆胜览》："云门寺，在会稽县南三十一里，今名雍熙，为州之伟观。昔王子敬居此，有五色祥云，诏建寺号云门。"杨齐贤曰："若耶溪、云门寺，在越州会稽县南。"

③　**"且从"**句：《宋书》："谢灵运出为永嘉太守，郡有名山水，灵运素所爱好。出守既不得志，遂肆志游遨，遍历诸县，动逾旬朔，民间辞讼，不复关怀，所至辄为诗咏，以寄其意。"

游水西简郑明府

天宫水西寺①，云锦照东郭。

清湍鸣回溪，绿竹绕飞阁②。

凉风日潇洒，幽客时憩泊。

五月思貂裘，谓言秋霜落。

石萝引古蔓，岸笋开新箨③。

吟玩空复情，相思尔佳作。

郑公诗人秀，逸韵宏寥廓④。

何当一来游，惬我雪山诺⑤。

注 释

①**"天宫"句**：《江南通志》有水西寺、水西首寺、天宫水西寺，皆在泾县西五里之水西山中。天宫水西寺者，本名凌岩寺，南齐永平元年，淳于棼舍宅建。上元初改天宫水西寺，大中时重建。宋太平兴国间，赐名崇庆寺。凡十四院，其最胜者曰华严院。横跨两山，廊庑皆阁道，泉流其下。

②**飞阁**：《东京赋》："飞阁神行。"薛综注："阁道相通，不在于地，故曰飞。"

③**箨**：《韵会》："箨，笋皮也。"

④**寥廓**：颜师古《汉书注》："寥廓，天上宽广之处。"

⑤**"惬我"句**：《广弘明集》："案《文殊师利般涅槃经》云：'佛灭度后四百五十年，文殊至雪山中，为五百仙人宣说十二部经讫，还归本土，入于涅槃。'案《地理志》《西域传》云：'雪山者，即葱岭也。其下三十六国，先来属汉，以葱岭多雪，故号雪山焉。'文殊往化仙人，即其处也。"

九日登山

题 解 玩诗义，当是偕一宗室为宣城别驾者，于九日登其所新筑之台而作，诗题应有缺文。

渊明《归去来》，不与世相逐①。

为无杯中物②，遂偶本州牧。

因招白衣人，笑酌黄花菊③。

我来不得意，虚过重阳④时。

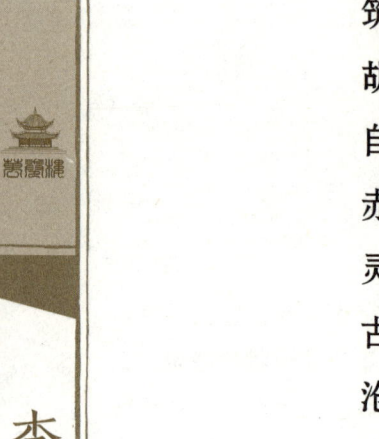
题舆何俊发⑤，遂结城南期。

筑土接响山⑥，俯临宛水湄。

胡人叫玉笛，越女弹霜丝⑦。

自作英王胄⑧，斯乐不可窥。

赤鲤涌琴高⑨，白龟道冰夷⑩。

灵仙如仿佛，莫酹⑪遥相知。

古来登高人，今复几人在？

沧洲违宿诺，明日犹可待。

连山似惊波⑫，合沓⑬出溟海。

扬袂挥四座，酩酊⑭安所知？

齐歌送清觞，起舞乱参差。

宾随落叶散⑮，帽逐秋风吹⑯。

别后登此台，愿言长相思。

注 释

① **"渊明"二句**：《晋书》："陶潜为彭泽令，郡遣督邮至县，吏白：'应束带见之。'潜叹曰：'吾不能为五斗米折腰，拳拳事乡里小人。'即解印去县，乃赋《归去来》。刺史王弘以元熙中临州，甚钦迟之。后自造焉，潜称疾不见，既而语人曰：'我性不狎世，因疾守闲，幸非洁志慕声，岂敢以王公纡轸为荣耶！'弘每令人候之，密知当往庐山，乃遣其故人庞通之等赍酒，先于半道要之。潜既遇酒，便引酌野亭，欣然忘进，弘乃出与相闻，遂欢宴穷日。弘后欲见，辄于林泽间候之，至于酒米乏绝，亦时相赡。"

② **杯中物**：陶渊明诗："天运苟如此，且进杯中物。"

③ **"因招"二句**：《艺文类聚》："《续晋阳秋》曰：'陶潜尝九月九日无酒，出宅边菊丛中，摘菊盈把，坐其侧。久之，望见白衣人至，乃王弘送酒也。即便就酌，醉而后归。'"

④ **重阳**：《梦粱录》："九为阳数，其日与月并应，故号曰重阳。"

⑤ **"题舆"句**：《北堂书钞》："谢承《后汉书》曰：'周景为豫州刺史，辟陈蕃为别驾，不就，景题别驾舆曰"陈仲举座也"，不复更辟，蕃惶惧，起视职。'"

⑥ 响山：《方舆胜览》："响山在宣城县南五里。"《一统志》："响山，在宁国府城南五里，下俯宛溪。"权德舆记："响山，两崖耸峙，苍翠对起，其南得响潭焉，清泚可鉴，漾洄澄淡。"

⑦ 霜丝：乐器上弦也。

⑧ 胄：《韵会》："胄，裔也，系也，嗣也。"

⑨ **"赤鲤"句**：《列仙传》："琴高者，赵人也。以鼓琴为宋康王舍人，行涓彭之术，浮游冀州、涿郡之间。二百余年后，辞入涿水中取龙子。与弟子期日，皆洁斋待于水旁设祠，果乘赤鲤来，出坐祠中，旦有万人观之。留一月余，复入水去。"

⑩ **"白龟"句**：《山海经》："从极之渊，深三百仞，维冰夷恒都焉。冰夷，人面，乘两龙。"郭璞注："冰夷，冯夷也。《淮南》云'冯夷得道，以潜大川'，即河伯也。《穆天子传》所谓河伯无夷者，《竹书》作冯夷，字或作冰也。"《河图括地象》："冯夷恒乘云车，驾两龙。白龟，事未详。"《楚辞·河伯》云："乘白鼋兮逐文鱼，与汝游兮河之渚。白龟殆白鼋之讹欤？"

⑪ 酹：《广韵》："酹，以酒沃地也。"

⑫ **"连山"句**：木华《海赋》："波如连山。"太白本其语而倒用之，谓"连山似惊波"遂成奇语。

⑬ 合沓：谢朓诗："合沓与云齐。"吕向注："合沓，高貌。"

⑭ 酩酊：《说文》："酩酊，醉也。"

⑮ **"宾随"句**：卢照邻诗："客散同秋叶，人亡似夜川。"

⑯ **"帽逐"句**：《晋书》："孟嘉为征西桓温参军，温甚重之。九月九日，温燕龙山，僚佐毕集。时佐吏并著戎服，有风至，吹嘉帽堕落，嘉不之觉，温使左右勿言，以观其举止。嘉良久如厕，温令取还之，命孙盛作文嘲嘉，著嘉坐处。嘉还见，即答之。其文甚美，四坐嗟叹。"

●琴高

九 日

今日云景好，水绿秋山明。

携壶酌流霞^①，搴菊泛寒荣^②。

地远松石古，风扬弦管清。

窥觞照欢颜，独笑还自倾^③。

落帽醉山月，空歌怀友生。

注 释

① **流霞**：酒名。《抱朴子》："项曼都言：'仙人以流霞一杯，与我饮之，辄不饥渴。故拟之以为名耳。'"

② **"搴菊"句**：《楚辞章句》："搴，手取也。"寒荣，犹寒花也。

③ **"窥觞"二句**：陶渊明诗："一觞虽独进，杯尽壶自倾。"

九日龙山饮

题 解《九域志》："太平州有龙山。晋大司马桓温，尝于九月九日登此山。孟嘉为风飘帽落，即此山也。"《太平府志》："龙山，在当涂县南十里，蜿蜒如龙，蟠溪而卧，故名。旧志载桓温以重九日与僚佐登山，孟嘉落帽事。或云孟嘉落帽之龙山，当在江陵，而《元和志》《寰宇记》皆云是此山，疑必温移镇姑孰时事也。"

九日龙山饮，黄花^①笑逐臣。

醉看风落帽，舞爱月留人。

注 释

① **黄花**：《淮南子》："季秋之月，菊有黄花。"高诱注："菊色不一，而专言黄者，秋令在金，以黄为正也。"史正志《菊谱》："菊，草属也，以黄为正，所以概称黄花。"

李太白集

二五〇

陪族叔当涂宰游化城寺升公清风亭

题解 《太平府志》："古化城寺，在府城内向化桥西礼贤坊，吴大帝时建，基址最广。宋孝武南巡，驻跸于此，增置二十八院。唐天宝间，寺僧清升能诗文，造舍利塔、大戒坛，建清风亭于寺旁西湖上，铸铜钟一，李白铭之，今尽废。宋知州郭纬，以东城雄武之地，改迁化城寺，撤其西北之地为城守，而存其余为西庵。凡西庵至西北两城隅，皆古化城寺基也。"

化城若化出①，金榜天官开②。

疑是海上云，飞空结楼台③。

升公湖上秀，粲然有辩才④。

济人不利己，立俗无嫌猜。

了见水中月⑤，青莲出尘埃。

闲居清风亭，左右清风来。

当暑阴广殿，太阳为徘徊。

茗酌待幽客，珍盘荐雕梅。

飞文何洒落⑥，万象为之摧。

季父拥鸣琴，德声布云雷⑦。

虽游道林⑧室，亦举陶潜⑨杯。

清乐动诸天⑩，长松自吟哀⑪。

留欢若可尽，劫石乃成灰⑫。

注释

① "化城"句：《法华经》：导师以方便力，于险道中过三百由旬，化作一城。是时，疲极之众，心大欢喜，我等今者免斯恶道，前入化城，生安稳想。寺之立名，盖取此义。

② "金榜"句：《神异经》："中央有宫，以金为墙，有金榜，以银镂题。"

③ "疑是"二句：《三齐略记》："海上蜃气，时结楼台，名海市。"

④ **"粲然" 句** ：《维摩诘经》："维摩诘深达实相，善说法要，辩才无滞，智慧无碍。"

⑤ **"了见" 句** ：《维摩诘经》又云："菩萨观众生，如智者见水中月。"

⑥ **"飞文" 句** ：《昭明文选序》："飞文染翰，则卷盈乎缃帙。"

⑦ **"季父" 二句** ：《说苑》：宓子贱治单父，弹鸣琴，身不下堂而单父治。

⑧ **道林** ：《法苑珠林》：支遁，字道林，本姓关氏，陈留人。或云河东林虑人。幼而神理，聪明秀彻。王羲之睹遁才藻惊绝罕俦，遂披衿解带，留连不能已，乃请住灵嘉寺，意存相近。又投迹剡山，于沃洲小岭立寺行道。僧众百余，尝随禀学。

⑨ **陶潜** ：《晋书》：陶潜为彭泽令，在县公田，悉令种秫谷，曰："令吾尝醉于酒，足矣。"

⑩ **清乐、诸天** ：清乐，前代新声也。诸天，佛书言，三界共有三十二天，自四天王天至非有想非无想天，总谓之诸天。

⑪ **"长松" 句** ：王绩《答冯子华书》："松柏群吟。"

⑫ **"劫石" 句** ：《搜神记》："汉武帝凿昆明池，极深，悉是灰墨，无复土。举朝不解，以问东方朔，朔曰：'臣愚，不足以知之，可试问西域人。'帝以朔不知，难以移问。至后汉明帝时，西域道人来洛阳，时有忆方朔言者，乃试以武帝时灰墨问之。道人云：'经云："天地大劫将尽，则劫烧，此劫烧之余也。"'"

大庭库

題 解 《太平寰宇记》："大庭氏库，高二丈，在曲阜县城内县东一百五十步。"《路史》："大庭氏之廪廥也，都于曲阜，故鲁有大庭氏之库。昔者黄帝斋于大庭之馆，兹其所矣。"罗苹注："库在鲁城中曲阜之高处。今在仙源县内东隅，高二丈。"

朝登大庭库①，云物②何苍然！

莫辨陈郑火，空霾邹鲁烟。

我来寻梓慎，观化入寥天③。

古木翔气多，松风如五弦。

帝图④终冥没，叹息满山川。

注 释

① **"朝登"句**：《左传》："昭公十八年，宋、卫、陈、郑皆火。梓慎登大庭氏之库以望之，曰：'宋、卫、陈、郑也。'数日皆来告火。"杜预注："大庭氏，古国名，在鲁城内。鲁于其处作库，高显，故登以望气。"

② **云物**：《左传》："凡分至启闭，必书云物。"杜预注："云物，气色灾变也。"

③ **"观化"句**：《庄子》："安排而去化，乃入于寥天一。"郭象注："入于寂寞，而与天为一也。"宋之问诗："笙歌入玄地，诗酒坐寥天。"

④ **帝图**：《宋书》："帝图凝远，瑞美昭宣。"

登单父陶少府半月台

题 解 《山东通志》："半月台，在旧单县城东北隅，相传陶沔所筑。单县，即唐时之单父县也，隶宋州。"

陶公有逸兴，
不与常人俱。

筑台像半月，
迥向高城隅。

置酒望白云，
商飙①起寒梧。

秋山入远海，
桑柘罗平芜②。

水色渌且明，
令人思镜湖③。

终当过江去，
爱此暂踟蹰。

 ●木石

注　释

① **商飙**：陆机诗："岁暮商飙飞。"吕延济注："商飙，秋风也。"

② **平芜**：江淹《去故乡赋》："穷阴匝海，平芜带天。"平芜，庶草丰茂，遥望平坦若剪者也。

③ **镜湖**：在会稽、山阴两县界，其水清澈，澄明若镜，故名。

天台晓望

题　解　《台州府志》："天台山，在天台县北三里。自神迹石起，至华顶峰皆是，为一邑诸山之总称。"按陶弘景《真诰》曰："高一万八千丈，周围八百里，山有八重，四面如一。"《十道志》谓其顶对三辰，或曰当牛女之分，上应台宿，故曰天台。《登真隐诀》曰："处五县中央，为余姚、句章、临海、天台、剡县也。"顾野王《舆地志》云："天台山，一名桐柏山，众岳之最秀者也。"徐灵府记云："天台山，与桐柏接而少异。《神邕山图》又采浮屠氏说，以为阎浮震旦国极东处，或又号灵越。孙绰赋所谓'托灵越以正基'是也。"

天台邻四明①，华顶②高百越。

门标赤城③霞，楼栖沧岛月。

凭高远登览，直下见溟渤④。

云垂大鹏翻，波动巨鳌没。

风潮争汹涌，神怪何翕忽？

观奇迹无倪，好道心不歇。

攀条摘朱实⑤，服药炼金骨。

安得生羽毛⑥？千春卧蓬阙⑦。

注　释

① **四明**：《宁波府志》："四明山，在府西南一百五十里，为郡之镇山，由天台发脉向东北行一百三十里，涌为二百八十峰，周围八百余里，绵亘于宁之奉化、慈溪、鄞县，绍之余姚、上虞、嵊县，台之宁海诸境。上有方石，四面有穴如窗，通

日月星辰之光，故曰四明山。"

② **华顶**：华顶峰，在天台县东北六十里，乃天台山第八重最高处，可观日月之出没，东望大海，弥漫无际。

③ **赤城**：《太平寰宇记》："赤城山，在天台县北六里。"孙绰《天台山赋》："赤城霞起以建标。"李善注："支遁《天台山铭序》曰：'往天台山，当由赤城为道径。'孔灵符《会稽记》曰：'赤城山，石色皆赤，状似云霞。'《天台山图》曰：'赤城山，天台之南门也。建标，立物以为表识也。'"

④ **溟渤**：海。

⑤ **朱实**：刘琨诗："朱实陨劲气。"

⑥ **"安得"句**：王逸《楚辞注》："人得道，身生羽毛也。"

⑦ **"千春"句**：梁简文帝诗："千春谁与乐。"王勃诗："芝廛光分野，蓬阙感规模。"

早望海霞边

四明三千里，朝起赤城霞。

日出红光散①，分辉照雪崖。

一餐咽琼液②，五内发金沙③。

举手何所待，青龙白虎车④。

注　释

① **"日出"句**：《楚辞章句》："《凌阳子明经》言：'春食朝霞者，日始出赤黄气。'《真诰》：'日者霞之实，霞者日之精。君惟闻服日实之法，未知餐霞之精也。夫餐霞之经甚秘，致霞之道甚易，此谓体生玉光、霞映上清之法也。'"

② **"一餐"句**：《南岳魏夫人传》："有冉酺琼液而叩棺。"

③ **"五内"句**：《参同契》："金砂入五内，雾散若风雨。"

④ **"青龙"句**：《太平广记》："沈羲，吴郡人，学道于蜀中，能消灾除病，救济百姓，功德感天，天神识之。羲与妻贾共载，诣子妇卓孔宁家，道逢白鹿车一乘，青龙车一乘，白虎车一乘，从者皆数十人骑，皆朱衣，仗矛带剑，辉赫满道。问羲曰：'君是沈羲否？'羲愕然，不知何等，答曰：'是也。何为问？'骑人曰：'羲

有功于民，心不忘道，自少小以来，履行无过。受命不长，年寿将过，黄老今遣仙官来下迎之。侍郎薄延之，乘白鹿车是也；度世君司马生，青龙车是也；送迎使者徐福，白虎车是也。'须臾，有三仙人羽衣持节，以白玉简、青玉册、丹玉字授羲，遂载羲升天。"

焦山望松寮山

题　解　《一统志》："焦山，在镇江府城东北九里江中，后汉焦先隐此，因名。旁有海门二山，王西樵曰：'海门山，一名松寮。夷山，即孟浩然诗所云"夷山对海滨"者也。'"鲍天钟《丹徒县志》："焦山之余支东出，分峙于鲸波弥淼中，曰海门山，唐诗称松寮，称夷山，即此。"

　　石壁望松寮，宛然在碧霄。

　　安得五彩虹，架天作长桥。

　　仙人如爱我，举手来相招。

杜陵绝句

题　解　胡三省《通鉴注》："杜陵在长安南五十里。"

　　南登杜陵上，北望五陵间[①]。

　　秋水明落日，流光灭远山。

注　释

①**"北望"句**：《西都赋》："南望杜、霸，北眺五陵。"章怀太子注："杜、霸，谓杜陵、霸陵，在城南，故'南望'也。五陵，谓长陵、安陵、阳陵、茂陵、平陵，在渭北，故'北眺'也。"

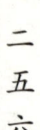

登邯郸洪波台置酒观发兵

题解 原注：时将游蓟门。

《元和郡县志》："洪波台，在磁州邯郸县西北五里。"

我把两赤羽①，来游燕赵间。

天狼②正可射，感激无时闲。

观兵洪波台，倚剑望玉关③。

请缨不系越④，且向燕然山⑤。

风引龙虎旗，歌钟⑥昔追攀。

击筑⑦落高月，投壶⑧破愁颜。

遥知百战胜，定扫鬼方⑨还。

注释

① **赤羽**：谓箭之羽染以赤者。《国语》所谓"朱羽之矰"是也。又《六韬注》："飞凫、赤茎、白羽，以铁为首；电景、青茎、赤羽，以铜为首。皆矢名。"

② **天狼**：《楚辞》："举长矢兮射天狼。"王逸注："天狼，星名。"

③ **"倚剑"句**：江淹诗："倚剑临八荒。"《括地志》："玉门关，在沙州寿昌县西北一百十八里。"

④ **"请缨"句**：《汉书·终军传》："自请，愿受长缨，必羁南越王而致之阙下。"

⑤ **"且向"句**：《后汉纪》："永元二年，窦宪、耿秉自朔方出塞三千里，斩首大获，铭燕然山而还。"

⑥ **歌钟**：《国语》："歌钟二肆。"韦昭注："歌钟，歌时所奏。"

⑦ **筑**：颜师古《急就篇注》："筑，形如小瑟而细颈，以竹击之。"《通典》："筑，不知谁所造，史籍惟云高渐离善击筑。汉高帝过沛所击。"《释名》曰："筑，以竹鼓之也，似筝细项。"按今制：身长四尺三寸，项长三寸，围四寸五分，头七寸五分，上阔七寸五分，下阔六寸五分。

⑧ **投壶**：《后汉书》：祭遵为将军，对酒设乐，必雅歌投壶。

⑨ **鬼方**：《周易》："高宗伐鬼方，三年克之。"《汉书》："外伐鬼方，以安诸夏。"

颜师古注："鬼方，绝远之地。一曰国名。"《晋书》："夏曰薰鬻，殷曰鬼方，周曰猃狁，汉曰匈奴。"

登新平楼

题解　新平，郡名，即邠州也，隶关内道。

去国登兹楼①，怀归伤暮秋。

天长落日远，水净寒波流。

秦云起岭树，胡雁飞沙洲。

苍苍几万里，目极令人愁②。

注释

①　"去国"句：王粲《登楼赋》："登兹楼以四望兮，聊暇日以销忧。"

②　"目极"句：《楚辞》："目极千里兮伤春心。"

谒老君庙

先君怀圣德，灵庙①肃神心。

草合人踪断，尘浓鸟迹深。

流沙丹灶灭②，关路紫烟沉③。

独伤千载后，空余松柏林。

注释

①　灵庙：《宋书》："灵庙荒残，遗象陈昧。"

②　"流沙"句：《列仙传》："关令尹喜与老子俱游流沙，化胡，服巨胜实，莫知其所终。"

③　"关路"句：《太平御览》："《关令内传》曰：'真人尹喜，周大夫也，为关令。少好学，善天文秘纬。登楼四望，见东极有紫气西迈，喜曰："应有异人过此。"乃

斋戒扫道以俟之。及老子度关，喜先戒关吏曰："若有翁乘青牛薄板车者，勿听过，止以白之。"果至，吏曰："愿少止。"喜带印绶，设师事之道，老子重辞之。喜曰："愿为我著书，说大道之意，得奉而行焉。"于是著《道德经》上下二卷。'"

赏析 《文苑英华》以此诗为玄宗过老子庙诗，而以"先君"为"仙居"，"丹灶灭"为"丹灶没"，三字不同。琦玩"草合"一联，似非太平时天子巡幸景象，此诗定是太白作耳。

秋日登扬州西灵塔

题解 《太平广记》："扬州西灵塔，中国之尤峻特者。唐武宗未拆寺之前一年，天火焚塔俱尽。白雨如泻，旁有草堂，一无所损。"

> 宝塔凌苍苍，登攀览四荒①。
>
> 顶高元气合②，标出海云长。
>
> 万象分空界，三天接画梁③。
>
> 水摇金刹④影，日动火珠⑤光。
>
> 鸟拂琼檐度，霞连绣栱张⑥。
>
> 目随征路断，心逐去帆扬。
>
> 露浩梧楸⑦白，霜催橘柚⑧黄。
>
> 玉毫⑨如可见，于此照迷方⑩。

注释

① 四荒：《楚辞》："将往观乎四荒。"王逸注："荒，远也。"

② "顶高"句：《十洲记》："钟山有金台玉阙，亦元气之所合，天帝居治处也。"

③ "万象"二句：《孝经钩命决》："地以舒形，万象咸载。"三天，谓欲界天、色界天、无色界天也。

④ 金刹：《法华经》："起七宝塔，长表金刹。"《洛阳伽蓝记》："宝塔五重，金刹高耸。"胡三省《通鉴注》："刹，柱也。浮图上柱，今谓之相轮。"

⑤ 火珠：《旧唐书》："火珠，大如鸡卵，圆白皎洁，光照数尺，状如水精，正

午向日，以艾蒸之即火燃。"

⑥ **"霞连"句**：张协《七命》："翠观岑青，雕阁霞连。"沈约《明堂登歌》："雕梁绣栱，丹楹玉墀。"

⑦ **梧楸**：《楚辞》："白露既下百草兮，掩离披此梧楸。"《韵会》："梧桐，色白，叶似青桐，有子肥美可食。"楸，《说文》："梓也。"《通志》曰："梓与楸相似，《尔雅》以为一物，误矣。陆玑谓'楸之疏理白色而生子者为梓'，《齐民要术》谓'白色有角为梓，无子为楸'，皆不辨楸、梓。梓，与楸自异，生子不生角。"

⑧ **橘柚**：《说文》："柚，条也。似橙而酢。"《史记》："小曰橘，大曰柚，树有刺，冬不凋，叶青、花白、子黄，亦二树相似，非橙也。"

⑨ **玉毫**：鲍照《佛影颂》："玉毫遗觌。"

⑩ **"于此"句**：《法华经》："尔时，佛放眉间白毫相光，照东方万八千世界，靡不周遍，下至阿鼻地狱，上至阿迦吒天。"

越女词五首

其 一

长干①吴儿女，眉目艳星月②。
屐上足如霜③，不着鸦头袜。

注 释

① **长干**：《江南通志》载："长干里，在江宁府南五里。"
② **"眉目"句**：梁武帝诗："容色玉耀眉如月。"
③ **"屐上"句**：《晋书》载："初作屐者，妇人头圆，男子头方。圆者顺之义，所以别男女也。至太康初，妇人屐乃头方，与男无别。则知古妇人亦著屐也。"

其 二

吴儿多白皙，好为荡舟剧①。
卖眼②掷春心，折花调③行客。

注 释

① **"好为"句**：出自《史记》："齐桓公与蔡女戏船中，夫人荡舟，桓公止之不止。"

② **卖眼**：即楚《骚》"目成"之意。梁武帝《子夜歌》："卖眼拂长袖，含笑留上客。"

③ **调**：嘲笑。《世说》："康僧渊目深而鼻高，王丞相每调之。"

其 三

耶溪①采莲女，见客棹歌回。

笑入荷花去，佯羞不出来。

注 释

① **耶溪**：《云笈七签》载："若耶溪，在越州会稽县南。"

其 四

东阳①素足女，会稽素舸郎。

相看月未堕，白地②断肝肠。

注 释

① **东阳**：《唐书·地理志》载："婺州东阳郡有东阳县，越州会稽郡有会稽县，俱隶江南东道。"

② **白地**：指俚语所说的"平白地"。

其 五

镜湖①水如月，耶溪②女如雪。

新妆荡新波，光景两奇绝。

注 释

① **镜湖**：在会稽、山阴两县界。

② **耶溪**：即若耶溪，在会稽县东南，北流入于镜湖。

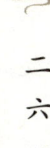

秋浦寄内

我今寻阳①去，辞家千里余。

结荷见水宿，却寄大雷书②。

虽不同辛苦，怆离各自居。

我自入秋浦③，三年北信疏。

红颜愁落尽，白发不能除。

有客自梁苑④，手携五色鱼，

开鱼得锦字，归问我何如。

江山虽道阻，意合不为殊。

注释

① **寻阳**：寻阳郡，唐时的江州，隶属于江南西道。

② **"却寄"句**：鲍照《登大雷岸与妹书》："吾自发寒雨，全行日少。加秋潦浩汗，山溪猥至，渡沔无边，险径游历，栈石星饭，结荷水宿，旅客辛贫，波路壮阔。始以今日食时仅及大雷。涂发千里，日逾十晨，严霜惨节，悲风断肌，去亲为客，如何如何。"《太平寰宇记》："舒州望江县有大雷池，水西自宿松县界流入雷池，又东流经县南，去县百里，又东入于海。江行百里为大雷口，又有小雷口，宋鲍明远有《登大雷岸与妹书》，乃此地。"

③ **秋浦**：秋浦县，唐时隶江南西道池州。

④ **梁苑**：唐时为河南道宋州宋城县。

自代内赠

宝刀裁流水，无有断绝时。

妾意逐君行，缠绵亦如之。

别来门前草，秋巷春转碧。

扫尽更还生，萋萋满行迹。

鸣凤始相得，雄惊雌各飞。

游云落何山？一往不见归。

估客发大楼①，知君在秋浦。

梁苑空锦衾，阳台梦行雨②。

妾家三作相，失势去西秦。

犹有旧歌管，凄清闻四邻。

曲度③入紫云，啼无眼中人④。

妾似井底桃⑤，开花向谁笑？

君如天上月，不肯一回照。

窥镜不自识，别多憔悴深。

安得秦吉了⑥，为人道寸心。

注 释

① **"估客"句**：估客，商人。古乐府有《估客乐》。大楼山，在池州府城南，唐时为秋浦县地。

② **"阳台"句**：阳台行雨，盖言惟梦中得相见耳。

③ **曲度**：曲调的节奏。

④ **"啼无"句**：陆机诗："仿佛眼中人。"

⑤ **井底桃**：即"桃李出深井"之意，即庭中天井。萧子显诗："桐生井底叶交加。"

⑥ **"安得"句**：《太平广记》："秦吉了，容、管、廉、白州产此鸟，大约似鹦鹉，嘴脚皆红，两眼后夹脑有黄肉冠。善效人言，语音雄大、分明于鹦鹉。以熟鸡子和饭如枣饲之。"《桂海虞衡志》："秦吉了，如鹦鹉，绀黑色，丹咮黄距，目下连项有深黄文，项毛有缝，如人分发。能人言，比于鹦鹉尤慧，大抵鹦鹉声如儿女，吉了声则如丈夫，出邕州溪洞中。"

秋浦感主人归燕寄内

霜凋楚关木，始知杀气严①。

寥寥金天廓②，婉婉绿红潜。

胡燕别主人③，双双语前檐。

三飞四回顾，欲去复相瞻。

岂不恋华屋④，终然谢珠帘。

我不及此鸟，远行岁已淹。

寄书道中叹，泪下不能缄。

注释

① **"始知"句**：出自《月令》："仲秋之月，杀气浸盛。"江淹诗："杀气起严霜。"刘良注："杀气，寒气也。"

② **"寥寥"句**：陈子昂诗："金天方肃杀，白露始专征。"

③ **"胡燕"句**：《尔雅翼》："胡燕比越燕而大，臆前白质黑章，其声亦大。巢悬于大屋两榱间，其长有容匹素者，谓之蛇燕。"

④ **华屋**：出自谢灵运诗："华屋非蓬居。"吕向注："华，画饰也。"

思 边

去年何时君别妾，南园绿草飞蝴蝶①。

今岁何时妾忆君，西山②白雪暗秦云。

玉关去此三千里，欲寄音书那可闻！

注释

① **"南园"句**：出自张景阳诗："蝴蝶飞南园。"

② **西山**：雪山，又名雪岭。上有积雪，经夏不消。在成都之西，正控吐蕃，唐时有兵戍之。杜子美诗"西山白雪高"，"西山白雪三城戍"，正指此地。

陌上赠美人

骏马骄行踏落花，垂鞭直拂五云车①。

美人一笑褰珠箔，遥指红楼是妾家。

注 释

① **五云车**：出自《真诰》："赤水山中学道者朱孺子，八月五日，西王母遣迎，即日乘五色云车登天。"庾信《步虚词》："东明九芝盛，北烛五云车。"五云车，仙人所乘者，此盖夸美言之。

代赠远

妾本洛阳人，狂夫幽燕客。

渴饮易水①波，由来多感激。

胡马西北驰②，香鬃③摇绿丝。

鸣鞭从此去④，逐虏荡边陲⑤。

昔去有好言，不言久离别。

燕支多美女，走马轻风雪。

见此不记人，恩情云雨绝。

啼流玉箸尽，坐恨金闺切。

织锦作短书，肠随回文结⑥。

相思欲有寄，恐君不见察。

焚之扬其灰⑦，手迹自此灭。

注 释

① **易水**：《元和郡县志》载："河北道易州易县有易水，一名故安河，出县西宽中谷。"《周官》曰："并州，其浸涞、易。"燕太子丹送荆轲易水之上，即此水也。

●鸣鞭从此去，逐虏荡边陲

陶潜诗："渴饮易水流。"

② **"胡马"句**：曹植诗："白马饰金羁，联翩西北驰。"

③ **鬃**：《广韵》："鬃，马鬣也。"

④ **"鸣鞭"句**：出自谢灵运诗："鸣鞭适大河。"

⑤ **"逐虏"句**：《左传》："虔刘我边陲。"《广韵》："陲，边也。"

⑥ **"织锦"二句**：武后《璇玑图序》：苻坚时，秦州刺史扶风窦滔妻苏氏，名蕙，字若兰，知识精明，仪容秀丽，然性近于急，颇伤嫉妒。滔拜安南将军，留镇襄阳，不与偕行。苏悔恨自伤，因织锦为回文，五采相宣，莹心辉目，纵广八寸，题诗二百余首，计八百余言，纵横反覆，皆为文章，才情之妙，超今迈古，名曰《璇玑图》。读者不能悉通，苏氏笑曰："徘徊宛转，自为语言，非我家人，莫之能解。"遂发苍头赍至襄阳。滔览之，感其妙绝，迎苏氏于汉南，恩好愈重。

⑦ **"焚之"句**：古《有所思》曲："闻君有他心，拉杂摧烧之。摧烧之，当风扬其灰。"

长门怨二首

题解 《乐府古题要解》："《长门怨》，为汉武帝陈皇后作也。后，长公主嫖女，字阿娇。及卫子夫得幸，后退居长门宫，愁闷悲思。闻司马相如工文章，奉黄金百斤，令为解愁之词。相如作《长门赋》，帝见而伤之，复得亲幸者数年。后人因其赋为《长门怨》焉。"

其 一

天回北斗①挂西楼，金屋②无人萤火流。

月光欲到长门殿，别作深宫一段愁。

注　释

① **天回北斗**：宋之问诗："地隐东岩室，天回北斗车。"

② **金屋**：取金屋藏娇之意。

其　二

桂殿长愁不记春①，黄金四屋起秋尘②。

夜悬明镜青天上，独照长门宫里人③。

注　释

① **"桂殿"句**：沈约诗："恩畅兰席，欢同桂殿。"

② **"秋尘"句**：鲍照诗："高墉宿寒雾，平野起秋尘。"

③ **"夜悬"二句**：出自《长门赋》："悬明月以自照兮，徂清夜于洞房。"吕向注："月在空如悬也。"

长信宫

题解　《汉书》："赵飞燕姊弟从自微贱兴，逾越礼制，寖盛于前。班倢伃失宠，稀复进见。赵氏姊弟骄妒，倢伃恐久见危，求供养太后长信宫，上许焉。"《三辅黄图》："长信宫，汉太后常居之。"按《通灵记》："太后，成帝母也。后宫在西，秋之象也，秋主信，故宫殿以'长信'为名。"

月皎昭阳殿①，霜清长信宫。

天行乘玉辇②，飞燕与君同③。

更有欢娱处，承恩乐未穷。

谁怜团扇妾④，独坐怨秋风。

注　释

① **昭阳殿**：《西京杂记》载："赵飞燕女弟居昭阳殿。"

② **"天行"句**：出自李德林诗："天行肃辇路。"沈炯诗："玉辇迎飞燕，金山

●谁怜团扇妾，独坐怨秋风

赏邓通。"

③**"飞燕"句**：按《汉书》："成帝游于后庭，尝欲与班倢伃同辇载，倢伃辞曰：'观古图画，圣贤之君皆有名臣在侧，三代末主，乃有嬖女。今欲同辇，得无近似乎？'上善其言而止。太白翻其事而用之，言飞燕与君同辇而行，化实为虚，畦径都别。"

④**"谁怜"句**：班倢伃诗："新裂齐纨素，鲜洁如霜雪。裁为合欢扇，团团似明月。出入君怀袖，动摇微风发。常恐秋节至，凉飙夺炎热。弃捐箧笥中，恩情中道绝。"

白田马上闻莺

题解　白田，地名，今江南宝应县有白田渡，当是其处。

黄鹂啄紫椹①，五月鸣桑枝。

我行不记日，误作阳春时。

蚕老②客未归，白田已缫丝。

驱马又前去，扪心③空自悲。

注释

①**"黄鹂"句**：陆玑《诗疏》："黄鸟，黄鹂留也，或谓之黄栗留。幽州人谓之黄莺，一名仓庚，一名商庚，一名鵹黄，一名楚雀。齐人谓之抟黍，关西谓之黄鸟，一云鹂黄。当椹熟时来在桑间，故里语曰：'黄栗留，看我麦黄椹熟不？'亦是应节趋时之鸟也。"椹本作葚，桑实也。生青，熟则紫色。

②**蚕老**：《埤雅》："蚕足于叶，三俯三起，二十七日而老。"

③**"扪心"句**：出自宋之问诗："越俗鄙章甫，扪心空自怜。"

题宛溪馆

吾怜宛溪好，百尺照心明。

何谢新安水①，千寻见底清。

白沙留月色，绿竹助秋声。

却笑严湍上②，于今独擅名。

注释

① **"何谢"句**：《江南通志》："宛溪，在宁国府东，水至清澈。新安江，在徽州府，其源有四，一出歙之黟山，一出休宁之率山，一出绩溪之大郭山，一出婺源之浙岭。四水皆达歙浦，会流至严州，合金华水，入浙江。为滩凡三百六十。水至清，深浅皆见底。"

② **"却笑"句**：《一统志》："七里滩，在严州桐庐县四，一名严陵濑，即汉严光垂钓处。"

拟古十二首

其 一

青天何历历①，明星如白石。

黄姑与织女，相去不盈尺。

银河无鹊桥②，非时将安适。

闺人理纨素③，游子悲行役。

瓶冰知冬寒④，霜露欺远客。

客似秋叶飞，飘飘不言归。

别后罗带长，愁宽去时衣。

乘月托宵梦，因之寄金徽⑤。

① **历历**：出自《古诗》："众星何历历。"历历，行列貌。

② **"银河"句**：《尔雅》云："河鼓谓之牵牛。"又古歌云："东飞伯劳西飞燕，黄姑织女时相见。"黄姑者，即河鼓也。为吴音讹而然。《锦绣万花谷》："牵牛谓之河鼓，声转而为黄姑也。"《初学记》："天河，亦曰银河。"《白帖》："《淮南子》：'乌鹊填河以成桥，而渡织女。'《中华古今注》：'鹊，一名神女，俗云七日填河成桥。'"

③ **纨素**：颜师古《汉书注》："纨素，今之绢也。"柳恽诗："念君方远游，贱妾理纨素。"

④ **"瓶冰"句**：《吕氏春秋》："见瓶水之冰，而知天下之寒。"

⑤ **金徽**：《旧唐书》："贞观二十二年，契苾回纥等十余部落相继归国，太宗各因其地土，择其部落，置为州府。以回纥部为瀚海都督府，仆骨为金微都督府云云。"《新唐书》："金微都督府，以仆固部置，隶安北都护府。"

其　二

高楼入青天，下有白玉堂①。

明月看欲堕②，当窗悬清光。

遥夜③一美人，罗衣沾秋霜，

含情弄柔瑟，弹作《陌上桑》④。

弦声何激烈，风卷绕飞梁⑤。

行人皆踯躅⑥，栖鸟去回翔。

但写妾意苦，莫辞此曲伤，

愿逢同心者，飞作紫鸳鸯。

① **白玉堂**：古诗："黄金为君门，白玉为君堂。"江总诗："并胜余人白玉堂。"

② **"明月"句**：《长门赋》："悬明月以自照兮。"

③ **遥夜**：长夜。《楚辞》："靓杪秋之遥夜。"

④ **《陌上桑》**：古相和歌曲。

⑤ **飞梁**：歌声绕梁。《鲁灵光殿赋》："飞梁偃蹇以虹指。"

⑥ **踯躅**：出自《韵会》："踯躅，住足也。"

其 三

长绳①难系日，自古共悲辛。

黄金高北斗②，不惜买阳春。

石火无留光③，还如世中人。

即事已如梦，后来我谁身？

提壶莫辞贫，取酒会四邻。

仙人殊恍惚，未若醉中真。

注 释

① **长绳**：出自傅玄诗："岁暮景迈群光绝，安得长绳系白日。"

② **"黄金"句**：《唐书·尉迟敬德传》："王曰：'公之心如山岳然，虽积金至斗，岂能移之。'又唐人诗：'身后堆金柱北斗。'疑当时俚语有此。"

③ **"石火"句**：刘勰《新论》："人之短生，犹如石火，炯然以过。"《法苑珠林》："石火无恒焰，电光非久停。"

其 四

清都绿玉树①，灼烁②瑶台春。

攀花弄秀色，远赠天仙③人。

香风送紫蕊，直到扶桑津④。

耻掇世上艳，所贵心之珍。

相思传一笑，聊欲示情亲。

注 释

① **"清都"句**：《楚辞》："造旬始而观清都。"朱子注："清都，列子以为帝之所居也。"

② **灼烁**：左思《蜀都赋》："晖丽灼烁。"刘渊林注："灼烁，艳色也。"刘良注："灼烁，光彩貌。"鲍照诗："朝日灼烁发园华。"《拾遗记》："昆仑山傍有瑶台十二，

各广千步，皆五色玉为台基。"

　　③ **天仙**：《抱朴子》："上士举形升虚，谓之天仙。"

　　④ **"直到"句**：木华《海赋》："翔阳逸骇于扶桑之津。"吕延济注："扶桑之津，日出之处。"

<h2 style="text-align:center">其　五</h2>

今日风日好，明日恐不如。

春风笑于人，何乃愁自居。

吹箫舞彩凤，酌醴①鲙神鱼，

千金买一醉，取乐不求余。

达士遗天地，东门有二疏②。

愚夫同瓦石，有才知卷施。

无事坐悲苦，块然涸辙鲋。

注　释

　　① **酌醴**：出自嵇康诗："鸾觞酌醴，神鼎烹鱼。"《说文》："醴，酒一宿熟者。"曹植诗："玉尊盈桂酒，河伯献神鱼。"

　　② **"东门"句**：《汉书》："疏广为太傅，兄子受为少傅。太子每朝，因进见，太傅在前，少傅在后。父子并为师傅，朝廷以为荣。在位五岁，广谓受曰：'吾闻知足不辱，知止不殆，功遂身退，天之道也。今仕宦至二千石，宦成名立，如此不去，惧有后悔。岂如父子相随出关，归老故乡，以寿命终，不亦善乎？'受叩头曰：'从大人议。'即日，父子俱移病。满三月赐告，广遂称笃，上疏乞骸骨。上以其年笃老，皆许之，加赐黄金二十斤，皇太子赠以五十斤。公卿、大夫、故人、邑子设祖道，供帐东都门外，送者车数百两，辞决而去。及道路观者皆曰：'贤哉二大夫。'广既归乡里，日令家供具设酒食，请族人、故旧、宾客，与相娱乐。"

<h2 style="text-align:center">其　六</h2>

运速天地闭①，胡风结飞霜。

百草死冬月，六龙②颓西荒。

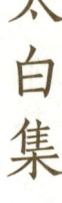

太白出东方③，彗星扬精光④。

鸳鸯非越鸟，何为眷南翔⑤？

惟昔鹰将犬⑥，今为侯与王。

得水成蛟龙⑦，争池夺凤凰⑧。

北斗不酌酒，南箕空簸扬⑨。

注　释

① **天地闭**：出自《周易》："天地闭，贤人隐。"《月令》："孟冬之月，天气上腾，地气下降，天地不通，闭塞而成冬。"

② **六龙**：指天子大驾。

③ **"太白"句**：《汉书》："太白出西方，失其行，夷狄败。出东方，失其行，中国败。《宋书》：太白出东方，利用兵，西方不利。"

④ **"彗星"句**：《晋书》："彗星，所谓扫星，本类星，末类彗。小者数寸，长或竟天。见则兵起、大水。主扫除，除旧布新。有五色，各依五行，本精所主。史臣按：'彗本无光，傅日而为光，故夕见则东指，晨见则西指，在日南北，皆随日光而指。顿挫其芒，或长或短，光芒所及则为灾。'"《唐书》："乾元三年四月丁巳，有彗星见于东方，在娄、胃间，色白，长四尺，东方疾行，历昴、毕、觜觿、参、东井、舆鬼、柳、轩辕，至右执法西，凡五旬余不见。闰四月辛酉朔，有彗星出于西方，长数丈，至五月乃灭。娄为鲁，胃、昴、毕为赵，觜觿、参为唐，东井、舆鬼为京师分，柳其半为周分。二彗仍见者，荐祸也。"

⑤ **南翔**：出自曹植诗："愿随越鸟，翻飞南翔。"

⑥ **"惟昔"句**：出自陈琳《檄文》："谓其鹰犬之才，爪牙可任。"《韵会》："将，与也。"

⑦ **"得水"句**：《魏书·杨大眼传》："时将南伐，李冲典选征官，用为军主。大眼顾谓同僚曰：'吾之今日，所谓蛟龙得水之秋，自此一举，终不复与诸君齐列矣。'"

⑧ **"争池"句**：《晋中兴书》："荀勖徙中书监为尚书令，人贺之，乃发恚曰：'夺我凤凰池，卿诸人何贺我耶？'"

⑨ **"南箕"句**：《诗·小雅》："惟南有箕，不可以簸扬。惟北有斗，不可以挹酒浆。"孔颖达《正义》云："言惟此天上，其南则有箕星，不可以簸扬米粟。其北则有斗星，

不可以挹斟其酒浆。"

其 七

世路今太行①，回车竟何托。

万族②皆凋枯，遂无少可乐。

旷野③多白骨，幽魂共销铄。

荣贵当及时，春华④宜照灼。

人非昆山玉⑤，安得长璀错⑥。

身没期不朽，荣名在麟阁⑦。

注 释

① **"世路" 句**：刘孝标《广绝交论》："世路险巇，一至于此。太行孟门，岂云崭绝。"太行山路最为险峻。

② **万族**：出自陶潜诗："万族各有托。"

③ **旷野**：《魏许昌碑表》："白骨既交辉于旷野。"

④ **春华**：出自苏武诗："努力爱春华。"李善注："春华，喻少时也。"古《读曲歌》："千叶红芙蓉，照灼绿水边。"

⑤ **昆山玉**：《韩诗外传》："玉出于昆山。"

⑥ **璀错**：《说文》："璀，玉光也。"《鲁灵光殿赋》："下岪蔚以璀错。"

⑦ **麟阁**：汉宣帝图画功臣于麒麟阁。

其 八

月色不可扫，客愁不可道。

玉露①生秋衣，流萤飞百草。

日月终销毁②，天地同枯槁。

蟪蛄③啼青松，安见此树老。

金丹宁误俗，昧者难精讨。

尔非千岁翁，多恨去世早。

李太白集

饮酒入玉壶④，藏身以为宝。

注 释

① **玉露**：《岁华纪丽》："秋露白，故曰玉露。"

② **"日月"句**：《楚辞》："白日晼晚其将入兮，明月销铄而减毁。"

③ **螗蛄**：寒蝉。

④ **"饮酒"句**：费长房见老翁卖药，市罢，辄跳入壶中。

其 九

生者为过客，死者为归人①。

天地一逆旅②，同悲万古尘。

月兔③空捣药，扶桑④已成薪。

白骨寂无言，青松岂知春。

前后更叹息，浮荣何足珍。

注 释

① **"生者"二句**：《列子》："古者谓死人为归人，夫言死人为归人，则生人为行人矣。"

② **逆旅**：出自《左传》："保于逆旅。"杜预注："逆旅，客舍也。"孔颖达《正义》："逆，迎也，旅，客也，迎止宾客之处也。"《庄子》："悲夫！世人直为物逆旅耳。"

③ **月兔**：傅玄《拟天问》："月中何有？白兔捣药。"

④ **扶桑**：《楚辞章句》载："东方有扶桑之木，其高万仞，日下浴于汤谷，上拂其扶桑，爰始而登，照曜四方。"

其 十

仙人骑彩凤，昨下阆风①岑。

海水三清浅②，桃源一见寻。

遗我绿玉杯，兼之紫琼琴。

杯以倾美酒，琴以闲素心③。

二物非世有，何论珠与金。

琴弹松里风，杯劝天上月。

风月长相知，世人何倏忽。

注　释

① **阆风**：《十洲记》："昆仑山三角，其一角正北，干辰之辉，名曰阆风巅。"

② **"海水"句**：《神仙传》："麻姑云：'接待以来，见东海三为桑田。向到蓬莱，水又浅于往日。'"

③ **素心**：江淹诗："素心正如此。"李善注：《方言》曰：素，本也。"

其十一

涉江弄秋水，爱此荷花鲜①。

攀荷弄其珠，荡漾不成圆。

佳期②彩云重，欲赠隔远天。

相思无由见，怅望凉风前。

注　释

① **荷花鲜**：吴均诗："愿君早旋反，及此荷花鲜。"

② **佳期**：《楚辞》："与佳期兮夕张。"

其十二

去去复去去，辞君还忆君①。

汉水既殊流，楚山亦此分。

人生难称意②，岂得长为群。

越燕喜海日③，燕鸿思朔云。

别久容华晚，琅玕④不能饭。

日落知天昏，梦长觉道远。

望夫登高山，化石⑤竟不返。

注释

① "辞君" 句：《古诗十九首》："行行重行行，与君生别离。"

② "人生" 句：出自鲍照诗："人生不得常称意。"

③ "越燕" 句：《吴越春秋》："胡马望北风而立，越燕向日而熙，谁不爱其所近，悲其所思者乎？"《酉阳杂俎》："紫胸轻小者，是越燕。"《尔雅翼》："越燕，小而多声，颔下紫，巢于门楣上，谓之紫燕，亦谓之汉燕。"颜延之《赭白马赋》："眷西极而骧首，望朔云而蹀足。"

④ 琅玕：张衡《南都赋》："珍羞琅玕，充溢圆方。"李周翰注："琅玕，玉名，饮食比之所以为美。"

⑤ 化石：《初学记》："刘义庆《幽明录》曰：'武昌北山上有望夫石，状若人立。'古传云：'昔有贞妇，其夫从役远赴国难，携弱子饯送此山，立望其夫，而化为石，因以为名焉。'"

越中秋怀

题解 越中，唐时之越州，又谓之会稽郡，隶江南东道。

越水绕碧山，周回数千里。

乃是天镜中，分明画相似。

爱此从冥搜①，永怀临湍游。

一为沧波客，十见红蕖②秋。

观涛③壮天险，望海令人愁。

路遐迫西照，岁晚悲东流。

何必探禹穴④，逝将归蓬丘⑤。

不然五湖上，亦可乘扁舟⑥。

注释

① 冥搜：孙绰《天台山赋序》："远寄冥搜。"李善注："搜访幽冥也。"

② 红蕖：出自梁简文帝诗："红蕖间青琐，紫露湿丹楹。"

●不然五湖上，亦可乘扁舟

③ **观涛**：越地，左绕浙江，江有涛水，昼夜再上。枚乘《七发》曰"观涛于广陵之曲江"，就是指这条江。

④ **"何必"句**：《汉书·司马迁传》："上会稽，探禹穴。张晏曰：'禹巡狩至会稽而崩，因葬焉。上有孔穴，民间云禹入此穴。'"《水经注》："会稽山东有湮井，去庙七里，深不见底，谓之禹井云。东游者多探其穴也。"

⑤ **"逝将"句**：《诗·国风》："逝将去女，适彼乐土。"《朱传》云："逝，往也。"《十洲记》："蓬丘，蓬莱山也。"

⑥ **乘扁舟**：《国语》："范蠡乘轻舟以泛于五湖，莫知其所终极。"《史记》："范蠡乃乘扁舟，浮于江湖，变名易姓，适齐，为鸱夷子皮。之陶，为陶朱公。"

寻雍尊师隐居

群峭碧摩天，逍遥不记年。

拨云寻古道，倚树听流泉。

花暖青牛卧，松高白鹤眠[①]。

语来江色暮，独自下寒烟。

注 释

① **"花暖"二句**：《列仙传》："老子乘青牛车去，入大秦。"《玉策记》："千岁之鹤，随时而鸣，能登于木。其未千岁者，终不集于树上也。色纯白，而脑尽成丹。"杨齐贤曰："青牛，花叶上青虫也。有两角，如蜗牛，故云。"琦按："'青牛''白鹤'，不过用道家事耳，不必别作创解。"

李太白集

月下独酌四首

其 一

花间一壶酒，独酌无相亲。

举杯邀明月，对影成三人。

月既不解饮，影徒随我身。

暂伴月将影，行乐须及春。

我歌月徘徊，我舞影零乱。

醒时同交欢，醉后各分散。

永结无情游，相期邈云汉。

●举杯邀明月，对影成三人

其 二

天若不爱酒，酒星不在天①。

地若不爱酒，地应无酒泉②。

天地既爱酒，爱酒不愧天。

已闻清比圣，复道浊如贤③。

贤圣既已饮，何必求神仙？

三杯通大道，一斗合自然。

但得酒中趣④，勿为醒者传。

注 释

①**"天若"二句**：孔融《与曹操论酒禁书》："天垂酒星之耀，地列酒泉之郡。"《晋书》："轩辕右角南三星曰酒旗，酒官之旗也，主宴享酒食。"

②**"地若"二句**：《汉书》："酒泉郡，武帝太初元年开。"应劭注："其水若酒，故曰酒泉也。"颜师古注："相传俗云城下有金泉，泉味如酒。"

③**"已闻"二句**：《艺文类聚》："《魏略》曰：'太祖禁酒，而人窃饮之，故难言酒，以浊酒为贤者，清酒为圣人。'"

④ **酒中趣**：《晋书》："孟嘉好酣饮，愈多不乱。桓温问嘉：'酒有何好？而卿嗜之。'嘉曰：'公未得酒中趣耳。'"

其 三

三月咸阳城，千花昼如锦①。

谁能春独愁？对此径须饮。

穷通与修短，造化夙所禀。

一樽齐死生②，万事固难审。

醉后失天地，兀然就孤枕。

不知有吾身，此乐最为甚。

注 释

①**"千花"句**：梁元帝诗："黄龙戍北花如锦。"《洛阳伽蓝记》："春风扇柳，花树如锦。"

②**"一樽"句**：《淮南子》载："轻天下，细万物，齐死生，同变化。"

其 四

穷愁千万端，美酒三百杯。

愁多酒虽少，酒倾愁不来。

所以知酒圣，酒酣心自开。

辞粟卧首阳，屡空饥颜回。

当代不乐饮，虚名安用哉？

蟹螯即金液^①，糟丘是蓬莱。

且须饮美酒，乘月醉高台。

注 释

①**"蟹螯"句**：《晋书》："毕卓尝谓人曰：'得酒满数百斛船，四时甘味置两头，右手持酒杯，左手持蟹螯，拍浮酒船中，便足了一生矣。'"

夜泊牛渚怀古

题 解 此地即谢尚闻袁宏咏史处。

《太平寰宇记》："牛渚山，在太平州当涂县北三十五里，突出江中，谓为牛渚矶，古津渡处也。"《舆地志》云："牛渚山，昔有人潜行，云此处通洞庭，旁达无底，见有金牛，状异，乃惊怪而出。牛渚山北谓之采石，按今对采石渡口上有谢将军祠。"《淮南记》云："吴初以周瑜屯牛渚。晋镇西将军谢尚亦镇此城，袁宏时寄运船泊牛渚，尚乘月泛江，闻运船中讽咏，遣问之，即宏诵其自作《咏史诗》，于是大相叹赏。"

牛渚西江夜，青天无片云。

登舟望秋月，空忆谢将军。

余亦能高咏，斯人不可闻。

明朝挂帆席^①，枫叶落纷纷。

注 释

① **帆席**：木华《海赋》："维长绡，挂帆席。"李善注："刘熙《释名》曰：'随风张幔曰帆，或以席为之，故曰帆席也。'"

望鹦鹉洲怀祢衡

题 解 《一统志》："鹦鹉洲，在武昌府城南，跨城西大江中，尾直黄鹤矶，乃黄祖杀祢衡处。衡尝作《鹦鹉赋》，故遇害地得名。"《海录碎事》："黄祖杀祢衡，埋于沙洲之上，后人因号其洲为鹦鹉洲，以衡尝为《鹦鹉赋》故也。二说不同，今并录之。"

魏帝营八极，蚁观一祢衡。

黄祖斗筲人，杀之受恶名。

吴江赋《鹦鹉》[①]，落笔超群英。

锵锵振金玉，句句欲飞鸣。

鸷鹗啄孤凤，千春[②]伤我情。

五岳起方寸，隐然讵可平。

才高竟何施，寡识冒天刑[③]。

至今芳洲[④]上，兰蕙不忍生。

注 释

① **"吴江"句**：出自《后汉书》："祢衡少有才辩，而尚气刚傲，好矫时慢物。建安初，来游许下，孔融深爱其才，数称述于曹操。操欲见之，衡素相轻疾，自称狂病，不肯往，而数有恣言。操怀忿而以其才名，不欲杀之。闻衡善击鼓，乃召为鼓吏。孔融退而数之，因宣操区区之意，衡许往。融复见操，说衡狂疾，今求得自谢。操喜，敕门者有客便通，待之极晏。衡乃著布单衣、疏巾，手持三尺棁杖，坐大营门，以杖棰地大骂。吏白：'外有狂生，坐于营门，言语悖逆，请收案罪。'操怒谓孔融曰：'祢衡竖子，孤杀之犹鼠雀

●曹操

李太白集

二八二

耳！顾此人素有虚名，远近将谓孤不能容之，今送与刘表，视当如何？'于是遣人骑送之刘表，及荆州，士大夫先服其才名，甚宾礼之。后复侮慢于表，表耻不能容，以江夏太守黄祖性急，故送衡与之，祖亦善待焉。祖长子射为章陵太守，尤善于衡。射时大会宾客，人有献鹦鹉者，射举卮于衡曰：'愿先生赋之，以娱嘉宾。'衡揽笔而作，文无加点，辞采甚丽。后黄祖在蒙冲船上，大会宾客，而衡言不逊顺。祖惭，乃诃之，衡更熟视曰：'死公！云等道？'祖大怒，令五百将出，欲加棰，衡方大骂，祖恚，遂令杀之。射徒跣来救，不及。乃厚加棺殓。衡时年二十六。"

② **千春**：出自梁简文帝诗："千春谁与乐。"

③ **天刑**：出自《三国志》："纠虔天刑，章厥有罪。"

④ **芳洲**：出自《楚辞》："采芳洲兮杜若。"

西 施

西施越溪女，出自苎萝山①。

秀色掩今古，荷花羞玉颜。

浣纱弄碧水，自与清波闲。

皓齿②信难开，沉吟碧云间。

勾践征绝艳，扬蛾③入吴关。

提携馆娃宫④，杳渺讵可攀。

一破夫差国，千秋竟不还。

注 释

① **苎萝山**：《吴越春秋》："越王谓大夫种曰：'孤闻吴王淫而好色，惑乱沉湎，不领政事，因此而谋可乎？'乃使相者于国中，得苎萝山鬻薪之女曰西施、郑旦，饰以罗縠，教以容步，习于土城，临于都巷，三年学服，而献于吴。吴王大悦。"施宿《会稽志》："苎萝山在诸暨县南五里。"《舆地志》云："诸暨县苎萝山，西施、郑旦所居，其方石乃晒纱处。"《十道志》云："勾践索美女以献吴王，得之诸暨苎萝山卖薪女西施，山下有浣纱石。"《一统志》："浣浦，在诸暨县治东南，一名浣渚，俗传西子浣纱于此。"

② **皓齿**：出自曹植诗："时俗薄朱颜，谁为发皓齿。"

③ **扬蛾**：出自沈约诗："扬蛾一含睇，嫮娟好且修。"

④ **馆娃宫**：《吴地记》："胥葬亭东二里有馆娃宫，吴人呼西施作娃，夫差置。今灵岩山是也。"范石湖《吴郡志》："砚石山，在吴县西三十里，上有馆娃宫。"《方言》曰："吴有馆娃宫，今灵岩寺即其地也。山有琴台、西施洞、砚池、玩花池，山前有采香径，皆宫之故迹。"

王右军

题解 《晋书》："王羲之起家秘书郎，征西将军庾亮请为参军，累迁长史。亮临薨，上疏称羲之清真，有鉴裁。为右军将军、会稽内史。性爱鹅，山阴有一道士养好鹅，羲之往观焉，意甚悦，因求市之。道士云：'为写《道德经》，当举群相赠耳。'羲之欣然写毕，笼鹅而归，甚以为乐。"

右军本清真，潇洒①在风尘。

山阴遇羽客，要此好鹅宾。

扫素②写道经，笔精妙入神③。

书罢笼鹅去，何曾别主人！

注释

① **潇洒**：出自孔稚圭《北山移文》："潇洒出尘之想。"

② **素**：郑玄《礼记注》："素，生帛也。"

③ **"笔精"句**：江淹《别赋》："渊云之墨妙，严乐之笔精。"蔡邕《篆书势》："体有六篆，妙巧入神。"《古诗》："新声妙入神。"

宿五松山下荀媪家

题解 五松山，在池州铜陵县南五里。《汉书注》："文颖曰：'幽州及汉中，皆谓老妪为媪。'"孟康曰："媪，母别名，音乌老反。"颜师古曰："媪，女老称也。"

我宿五松下，寂寥无所欢。

田家秋作苦[①]，邻女夜春寒。

跪进彫胡饭[②]，月光明素盘。

令人惭漂母，三谢不能餐。

注 释

①**"田家"句**：出自杨恽《报孙会宗书》："田家作苦。"

②**"跪进"句**：宋玉《讽赋》："为臣炊雕胡之饭,烹露葵之羹。"《本草》："陶弘景曰：'菰米，一名彫胡，可作饼食。'"苏颂曰："菰生水中，叶如蒲苇，其苗有茎梗者谓之菰蒋草，至秋结实，乃彫胡米也。古人以为美馔。今饥岁，人犹采以当粮。"葛洪《西京杂记》云："菰之有米者，长安人谓为彫胡。菰之有首者，谓之绿节。"李时珍曰："彫胡，九月抽茎，开花如苇芎，结实长寸许，霜后采之，大如茅针，皮黑褐色，其米甚白而滑腻，作饭香脆。"杜甫诗"波漂菰米沉云黑"，即此。《周礼》供御，乃六谷、九谷之数。《管子》书谓之"雁膳"。

●我宿五松下，寂寥无所欢

望木瓜山

题解 《一统志》："木瓜山，在常德府城东七里。李白谪夜郎过此，有诗云云。"又《江南通志》："木瓜山，在池州府青阳木瓜铺杜牧求雨处，今尚有庙。"二处皆太白常游之地，未知孰是？

早起见日出，暮见栖鸟还。

客心自酸楚，况对木瓜山。

望天门山

【题 解】《图经》："天门山，在太平州当涂县西南二十里，又名蛾眉山。二山夹大江对峙，东曰博望，西曰梁山。"

天门中断楚江开，碧水东流至北回[1]。

两岸青山相对出，孤帆一片日边来。

注 释

[1] **"碧水"句**：毛西河曰："因梁山、博望夹峙，江水至此一回旋也。时刻误'此'作'北'，既东又北，既北又回，已乖句调，兼失义理。"

望黄鹤山

【题 解】《太平御览》："《江夏图经》云：'黄鹤山，在鄂州江夏县东九里，其山断绝无连接。'"旧传云："昔有仙人，控黄鹤于此山，故以为名。梁湘东王《晋安寺碑》云'黄鹤从天而夜响'是也。"《苕溪渔隐丛话》："鄂州城之东十里许，其最高耸而秀者，是为黄鹤山。"《一统志》："黄鹤山，在武昌府城西南，一名黄鹄山。世传仙人骑黄鹤过此，因名。"

东望黄鹤山，雄雄半空出。

四面生白云，中峰倚红日。

岩峦行穹跨，峰嶂亦冥密[1]。

颇闻列仙人，于此学飞术。

一朝向蓬海，千载空石室。

金灶②生烟埃，玉潭秘清谧③。

地古遗草木，庭寒老芝术④。

蹇余羡攀跻⑤，因欲保闲逸。

观奇遍诸岳，兹岭不可匹。

结心寄青松，永悟客情毕。

注 释

① **冥密**：鲍照诗："青冥摇烟树，穹跨负天石。"陈子昂诗："石林何冥密，幽洞无留行。"

② **金灶**：江淹诗："金灶炼神丹。"

③ **清谧**：清静。

④ **"庭寒"句**：谢灵运《昙隆法师诔》："茹芝木而共饵，披法言而同卷。"

⑤ **"蹇余"句**：《楚辞》："蹇谁留兮中洲。"王逸注："蹇，辞也。谓发语声。"《说文》："跻，登也。"

望庐山五老峰

题 解 《太平御览》："《浔阳记》云：'庐山北有五老峰，于庐山最为峻极，横隐苍穹，积石巉岩，迥压彭蠡，其形势如河中虞乡县前五老之形，故名。'"《太平寰宇记》："五老峰在庐山东，悬崖突出，如五人相逐罗列之状。"《方舆胜览》："五老峰在庐山，五峰相连，故名。浮屠、老子之宫，皆在其下。"《潜确居类书》："五老峰在庐山顶东南，自府治北望，森然如施帘幕者，是也。"《商

●庐山东南五老峰，青天削出金芙蓉

丘漫语》曰："自下望之，状如偶立，其上相距甚远，不相联属，巉峭壁立数千仞，轩轩然如人箕踞而窥重湖，又如五云翩翩欲飞。旧有李太白书堂。"《江西通志》："五老峰在南康府城北三十里，为庐山尽处，石山骨立，突兀凌霄，如五人骈肩，然悬岩峭壁，难于登陟，云雾卷舒，倏忽变化，乃郡之发脉山也。李白尝筑居于此。"

> 庐山东南五老峰，青天削出金芙蓉①。
>
> 九江秀色可揽结②，吾将此地巢云松③。

注　释

① **芙蓉**：莲花。山峰秀丽，可以比之，其色黄，故曰金芙蓉也。乐府《子夜歌》："玉藕金芙蓉。"

② **揽结**：《晋书》：安帝隆安中，百姓忽作《懊侬之歌》，其曲曰："草生可揽结，女儿可揽撷。"

③ **"吾将"句**：《方舆胜览·图经》：李白性喜名山，飘然有物外志，以庐阜水石佳处，遂往游焉。卜筑五老峰下，有书堂旧址。后北归，犹不忍去，指庐山曰："与君再会，不敢寒盟，丹崖绿壑，神其鉴之。"杜甫诗："匡山读书处，头白好归来。"或以为绵之匡山。

望庐山瀑布二首

题　解　《太平御览》："周景式《庐山记》曰：'白水，在黄龙南数里，即瀑布水也，土人谓之白水湖。其水出山腹，挂流三四百丈，飞漱于林峰之表，望之若悬素。注水处，石悉成井，其深不测也。'"

其　一

> 西登香炉峰①，南见瀑布水。
>
> 挂流三百丈，喷壑数十里。
>
> 欻如飞电来，隐若白虹起②。
>
> 初惊河汉落，半洒云天里。

仰观势转雄，壮哉造化功。

海风吹不断，江月照还空。

空中乱潈③射，左右洗青壁。

飞珠散轻霞，流沫沸穹石④。

而我乐名山，对之心益闲。

无论漱琼液，且得洗尘颜。

且谐宿所好，永愿辞人间。

注 释

① **"西登"句**：白居易《庐山草堂记》："匡庐奇秀，甲天下山。"山北峰曰香炉峰。《太平寰宇记》：香炉峰，在庐山西北，其峰尖圆，烟云聚散，如博山香炉之状。

② **"隐若"句**：沈约诗："掣曳泻流电，奔飞似白虹。"

③ **潈**：《诗经集传》："潈，水会也。"

④ **穹石**：《上林赋》："触穹石。"张揖注："穹石，大石也。"

其 二

日照香炉生紫烟，遥看瀑布挂前川。

飞流直下三千尺，疑是银河落九天。

登金陵凤凰台

题 解 《江南通志》："凤凰台，在江宁府城内之西南隅，犹有陂陀，尚可登览。宋元嘉十六年，有三鸟翔集山间，文彩五色，状如孔雀，音声谐和，众鸟群附，时人谓之凤凰。起台于山，谓之凤凰台，山曰凤台山，里曰凤凰里。"《珊瑚钩诗话》："金陵凤凰台，在城之东南，四顾江山，下窥井邑，古今题咏，惟谪仙为绝唱。"

凤凰台上凤凰游，凤去台空江自流。

吴宫①花草埋幽径，晋代衣冠成古丘。

三山②半落青天外，一水③中分白鹭洲。

总为浮云能蔽日④，长安不见使人愁。

注　释

① **吴宫**：指孙权建都时所造的宫室。

② **三山**：《舆地志》云："其山积石森郁，滨于大江，三峰排列，南北相连，故号'三山'。"陆放翁《入蜀记》："三山，自石头及凤凰台望之，杳杳有无中耳，及过其下，则距金陵才五十余里。"

③ **一水**：史正志《二水亭记》："秦淮源出句容、溧水两山，自方山合流，至建业贯城中而西，以达于江。有洲横截其间，李太白所谓'二水中分白鹭洲'是也。"《一统志》："白鹭洲，在应天府西南江中。"

④ **"总为"句**：《陆子新语》："邪臣之蔽贤，犹浮云之障日月也。"

登梅岗望金陵，赠族侄高座寺僧中孚

题　解　《太平寰宇记》："梅岭岗，在升州江宁县南九里，周回六里。"《舆地志》云："在国门之东，晋豫章太守梅赜家于冈下，故民名之。"《景定建康志》："梅岭岗，在城南九里，长六里，高二丈，上有亭，为士庶游春之所。"《江南志》："聚宝山，在江宁府城南聚宝门外，其东岭为雨花台，山麓为梅冈。晋豫章内史梅赜家于此。旧多亭榭，自六朝迄今，为士人游览胜地。高座寺，在江宁府雨花台梅岗，晋永嘉中建，名甘露寺，西竺僧尸黎密据高座说法，世谓高座道人，葬此，故名。或云晋法师竺道生所居。"

钟山①抱金陵，霸气昔腾发。

天开帝王居②，海色照宫阙。

群峰如逐鹿，奔走相驰突。

江水九道来③，云端遥明没。

时迁大运④去，龙虎势⑤休歇。

我来属天清，登览穷楚越⑥。

吾宗挺禅伯，特秀鸾凤骨。

众星罗青天，明者独有月。

冥居顺生理，草木不翦伐。

烟窗引蔷薇，石壁老野蕨。

吴风谢安屐⑦，白足傲履袜⑧。

几宿一下山，萧然忘干谒⑨。

谈经演金偈，降鹤舞海雪。

时闻天香来，了与世事绝。

佳游不可得，春去惜远别。

赋诗留岩屏，千载庶不灭。

注　释

①　**钟山：**《江南通志》："钟山，在江宁府东北，一曰金陵山，一曰蒋山，一名北山，一名元武山，俗名紫金山，周围六十里，高一百五十丈。诸葛亮对吴大帝云'钟山龙蟠'，指此。"

②　**帝王居：**曹植诗："壮哉帝王居，佳丽殊百城。"

③　**"江水"句：**《书·禹贡》："荆州，九江孔殷。"孔安国注："江于此州界，分为九道。"琦按："今之九江，仅有其名，九派之迹，邈不可见。盖川渎之形，不能无变迁故也。但金陵去九江甚远，即使唐时水脉未改，然登梅岗而望九江，亦岂目力之所能及，诗人夸大之辞，多过其实，往往若此矣。"

④　**大运：**何晏《景福殿赋》："乃大运之攸戾。"李周翰注："大运，天运也。"

⑤　**龙虎势：**指龙蟠虎踞之势。

⑥　**"登览"句：**金陵之地，古为吴地，其西为楚，其南为越。

⑦　**"吴风"句：**指吴人风俗。《晋书·谢安传》："玄等既破苻坚，有驿书至，安还内，过户限，心喜甚，不觉其屐齿之折。谢安屐，是借用其事。"

⑧　**"白足"句：**《神僧传》："释昙始，关中人，出家以后，多有异迹。足白于面，虽洗涉泥水，未尝沾湿，天下咸称'白足和尚'。长安人王胡，其叔死数年，忽见形，

将胡遍游地狱，示诸果报，谓曰：'已知因果，应当奉事白足阿练。'胡遍访众僧，惟见始足白于面，因而事之。"

⑨ **干谒**：《北史》："郦道约好以荣利干谒。"

登瓦官阁

题解 杨齐贤曰："《瓦官寺碑》云：'江左之寺，莫先于瓦官，晋武时，建以陶官故地，故名瓦官，讹而为"棺"。或云昔有僧，诵经于此，既死，葬以虞氏之棺，墓上生莲花，故曰瓦棺。中有瓦棺阁，高二十五丈。唐为升元阁。'"《景定建康志》："古瓦官寺，又为升元寺，在城西南隅。晋哀帝兴宁二年，诏移陶官于淮水北，遂以南岸窑地施僧慧力，造瓦官寺。旧志曰'瓦棺'者，非也。据俗说云，瓦棺寺之名，起自西晋。时长沙城隅，陆地生青莲两朵，民以闻官，掘得一瓦棺，见一僧，形貌俨然，其花从舌根生。父老云：'昔有一僧，不说姓名，平生诵《法华经》百余部，临死遗言，以瓦棺葬之。'遂以寺名为瓦棺，本此。其说颇涉误诞，纵有此事，亦在长沙，与此无与也。不知'陶官'为'瓦官'，而易'官'为'棺'，殆附会而为之说耳。"《方舆胜览》："升元寺，即瓦棺寺也。在建康府城西隅，前瞰江面，后据重冈，最为古迹。李主时，升元阁犹在，乃梁朝故物，高二百四十尺。李白诗所谓'日月隐檐楹'是也。今西南隅戒坛，乃是故基。"

晨登瓦官阁，极眺金陵城。

钟山①对北户，淮水②入南荣。

漫漫雨花③落，嘈嘈④天乐鸣。

两廊振法鼓⑤，四角吟风筝⑥。

杳出霄汉上，仰攀日月行。

山空霸气灭，地古寒阴生。

寥廓⑦云海晚，苍茫宫观平。

门余阊阖字⑧，楼识凤凰名⑨。

雷作百山动，神扶万栱倾⑩。

灵光⑪何足贵，长此镇吴京。

注释

① **钟山**：《一统志》载："钟山，在应天府东北，山周回六十里。汉秣陵尉蒋子文，逐盗死于此。吴大帝为立庙，因改蒋山。"《舆地志》："蒋山，古曰金陵山，一名北山。其山磅礴奇秀，比诸山特高。"

② **淮水**：杨齐贤曰："淮水即秦淮，源于句容、溧水两山间，自方山合流至建邺，贯城中而西以达于江。"《太平寰宇记》："升州江宁县有淮水，北去县一里，源从宣州东南溧水县乌刹桥西流八百五十里。"《舆地志》云："秦始皇巡会稽，凿断山阜，此淮即所凿也，故名秦淮水。孙盛《晋春秋》亦云是秦所凿，王导令郭璞筮，即此淮也。又称，未至方山，有直渎，行三十里许。以地形论之，淮水发源诘屈，不类人工。则始皇所掘，宜此渎也。"《丹阳记》云："建康有淮，源出华山，流入江。"徐爰《释问》云："淮水西北贯都。"《舆地志》云："淮水发源于华山，在丹阳、姑熟之界，西北流径建康、秣陵二县之间，萦纡京邑之内，至于石头入江，绵亘三百许里。"《上林赋》："曝于南荣。"郭璞曰："荣，南檐也。"应劭曰："荣，屋檐两头如翼也。"沈括《笔谈》："荣，屋翼也。今谓之'两徘徊'，又谓之'两厦'。"

③ **雨花**：《阿弥陀经》："彼佛国土，常作天乐，昼夜六时，雨天曼陀罗花。天乐者，天人所作音乐，清畅嘹亮，微妙和雅，一切音声所不能及。雨花者，诸天于空中散花供养。若雨之从天而下，故曰雨花。"

④ **嘈嘈**：《埤苍》载："嘈嘈，声众也。"

⑤ **法鼓**：《法华经》："今佛世尊欲说大法，雨大法雨，吹大法螺，击大法鼓。"孙绰《天台山赋》："法鼓琅以振响。"李周翰注："法鼓，钟也。"

⑥ **风筝**：檐铃，俗呼风马儿。杨升庵曰：古人殿阁檐棱间有风琴、风筝，皆因风动成音，自谐宫、商。元微之诗"乌啄风筝碎珠玉"，高骈有《夜听风筝诗》，僧齐已有《风琴引》，王半山有《风琴诗》，此乃檐下铁马也。今人名纸鸢曰风筝，非也。

⑦ **寥廓**：宽广的样子。

⑧ **"门余"句**：《景定建康志》："按《宫苑记》：'晋成帝修新宫，南面开四门，最西曰西掖门，正中曰大司马门，次东曰南掖门，最东曰东掖门。南掖门，宋改阊阖门，陈改端门。'"

⑨ **"楼识"句**：《江南通志》载："按《宫苑记》：'凤凰楼，在凤台山上。宋元嘉中建。'"

⑩ **"神扶"句**：《甘泉赋》："炕浮柱之飞榱兮，神莫莫而扶倾。"颜师古注："言举立浮柱而驾飞榱，其形危竦，有神于冥寞之中扶持，故不倾也。"

⑪ **灵光**：《鲁灵光殿赋》："神灵扶其栋宇，历千载而弥坚。"《后汉书》："鲁共王好宫室，起灵光殿，甚壮丽。"《鲁灵光殿赋序》："鲁灵光殿者，盖景帝程姬之子恭王余之所立也。恭王始都下国，好治宫室，遂因鲁僖基兆而营焉。"

登金陵冶城西北谢安墩

题解 太白自注：此墩即晋太傅谢安与右军王羲之同登，超然有高世之志，余将营园其上，故作是诗。

《太平寰宇记》："冶城，在今上元县西五里，本吴铸冶之地，因以为名。元帝太兴初，以王导久疾，方士戴洋云：'君本命在申，申地有冶，金火相铄，不利。'遂使范逊移冶于石城东骷髅山处，以其地为园，多植林馆。徐广《晋记》：'成帝适司徒府游观冶城之园'，即此也。"《六朝事迹》："谢安墩，在半山报宁寺之后，基址尚存。谢安与王羲之尝登此，超然有高世之志。"《世说》："王右军与谢太傅共登冶城，谢悠然远想，有高世之志。"王谓谢曰："夏禹勤王，手足胼胝；文王旰食，日不暇给。今四郊多垒，宜人人自效，而虚谈废务，浮文妨要，恐非当今所宜。"谢答曰："秦任商鞅，二世而亡，岂清言致患耶？"

晋室昔横溃，永嘉遂南奔①。

沙尘何茫茫，龙虎斗朝昏。

胡马风汉草②，天骄蹙中原③。

哲匠感颓运④，云鹏忽飞翻。

组练⑤照楚国，旌旗连海门。

西秦百万众，戈甲如云屯⑥。

投鞭可填江⑦，一扫不足论。

皇运有返正⑧，丑虏无遗魂⑨。

谈笑遏横流⑩，苍生望斯存⑪。

冶城访古迹，犹有谢安墩。

凭览周地险⑫，高标绝人喧。

想像东山姿，缅怀右军言⑬。

梧桐识嘉树⑭，蕙草留芳根。

白鹭映春洲⑮，青龙见朝暾⑯。

地古云物在，台倾禾黍繁。

我来酌清波，于此树名园。

功成拂衣去，归入武陵源⑰。

注　释

①　**"晋室"二句**：按《晋书》："怀帝永嘉五年，刘曜、王弥入洛阳，帝开华林园门，出河阴藕池，欲幸长安，为曜等所追及。曜等遂焚烧宫庙，逼辱后妃，百官士庶，死者三万余人。衣冠之族，相率南奔，避乱江左。"

②　**"胡马"句**：《书·费誓》："马牛其风。"孔颖达《正义》："风，放也。牝牡相诱，谓之'风'。然则马牛风佚，因牝牡相逐，而遂至放佚远去也。"

③　**"天骄"句**：《汉书》："胡者天之骄子也。"《左传》："南国蹙。"《韵会》："蹙，迫也。"《南史》："中原横溃，衣冠道尽。"

④　**"哲匠"句**：殷仲文诗："哲匠感萧辰。"

⑤　**组练**：战服。

⑥　**"戈甲"句**：出自陆机诗："胡马如云屯。"

⑦　**"投鞭"句**：《晋书·苻坚载记》："坚锐意荆、扬，将谋入寇，引群臣会议。坚曰：'以吾之众旅，投鞭于江，足断其流。'"

⑧　**"皇运"句**：《谢安传》："时苻坚强盛，疆埸多虞，诸将败退相继。安遣弟石、兄子玄等应机征讨，所在克捷。坚后率众号百万，次于淮、淝，京师震恐。玄入问计，安夷然无惧色，答曰：'已别有旨。'玄不敢复言。乃令张玄重请，安遂命驾出山墅，

●王羲之

亲朋毕集，方与玄围棋赌别墅。安常棋劣于玄，是日玄惧，便为敌手而又不胜。安顾谓其甥羊昙曰：'以墅乞汝。'遂游涉，至夜乃还。指授将帅，各当其任。玄等既破坚，有驿书至。安方对客围棋，看书既竟，即摄放床上，了无喜色，棋如故。客问之，徐答曰："小儿辈遂以破贼。"既罢，还内，过户限，心喜甚，不觉其屐齿之折。其矫情镇物如此。"

⑨ **"丑虏" 句**：《诗·大雅》："仍执丑虏。"

⑩ **横流**：《晋书·索琳传》："永嘉荡覆，海内横流。"

⑪ **"苍生" 句**：《世说》：谢公在东山，朝命屡降而不动，诸人每相与言："安石不肯出，将如苍生何？"

⑫ **"凭览" 句**：颜延年诗："水国周地险，河山信重复。"

⑬ **"缅怀" 句**：谢灵运诗："想像昆山姿，缅邈区中缘。"

⑭ **"梧桐" 句**：《左传》："宴于季氏，有嘉树焉，宣子誉之。"

⑮ **"白鹭" 句**：《太平寰宇记》："白鹭洲，在江宁县西三里大江中，多聚白鹭，因名之。"杨齐贤曰："白鹭洲，在金陵城下秦淮之外。"

⑯ **"青龙" 句**：《一统志》："青龙山，在应天府东南三十五里。"《江南通志》："青龙山在江宁府上元县东三十里，山产石甚良，土人取为碑础。"《通雅》："晓日为朝暾。"谢灵运诗："晓见朝日暾。"李周翰注："暾，日初出貌。"

⑰ **武陵源**：陶渊明所记者，见《当涂赵炎少府粉图山水歌》注。又《述异记》："武陵源在吴中，山无他木，尽生桃李，俗呼为桃李源。源卜有石洞，洞中有乳水。世传秦末丧乱，吴中人于此避难，食桃李实者皆得仙。则又一武陵源也。"

朝下过卢郎中叙旧游

君登金华省^①，我入银台门^②。

幸遇圣明主，俱承云雨恩。

复此休浣^③时，闲为畴昔^④言。

却话山海事，宛然林壑存。

明湖思晓月，叠嶂忆清猿^⑤。

何由返初服^⑥，田野醉芳樽^⑦。

注　释

① **金华省**：刘孝绰诗："步出金华省，遥望承明庐。"蔡梦弼《杜诗注》："按《汉宫阙记》：'金华殿，在未央宫、白虎观右，秘府图书皆在焉。'故王思远《逊侍中表》云：'奏事金华之上，进议玉台之下。'后世以门下省名金华省，盖出此也。"

② **银台门**：《雍录》："翰林院在大明宫右，银台门内，稍退，北有门，榜曰翰林之门。"

③ **休浣**：鲍照诗："休浣自公日。"休浣，犹休沐也。《汉律》："吏五口得一休沐。"言休息以洗沐也。杨升庵曰："唐制：'十日一休沐，故韦应物诗云"九日驱驰一日闲"，白乐天诗云"公假日三旬"，'是也。"

④ **畴昔**：杜预《左传注》："畴昔，犹前日也。"

⑤ **"叠嶂"句**：任昉诗："叠嶂易成响，重以夜猿悲。"

⑥ **初服**：《楚辞》："退将复修吾初服。"

⑦ **芳樽**：刘孝绰诗："芳樽散绪寒。"

与从侄杭州刺史良游天竺寺

题　解　唐时，杭州隶江南东道。杭州有座天竺寺，即今天的下天竺寺。《咸淳临安志》："下竺灵山寺，在钱塘县西十七里。隋开皇十三年，僧真观法师与道安禅师建，号南天竺寺。唐永泰中赐今额。"《淳祐志》云："大凡灵竺之胜，周回数十里，而岩壑尤美，实聚于下天竺灵山寺。自飞来峰转至寺后，岩洞皆嵌空玲珑，莹滑清润，如虬龙瑞凤，如层华吐萼，如皱縠叠浪，穿幽透深，不可名貌。林木皆自岩骨拔起，不土而生。传言兹岩产玉，故腴润能育焉。其间，唐宋游人题名不可殚纪。"《一统志》："下天竺寺，在杭州府城西十五里。晋咸和中建，寺前后有飞来、莲花诸峰，合涧、跳珠诸泉，梦谢、流杯、月桂诸亭，游人多至其间。"

挂席凌蓬丘①，观涛憩樟楼②。

三山③动逸兴，五马④同遨游。

天竺森在眼，松风飒惊秋⑤。

览云测变化，弄水穷清幽。

叠嶂隔遥海，当轩写归流。

诗成傲云月，佳趣满吴洲⑥。

注 释

① 蓬丘：《十洲记》："蓬丘，蓬莱山也。"

② 樟楼：《梦粱录》："樟亭驿，即浙江亭也，在跨浦桥南江岸。"《浙江通志》："樟亭，在钱塘县旧治南五里，后改为浙江亭，今浙江驿其故址也。"

③ 三山：谓蓬莱、方丈、瀛洲三神山。

④ 五马：古太守事，详见《陌上桑》注。

⑤ "天竺"二句：杨齐贤曰："自西湖入天竺寺路，夹道皆古松，其地名曰九里松。灵隐、天竺同在一处，皆由松门而进。"

⑥ 吴洲：颜延年诗："振楫发吴洲。"

宣城送刘副使入秦

题 解 按《唐书·百官志》，节度使之下，有副使一人，同节度副使十人。又安抚使、观察使、团练使、防御使之下，皆有副使一人。

君即刘越石，雄豪冠当时。

凄清《横吹曲》，慷慨《扶风词》①。

虎啸俟腾跃②，鸡鸣遭乱离③。

千金市骏马，万里逐王师。

结交楼烦④将，侍从羽林⑤儿。

统兵捍吴越，豺虎不敢窥。

大勋竟莫叙，已过秋风吹⑥。

秉钺有季公⑦，凛然负英姿⑧。

寄深且戎幕⑨，望重必台司⑩。

感激一然诺，纵横两无疑。

伏奏归北阙⑪，鸣驺忽西驰⑫。

列将咸出祖⑬，英寮惜分离。

斗酒满四筵，歌笑宛溪⑭湄。

君携东山妓⑮，我咏《北门》诗⑯。

贵贱交不易，恐伤中园葵。

昔赠紫骝驹，今倾白玉卮⑰。

同欢万斛酒，未足解相思。

此别又千里，秦吴眇天涯。

月明关山苦，水剧陇头悲⑱。

借问几时还，春风入黄池⑲。

无令长相思，折断绿杨枝。

注　释

① **"君即"四句**：《晋书》："刘琨，字越石。少得隽朗之目，与范阳祖纳，俱以雄豪著名。在晋阳，尝为胡骑所围数重，城中窘迫无计，琨乃乘月登楼清啸，贼闻之，皆凄然长叹。中夜奏胡笳，贼又流涕歔欷，有怀土之切。向晓复吹之，贼并弃围而走。刘越石有《扶风歌》：'朝发广莫门，暮宿丹水山。左手弯繁弱，右手挥

龙渊'云云，凡九首。其《横吹曲》，今逸不存，或指吹胡笳而言，恐未的。"

② **腾跃**：张衡《思玄赋》："超逾腾跃绝世俗。"

③ **"鸡鸣"句**：《世说注》："《晋阳秋》曰：'祖逖与刘琨俱以雄豪著名，年二十四，与琨同辟司州主簿，情好绸缪，共被而寝。中夜闻鸡鸣，俱起曰："此非恶声也。"'"

④ **楼烦**：《史记》："所将卒斩楼烦将五人。"李奇曰："楼烦，县名。其人善骑射，故以名射士为楼烦，取其美称，未必楼烦人也。"张晏曰："楼烦，胡国名。"

⑤ **羽林**：《汉书》："羽林掌送从。武帝太初元年置，名曰'建章营骑'，后更名'羽林骑'。"费昶诗："家本楼烦俗，召募羽林儿。"

⑥ **"统兵"四句**：上元中，宋州刺史刘展举兵反，其党张景超、孙待封攻陷苏、湖，进逼杭州，为温晁、李藏用所败。刘副使于时亦在兵间，而功不得录，故有"统兵捍吴、越，豺虎不敢窥。大勋竟莫叙，已过秋风吹"之句。

⑦ **"秉钺"句**：《诗经·商颂》："有虔秉钺。"《南齐书》：秉钺出关，凝威江甸。季公，谓季广琛。《旧唐书》："上元二年正月，温州刺史季广琛，为宣州刺史，充浙江西道节度使。"

⑧ **英姿**：《十六国春秋》："英姿迈古，艺业超时。"

⑨ **戎幕**：节度使之幕府。

⑩ **台司**：羊祜《让开府表》："伏闻恩诏拔臣，使同台司。"注："台司，三公也。"

⑪ **北阙**：《汉书》："萧何治未央宫，立东阙、北阙。"颜师古注："未央殿虽南向，而上书奏事谒见之徒，皆诣北阙。公车司马，亦在北焉。是以北阙为正门。"

⑫ **"鸣驺"句**：《北史》："鸣驺清路，盛列羽仪。"章怀太子《后汉书注》：驺，骑士也。

⑬ **出祖**：《诗·大雅》："韩侯出祖，出宿于屠。"

⑭ **宛溪**：《江南通志》：宛溪，

●虎啸侯腾跃，鸡鸣遭乱离

在宁国府城东。

⑮ **"君携"句**：《世说》：谢安在东山畜妓。

⑯ **"我咏"句**：毛苌《诗传》："《北门》，刺仕不得志也。言卫之忠臣不得其志耳。"

⑰ **白玉卮**：应劭曰："卮，饮酒礼器也。古以角作，受四升。"晋灼曰："音支。"颜师古曰："卮，饮酒圆器也。"《韩非子》："今有白玉之卮而无当。"

⑱ **"水剧"句**：郭仲产《秦川记》："陇山东西百八十里，登山岭东望，秦川四五百里，极目泯然。山东人行役至此而顾瞻者，莫不悲思。"故歌曰："陇头流水，分离四下。念我行役，飘然旷野。登高望远，涕零双堕。"

⑲ **黄池**：胡三省《通鉴注》："宣州当涂县有黄池镇。"《一统志》："黄池河，在太平府城南六十里，东接固城河，西接芜湖县河，入大江，南至黄池镇，北至宣城县界。"《江南通志》："黄池河，在池州当涂县南七十里，宁国府城北一百二十里。一名玉溪，郡东南之水，皆聚此出大江。河心分界，南属宣城，北属当涂。"

宣州谢朓楼饯别校书叔云

[题　解] 《江南通志》："叠嶂楼，在宁国府郡治后，即谢朓为宣城太守时之高斋地。一名北楼，亦称谢公楼，唐咸通间，刺史独孤霖改建，易今名。"

　　弃我去者，昨日之日不可留；

　　乱我心者，今日之日多烦忧。

　　长风万里送秋雁①，对此可以酣高楼。

　　蓬莱文章建安骨②，中间小谢又清发③。

　　俱怀逸兴壮思飞④，欲上青天览明月。

　　抽刀断水水更流，举杯消愁愁更愁。

　　人生在世不称意，明朝散发弄扁舟⑤。

注　释

① **"长风"句**：陆机诗："长风万里举，庆云郁嵯峨。"

② **"蓬莱"句**：《后汉书·窦章传》：是时学者称东观为老氏藏室，道家蓬莱山。

章怀太子注：言东观经籍多也。蓬莱，海中神山，为仙府，幽经秘录并皆在焉。东汉建安之末，有孔融、王粲、陈琳、徐干、刘桢、应玚、阮瑀及曹氏父子所作之诗，世谓之"建安体"。风骨道上，最饶古气。

③ **"中间"句**：钟嵘《诗品》论谢惠连云："小谢才思富捷，恨其兰玉夙凋，故长謇未骋。"

④ **"俱怀"句**：卢思道《卢记室诔》："丽词泉涌，壮思云飞。"

⑤ **"明朝"句**：散发，引申为不做官。扁舟，特指小舟。张华诗："散发重阴下，抱杖临清渠。"李白《古诗五十九首（其十八）》："何如氏乌夷子，散发棹扁舟。"

江西送友人之罗浮

题解 《艺文类聚》："《罗浮山记》曰：'罗浮者，盖总称。罗，罗山也。浮，浮山也。二山合体，谓之罗浮。在增城、博罗二县之境。旧说罗浮高三千丈，有七十二石室，七十二长溪，神明神禽，玉树朱草。'"

桂水分五岭①，衡山朝九疑②。

乡关眇安西③，流浪将何之④？

素色愁明湖，秋渚晦寒姿。

畴昔紫芳意⑤，已过黄发期⑥。

君王纵疏散，云壑借巢夷⑦。

尔去之罗浮，我还憩峨眉⑧。

中阔道万里，霞月遥相思。

如寻楚狂⑨子，琼树有芳枝。

注释

① **"桂水"句**：《通典》："桂州临桂县有离水，一名桂江，水源多桂，不生杂树。"《汉书》："南有五岭之戍。颜师古注：西自衡山之南，东穷于海，一山之限耳。而别标名，则有五焉。"裴氏《广州记》曰："大庾、始安、临贺、桂阳、揭阳，是为五岭。"邓德明《南康记》曰："大庾岭一也，桂阳骑田岭二也，九真都庞岭三也，

临贺萌渚岭四也，始安越成岭五也。"戴凯之《竹谱》："五岭之说，互有异同。余往交州，行路所见，兼访旧老，考诸古志，则今南康、始安、临贺，为北岭；临漳、宁浦为南岭。五都界内各有一岭，以隔南北之水，俱通南越之地。南康、临贺、始安三郡，通广州；宁浦、临漳二郡，在广州西南，通交州。或赵佗所通，或马援所并，厥迹在焉，故陆机谓'伐鼓五岭表'，道九真也。徐广《杂记》以剡、松、阳、建安、康乐为五岭，其谬远矣。俞益期与韩康伯，以晋兴所统南移、大营、九冈，为五岭之数，又其谬也。"

②"衡山"句：《初学记》："南岳衡山，朱陵之灵台，太虚之宝洞，上承冥宿，铨德钧物，故名衡山。下踞离宫，摄位火乡，赤帝馆其岭，祝融托其阳，故号南岳。周旋数百里，高四千一十丈。东南临湘川，自湘川至长沙七百里，九向九背，然后不见。"《元和郡县志》："九疑山，在道州延唐县东南一百里，九山相似，行者疑惑，故名。"

③"乡关"句：杨齐贤曰："唐安西大都护府初治西州，后徙治高昌故地，又徙治龟兹，而故府复为西州交河郡。琦按文义，安西字疑讹，指为陇右道安西大都护府者，恐未是。"

④"流浪"句：陶潜《祭从弟文》："流浪无成，惧负素志。"

⑤"畴昔"句：畴昔，昔日也。江淹诗："终觌紫芳心。"李善注："紫芳，紫芝也。"

⑥"巳过"句：《尔雅》："黄发，寿也。"郭璞注："黄发，发落更生黄者。"邢昺疏："舍人曰黄发，老人发白更黄也。"曹植诗："王其爱玉体，俱享黄发期。"张铣注："黄发期，谓寿考也。"

⑦云壑：《北山移文》："诱我松桂，欺我云壑。"

⑧峨眉：《通典》："嘉州峨眉县有峨眉山。"

⑨楚狂：《列仙传》："陆通者，云楚狂接舆也。好养生，食橐卢、木实及芜菁子，游诸名山，在蜀峨眉山上，世世见之，历数百年仙去。"

送郗昂谪巴中

题　解　按："《羊士谔诗集》有诗题云《乾元初严黄门自京兆少尹贬巴州刺史》云云，诗下注云：'时郗詹事昂自拾遗贬清化尉，黄门年三十余，且为府主，与郗意气友善，赋诗高会，文字犹存。'又李华《杨骑曹集序》：'刑部侍郎长安孙公逖，以文章之冠，为考功员外郎，精试群材。君与南阳张茂之、京兆杜鸿渐、琅琊颜真卿、兰陵萧颖士、河东柳芳、天水赵骅、顿丘李琚、赵郡李崿、李颀、南阳张阶、常山阎防、范阳张南容、高平郗昂等，连年登第。'"

　　瑶草寒不死①，移植沧江滨。

　　东风洒雨露，会入天地春。

　　予若洞庭叶②，随波送逐臣。

　　思归未可得，书此谢情人。

注　释

①**"瑶草"句**：江淹诗："瑶草正翕赩。"李善注："瑶草，玉芝也。"琦按："诗家用瑶草，谓珍异之草耳，未必专指玉芝而言。"

②**"予若"句**：《楚辞》："洞庭波兮木叶下。"

送梁四归东平

题　解　东平，唐时郡名，即郓州也，隶河南道。

　　玉壶契美酒，送别强为欢。

　　大火南星月①，长郊北路难。

　　殷王期负鼎②，汶水③起垂竿。

　　莫学东山卧，参差老谢安④。

注　释

①**"大火"句**：《六经天文编》：夏氏曰："仲夏之月，初昏之时，大火见于南方正午之位。"

②**"殷王"句**：《史记》："阿衡欲干汤而无由，乃为有莘氏媵臣，负鼎俎，以滋味说汤，致于王道。"《越绝书》："伊尹负鼎入殷，遂佐汤取天下。"

③**汶水**：《春秋正义》："《释例》曰：'汶水出泰山莱芜县西南，经济北至东平须昌县入济。'"《行水金鉴》："《述征记》云：'泰山郡水皆名汶，今县界有五汶，皆源别而流同。其原山之汶水，西南流经乾封县治南，去县三里，又西南流九十里，

入郓州中都县。按五汶者，曰：北汶、小汶、柴汶、牟汶，其一则经流也。'"

④ **"莫学"** 二句："谢安高卧东山"，详见《梁园吟》注。

送赵判官赴黔府中丞叔幕

[题　解]《册府元龟》："赵国珍，天宝中为黔府都督，本管经略等使。国珍有武略，习知南方地形，在五溪凡十余年，中原兴师，惟黔中封境无虞。"《通鉴》："黔中节度使赵国珍，本牂牁夷也。"胡三省注："赵国珍，牂牁别部，充州蛮酋赵君道之裔。杨国忠兼剑南节度，以国珍有方略，授黔中都督，护五溪十余年。天下方乱，其所部独宁。所谓黔府中丞者，即其人欤？中丞是其兼衔耳。"《唐书·地理志》："黔州黔中郡下都督府，本黔安郡，天宝元年更名。"

廓落①青云心，结交黄金尽。

富贵翻相忘，令人忽自哂。

蹭蹬②鬓毛斑，盛时难再还。

巨源咄石生③，何事马蹄间？

绿萝长不厌，却欲还东山④。

君为鲁曾子⑤，拜揖高堂里。

叔继赵平原⑥，偏承明主恩。

风霜推独坐⑦，旌节镇雄藩⑧。

虎士秉金钺⑨，蛾眉开玉樽。

才高幕下去，义重林中言。

水宿五溪⑩月，霜啼三峡猿⑪。

东风春草绿，江上候归轩⑫。

[注　释]

① **廓落**：宋玉《九辩》："廓落兮羁旅而无友生。"吕延济注："廓落，空寂也。"

② **蹭蹬**：《韵会》："蹭蹬，困顿也。"

③ **"巨源"句**：《晋书》："山涛，字巨源，河内怀人也。州辟部河南从事。与石鉴共宿，涛夜起蹴鉴曰：'今为何等时而眠耶？知太傅卧何意？'鉴曰：'宰相三不朝，与尺一令归第，卿何虑也？'涛曰：'咄！石生无事马蹄间耶？'投传而去。未二年，果有曹爽之事。"

④ **"绿萝"二句**：《晋书》："谢安虽受朝寄，然东山之志，始末不渝，每形于言色。"

⑤ **曾子**：《史记》："曾参，南武城人，孔子以为能通孝道，故授之业，作《孝经》。"

⑥ **赵平原**：平原君赵胜者，赵之诸公子也。诸子中胜最贤，喜宾客，宾客至者数千人。

⑦ **"风霜"句**：汉时御史中丞，与司隶校尉、尚书令会同，得专席而坐。

⑧ **"旌节"句**：《旧唐书》："天宝中，缘边御戎之地，置八节度使。受命之日，赐之旌节，谓之节度使，得以专制军事，外任之重无比焉。"《新唐书·百官志》："节度使辞日，赐双旌、双节，行则建节，竖六纛。入境，州县筑节楼，迎以鼓角。"

⑨ **"虎士"句**：虎士，有力之士。《诗经》："有虔秉钺。"秉，执也。陆云《吴故丞相陆公诔》："金钺镜日，云旗绛天。"

⑩ **五溪**：《通典》："黔中，古蛮夷之国，春秋、战国皆楚地，秦惠王欲楚黔中地，以武关外易之，即此是也。通谓之五溪。"注云："五溪谓酉、辰、巫、武、沅五溪也。"

⑪ **"霜啼"句**：《水经注》："《宜都记》曰：'自黄牛滩东入西陵界，至峡口一百许里，山水纡曲，两岸高山重嶂，非日中夜半，不见日月，绝壁或千许丈，其石彩色，形容多所像类。林木高茂，略尽冬春，猿鸣至清，山谷传响，泠泠不绝。所谓三峡，此其一也。'"《白贴》："《荆州记》曰：'巴东三峡，猿长鸣至三声，闻者莫不垂泪。'"

⑫ **轩**：《南齐书》："凡车有幡者，谓之轩。"

送舍弟

吾家白额驹①，远别临东道。

他日相思一梦君，应得池塘生春草②。

注　释

① **"吾家"句**：《魏志》："曹休间行北归见太祖，太祖谓左右曰：'此吾家千里

驹也。'吾家白额驹，即吾家千里驹之意，而改用李氏事耳。"《晋书》："武昭王讳暠，字玄盛，姓李氏，汉前将军广之十六世孙也，尝与太史令郭黁及其同母弟宗敞同宿，黁起谓敞曰：'君当位极人臣，李君有国土之分。家有騧草马生白额驹，此其时也。'吕光末，京兆段业，自称凉州牧，以敦煌太守孟敏为沙州刺史，署玄盛效谷令。敏寻卒，护军郭谦等以玄盛温毅有惠政，推为敦煌太守，玄盛初难之，宗敞言于玄盛曰：'君忘郭黁之言耶？白额驹今生矣！'玄盛乃从之。"

②"他日"二句：谢灵运梦见从弟惠连，得"池塘生春草"句。

送　别

水色南天远，舟行若在虚。

迁人发佳兴，吾子访闲居。

日落看归鸟，潭澄羡跃鱼。

圣朝思贾谊①，应降紫泥书②。

注　释

① "圣朝"句：《汉书》："贾谊为长沙王太傅，后岁余，帝思谊，征之。"

② 紫泥书：古人以泥封书信，泥上盖印。皇帝诏书则用紫泥。后多用来指诏书。

送鞠十少府

试发清秋兴，因为吴会吟。

碧云敛海色，流水折江心。

我有延陵剑①，君无陆贾金②。

艰艰此为别，惆怅一何深。

注　释

① 延陵剑：《新序》："延陵季子将西聘晋，带宝剑以过徐君。"

② 陆贾金：陆贾金《汉书》："陆贾有五男，出所使越橐中装，卖千金，分其子，

子二百金，令为生产。"

江上送女道士褚三清游南岳

题解 南岳，衡山也。在今湖广衡州府衡山县西北三十里，接衡阳县及长沙府界。

吴江女道士，头戴莲花巾①。

霓衣不湿雨，特异阳台云②。

足下远游履，凌波生素尘③。

寻仙向南岳，应见魏夫人④。

注释

① **"头戴"句**：《太平御览》："《登真隐诀》曰：'太玄上丹灵玉女，戴紫华芙蓉巾。'"

② **阳台云**：巫山神女，旦为朝云，暮为行雨，朝朝暮暮，阳台之下。

③ **"足下"二句**：《洛神赋》："践远游之文履，曳露绡之轻裾。凌波微步，罗袜生尘。"吕向注："远游，履名。步于水波之上，如生尘也。"

④ **魏夫人**：《南岳魏夫人传》："魏夫人者，晋司徒剧阳文康公舒之女，名华存，字贤安。幼而好道，静默恭谨，志慕神仙，味真耽玄，欲求冲举，吐纳气液，摄生夷静，住世八十三年，以晋成帝咸和九年，岁在甲午，太乙元仙遣飙车来迎，夫人乃托剑化形而去。位为紫虚元君，领上真司命南岳夫人，比秩仙公，使治天台大霍山洞台中，主下训奉道，教授当为仙者，男曰真人，女曰元君。"

送通禅师还南陵隐静寺

题解 《太平府志》："隐静寺，在繁昌县东南二十里。隐静山一名五峰寺山，有碧霄、桂月、鸣磬、紫气、行道五峰，寺当五峰之会，巉屼拱合，林木幽奇，古涧委折，殷雷轰地。相传寺为杯度禅师所建，飞锡定基，江神送木，现诸神异。寺外有十里松径，传云禅师手植，或曰距寺二里许有双松对峙，势

三〇八

若虬龙者，即师手泽。又尝取新罗五叶松种寺西，迄今尚存。旧志又言，寺有朗公橘，杯度所携频伽鸟一双，皆晋、宋遗迹。又有木、米、盐、酱等池，言创寺时，诸物皆从此出云。旧额云'江东第二禅林'。"

　　按："繁昌县，南唐时析南陵分置，在唐时尚属南陵。"

我闻隐静寺，山水多奇踪。

岩种朗公橘，门深杯度松。

道人制猛虎①，振锡②还孤峰。

他日南陵下，相期谷口逢。

注　释

①**"道人"句**：《释氏要览》："《智度论》云：'得道者名为道人，余出家未得道者，亦名道人。'"《法苑珠林》："晋沙门于法兰，高阳人也。尝夜坐禅，虎入其室，因蹲床前，兰以手摩其头，虎奋耳而伏，数日乃去。"

②**振锡**：沈约《法王寺碑》："振锡经行，祇林宴坐。"锡，释家所执锡杖，一名德杖，一名智杖，有金环绕之，作锡锡声，行时以节步趋者。

送韩侍御之广德

题　解　《唐书·地理志》，江南西道宣城郡有广德县，本绥安县，至德二载更名广德。

昔日绣衣①何足荣？今宵贳酒与君倾②。

暂就东山赊月色，酣歌一夜送泉明③。

●昔日绣衣何足荣？今宵贳酒与君倾

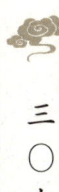

送范山人归太山

题解 《地理今释》:"泰山在今山东济南府泰安州北五里。"

鲁客抱白鹤①,别余往太山。

初行若片雪②,杳在青崖间。

高高至天门,日观近可攀③。

云生望不及,此去何时还?

注释

① **白鹤**:《抱朴子》:"欲求芝草,入名山,带灵宝符,牵白犬,抱白鸡,以白盐一斗及开山符檄著大石上。"《续博物志》:"陶隐居云:'学道之士,居山宜养白鸡、白犬,可以辟邪。鹤一作鸡。'"

② **"初行"句**:《后汉书》载:"马第伯《封禅仪记》曰:'是朝上泰山,至中观,去平地二十里,南向极望无不睹。仰望天关,如从谷底仰视抗峰,其为高也,如视浮云。其峻也,石壁窅窱,如无道径,遥望其人,端如行朽兀,或如白石,或如雪。久之,白者移过树,乃知是人也。'"

●东岳泰山

李太白集

三一〇

③ **"日观" 句**：《初学记》：《太山记》云：'盘道屈曲而上，凡五十余盘。经小天门、大天门，仰视天门，如从穴中视天窗矣。自下至古封禅处凡四十里。山顶西岩为仙人石闾，东岩为介丘，东南岩名日观。日观者，鸡一鸣时，见日始欲出，长三丈所。'"

送杨山人归嵩山

题解 《元和郡县志》："嵩高山，在河南府告成县西北二十三里，登封县北八里，亦名外方山。东曰太室，西曰少室，嵩高总名，即中岳也。山高二十里，周回一百三十里。"

> 我有万古宅，嵩阳玉女峰①。
>
> 长留一片月，挂在东溪松。
>
> 尔去掇仙草②，菖蒲花紫茸③。
>
> 岁晚或相访，青天骑白龙④。

注释

① **玉女峰**：《登封县志》："太室二十四峰，有玉女峰，峰北有石如女子，上有大篆七字，人莫能识。"

② **掇仙草**：江淹《赤虹赋》："掇仙草于危峰，镌神丹于崩石。"

③ **"菖蒲" 句**：《神仙传》："嵩山石上菖蒲，一寸九节，服之长生。"《抱朴子》："菖蒲须得生石上，一寸九节以上，紫花者尤善。"谢灵运诗："新蒲含紫茸。"李善注："《仓颉篇》曰：茸，草貌。"然此茸谓蒲花也。

④ **"青天" 句**：《广博物志》："瞿武，后汉人也。七岁绝粒，服黄精紫芝，入峨眉山，天竺真人授以真诀，乘白龙而去。"

送崔度还吴，度故人礼部员外国辅之子

题解 《唐书·艺文志》："崔国辅，应县令，举授许昌令、集贤直学士、礼部员外郎。坐王鉷近亲，贬竟陵郡司马。"《唐诗品汇》："崔国辅，吴郡人。"

幽燕沙雪地，万里尽黄云。

朝吹归秋雁，南飞日几群。

中有孤凤雏，哀鸣九天闻。

我乃重此鸟，彩章五色分。

胡为杂凡禽，鸡鹜轻贱君。

举手捧尔足，疾心若火焚。

拂羽泪满面，送之吴江濆①。

去影忽不见，踌躇日将曛。

注 释

① **吴江濆**：孙万寿诗："被甲吴江濆。"

送祝八之江东，赋得浣纱石

题 解 《太平御览》："孔晔《会稽记》曰：'勾践索美女以献吴王，得诸暨苎罗山卖薪女西施、郑旦，先教习于土城山，山边有石，云是西施浣纱石。'"《太平寰宇记》："诸暨县有苎罗山，山下有石迹，云是西施浣纱之所，浣纱石犹在。"

西施越溪女，明艳光云海。

未入吴王宫殿时，浣纱古石今犹在。

桃李新开映古查①，菖蒲犹短出平沙②。

昔时红粉照流水，今日青苔覆落花。

君去西秦适东越，碧山清江几超忽③。

若到天涯思故人，浣纱石上窥明月。

注 释

① **古查**：《广韵》："楂，水中浮木也。"江总诗："古查横近涧，危石耸前洲。"
② **"菖蒲"句**：何逊诗："野岸平沙合，连山远雾浮。"

③ **超忽**：王简栖《头陀寺碑文》："东望平皋，千里超忽。"

送梁公昌从信安王北征

[题 解] 《册府元龟》："开元二十年正月，以朔方节度副大使、礼部尚书信安郡王祎，为河东、河北两道行军副大总管，知节度事，率兵讨契丹。率户部侍郎裴耀卿诸副将，分道统兵出范阳之北，大破两蕃之众，擒其酋长，余党窜入山谷。"

入幕①推英选，捐书事远戎。

高谈百战术②，郁作万夫雄。

起舞莲花剑③，行歌明月宫。

将飞天地阵④，兵出塞垣⑤通。

祖席留丹景⑥，征麾⑦拂彩虹。

旋应献凯⑧入，麟阁伫深功⑨。

注 释

① **入幕**：《世说》："郗生可谓入幕宾也。"

② **"高谈"句**：《史记》："外黄徐子谓太子曰：'臣有百战百胜之术。'"

③ **莲花剑**：《汉书音义》："晋灼曰：'古长剑首，以玉作井鹿卢形，上刻木作山形，如莲花初生未敷时。'吴均诗：'玉鞭莲花剑。'"

④ **天地阵**：《六韬》："武王问太公曰：'凡用兵为天阵、地阵奈何？'太公曰：'日月、星辰、斗柄，一左一右，一向一背，此谓天阵。丘陵、水泉，亦有前后左右之利，此谓地阵。'"

⑤ **塞垣**：边墙。《后汉书》："秦筑长城，汉起塞垣。"

⑥ **丹景**：杨齐贤曰："丹景，日也。"

⑦ **征麾**：张衡《思玄赋》："前祝融使举麾兮。"自注：《尚书》曰：'右秉白旄以麾。'"范宁《榖梁传注》："麾，旌幡也。"沈佺期诗："天人开祖席，朝采候征麾。"

⑧ **献凯**：刘子玄诗："将军献凯入，歌舞溢重城。"

⑨ **"麟阁"句**：《通鉴·汉纪》："甘露三年，上以戎、狄宾服，思股肱之美，

乃图画其人于麒麟阁，法其容貌，署其官爵、姓氏。霍光、张安世、韩增、赵充国、魏相、丙吉、杜延年、刘德、梁丘贺、萧望之、苏武，凡十一人，皆有功德，知名当世，是以表而扬之，明著中兴辅佐，列于方叔、召虎、仲山甫焉。陈子昂诗：'单于不敢射，天子伫深功。'"

同王昌龄送族弟襄归桂阳二首

其 一

秦地见碧草，楚谣对清樽。

把酒尔何思？鹧鸪啼南园。

予欲罗浮①隐，犹怀明主恩。

踌躇紫宫②恋，孤负沧洲言。

终然无心云，海上同飞翻。

相期乃不浅，幽桂有芳根③。

注 释

① **罗浮**：《名山洞天福地记》："罗浮洞，周围五百里，名朱明耀真之天，在惠州博罗县八十里。"《太平寰宇记》："罗浮山本是蓬莱山之一峰，浮在海中，与罗山合，因名之。山有洞通勾曲，又有璇房、瑶室七十二所。"裴渊《广州记》云："罗、浮二山隐天，惟石楼一路可登矣。"

② **踌躇**：《增韵》："踌躇，犹豫也。"**紫宫**：天子所居之宫，以比天之紫微垣，故曰紫宫。

③ **"幽桂"句**：吴均诗："桂树多芳根。"太白虽用其句，然诗意则用淮南《招隐士》

●把酒尔何思？鹧鸪啼南园

"桂树<u>丛生山之幽</u>"也。

其 二

尔家何在潇湘川^①，青莎^②白石长江边。

昨梦江花照江日，几枝正发东窗前。

觉来欲往心悠然，魂随越鸟飞南天。

秦云连山海相接，桂水^③横烟不可涉。

送君此去令人愁，风帆茫茫隔河洲。

春潭琼草绿可折^④，西寄长安明月楼。

注 释

① "尔家" 句：潇水出湖广道州之九嶷山，湘水出广西桂林之海阳山，至永州城西而合流焉。自湖而南，二水所经之地甚广，至长沙湘阴县始达青草湖，注洞庭，与岷江之流合。故湖之北，汉、沔是主，不得谓之潇湘。若湖之南，皆可以潇湘名之。此诗送人归桂阳，而言"尔家何在潇湘川"，止是约略所近之地而言之耳。其实潇湘之水，在桂阳之下，不能逆流而经桂阳也。

② 青莎：《楚辞》："青莎杂树兮薠草靡靡。"按莎草有二：一是雀头香，其叶似幽兰而绝细，耐水旱，乐蔓延，虽拔心陨叶，弗之能绝，今之香附子是也；一是夫须，可为衣以遇雨，今谓之蓑衣。《诗》云："南山有台。"台即此草是也。

③ 桂水：《水经注》："桂水出桂阳县北界山，山壁高耸，三面特峻，石泉悬注瀑布而下，北径南平县而东北流，届钟亭右会钟水，通为桂水也。故应劭曰：'桂水出桂阳东北入湘。'按桂水出彬州桂东县之小桂山，下流合于来水，来水至衡州府城北，始与潇湘合。"

④ "春潭" 句：徐彦伯诗："云生阴海没，花落春潭空。自伤琼草绿，讵惜铅粉红。"

送裴十八图南归嵩山二首

题 解 《地理今释》："嵩山，在河南府登封县北十里，西接洛阳县，北接巩县，东接开封府密县界，绵亘一百五十里。"

其 一

何处可为别？长安青绮门①。

胡姬招素手，延客醉金樽。

临当上马时，我独与君言。

风吹芳兰折，日没鸟雀喧②。

举手指飞鸿③，此情难具论④。

同归无早晚，颖水有清源⑤。

注释

① **青绮门**：《三辅黄图》："长安城东出南头第一门曰霸城门，民见门色青，名曰青城门。"《庙记》曰："霸城门亦曰青绮门。"《洞冥记》："有青雀群飞于霸城门，乃改为青雀门。乃更修饰，刻木为绮橑。雀去，因名青绮门。"

② **"风吹"二句**："风吹芳兰折"，喻君子被抑不得伸其志也。"日没鸟雀喧"，喻君暗而谗言竞作也。

③ **"举手"句**：《晋书》："郭瑀隐于临松薤谷，张天锡遣使者孟公明持节以蒲车、玄纁，备礼征之。公明至山，瑀指翔鸿以示之曰：'此鸟安可笼哉！'遂深逃绝迹。""举手指飞鸿"，盖用其事，以明己将去之意。

④ **"此情"句**：谢灵运诗："风潮难具论。"

⑤ **"颖水"句**：颖水出嵩岳之少室山。吴均诗："济水有清源，桂树多芳根。"刘履注："清源，水初出清浅处也。"

其 二

君思颖水绿，忽复归嵩岑。

归时莫洗耳①，为我洗其心。

洗心得真情，洗耳徒买名。

谢公终一起，相与济苍生②。

李太白集

三一六

注 释

① **洗耳**：《高士传》："许由，尧召为九州长，由不欲闻之，洗耳于颍滨。"

② **"谢公"二句**：《世说》："谢公屡违朝旨，高卧东山，诸人每相与言：'安石不肯出，将如苍生何。'"

送窦司马贬宜春

题 解　按唐时宜春郡即袁州也，隶江南西道，为上州。上州刺史、长史之下，有司马一人，从五品。

天马白银鞍①，亲承明主欢。

斗鸡金宫里，射雁碧云端。

堂上罗中贵，歌钟清夜阑。

何言谪南国，拂剑坐长叹。

赵璧为谁点②？随珠枉被弹③。

圣朝多雨露，莫厌此行难。

注 释

① **白银鞍**：陈后主诗："照耀白银鞍。"

② **"赵璧"句**：《史记》：赵惠文王时，得楚和氏璧。陈子昂诗："青蝇一相点，白璧遂成冤。"

③ **"随珠"句**：《搜神记》："随侯出行，见大蛇被伤中断，疑其灵异，使人以药封之，蛇乃能去，因号其处为断蛇丘。岁余，蛇衔明珠以报之。珠盈径寸，纯白而夜有光明，如月之照，可以烛室，故谓之随侯珠，亦曰灵蛇珠，又曰明月珠。"《庄子》："今且有人于此，以随侯之珠，弹千仞之雀，世必笑之。是何也？则其所用者重，而所要者轻也。"

●天马白银鞍，亲承明主欢

杭州送裴大泽，时赴庐州长史

题 解 唐时杭州余杭郡，属江南东道。庐州庐江郡，属淮南道。

西江天柱远①，东越海门②深。

去割辞亲恋，行忧报国心。

好风吹落日，流水引长吟。

五月披裘者，应知不取金③。

注 释

① **"西江"句**：《汉书》："庐江郡灊县，天柱山在南。"《三国志》："灊中有天柱山，高峻二十余里，道险狭，步径裁通。"《一统志》："霍山，在庐州府六安州西南九十里，一名衡山，一名天柱。汉武帝南巡至盛唐，以南岳衡山远阻，乃移岳神于霍而祀焉。又名南岳山。山顶有天池、龙湫、风洞、岳井、试心崖、凌霄树。"

② **海门**：《咸淳临安志》："海门，在仁和县东北六十五里，有山曰赭山，与龛山对峙，潮生出其间。"《辍耕录》："浙江之口有两山焉，其南曰龛山，其北曰赭山，盖峙于江海之会，谓之海门。"

③ **"五月"二句**：《论衡》："延陵季子出游，见路有遗金。当夏五月，有披裘而薪者。季子呼薪者曰：'取彼地金！'采薪者投镰于地，瞋目拂手而言曰：'何子居之高，视之下；仪貌之壮，语言之野也。吾当夏五月，披裘而薪，岂取金者哉！'季子谢之，请问姓氏。薪者曰：'子皮相之士也，何足语姓氏。'遂去不顾。"

送族弟凝至晏堌单父三十里

雪满原野①白，戎装出盘游②。

挥鞭布猎骑，四顾登高丘。

兔起马足间，苍鹰下平畴。

喧呼相驰逐，取乐销人忧。

舍此戒禽荒③，徵声列齐讴④。

鸣鸡发晏堌，别雁惊涑沟⑤。

西行有东音⑥，寄与长河流。

注 释

① **原野**：《淮南子》："周视原野。"高诱注："广平曰原，郊外曰野。"

② **盘游**：《书·五子之歌》："盘游无度。"孔安国传："盘乐游逸也。"

③ **禽荒**：《五子之歌》："外作禽荒。"

④ **"徵声"句**：鲍照诗："选色遍齐、岱，徵声匝邛、越。"《说文》："讴，齐歌也。"

⑤ **涑沟**：《魏书》："东平郡范县有涑沟。"《山东通志》："单县东门外有涑河，源出汴水，晋时所开，北抵济河，南通徐、沛。元以后渐湮，惟下流入沛者，仅存水道。"

⑥ **东音**：《吕氏春秋》："夏后氏孔甲作《破釜之歌》，实始为东音。"

鲁郡尧祠送吴五之琅琊

题 解 《太平寰宇记》："尧祠，在衮州瑕丘县东南七里。"《通典》："鲁郡，今兖州。琅玡郡，今沂州。"

尧没三千岁，青松古庙存。

送行奠桂酒①，拜舞清心魂②。

日色促归人，连歌倒芳樽③。

马嘶俱醉起，分手④更何言。

注 释

① **桂酒**：《楚辞》："奠桂酒兮椒浆。"王逸注："桂酒，切桂置酒中也。"

② **心魂**：江淹诗："何用苦心魂。"

③ **芳樽**：刘孝绰诗："芳樽散绪寒。"

④ **分手**：谢瞻诗："分手东城闉。"

南阳送客

斗酒勿为薄[1]，寸心贵不忘。

坐惜[2]故人去，偏令游子伤。

离颜怨芳草，春思结垂杨。

挥手[3]再三别，临歧空断肠。

注　释

[1] **"斗酒"句**：《古诗》："斗酒相娱乐，聊厚不为薄。"

[2] **坐惜**：谢朓诗："坐惜红妆变。"

[3] **挥手**：刘铄诗："挥手从此辞。"张铣注："挥手，举手。"辞，别。

送张舍人之江东

张翰江东去，正值秋风时[1]。

天清一雁远，海阔孤帆迟。

白日行欲暮，沧波杳难期。

吴洲如见月，千里幸相思[2]。

注　释

[1] **"张翰"二句**：《晋书》："张翰为大司马东曹掾，因见秋风起，乃思吴中菰菜、莼羹、鲈鱼脍，曰：'人生贵得适意，何能羁宦数千里，以要名爵乎？'遂命驾而归。"

[2] **"吴洲"二句**：杨素诗："千里悲无驾，一见杳难期。"颜延年诗："振楫发吴洲。"谢庄《月赋》："隔千里兮共明月。"

南陵别儿童入京

白酒新熟山中归[1]，黄鸡啄黍[2]秋正肥。

呼童烹鸡酌白酒，儿女嬉笑牵人衣。

高歌取醉欲自慰，起舞落日争光辉。

游说万乘苦不早，著鞭跨马涉远道。

会稽愚妇轻买臣③，余亦辞家西入秦。

仰天大笑④出门去，我辈岂是蓬蒿人。

注 释

① **"白酒"句**：陶潜诗："归去来山中，山中酒应熟。"

② **啄黍**：《诗·小雅》："无啄我黍。"

③ **"会稽"句**：《汉书》："朱买臣家贫，好读书，不治产业。常刈薪樵，卖以给食。担束薪行且诵书，其妻亦负担相随。数止买臣毋歌讴道中，买臣愈益疾歌，妻羞之，求去。买臣笑曰：'我年五十当富贵，今已四十余矣，汝苦日久，待我富贵报汝功。'妻恚怒曰：'如公等，终饿死沟中耳，何能富贵！'买臣不能留，即听去。"

④ **仰天大笑**：《史记》："淳于髡仰天大笑，冠缨索绝。"

别山僧

何处名僧到水西①，乘舟弄月宿泾溪②。

平明别我上山去，手携金策踏云梯③。

腾身转觉三天近，举足回看万岭低。

谑浪肯居支遁④下，风流还与远公⑤齐。

此度别离何日见，相思一夜暝猿啼。

注 释

① **水西**：《江南通志》："水西山，在宁国府泾县西五里，林壑邃密，下临泾溪。旧建宝胜、崇庆、白云三寺，浮屠对峙，楼阁参差，碧水浮烟，咫尺万状。晋葛洪、刘遗民，唐李白、杜牧之皆常游憩于此。宝胜寺即水西寺，白云寺即水西首寺，崇庆寺即天宫水西寺也。"

② **泾溪**：在泾县西南一里，下流至芜湖入江。

③ **"手携"句**：孙绰《天台山赋》："振金策之铃铃。"李善注："金策，锡杖也。"云梯，谓山中磴道，梯之而上，如入云中，故曰云梯。

④ **支遁**：《法苑珠林》："沙门支遁，字道林，陈留人也。神宇隽发，为老、释风流之宗。"

⑤ **远公**：《神僧传》："释慧远，本姓贾氏，雁门楼烦人也。少为诸生，博综六经，尤善老、庄。性度弘伟，风鉴朗拔，虽宿儒英达，莫不服其深致。后闻沙门释道安讲《波若经》，豁然而悟，投簪落髪，委命受业。既入乎道，厉然不群。常欲总摄纲维，以大法为己任。"

别中都明府兄

● 陶渊明

三二二

[题解] 唐时河南道有中都县，本平陆县。天宝元年更名，隶兖州鲁郡。贞元十四年改隶郓州东平郡。

吾兄诗酒继陶君①，试宰中都天下闻。

东楼喜奉连枝会②，南陌愁为落叶分③。

城隅渌水明秋日，海上青山隔暮云。

取醉不辞留夜月，雁行中断惜离群。

注释

① **陶君**：陶潜，为彭泽令。

② **"东楼"句**：苏武诗："况我连枝树，与子同一身。"吕向注："兄弟如木，连枝而同本。"

③ **"南陌"句**：萧综诗："昔朋旧爱各东西，譬如落叶不更齐。"

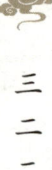

李太白集

寄上吴王三首

题 解　按《唐书》："吴王祗，太宗第三子吴王恪之孙，张披郡王琨之子，袭封嗣吴王，出为东平太守。安禄山反，河南陈留、荥阳、灵昌相继陷，祗募兵拒战，玄宗壮之。累迁陈留太守，持节河南道节度采访使，历太仆、宗正卿。其为庐江太守无考，盖史失载也。"

其 一

淮王爱八公[①]，携手绿云中。

小子忝枝叶[②]，亦攀丹桂丛[③]。

谬以词赋重，而将枚马同。

何日背淮水[④]，东之观土风。

注 释

①**"淮王"** 句：《神仙传》："淮南王刘安，好方术之士，于是有八公诣门，皆须眉皓白。门吏先密以白王，王使阍人自以意难问之，曰：'我王上欲求延年长生不老之道，今先生年已耆矣，似无驻衰之术。'八公笑曰：'闻王尊礼贤士，故远致其身，何以年老而逆见嫌耶？王必若见年少则谓之有道，皓首则谓之庸叟，薄吾老，今则少矣。'言未竟，八公皆变为童子，年可十四五，角髻青丝，色如桃花。门吏大惊，走以白王。王闻之，足不履，跣而迎，登思仙之台，执弟子之礼，北面叩首，八童子乃复为老人。后雷被、伍被诬告称安谋反，天子使宗正持节治之，八公曰：'可以去矣。'即白日升天。八公与安所踏山石皆陷成迹。"

②**"小子"** 句：《左传》："公族，公室之枝叶也。"杨齐贤曰："太白，兴圣皇帝九世孙，与唐同出，故云忝枝叶。"

③**"亦攀"** 句：淮南王《招隐士》："攀援桂枝兮聊淹留。"沈约诗："岸侧青莎被，岩间丹桂丛。"《南方草木状》："桂有三种，叶如柏叶，皮赤者，为丹桂。叶似柿叶者，为菌桂。叶似枇杷叶者，为牡桂。"

④**"何日"** 句：邹阳《谏吴王书》："臣所以历数王之朝，背淮千里而自致者，非恶臣国而乐吴民也。窃高下风之行，尤说大王之义。"

其 二

坐啸庐江静①，闲闻进玉觞②。

去时无一物，东壁挂胡床③。

注 释

① **"坐啸"句**：《后汉书》："南阳太守成瑨，委公曹岑晊，郡为谣曰：'南阳太守岑公孝，弘农成瑨但坐啸。'唐庐江郡，即庐州也，隶淮南道。"

② **玉觞**：傅毅《舞赋》："溢金罍而列玉觞。"李善注："玉觞，玉爵也。"

③ **"东壁"句**：《三国志注》："《魏略》曰：'裴潜为兖州时，尝作一胡床，及其去也，留以挂柱。'"

其 三

英明庐江守，声誉广平籍①。

洒扫黄金台②，招邀青云客。

客曾与天通，出入清禁中③。

襄王怜宋玉，愿入兰台宫④。

注 释

① **"声誉"句**：谢朓诗："广平听方籍。"李善注："王隐《晋书》曰：'郭衮为中郎、散骑常侍，会广平太守缺，宣帝谓衮曰："贤叔大匠浑垂，称于平阳，魏郡蒙惠化。且卢子家、王子邕继踵此郡，欲使世不乏贤，故复相屈。"在郡先以德化，善为条教，百姓爱之。'"

② **"洒扫"二句**：《上谷郡图经》："黄金台，在易水东南十八里，燕昭王置千金于台上，以延天下之士。"

③ **禁中**：《三辅黄图》："汉宫中谓之禁中，谓宫中门阁有禁，非侍卫通籍之臣不得妄入。"

④ **"襄王"二句**：宋玉《风赋》："楚襄王游于兰台之宫，宋玉、景差侍。"

三山望金陵寄殷淑

题解 《太平寰宇记》："三山，在升州江宁县西南五十七里，周回四里。其山孤绝，面东西，绝大江。"《舆地志》云："其山积石，滨于大江。有三峰，南北接，故曰三山。旧为吴津所。"谢玄晖《晚登三山还望京邑》诗云："灞涘望长安，河阳视京县。白日丽飞甍，参差皆可见。余霞散成绮，澄江静如练。"即此地也。

> 三山怀谢朓，水澹望长安。
>
> 芜没河阳县，秋江正北看。
>
> 卢龙①霜气冷，鸹鹊月光寒。
>
> 耿耿忆琼树，天涯寄一欢。

注释

① **卢龙**：《太平寰宇记》："卢龙山，在升州上元县西北二十里，周回五里，西临大江。按旧经，晋元帝初渡江，北地尽为虏寇所有。以其山连石头，为固关塞，以卢龙名焉。"《六朝事迹》："卢龙山，图经云，在城西北十六里，周回五里，高三十六丈。东有水下注平陆，西临大江。旧经云，晋元帝初渡江，到此，见岭山连绵，接石头城，真江上之关塞，似北地卢龙，因以为名。"《一统志》："狮子山，在应天府西二十里，与马鞍山接。晋元帝初渡江，见此山绵连，以拟北地卢龙山，故易名卢龙山。"

游敬亭寄崔侍御

> 我家敬亭下，辄继谢公作①。
>
> 相去数百年，风期宛如昨。
>
> 登高素秋月，下望青山郭。
>
> 俯视鸳鹭群，饮啄自鸣跃。

夫子虽蹭蹬②，瑶台雪中鹤。

独立窥浮云，其心在寥廓③。

时来一顾我，笑饭葵与藿④。

世路如秋风，相逢尽萧索⑤。

腰间玉具剑⑥，意许无遗诺。

壮士不可轻，相期在云阁⑦。

注　释

① **"我家"二句**：《元和郡县志》："敬亭山，在宣州宣城县北十二里，即谢朓赋诗之所。"朓诗云："兹山亘百里，合沓与云齐。隐沦既已托，灵异居然栖。上干蔽白日，下属带回谿。交藤荒且蔓，樛枝耸复低。"

② **蹭蹬**：《韵会》："蹭蹬，困顿也。"

③ **寥廓**：《汉书》："焦明已翔于寥廓。"颜师古注："寥廓，天上宽广之处。"李善《文选注》："寥廓，高远也。"

④ **"笑饭"句**：陆机诗："取笑葵与藿。"

⑤ **"世路"二句**：魏文帝诗："秋风萧瑟天气凉。"

⑥ **玉具剑**：《汉书》："赐以玉具剑。"孟康注："标首、镡、卫，尽用玉为之。"颜师古注："镡，剑口旁横出者也。卫，剑鼻也。"

⑦ **云阁**：《十六国春秋》："振缨云阁，耀价连城。"梁元帝《与萧挹书》："握兰云阁，解绂龙楼。"云阁，云台。

●登高素秋月，下望青山郭

李太白集

泾溪南蓝山下有落星潭，可以卜筑，余泊舟石上寄何判官昌浩

题 解 《江南通志》："泾溪，在宁国府泾县西南一里，一名赏溪。其源有三，一出石埭县舒姑泉，一出太平黄山，一出绩溪，下有赏溪桥、沙堤。其西为新河。蓝山，在泾县西五十里，高千仞。李白诗'蓝岑耸天壁，突兀如鲸额'，即此。落星潭，在泾县西五十里蓝山下。晋有陈霸兄弟捕鱼于此，见一星落潭中，故名。"

> 蓝岑耸天壁①，突兀②如鲸额。
>
> 奔蹙横澄潭，势吞落星石。
>
> 沙带秋月明，水摇寒山碧。
>
> 佳境宜缓棹，清辉③能留客。
>
> 恨君阻欢游，使我自惊惕。
>
> 所期俱卜筑，结茅④炼金液。

注 释

① **耸天壁**：宋之问诗："崖口众山断，嵚崟耸天壁。"

② **突兀**：木华《海赋》："横海之鲸，突杌孤游。"李善注："突杌，高貌。"

③ **清辉**：谢灵运诗："山水含清晖，清晖能娱人。"

④ **结茅**：鲍照诗："结茅野中宿。"